LIEUTENANT EVE DALLAS

Fascination du crime

Du même auteur
aux Éditions J'ai lu

Les illusionnistes (n° 3608)
Un secret trop précieux (n° 3932)
Ennemies (n° 4080)

Les trois sœurs :
Maggie la rebelle (n° 4102), Douce Brianna (n° 4147), Shannon apprivoisée (n° 4371)

L'impossible mensonge (n° 4275)
Meurtres au Montana (n° 4374)

Lieutenant Eve Dallas :
Lieutenant Eve Dallas (n° 4428), Crimes pour l'exemple (n° 4454), Au bénéfice du crime (n° 4481), Crimes en cascade (n° 4711), Cérémonie du crime (n° 4756), Au cœur du crime (n° 4918), Les bijoux du crime (n° 5981), Conspiration du crime (n° 6027), Candidat au crime (n° 6855), Témoin du crime (n° 7323)

Trois rêves :
Orgueilleuse Margo (n° 4560), Kate l'indomptable (n° 4584), La blessure de Laura (n° 4585)

Magie irlandaise :
Les joyaux du soleil (n° 6144), Les larmes de la lune (n° 6232), Le cœur de la mer (n° 6357)

L'île des trois sœurs :
Nell (n° 6533), Ripley (n° 6654), Mia (n° 6727)

Les frères Cameron :
Dans l'océan de tes yeux (n° 5106), Sables mouvants (n° 5215), À l'abri des tempêtes (n° 5306), Les rivages de l'amour (n° 6444)

Question de choix (n° 5053)
La rivale (n° 5438)
Ce soir et à jamais (n° 5532)
Les bijoux du crime (n° 5981)
Conspiration du crime (n° 6027)
La villa (n° 6449)
La fortune des Sullivan (n° 6664)

Nora Roberts

LIEUTENANT EVE DALLAS - 13

Fascination du crime

Traduit de l'américain
par Sophie Dalle

J'AI LU

Titre original :
SEDUCTION IN DEATH
Berkley Book, New York

Certes, j'évoque les songes,
Ces fruits du cerveau au repos
Qui n'engendre que des fantasmes vains.

William SHAKESPEARE

Mais tout homme tue ce qu'il chérit,
Que chacun se le tienne pour dit.
Les uns, d'un regard méchant,
Les autres, d'un mot indulgent.
Le lâche le fait avec un baiser,
Le brave à l'aide de son épée !

Oscar WILDE

1

La mort peuplait ses cauchemars. Elle était une enfant sans en être une, confrontée à un spectre qui ne mourrait jamais.

Derrière la vitre sale, le néon clignotant baignait la pièce d'une lueur rougeâtre. La lumière se répandait sur le sol, le sang, le corps. Recroquevillée dans un coin, elle agrippait encore le couteau ensanglanté.

Une douleur intense, insupportable la submergeait par vagues successives, imprégnant chacun de ses pores. L'os du bras qu'il avait cassé, la joue qu'il avait giflée. Le cœur de son intimité déchiquetée par le viol.

Elle avait huit ans.

Elle était hors d'haleine. Une petite voix lui murmurait qu'elle était vivante. Elle avait dans la bouche un goût de sang mêlé de whisky.

Elle était vivante, et il était mort. Elle était vivante, et il était mort. Elle se répétait ces mots sans cesse, en boucle, essayant de comprendre.

Elle était vivante, et il était mort.

Ses yeux grands ouverts la fixaient.

Il souriait.

Tu ne te débarrasseras pas de moi comme ça, ma fille !

Ses halètements se précipitèrent. Un cri allait jaillir de sa gorge. Elle n'émit qu'un gémissement.

Tu as vraiment tout gâché, n'est-ce pas ? Décidément, tu ne sais pas obéir.

Sa voix était agréable, presque enjouée. Et tandis qu'il riait, le sang giclait des plaies qu'elle lui avait infligées.

Qu'est-ce qu'il y a, ma fille ? Tu as perdu ta langue ?

Je suis vivante, et tu es mort. Je suis vivante, et tu es mort.

Tu crois ?

Il remuait les doigts, comme pour la narguer, et elle poussa un grognement de terreur.

Pardon. Je ne l'ai pas fait exprès. Je t'en supplie, ne me fais plus mal. Tu m'as fait mal. Pourquoi ?

Parce que tu es stupide. Parce que tu ne m'écoutes pas ! Parce que – et c'est là le vrai secret – j'en ai le pouvoir. Je peux faire ce que je veux avec toi, tout le monde s'en fout. Tu n'es rien, tu n'es personne. Surtout, ne l'oublie jamais, petite salope.

Elle se mit à pleurer ; ses larmes creusaient des sillons dans le masque sanglant qui lui couvrait le visage. Va-t'en ! Va-t'en et laisse-moi tranquille !

Jamais. Je ne te lâcherai jamais.

Contre toute attente, il se redressa sur les genoux. À quatre pattes, tel un crapaud répugnant. Il souriait. Il la scrutait.

J'ai beaucoup investi en toi. Du temps, de l'argent. Qui t'offre un toit ? Qui te remplit l'estomac ? Qui t'emmène en voyage à travers ce grand pays qui est le nôtre ? La plupart des mômes de ton âge n'ont rien vu, toi si. Est-ce que ça t'a servi ? Non. Est-ce que tu y mets du tien ? Non. Mais tu vas apprendre. Tu te rappelles ce que je t'ai dit ? Il est temps que tu gagnes ta vie.

Il se leva, immense, menaçant, et crispa les poings.

Seulement maintenant, papa doit te punir.

Il s'avança vers elle d'un pas chancelant.

Tu es une vilaine fille.

Encore un pas.

Une très vilaine fille.

Ses hurlements la réveillèrent.

En nage, le corps secoué de frissons, elle cherchait son souffle, se débattant furieusement avec les draps qui s'étaient entortillés autour d'elle.

Parfois, il l'avait attachée. À ce souvenir, elle geignit comme un animal blessé.

Enfin libérée, elle se laissa rouler à terre et se tapit près du lit dans l'obscurité, prête à prendre la fuite.

— Lumières ! Pleins feux ! Ô mon Dieu ! Mon Dieu !

Toutes les lampes s'allumèrent, chassant les ombres de l'immense chambre. Elle n'en scruta pas moins chaque recoin, à la recherche des démons qui étaient revenus la torturer.

Elle ravala un sanglot. Pleurer ne servait à rien. C'était une marque de faiblesse. De même, se laisser effrayer par un cauchemar était lâche et inutile.

Mais elle tremblait encore en s'asseyant au bord de son lit.

Un lit vide, car Connor était en Irlande. Y dormir sans lui ne lui réussissait guère.

En était-elle pitoyable pour autant ? N'était-elle que stupide ? Ou simplement... mariée ?

Le gros chat Galahad vint se frotter contre elle, et elle le prit dans ses bras. Le lieutenant Eve Dallas, flic depuis onze ans, tenta de se réconforter en le serrant contre elle.

— Afficher l'heure, ordonna-t-elle.

Aussitôt, le réveil se mit à clignoter. Il était 1 h 15, constata-t-elle. Parfait. Elle avait fermé les yeux à peine une heure avant d'être réveillée par ses propres cris.

Elle posa le chat, se leva puis, avec la prudence d'une vieille dame, descendit de l'estrade et gagna la salle de bains.

Elle s'aspergea la figure d'eau froide, tandis que Galahad venait s'enrouler autour de ses mollets en ronronnant comme un tracteur.

Elle s'examina dans la glace. Son visage était blême, presque translucide, ses yeux cernés. Ses cheveux plaqués sur le crâne tel un bonnet mal façonné, ses pommettes trop saillantes. Sa bouche, trop grande, son nez, banal.

Que lui trouvait donc Connor ?

Tiens, justement, pourquoi ne pas l'appeler ? Il était plus de 6 heures du matin, en Irlande, et son mari était un lève-tôt. Il suffisait qu'elle branche le vidéocom, il apparaîtrait sur l'écran.

Et il verrait le cauchemar dans son regard. À quoi bon ?

Quand un homme possédait la majeure partie de l'univers, il devait pouvoir voyager pour ses affaires sans être harcelé par son épouse. Cette fois, cependant, ce n'était pas son travail qui le retenait loin d'elle mais les obsèques d'un vieil ami. Elle n'allait pas le déranger pour si peu.

Elle savait, sans qu'ils en aient vraiment discuté, que Connor limitait au maximum ses séjours à l'étranger. Ses cauchemars étaient rarement aussi violents lorsqu'il dormait à ses côtés.

Et jamais encore son père ne lui avait parlé *après* qu'elle l'eut tué, lui répétant des choses qu'il lui avait dites de son vivant.

Le Dr Myra, psychologue et profileuse du département de police de New York, s'amuserait comme une folle à en analyser les significations et les symboles, songea Eve.

Ce qui ne l'avancerait pas beaucoup, décida-t-elle. Aussi n'en parlerait-elle à personne. Elle allait prendre une douche, ramasser le chat et monter dans son bureau. Là, elle s'installerait sur son divan et finirait sa nuit en paix.

Demain matin, son cauchemar ne serait plus qu'un lointain souvenir.

N'oublie pas ce que je t'ai dit.

Elle ne se rappelait rien. Pénétrant dans la cabine, elle commanda une douche pleins jets à trente-neuf degrés.

Elle ne se rappelait rien, et n'en avait aucune envie.

Ayant enfilé une des chemises de Connor – geste pathétique s'il en était, songea-t-elle – elle prenait Galahad dans ses bras quand son vidéocom bipa.

« Connor ! » se dit-elle, remplie d'espoir.

— Dallas.

— *Commissariat. Dallas, lieutenant Eve…*

La mort n'existait pas uniquement dans les cauchemars.

En ce mardi de juin, Eve la contemplait dans l'air tiède de la nuit. Le ruban jaune de la police encerclait la chaussée et les jardinières de pétunias qui ornaient l'entrée de l'immeuble.

Eve avait un faible pour les pétunias, hélas, cette fois-ci, ils ne suffiraient pas à la rasséréner.

La jeune femme gisait à plat ventre. À en juger par l'angle de son corps et la mare de sang, il ne devait pas rester grand-chose de son visage. Eve leva les yeux sur la tour grise agrémentée de balcons en demi-lune et d'ascenseurs transparents. Tant qu'ils n'auraient pas identifié le cadavre, ils auraient du mal à déterminer d'où elle était tombée. Ou d'où elle avait sauté. Ou encore, d'où on l'avait poussée.

Une chose était certaine : la chute avait été longue.

— Relevez ses empreintes et effectuez une recherche, commanda Eve.

Elle fixa Peabody, son assistante, qui se tenait accroupie devant un kit de terrain ouvert, sa casquette d'uniforme posée sur ses cheveux noirs parfaitement lisses. Elle avait la main ferme et du flair.

— Déterminez donc l'heure du décès.

— Moi ? s'exclama Peabody, surprise.

— Procédez à l'identification, déterminez l'heure du décès, enregistrez la description de la scène et du cadavre.

Peabody eut du mal à masquer son excitation.

— Bien, lieutenant. Lieutenant, le premier agent arrivé sur les lieux a un témoin potentiel.

— Un témoin d'ici, ou de là-haut ?
— D'ici.
— Je m'en charge.
Eve demeura cependant un instant encore à observer Peabody en action. Satisfaite, elle la gratifia d'un signe de tête, puis rejoignit les hommes en uniforme positionnés autour du périmètre.
Il était 3 heures du matin, pourtant, les badauds étaient nombreux, et les policiers avaient du mal à les repousser. Quelques requins de la presse étaient déjà sur place, essayant de grappiller des informations pour le premier journal de la matinée.
Un opérateur de glissa-gril plus malin que les autres avait sauté sur l'occasion pour effectuer quelques heures supplémentaires. Son gril exhalait une fumée qui sentait les hot-dogs au soja et les oignons réhydratés.
Apparemment, les affaires marchaient très fort.
En ce magnifique printemps de l'an 2059, la mort continuait de fasciner les vivants, et tous ceux qui voulaient profiter de l'aubaine.
Un taxi volant passa sans ralentir. Au loin, une sirène hurla.
Ignorant les bruits et les odeurs, Eve s'adressa à l'un des policiers :
— Il paraît qu'il y a un témoin.
— En effet, lieutenant. Elle est dans la voiture de l'agent Young, à l'abri des vautours.
— Parfait.
Eve balaya du regard les visages derrière les barrières. Certains exprimaient l'horreur, d'autres, l'excitation ou la curiosité, et une sorte de soulagement.
Je suis vivante, et tu es morte.
Chassant cette pensée de son esprit, elle partit à la recherche de Young et de son témoin.
Vu le quartier – en dépit de sa façade bien entretenue et des pétunias, l'immeuble était situé à la frontière entre le centre-ville chic et les bas-fonds –, Eve s'attendait plus ou moins à découvrir une compagne

— Vous pensez qu'elle a sauté ?

Louise dévisagea Eve.

— Eh bien, oui, j'ai supposé que... comme je vous l'ai dit, je n'ai rien entendu. Pas un cri. Rien que le bruissement de ses cheveux dans le vent. C'est sans doute ce qui m'a incitée à lever les yeux... Oui, au fond, c'est ça, j'ai perçu comme un battement d'ailes.

— Qu'avez-vous fait ?

— Je me suis précipitée vers elle pour vérifier son pouls. C'est idiot, je savais qu'elle était morte, mais j'ai quand même vérifié. Ensuite, j'ai sorti mon vidéocom et j'ai appelé les secours. Vous croyez qu'on l'a poussée ? C'est pour cela que vous êtes ici ?

— Pour l'heure, je ne crois rien.

Eve pivota vers l'immeuble. Plusieurs fenêtres étaient éclairées, lui donnant l'apparence d'un échiquier vertical noir et argent.

— La brigade criminelle intervient toujours dans des cas comme celui-ci. C'est la routine. Je vous conseille de rentrer chez vous, d'avaler un cachet et de dormir. Et surtout, pas un mot à la presse.

— Vous... vous me tiendrez au courant ?

— Bien sûr. Voulez-vous qu'un policier vous accompagne ?

— Non, merci, c'est inutile. Mes amitiés à Connor, ajouta Louise avant de se diriger vers l'entrée.

Peabody s'était redressée, son vidéocom à la main.

— J'ai une identité, lieutenant, annonça-t-elle. Bryna Bankhead, vingt-trois ans, métisse. Célibataire. Domicile, appartement 1207, dans la tour derrière nous. Elle travaillait chez Saks, dans la Cinquième Avenue. Rayon lingerie. Heure estimée du décès : 1 h 15.

— 1 h 15 ? répéta Eve en se revoyant consulter son réveil.

— Oui, lieutenant. J'ai pris les mesures à deux reprises.

Sourcils froncés, Eve examina les jauges, le kit de terrain, la mare de sang sous le cadavre.

— D'après le témoin, elle serait tombée à 1 h 30. À quelle heure a été enregistré l'appel à la police ?

Mal à l'aise, Peabody consulta les données sur son vidéocom.

— 1 h 36.

Elle poussa un soupir qui fit voleter sa frange.

— J'ai dû me planter. Je suis désolée, je...

— Ne vous excusez pas avant que je vous aie accusée, l'interrompit Eve.

S'accroupissant, elle ouvrit sa propre mallette et sortit ses instruments de mesure. Puis elle procéda à un troisième test.

— L'heure estimée du décès est correcte. Enregistrez... enchaîna-t-elle. Victime identifiée, Bankhead Bryna, cause du décès indéterminée. Heure du décès, 1 h 15. TOD vérifié par Peabody, agent Delia, et responsable de l'enquête, Dallas, lieutenant Eve. Retournons-la, Peabody.

Peabody ravala les questions qu'elle avait sur le bout de la langue et la nausée qui lui soulevait l'estomac.

— L'impact a sévèrement endommagé le visage de la victime.

— C'est peu dire, souffla Peabody.

— Les membres et le torse sont aussi gravement atteints, ce qui rend impossible de constater à l'examen visuel une éventuelle blessure préalable au décès. Le corps est nu. Elle porte des boucles d'oreilles.

Eve s'empara d'une petite loupe.

— Pierres multicolores sur une base en or, bague assortie sur le médium droit.

Elle se pencha.

— Lieutenant...

— Du parfum. Elle s'était parfumée. Vous avez l'habitude de vous balader en boucles d'oreilles et parfumée lorsque vous êtes toute seule chez vous à 1 heure du matin ?

— Je serais plutôt en charentaises. À moins que...

— À moins que vous n'ayez de la compagnie, acheva Eve en se redressant.

Elle s'adressa à un technicien.

— Transportez-la à la morgue. Faites-la passer en priorité à l'autopsie. Qu'on relève avant tout les traces possibles d'une activité sexuelle récente et de toute blessure préalable au décès. Peabody, venez avec moi. On va jeter un coup d'œil à son appartement.

— Elle n'a pas sauté.

— Il semblerait que non.

Eve franchit le seuil d'un petit hall tranquille équipé de caméras de sécurité.

— Il me faudra les vidéodisques des caméras de sécurité – rez-de-chaussée et douzième étage, pour commencer.

Il y eut un silence, tandis qu'elles s'engouffraient dans l'ascenseur et qu'Eve appuyait sur le bouton. Puis, feignant la nonchalance, Peabody hasarda :

— Vous... vous allez faire intervenir la DDE ?

Eve fourra les mains dans ses poches, l'œil fixé sur les portes en métal poli. Peabody avait récemment rompu avec Ian McNab, son collègue de la Division de Détection Électronique. « Ce qui, pensa Eve avec une pointe d'amertume, ne serait jamais arrivé s'ils m'avaient écoutée dès le départ. »

— Taisez-vous, Peabody.

— C'est une question raisonnable, en rapport avec la procédure et rien d'autre.

Le ton de Peabody trahissait sa peine et son irritation.

— Si, au cours de cette enquête, il me paraît indispensable de contacter la DDE, je le ferai.

— Vous pourriez consulter quelqu'un d'autre que celui que je ne nommerai pas.

— C'est Feeney qui dirige la Division. Ce n'est pas à moi de lui dire qui il doit déléguer. De toute façon, que ce soit sur cette affaire ou sur une autre, tôt ou tard, vous finirez par travailler avec McNab. C'est bien pourquoi vous n'auriez jamais dû vous envoyer en l'air avec lui.

— Je peux travailler avec lui. Ça ne me dérange pas du tout.

Sur ces mots, elle fonça dans le couloir du douzième.

— Je suis une professionnelle, contrairement à certains, qui passent leur vie à sermonner les autres et se présentent au boulot dans n'importe quelle tenue.

Devant la porte de l'appartement de Bankhead, Eve haussa les sourcils.

— Vous m'accusez d'un manque de professionnalisme, Peabody ?

— Pas du tout, lieutenant ! Je...

Une lueur taquine dansa dans ses prunelles.

— ... je ne me permettrais pas de critiquer vos tenues, Dallas, même si je suis à peu près certaine que vous portez une chemise d'homme.

— Quand vous en aurez terminé avec vos sautes d'humeur, vous pourrez enregistrer... Nous pénétrons chez la victime avec un passe-partout, enchaîna-t-elle en entrant les codes nécessaires. Verrou et chaîne intérieurs non utilisés. Lumières tamisées dans la salle de séjour. Que sentez-vous, Peabody ?

— Euh... des bougies, peut-être du parfum.

— Que voyez-vous ?

— Un salon, joliment décoré, bien installé. L'écran d'ambiance est allumé. On dirait une scène de campagne au printemps. Il y a deux verres et une bouteille de vin rouge ouverte sur la table basse devant le canapé, ce qui laisse à penser que la victime a reçu quelqu'un à un moment quelconque de la soirée.

— Bien, bien. Qu'est-ce que vous entendez ?

— De la musique. Violons et piano. Je ne reconnais pas la mélodie.

— Mais le ton... il est romantique. Regardez encore. Tout est bien rangé, impeccable. Pourtant, elle a laissé la bouteille et les verres sur la table. Pourquoi ?

— Elle n'a pas eu le temps de les ranger.

— Ni d'éteindre les lumières, la chaîne, l'écran d'ambiance.

Eve passa dans la cuisine. Les comptoirs étaient propres, rien ne traînait, excepté le tire-bouchon et le bouchon.

— Qui a ouvert la bouteille, Peabody ?

— Son ami, probablement. Si elle l'avait fait elle-même, elle aurait jeté le bouchon dans la poubelle et remis le tire-bouchon à sa place.

— Mmm... Les baies vitrées donnant sur le balcon sont fermées à clé. S'il s'agit d'un suicide ou d'un accident, ce n'est pas ici que ça s'est passé. Inspectons la chambre.

— Vous ne pensez pas que ce soit un suicide ou un accident ?

— Pour l'instant, je ne pense rien. Tout ce que je sais, c'est que la victime était une jeune femme célibataire qui tenait bien son appartement, et que d'après les indices elle a passé au moins une partie de la soirée ici, en bonne compagnie.

Eve pénétra dans la chambre. Là aussi, la chaîne était branchée, diffusant une musique douce qui semblait s'envoler avec la brise. La baie vitrée était ouverte, le lit défait, parsemé de pétales de rose. Une robe noire, des sous-vêtements noirs et des escarpins gisaient au pied du lit.

Des bougies brûlaient un peu partout.

— Décryptez-moi la scène, ordonna Eve.

— Il semble que la victime ait été engagée ou sur le point de s'engager dans une relation sexuelle juste avant sa mort. Il n'y a aucune trace de lutte, ni ici ni dans la salle de séjour ; on peut donc en déduire que ladite relation était consentie.

— Ce n'est pas une histoire de sexe, Peabody, mais de séduction. Nous allons devoir découvrir qui a séduit qui. Enregistrez la scène. Ensuite, vous me procurerez les vidéos de sécurité.

D'un doigt enduit de Seal-It, Eve entrouvrit un tiroir de la commode.

— Tiens, tiens... Intéressant.

— Lieutenant ?

— Des provisions de jeune femme célibataire, Peabody, y compris des préservatifs. La victime aimait les hommes. Quelques flacons d'huiles essentielles, un vibromasseur pour les plaisirs solitaires, un lubrifiant vaginal. Des accessoires standards, voire traditionnels. Pas de joujoux indiquant une tendance à l'homosexualité.

— Elle était donc avec un homme.

— Ou une femme qui espérait élargir son horizon. Nous en saurons plus quand nous aurons visionné les vidéos. Avec un peu de chance, l'autopsie révélera la présence de spermatozoïdes.

Eve entra dans la salle de bains. Étincelante, les serviettes bordées parfaitement alignées. Savons parfumés, pots de crème...

— D'après moi, son partenaire ne s'est pas attardé pour prendre une douche. Faites monter les techniciens. Au cas où Roméo aurait laissé une trace quelque part.

Elle ouvrit l'armoire à pharmacie et en examina attentivement le contenu. Rien de particulier, quelques médicaments vendus sans ordonnance, un stock de pilules contraceptives pour six mois.

Le tiroir sous le lavabo était rempli à craquer de produits cosmétiques méticuleusement rangés. Rouges à lèvres, élongateurs de cils, peintures corporelles.

Bryna devait passer un temps fou devant ce miroir, songea-t-elle. Notamment ce soir...

S'approchant du vidéocom dans la chambre, Eve écouta le tout dernier appel de Bryna Bankhead, avec une petite brune qu'elle appelait CeeCee.

— Je suis un peu nerveuse, mais, surtout, très excitée. On va enfin se rencontrer. Qu'est-ce que tu penses de ma robe ?

— Superbe, Bryna. Mais n'oublie pas que les vraies

rencontres n'ont rien à voir avec les rencontres virtuelles. Vas-y doucement, et sois prudente, d'accord ?

— Bien sûr ! Mais tu sais, CeeCee, j'ai l'impression de le connaître. Nous avons tellement de points communs, et nous correspondons par Internet depuis des semaines. D'ailleurs, c'est moi qui ai proposé ce rendez-vous – et lui qui a suggéré un bar, pour que je me sente plus à l'aise. Il est si attentionné, si romantique ! Mon Dieu ! Je vais être en retard. J'ai horreur d'être en retard. Je te laisse.

— Tu me raconteras tout ?

— Dès demain, c'est promis. Souhaite-moi bonne chance, CeeCee. C'est peut-être mon prince charmant.

— C'est ça, marmonna Eve en éteignant l'appareil.

2

Dans son bureau au central, Eve visionna les vidéos de sécurité de l'immeuble enregistrées le jour du meurtre. Les gens allaient et venaient. Des résidents, des visiteurs. Elle repéra une paire de jolies blondes qui traversaient le hall en se dandinant. Des jumelles, très probablement des compagnes licenciées. « Doublez votre plaisir ! » songea-t-elle en regardant l'une d'entre elles négocier leur prochain rendez-vous sur son vidéocom, pendant que l'autre le notait.

Bryna Bankhead entra telle une tornade à 18 h 45, les bras chargés de paquets, les joues roses.

Heureuse. Excitée. Pressée de monter chez elle, de déballer ses achats. De s'apprêter, de se pomponner, d'hésiter sur sa tenue. Voire d'avaler un en-cas pour se calmer les nerfs.

Une jeune célibataire comme une autre, à la veille d'un rendez-vous galant. Qui ne sait pas encore qu'elle entrera dans les statistiques avant la fin de la nuit.

Louise apparut juste avant 19 h 30. Elle aussi marchait d'un pas vif, mais c'était son habitude. Son regard ne dénotait pas une joie particulière. Elle paraissait préoccupée, un peu fatiguée.

Le Dr Dimatto n'avait pas passé l'après-midi à faire des courses. Elle portait sa mallette de médecin et un énorme sac.

Une jeune célibataire pas tout à fait comme les autres, se dit Eve, qui semble avoir décidé à l'avance de ne pas profiter de sa soirée. Et qui ne sait pas encore qu'elle va se retrouver avec un cadavre à ses pieds.

Louise était plus rapide que Bryna. Vêtue de sa robe rouge à couper le souffle, elle émergea de l'ascenseur à 20 h 40. Elle n'avait plus rien du médecin dévoué et surchargé de travail.

Elle était chic, sexy, attirante.

L'homme qui la croisa en chemin partageait visiblement cet avis. Il la suivit longuement du regard. Soit elle ne s'en rendit pas compte, soit elle s'en fichait : elle ne daigna même pas lui lancer un coup d'œil.

Un adolescent d'environ dix-huit ans surgit de la cabine, vêtu de pied en cap de cuir noir, son scooter volant sous le bras. Il le posa à terre en poussant la porte, l'enfourcha avec agilité et disparut dans la nuit.

Sirotant son café, Eve regarda Bryna quitter l'immeuble juste avant 21 heures. Elle courait presque, au risque de se tordre la cheville, parce qu'elle avait peur d'être en retard. Ses cheveux étaient rassemblés sur le sommet du crâne en un chignon élaboré. Son teint, d'une délicate couleur caramel, était animé. Elle tenait à la main un petit sac du soir, et ses boucles d'oreilles scintillaient.

— Peabody, vérifiez les stations de taxi dans un rayon de cinquante mètres autour du bâtiment. Elle était pressée…

Sourcils froncés, elle se concentra de nouveau sur les images.

— C'était une belle femme. Plutôt intelligente, propriétaire de son appartement, un bon emploi. Qu'est-ce qui a pu la pousser à aller à la pêche aux hommes sur Internet ?

— C'est facile pour vous de dire ça, marmonna Peabody, ce qui lui valut un regard noir de la part de sa supérieure. Ben quoi, Dallas, vous êtes mariée !

Pour toutes les autres, dont je fais partie, c'est la jungle, remplie de gorilles, de serpents et de babouins.

— Vous avez déjà essayé Internet ?

Peabody remua les pieds.

— Peut-être. Je n'ai pas envie d'en parler.

Amusée, Eve se remit au travail.

— J'ai été célibataire bien plus longtemps que je n'ai été mariée. Je ne me suis jamais abaissée à faire les petites annonces !

— C'est normal, quand on est grande et svelte, qu'on a des yeux de chat et une fossette sur les joues.

— Vous me faites des avances, Peabody ?

— Mon amour pour vous ne connaît pas de limites, Dallas. J'ai renoncé à sortir avec des flics.

— Excellente décision. Ah, les voilà ! Pause image.

L'horloge affichait 23 h 38. En à peine plus de deux heures, Bryna avait de toute évidence fait connaissance avec son cybercompagnon. Ils entrèrent bras dessus, bras dessous en riant.

— Il est beau ! s'exclama Peabody en se penchant sur l'écran. Le rêve de toute vierge effarouchée. Grand, brun, ténébreux.

Eve poussa un grognement. Il devait mesurer environ un mètre quatre-vingt-cinq. Ses cheveux noirs, coiffés en arrière, tombaient en cascades bouclées sur ses épaules. La pâleur poétique de son visage était rehaussée par les petites émeraudes qui étincelaient au coin de sa bouche et sur sa pommette droite. Ses yeux étaient du même vert vif. Il arborait une mince barbe verticale, du milieu de la lèvre inférieure au menton.

Il était vêtu d'un costume sombre et d'une chemise assortie à ses piercings, col ouvert. Il portait un sac en cuir noir en bandoulière.

— Joli couple, murmura Peabody. On dirait qu'elle s'est envoyé quelques verres d'alcool.

— Elle ne s'est pas contentée de cocktails, riposta Eve en ordonnant un zoom. Elle a pris des substances illicites. Quant à lui... il est parfaitement sobre. Contactez la morgue. Je veux un rapport toxicologique. Ordinateur ?

Recherche en cours...

— Mais oui, c'est ça, on va essayer un peu de multi-tâches...

Comme elle venait de recevoir – enfin ! – cette machine, elle espérait des réponses.

— Vérification d'identité de l'homme visible à l'écran. Je veux un nom.

Ouverture des banques de données Identité. Requête ville, État, nationale, globale ?

Eve tapota l'appareil.

— Tu me plais, toi. New York, ville, pour commencer. Poursuite de la lecture du vidéodisque, vision normale.

Recherche en cours...

L'ordinateur ronronna paisiblement, puis l'image se remit à bouger. Devant l'ascenseur, l'homme porta la main de Bryna à ses lèvres.

— Enregistrement ascenseur numéro deux, 23 h 40.

Noir. Nouvelle image. Eve regarda le couple s'enlacer pendant l'ascension jusqu'au douzième étage. L'homme lui mordilla les doigts, lui chuchota quelques mots à l'oreille. Bryna l'attira vers elle, presque agressivement, et lui offrit ses lèvres.

Quand les portes s'ouvrirent, ils émergèrent de la cabine sans se séparer. De nouveau, Eve commanda un changement de disque pour les observer dans le couloir. Bryna avait un peu de mal à décoder ses verrous. Elle chancelait légèrement. Quand elle entra, il resta sur le seuil.

« Le parfait gentleman », pensa Eve. Un sourire chaleureux, une question dans le regard : « Tu m'invites à boire un dernier verre ? »

Le bras de Bryna apparut, sa main s'accrocha au revers de sa veste. Elle le tira à l'intérieur et referma la porte.

— C'est elle qui a pris les devants, constata Peabody, perplexe.

— Oui.

— Je ne veux pas dire par là qu'elle méritait de mourir. Je remarque simplement qu'il n'a pas insisté. Même quand elle lui saute dessus dans l'ascenseur, il garde son calme. J'en connais d'autres qui auraient déjà eu la main sous sa jupe.

Eve fit avancer l'enregistrement jusqu'au moment où la porte de l'appartement se rouvrait.

— Notez l'heure à laquelle l'homme non identifié quitte l'appartement de la victime. 1 h 36. L'heure précise à laquelle l'appel est passé aux secours. Louise affirme qu'elle a vérifié son pouls. En admettant qu'il lui ait fallu quelques secondes pour se remettre du choc initial, quelques-unes de plus pour courir jusqu'au corps, vérifier le pouls, sortir son vidéocom et téléphoner... Il a eu tout le temps de traverser l'appartement et d'atteindre la sortie. Ordinateur, poursuite de la lecture...

— Il tremble, observa Peabody.

— Oui, et il transpire.

Mais il ne courait pas. Il scrutait le couloir en regagnant l'ascenseur, mais il ne courait pas.

Eve le regarda descendre, le dos appuyé au mur, son sac en cuir serré contre sa poitrine. Il réfléchissait. Au point de se rendre au sous-sol plutôt qu'au rez-de-chaussée, et d'utiliser l'issue de service plutôt que l'entrée principale.

— Il n'y avait aucune trace de lutte dans l'appartement. Entre l'heure du décès et celle où elle a heurté le trottoir douze étages plus bas, il n'aurait jamais eu le temps de remettre les choses en ordre s'ils s'étaient battus. Mais elle était morte avant de passer par-dessus la rambarde. Avant qu'il ne la pousse. Elle avait pris de la drogue, mais il n'y en avait pas chez elle. On va demander au labo d'analyser la bouteille et les verres. Ensuite, dodo !

— Vous allez appeler Feeney ? Vous êtes obligée de passer par la DDE pour accéder à son ordinateur et lire les mails qu'elle a échangés avec le suspect ?

— En effet.

Eve se leva et, tout en sachant que c'était une erreur, commanda un deuxième café à l'autochef.

— Oubliez vos soucis personnels et mettez-vous au boulot.

— J'aimerais que vous en disiez autant à McNab, lieutenant.

Eve pivota vers elle.

— Il vous harcèle ?

— Oui. Enfin, pas exactement… Non, souffla-t-elle.

— C'est-à-dire ?

— Il s'arrange simplement pour que je sois au courant de toutes ses conquêtes, qu'il multiplie depuis que j'ai rompu avec lui. Il n'a même pas le courage d'agir sous mon nez. Mais il se débrouille pour que je l'apprenne.

— Apparemment, il a tourné la page. Je vous rappelle que c'est vous qui l'avez plaqué, Peabody. D'ailleurs, vous sortez avec Charles.

— Ça n'a rien à voir ! protesta Peabody en pensant au superbe compagnon licencié qui était devenu son ami – et dont elle n'avait jamais été la maîtresse. Je vous l'ai répété cent fois.

— Mais pas à McNab. C'est votre affaire, enchaîna Eve. Je ne veux pas le savoir. McNab peut coucher avec la terre entière, du moment que ça n'empiète pas sur son travail, ce n'est pas mon problème. Ce n'est pas le vôtre non plus. Déposez les requêtes de priorité à la morgue et rentrez chez vous. Rendez-vous ici à 8 heures.

Restée seule, Eve se rassit.

— Ordinateur, afficher les résultats de la recherche.

Recherche complétée à 82 %. Pas de correspondance.

— Élargir la recherche à l'État.

Affirmatif. Recherche en cours…

Eve avala son café et patienta, priant pour que la machine lui révèle un nom. Et que justice soit rendue au plus vite à Bryna Bankhead.

Malgré la surdose de caféine, Eve dormit mieux sur le sol de son bureau que dans son grand lit vide à la maison. En se réveillant, elle ordonna un nouvel élargissement à sa recherche jusque-là désespérément négative. Une tasse de café à la main, elle se rendit au vestiaire, se rafraîchit le visage, se peigna vaguement avec les doigts, roula les manches de la chemise de Connor.

Il était à peine plus de 8 heures quand elle pénétra dans le bureau de Feeney, à la DDE. Debout devant son autochef, ce dernier lui tournait le dos. Lui aussi était en manches de chemise, son arme en bandoulière. Malgré le coup de brosse auquel ils avaient sans doute eu droit, ses fins cheveux roux étaient aussi en désordre que ceux d'Eve.

— Qu'est-ce que ça sent ?

Il se retourna vivement, les yeux ronds de surprise. Et l'air coupable.

— Rien. Quoi de neuf ?

Elle renifla un instant.

— Des beignets ! Tu as des beignets !

— Tais-toi ! s'exclama-t-il en allant fermer la porte. Tu veux rameuter toute l'escouade ? Qu'est-ce qui t'amène ?

— Je veux un beignet.

— Écoute, Dallas, ma femme est au régime. À la maison, on ne mange plus que du tofu et des légumes réhydratés. J'ai besoin d'un minimum de sucre et de graisse pour survivre, moi.

— Tout à fait d'accord. File-moi un beignet.

— Grrrrrr !

Il repartit vers l'autochef et l'ouvrit. À l'intérieur, une demi-douzaine de beignets tiédissaient.

— Waouh ! De *vrais* beignets !

— La boulangerie au bout de la rue en vend quelques dizaines tous les matins. As-tu une idée de ce que ça coûte ?

Vive comme l'éclair, Eve en saisit un et mordit dedans.

— Mmm... Ça vaut la dépense.

— Du calme. Sinon, ils risquent de défoncer la porte.

Il se servit à son tour, savoura sa première bouchée.

— Personne n'a envie de vivre éternellement, pas vrai ? Je lui ai pourtant expliqué, à ma femme : je suis flic. Les flics affrontent la mort chaque jour.

— Parfaitement. Tu en as pris à la confiture ?

Il referma l'autochef d'un geste ferme avant qu'elle puisse l'atteindre.

— Donc, étant flic, affrontant la mort chaque jour etc. je me fiche pas mal de pomper un peu de graisses dans mes artères.

— Des graisses de première qualité, assura Eve en léchant ses doigts maculés de sucre.

Elle aurait pu lui en extorquer un second, mais elle se retint de crainte d'être malade.

— Quelqu'un s'est écrasé sur le trottoir, cette nuit, lâcha-t-elle sans préambule.

— Un suicide ?

— Non. Elle était déjà morte quand elle est tombée. J'attends le médecin légiste et les premiers rapports du laboratoire, mais je subodore un homicide sexuel. Elle avait rendez-vous avec un type rencontré sur Internet. Sur le vidéodisque de sécurité, on le voit entrer et sortir de chez elle, mais mes recherches d'identité n'ont rien donné. J'aimerais que tu me le retrouves grâce à l'ordinateur de la victime.

— Tu l'as avec toi ?

— Il est au bureau des scellés. Il s'agit de Bryna Bankhead. Dossier H-78926B.

— Je mets quelqu'un dessus tout de suite.

— Merci.

Elle marqua une pause avant de sortir.

— Feeney... si tu confies la tâche à McNab, tu pourrais peut-être lui demander de... je ne sais pas, moi... de modérer son comportement envers Peabody.

Le plaisir gustatif de Feeney s'évapora.

— Dallas ! Franchement...

— Je sais. Je sais. Mais je travaille avec elle et toi, avec lui.

— On pourrait les enfermer tous les deux dans une pièce, qu'ils s'expliquent une bonne fois pour toutes.

— C'est une solution à envisager ultérieurement. En attendant, tiens-moi au courant de tes découvertes sur l'ordinateur de la victime.

La recherche n'avait toujours pas abouti. Eve passa au stade *global*. Elle rédigea le rapport préliminaire destiné à son commandant, puis l'expédia par le système interbureaux. Après avoir recommandé à Peabody de ne lâcher le labo et la morgue sous aucun prétexte, elle fonça au tribunal, où elle devait témoigner dans une affaire en cours de jugement.

Deux heures et demie plus tard, elle émergea du bâtiment en maudissant les avocats du monde entier. Elle appela Peabody sur son vidéocom.

— Où en sommes-nous ?

— J'attends toujours les résultats de la recherche, lieutenant.

— Merde !

— Dure journée, Dallas ?

— La défense semble convaincue que la police a aspergé la chambre, les vêtements et la personne du sang de la victime dans le seul but de ternir la réputation des touristes psychopathes qui tuent leur femme à coups de poignard au cours d'une dispute conjugale.

— C'est dur pour la chambre de commerce.

— Ha, ha, ha ! railla-t-elle.

— Nous avons identifié la femme avec laquelle Bankhead a parlé le soir de sa mort. CeeCee Plunkett. Elle travaillait avec la victime au rayon lingerie, chez Saks.

— Retrouvez-moi là-bas.

— Bien, lieutenant. Puis-je vous suggérer un déjeuner au charmant café-restaurant du sixième étage ? Vous devez vous nourrir de temps en temps.

— J'ai mangé un beignet.

Avec un sourire espiègle, Eve coupa la transmission sur le cri de stupéfaction de Peabody.

La circulation n'améliora en rien son humeur. Coincée dans les embouteillages, elle envisagea un moment de garer son véhicule et de poursuivre à pied. Elle se ravisa à la vue des trottoirs.

Même le ciel était encombré : dirigeables publicitaires et bus volants rivalisaient avec les trams aériens pour touristes. Le bruit était assourdissant, pourtant, curieusement, il la calma. À tel point que, coincée au carrefour de Madison et de la 39e Rue, elle baissa sa vitre et s'adressa poliment à un opérateur de glissa-gril.

— Un tube de Pepsi, s'il vous plaît.

— Petit, moyen ou grand, jolie damoiselle ?

Elle haussa les sourcils. Un opérateur à ce point aimable était soit un droïde, soit nouveau dans le métier.

— Un grand.

Elle chercha de la monnaie au fond de sa poche. Quand il se pencha pour effectuer l'échange, elle constata que ce n'était ni un droïde ni un débutant. Il devait approcher les quatre-vingt-dix ans, et son sourire révélait une hygiène dentaire bien supérieure à la moyenne de ses collègues.

— Magnifique journée, n'est-ce pas ?

Elle regarda autour d'elle.

— Vous plaisantez ?

Il se contenta de sourire.

— Chaque jour que l'on vit est magnifique, mademoiselle.

Elle songea à Bryna Bankhead.

— Vous avez sans doute raison.

Elle déboucha son tube et sirota son soda en remontant l'avenue à une allure d'escargot. Parvenue à la 51e Rue, elle déboîta, se gara en double file et brancha son signal « En service ».

Des droïdes à la toute dernière mode se déplaçaient devant l'entrée du magasin Saks. Conçus pour épater la galerie, tout en assurant la sécurité, ils disposaient, en guise de renfort, d'une armée d'humains chargés de gérer les kiosques, comptoirs et autres allées, tout en guettant, selon Eve, les éventuels fugitifs. L'air empestait le parfum.

Un droïde féminin à la chevelure magenta se planta devant Eve.

— Bonjour, bienvenue chez Saks. Aujourd'hui, en promotion…

— Une goutte de ce machin sur mon poignet, une seule, et je vous enfonce le vaporisateur dans le gosier, gronda-t-elle.

— En effet, madame, une seule goutte d'Orgasma suffit à séduire l'amant de vos rêves.

Eve ouvrit le pan de sa veste et tapota son arme.

— Et un seul coup de feu vous mènera droit à la benne de recyclage, rétorqua-t-elle. Dégagez !

Le droïde s'exécuta promptement. Eve l'entendit appeler la sécurité, tandis qu'elle se faufilait entre clients et vendeurs. Quand un couple de droïdes en uniforme se précipita vers elle, elle brandit son badge.

— Département de police de New York. Affaire officielle. Éloignez-moi ces satanés dealers d'odeurs.

— Oui, lieutenant. Pouvons-nous vous être utiles ?

— Tout à fait. Où est le rayon lingerie ?

Ici, au moins, songea-t-elle en l'atteignant enfin, personne ne se ruait sur vous en agitant des petites culottes. Néanmoins, vendre du sexe semblait encore à l'ordre du jour, si l'on en jugeait par les tenues explicites des droïdes. Les humains, eux, étaient habillés.

Elle repéra immédiatement CeeCee Plunkett et patienta, le temps qu'elle finisse de s'occuper de sa cliente.

— Mademoiselle Plunkett ?

— En quoi puis-je vous aider ?

De nouveau, Eve présenta son badge.

— Y a-t-il un endroit où nous pouvons bavarder tranquillement ?

CeeCee blêmit. Elle avait de jolis yeux bleus. Elle les ouvrit en grand.

— Ô mon Dieu ! Mon Dieu, c'est Bryna ! Quelque chose lui est arrivé ! Elle n'est pas venue ce matin, elle ne décroche pas son vidéocom. Elle a été blessée.

— Où pouvons-nous nous installer ?

— Euh... bredouilla CeeCee en portant la main à sa tempe. Du côté des cabines d'essayage. Mais je n'ai pas le droit de quitter mon poste. Je...

— Hep !

Eve empoigna au passage un droïde en slip et soutien-gorge noirs.

— Prenez le relais.

Elle passa derrière le comptoir et saisit CeeCee par le bras.

— Où est-ce ?

— Par ici. Elle est à l'hôpital ? Lequel ? Je vais aller la voir.

Toutes deux pénétrèrent dans une des cabines. Eve ferma la porte.

— Asseyez-vous.

— C'est grave. Je sens que c'est grave.

— Oui. Je suis désolée.

Annoncer un décès n'était jamais facile. Cela ne servait à rien de tourner autour du pot.

— Bryna Bankhead est morte tôt ce matin.

CeeCee secoua la tête, lentement, et une larme roula sur sa joue.

— Elle a eu un accident ?

— C'est ce que nous cherchons à savoir.

— Je lui ai parlé. Hier soir. Elle était sur le point de sortir. Dites-moi ce qui s'est passé, je vous en prie.

Les médias avaient déjà divulgué la nouvelle, et le peu d'éléments dont on disposait. S'ils n'avaient pas encore révélé le nom de la victime, ce n'était plus qu'une question d'heures.

— Elle… elle est tombée de son balcon.

— Tombée ? répéta CeeCee en se levant d'un bond, pour se rasseoir aussitôt. C'est impossible. *Impossible.* Il y a un mur de sécurité.

— Nous enquêtons sur les circonstances du drame, mademoiselle Plunkett. Cela nous aiderait beaucoup si vous pouviez répondre à quelques questions. Acceptez-vous d'être enregistrée ?

— Elle n'a pas pu tomber, reprit CeeCee avec une pointe de colère. Elle n'était ni stupide ni maladroite. Elle n'a pas pu tomber.

Eve sortit son magnétophone.

— Mon nom est Dallas, lieutenant Eve. Je dirige l'enquête concernant le décès de Bryna Bankhead. Je vous interroge, vous, CeeCee Plunkett, parce que vous étiez une amie de la victime. Vous avez eu une conversation avec elle *via* vidéocom, hier au soir, quelques minutes avant 21 heures, juste avant qu'elle ne sorte.

— Oui. C'est elle qui m'a appelée. Elle était tellement nerveuse. Tellement excitée… Oh, Bryna !

— Pourquoi était-elle nerveuse et excitée ?

— Elle avait un rendez-vous. Le tout premier, avec Dante.

— Quel est son nom de famille ?

— Je n'en ai aucune idée.

Plongeant la main dans sa poche, elle en extirpa un mouchoir en papier, mais au lieu de s'essuyer les yeux elle le déchira en lambeaux.

— Ils se sont rencontrés sur Internet. Ils n'avaient pas révélé leur nom de famille ; c'est la règle du jeu. Question de sécurité.

— Depuis combien de temps correspondaient-ils ?

— Trois semaines, environ.

— Comment se sont-ils connus ?

— Sur un site de poésie. Ils se sont lancés dans un long échange sur la poésie romantique à travers les siècles et... Ô mon Dieu ! sanglota-t-elle, en se penchant en avant, le visage entre les mains. C'était ma meilleure amie. Pourquoi ?

— Se confiait-elle à vous ?

— On se racontait tout. Vous savez comment c'est, entre amies.

« Plus ou moins », répondit Eve en silence.

— Selon vous, c'était bien son tout premier rendez-vous avec Dante ?

— Oui. C'est pour ça qu'elle était dans tous ses états. Elle avait acheté une robe neuve, des escarpins. Et de superbes boucles d'oreilles...

— Avait-elle l'habitude de ramener ses cavaliers chez elle dès le premier soir ?

— Certainement pas ! Bryna était beaucoup trop conventionnelle. Avant qu'elle accepte de coucher avec un homme, il devait passer ce qu'elle appelait le « test des trente jours ». Je trouvais qu'un mois, c'était peut-être un peu long, mais... Que voulez-vous dire ?

— J'essaie simplement de cerner le personnage. Prenait-elle de la drogue ?

Le regard voilé de larmes de CeeCee se durcit.

— Vos questions ne me plaisent pas beaucoup, lieutenant.

— Je dois cependant vous les poser. Regardez-moi. Regardez-moi, insista Eve. Je ne vous veux aucun mal, ni à elle ni à vous. Mais il faut que je sache qui elle était.

— Non, elle ne consommait pas de drogue, déclara sèchement CeeCee. Elle prenait soin d'elle. Elle était comme ça. C'était une fille intelligente, drôle et loyale. Elle n'a pas basculé par-dessus la rambarde de son balcon parce qu'elle était ivre ou droguée. Elle n'a pas sauté non plus. N'imaginez pas une seule seconde qu'elle se soit suicidée. Si elle est tombée, c'est que quelqu'un l'a poussée. C'est que... que quelqu'un l'a tuée. Ce... ce Dante. Il... il l'a suivie jusque chez elle, il s'est débrouillé pour entrer dans son appartement, et il l'a tuée ! Retrouvez-le !

— C'est bien mon intention. CeeCee, je ne connais pas encore tous les tenants et les aboutissants, mais cela ne saurait tarder. Dites-moi ce que vous savez sur ce Dante. Tout ce que Bryna vous a raconté.

— Je n'en reviens pas. Je suis désolée, je...

Il y avait une carafe et des verres sur une table. Elle se leva pour les prendre. Elle tremblait tant qu'Eve la rejoignit, les lui ôta des mains et la servit.

— Merci.

— Prenez votre temps. Asseyez-vous, buvez tranquillement.

— Ça va aller, murmura CeeCee, mais elle devait tenir le gobelet à deux mains. Il prétendait avoir sa propre entreprise. Il était riche. Il ne s'en vantait pas, mais elle l'avait deviné. Il lui parlait de ses voyages à Paris, Moscou, de son séjour sur l'Olympe.

— Quelle sorte d'entreprise ?

— Il ne le lui a pas précisé. De même, il n'était pas censé savoir qu'elle travaillait ici. Pourtant, il le savait.

Le regard d'Eve s'aiguisa.

— Qu'est-ce qui vous fait croire cela ?

— Il lui a envoyé une gerbe de roses, ici même, la semaine dernière.

Eve se remémora les pétales sur le lit.

— Quoi d'autre ?

— Il parlait l'italien et... euh... le français et l'espagnol. Des langues romantiques, ajouta-t-elle. Bryna était complètement sous le charme. Elle prétendait qu'il avait une âme romantique. Moi, je lui répondais, tant mieux, mais... et son physique ? Elle riait. À ses yeux, ce n'était pas le plus important, du moment que leurs cœurs savaient se parler. Cela dit, si, en plus, il était beau... Lieutenant... est-ce qu'il l'a... violée ?

— Je ne peux rien affirmer à ce stade de l'enquête. Reconnaissez-vous cet homme ? enchaîna Eve en lui présentant la photo qu'elle avait extraite du vidéodisque.

CeeCee l'étudia avec attention.

— Non. Je ne l'ai jamais vu. C'est lui, n'est-ce pas ? Et en plus, il est pas mal, ce salaud.

Elle entreprit de déchirer le cliché. Eve la laissa faire.

— Où avaient-ils rendez-vous hier soir ?

— Au *Rainbow*. Bryna avait choisi ce bar pour son décor… romantique.

Quand Eve émergea de la cabine d'essayage, elle tomba sur Peabody, qui contemplait avec nostalgie une collection de bodies en dentelle.

— Ce doit être insupportable au bout de cinq minutes, fit remarquer Eve.

— Si tout se passe bien, on l'a enlevé au bout de cinq minutes, riposta Peabody. Le droïde m'a dit que vous étiez avec Plunkett, dans une cabine d'essayage.

— Oui. Le type s'appelle Dante, il a un faible pour la poésie et les roses. Je vous expliquerai.

— Où allons-nous ?

— À la morgue, en passant par le *Rainbow*.

Au bar, elles ne purent obtenir que la liste des noms et adresses des employés de service la veille au soir.

Elles eurent plus de chance à la morgue.

— Ah, mon flic préféré est là pour me harceler ! s'exclama Morris, le médecin légiste chef, avec un large sourire.

Il éteignit son scalpel à laser. Ses longs cheveux bruns étaient séparés en une demi-douzaine de tresses rassemblées sous un bonnet chirurgical transparent. Une blouse translucide protégeait sa chemise et son pantalon violets contre les éclaboussures malencontreuses.

— Ce n'est pas mon cadavre que vous êtes en train de découper, Morris.

— Non, et je le regrette, soupira-t-il en jetant un coup d'œil sur le jeune Black. Ce malheureux semble avoir reculé à plusieurs reprises dans un instrument tranchant. Il aurait pu se contenter d'une fois, mais non, il a continué, jusqu'à en tomber raide mort.

— Il était lent à comprendre, non ?

Elle fit une petite moue en examinant l'érection impressionnante de la victime.

— Apparemment, il avait pris un peu d'Exotica aromatisé d'un soupçon de Zeus, remarqua-t-elle. Un mélange plutôt détonant.

— Je suis d'autant plus d'accord avec vous que, selon votre collègue, l'inspecteur Baxter, il se servait avec enthousiasme de son sceptre avec la femme de son frère.

— Ah oui ?

— D'après le frère en question, la femme est toujours parmi les vivants et souffre d'une vilaine chute au cours de laquelle elle s'est fracturé le menton.

— Incroyable ! Si Baxter a mis le frère en garde à vue, et si vous connaissez la cause du décès, pourquoi n'êtes-vous pas sur mon macchabée à moi ?

— Venez par ici.

Morris l'entraîna dans une pièce attenante, dont Bryna Bankhead – ou du moins ce qu'il en restait – était la seule occupante. Un drap vert la recouvrait jusqu'au cou. Morris respectait les morts.

— J'imagine qu'elle était très belle.

Eve contempla le visage ravagé. Elle pensa à la glace dans la salle de bains, au tiroir rempli de cosmétiques.

— En effet. Dites-moi ce qui l'a tuée, Morris.

— Je pense que vous le savez déjà. Votre estimation de l'heure du décès était correcte. On lui a épargné l'horreur de la chute… En l'espace d'environ deux heures et demie, elle a ingurgité plus de deux décilitres d'hormonibital-six synthétique, une substance contrôlée extrêmement coûteuse et très difficile à acquérir. Du Whore.

— Un désinhibiteur, marmonna Eve. Communément utilisé autrefois par les violeurs d'un soir.

— Pas communément, rectifia Morris. Ses dérivés sont nombreux, nettement moins efficaces. Elle a avalé du Whore pur, Dallas. Deux décilitres, ça se vendrait plus d'un quart de million de dollar dans la rue. À condition d'en trouver dans la rue, ce qui est impossible. Je n'ai pas relevé de traces de ce produit sur un cadavre depuis plus de quinze ans.

— C'est ce qui l'a tuée ? Une overdose ?

— Pas seulement. Le mélange avec l'alcool était dangereux, mais pas fatal. Seulement voilà, notre héros a eu la main lourde. La moitié de la dose aurait suffi à lui assurer une coopération totale de la victime. L'effet aurait duré huit, dix heures, et elle se serait réveillée avec une gueule de bois carabinée. Maux de tête, vomissements, tremblements, perte de connaissance. Son organisme aurait mis à peu près soixante-douze heures à se purger.

Eve en avait la nausée.

— Il lui a épargné ce désagrément. Comment ?

— En lui en donnant trop, ce qui a dû la rendre léthargique. Je suppose que ça l'a contrarié, puisqu'il a assaisonné le dernier verre de vin d'un cocktail d'anéminiphine-colax-B. Du Wild Rabbit. Ce mélange bombarde littéralement les systèmes nerveux et respiratoire. Or, ceux de la victime étaient déjà atteints. Son cœur n'a pas supporté le choc. Il a cessé de battre au bout d'une vingtaine de minutes. Elle était trop intoxiquée pour se rendre compte de ce qui se passait.

— Est-ce qu'elle a pu être consentante, au début ?

Morris souleva doucement le drap.

— Dès le premier décilitre de Whore, elle était incapable de réagir.

— Il l'a droguée, violée, et ça l'a tuée. Ensuite, il l'a balancée par-dessus le balcon comme une poupée de chiffon pour dissimuler le crime.

— C'est mon avis.

— À présent, Morris, faites-moi plaisir : dites-moi qu'il a laissé des traces de sperme en elle. Dites-moi que vous avez son ADN.

Le visage du légiste s'éclaira.

— Oh, oui, je l'ai ! Amenez-le-moi, Dallas, et je vous aiderai à verrouiller la cage.

3

— Ce salaud mériterait qu'on lui arrache les parties avec une cuillère rouillée !

Eve s'installa dans la voiture.

— Surtout, ne vous retenez pas, Peabody. Confiez-moi vos véritables sentiments.

— Nom de nom, Dallas, ça m'a bouleversée de la voir là, sur la table, elle qui était si jolie, si contente à l'idée de rencontrer enfin ce cinglé. Elle s'imaginait qu'il était gentil et romantique. Mais depuis le début, il avait prévu de...

— ... de la sauter jusqu'à ce qu'elle en crève ? Je ne sais si c'était dans ses projets, mais c'est ainsi que ça s'est terminé. On pourrait peut-être le condamner pour assassinat, les substances toxiques étant l'arme du crime. Je pense plutôt que ça passera pour un homicide involontaire. Ne vous explosez pas le cortex, Peabody. On l'arrête pour ça, on y ajoute le viol et la tentative d'éliminer les preuves, croyez-moi, il restera à l'ombre jusqu'à la fin de ses jours.

— Ça ne suffit pas, insista Peabody, les larmes aux yeux. Parfois, je trouve que ça ne suffit pas.

Eve fixa son volant, afin de laisser à son assistante le temps de se ressaisir. Des enfants jaillirent d'une école, et se faufilèrent entre les passants sur leur planche à air.

— Ça suffit, parce que c'est tout ce que nous pouvons faire, reprit Eve. Notre mission, c'est de coincer le type qui a tué Bryna Bankhead. Ensuite...

Elle se remémora sa séance au tribunal, la mesquinerie avec laquelle l'avocat de la défense avait contourné la loi.

— Ensuite, nous devons faire confiance au système pour lui rendre justice et classer le dossier. Il faut savoir oublier, sans quoi, les morts s'empileront sous vos yeux, au point que vous ne pourrez plus faire votre boulot.

— Vous arrivez à oublier, vous ?

C'était une question qu'Eve essayait d'éviter – et qu'elle se posait beaucoup trop souvent.

— Au fil des ans, un certain nombre d'entre nous se laissent dévorer, jusqu'au jour où ils craquent. Je ne sais rien faire d'autre. Je ne me laisse donc pas envahir. Cependant, dans un monde parfait, ajouta-t-elle avec un long soupir, nous aurions opté pour la solution de la cuillère rouillée.

— Quand j'ai été affectée à la brigade criminelle, j'ai pensé que c'était ce que je pouvais faire de plus important. Je le pense toujours.

Eve démarra en trombe.

— Parfait. Il faut que je m'arrête en route à la clinique de Canal Street. En attendant, voyons où en sont les gars de la DDE.

Elle pianota sur son ordinateur de bord pour contacter le bureau de Feeney, et sentit Peabody se raidir quand le visage de McNab apparut à l'écran.

— Bonjour, lieutenant, lança-t-il avec un sourire figé. Peabody.

— Passez-moi votre patron.

— Il vient juste de sortir.

— Dites-lui de m'appeler dès son retour.

— Hé, minute ! Ne coupez pas avant de m'avoir écouté. Le chef m'a confié votre recherche électronique.

Profitant d'un espace étroit, Eve déboîta vivement.

— Un boulot plutôt basique, pour un génie de votre espèce, non ?

— Oui, eh bien, c'est passé dans les mains du génie lorsque le technicien a rencontré des problèmes. Votre cyber-Casanova s'était protégé. Mais vu mon talent, j'ai réussi à franchir toutes les murailles et j'ai obtenu son adresse.

— Vous me la donnez, ou vous continuez de vous vanter ?

— Ce serait avec plaisir, lieutenant, mais vous perdriez votre temps. C'est dans les Carpates.

— Où ça ?

— C'est une chaîne de montagnes, en Europe de l'Est. Je le sais, ajouta McNab en secouant sa queue-de-cheval blonde, parce que je me suis documenté. Et, avant que vous ne me demandiez ce que le suspect fabrique là-bas, sachez qu'il n'y est pas. C'est une adresse bidon. Aussi bidon que les nénés de ma cousine Sheila.

— Vous n'avez pas franchi des murailles juste pour ça, McNab, j'espère ?

— Vous plaisantez ? J'ai vaincu un pic, oui ! Je suis sur une piste, dont je devrais pouvoir vous donner des nouvelles d'ici une heure.

— Rappelez-moi dès que vous en aurez. Ah, euh... McNab ? Un homme qui en sait autant sur les nénés de sa cousine est forcément un pervers.

Elle coupa la communication sur son éclat de rire tonitruant, et jeta un coup d'œil à Peabody.

— J'admets qu'il est irritant, mais il est doué. Il va trouver. Et s'il met aussi longtemps, c'est que notre suspect est un pirate informatique de haut vol. Un clou de plus dans son cercueil... Cessez de bouder, Peabody.

— Je ne boude pas.

Excédée, Eve abaissa le miroir de courtoisie.

— Regardez-vous. Vous voulez à tout prix qu'il sache combien ça vous traumatise de travailler avec lui ? Un peu de dignité, bon sang !

— Je réfléchissais, c'est tout.

Eve s'engagea dans Canal Street, se frayant un chemin dans ce secteur semblable à un bazar, où les marchandises à bas prix abondaient. Le royaume du marché noir. Les touristes se faisaient avoir systématiquement, puis se précipitaient au poste pour déposer une plainte contre des boutiques qui changeaient d'enseigne et de propriétaire à la vitesse de l'éclair.

Un peu plus loin, ce carnaval cédait la place au dépotoir réservé aux sans-domicile et aux marginaux. Les vagabonds dressaient leurs cartons et leurs tentes par petits groupes. Ceux qui détenaient une licence de mendicité, comme ceux qui n'y avaient pas droit, erraient le long des rues dans l'espoir de grappiller suffisamment de jetons de crédit pour s'offrir une bouteille d'alcool, histoire de survivre vingt-quatre heures de plus.

Ceux qui ne passaient pas la nuit seraient transportés à la morgue par une unité spéciale de la police. On avait beau les ramasser, les incinérer aux frais de la ville, il en venait toujours plus. C'était un cycle infernal. Et c'était ici, au milieu de la crasse et de la misère, que se trouvait la clinique de Louise Dimatto. Elle n'avait pas résolu le problème, mais du moins parvenait-elle à en aider quelques-uns.

Garer une voiture dans ce quartier était risqué, à moins d'être accompagné d'une armée de droïdes en armure et équipés de mitraillettes laser.

La bonne nouvelle, c'était que les places ne manquaient pas.

Eve s'arrêta derrière ce qui avait dû être autrefois une berline, mais dont il ne restait qu'une partie du châssis et un pare-brise en morceaux.

Elle descendit du véhicule et, dans le nuage de vapeur puant qui s'échappait de la bouche d'aération du métro, le verrouilla et activa toutes les alarmes. Puis elle scruta les alentours. Quelques personnes traînaient sous les porches.

— Je suis le lieutenant Dallas, du département de police, annonça-t-elle, sans crier, mais d'une voix suffisamment haute pour attirer leur attention. Ce tas de ferraille est ma voiture officielle. Si à mon retour ledit tas de ferraille n'est pas à cet endroit précis, dans le même état que maintenant, j'appelle une escouade avec des chiens, qui se chargera de confisquer toutes vos petites réserves. Croyez-moi, ce ne sera pas agréable.

— Saleté de flic !

Eve leva les yeux vers la fenêtre du troisième étage, en face.

— Agent Peabody, voulez-vous confirmer l'opinion de ce crétin ?

— Oui, lieutenant. Il a raison : vous êtes une saleté de flic.

— Et que se passera-t-il si on touche à mon véhicule ?

— Vous leur pourrirez la vie, ainsi que celle de leurs amis et de leur famille.

— Exactement, approuva Eve avec un sourire glacial.

Sur ce, elle tourna les talons et se dirigea vers l'entrée de la clinique.

— Et vous y prendrez plaisir ! lança Peabody derrière elle.

— Oui, bon, ça va, Peabody. Je crois qu'ils ont compris.

L'espace d'un instant, elle crut s'être trompée de porte. Elle gardait de ses visites précédentes le souvenir d'une salle d'attente pleine à craquer, de peintures écaillées et de meubles de guingois. Au lieu de quoi elle se trouvait dans une vaste salle cloisonnée par un muret orné de plantes vertes. Sièges et canapés étaient sagement alignés de part et d'autre, et bien qu'ils fussent tous occupés, l'endroit respirait l'ordre et le calme.

Les murs, d'un joli vert pâle, étaient décorés de dessins d'enfants. Certes, on entendait gémir et tousser. Mais on ne ressentait pas, comme lors de l'hiver dernier, la colère et le désespoir.

Une femme en combinaison du même vert que celui des murs surgit d'une pièce attenante.

— Madame Lasio, s'il vous plaît...

Eve s'approcha du comptoir d'accueil. Un jeune homme au visage serein l'accueillit.

— Bonjour, en quoi puis-je vous être utile ?

— Je souhaite voir le Dr Dimatto.

— Malheureusement, le Dr Dimatto est occupé jusqu'à la fin de la journée, madame. S'il s'agit d'une urgence médicale...

— C'est personnel, l'interrompit Eve en posant son badge sur le comptoir. Et officiel. Si elle est débordée, dites-lui de me contacter dès qu'elle aura un moment de libre. Lieutenant Dallas, au central.

— Ah ! Lieutenant Dallas. Le Dr Dimatto se doutait que vous passeriez. Elle est avec un patient. Si ça ne vous ennuie pas de patienter quelques minutes... Installez-vous dans son bureau, je vais la prévenir.

— Merci.

Il guida Eve et son assistante dans un large couloir flanqué de plusieurs pièces.

— Vous avez fait des travaux ?

— Oui. Le Dr Dimatto a pu racheter l'immeuble qui jouxtait l'ancienne clinique.

Sans se départir de son sourire, il leur fit traverser un laboratoire flambant neuf, pour emprunter un autre couloir.

— Elle a agrandi et modernisé l'ensemble, poursuivit-il, et y a ajouté un service de pédiatrie. Nous avons à présent six médecins, deux à plein temps, quatre en rotation.

Il poussa une porte.

— Le Dr Dimatto est l'ange de Canal Street. Je vous en prie, commandez ce que vous voulez à l'autochef.

Le bureau de Louise n'avait pas beaucoup changé. Petit et encombré, il était assez semblable à celui d'Eve au central.

— Elle en a eu pour au moins deux millions, commenta Peabody.

— Au bas mot.

Eve, qui lui avait donné un demi-million, songea que l'ange de Canal Street avait dû se démener pour rassembler les fonds nécessaires.

— Cet endroit est mieux équipé, et probablement mieux géré, que mon centre médical local, enchaîna Peabody avec une petite moue. Je me demande si je ne vais pas venir me faire soigner ici.

— Mmm, murmura Eve, pour qui une clinique en valait bien une autre. Vous avez votre e-memo sur vous ? Nous allons laisser un message au Dr Dimatto. Il faut que je retourne au central.

— Je crois que oui. Quelque part.

Tandis que Peabody fouillait en vain dans ses poches, Louise arriva.

— J'ai cinq minutes, et très envie d'un café ! s'exclama-t-elle en se précipitant vers l'autochef. Dites-moi tout.

— Vous connaissiez Bryna Bankhead ?

— Non.

— Peabody, la photo… Vous la reconnaissez ?

Sa tasse dans une main, Louise passa l'autre dans ses cheveux, tout en fronçant les sourcils. Un stéthoscope et une sucette rouge dépassaient de la poche de sa blouse.

— Ah, si. J'ai pris l'ascenseur une ou deux fois avec elle, et j'ai dû l'apercevoir à quelques reprises dans les magasins alentour. Je lui ai peut-être même adressé la parole, mais de façon anodine, comme on le fait entre voisins qui ne se fréquentent pas. Elle a été assassinée ?

— Oui. Et lui ? Vous le reconnaissez ?

— Non. Je ne l'ai jamais vu. C'est lui qui l'a tuée ?

Eve rendit les clichés à Peabody.

— Avez-vous traité des patients ayant ingurgité du Whore ou du Wild Rabbit ?

— Oui. Cela m'arrive plusieurs fois par mois. Surtout des dérivés de Rabbit, ou un mélange Exotica/Zeus, parce que les produits purs sont trop chers. En revanche, je n'ai jamais eu affaire au Whore, et je ne connais personne dont ce soit le cas. On en étudie les effets en formation, mais cette substance n'est plus utilisée.

— Si.

— Quoi ? Il l'a droguée au Whore ? Au Whore *et* au Wild Rabbit ? Seigneur ! s'écria-t-elle. Avec de l'alcool en plus, je suppose. Pourquoi ne pas lui avoir tout simplement explosé la cervelle au laser ?

— Vous pourriez peut-être interroger vos collègues.

— Bien sûr.

— Parfait. Sondez votre entourage et tenez-moi au courant.

— Vous pouvez compter sur moi.

— Bravo pour vos efforts, ajouta Eve.

— Nous sommes très fiers. Vos trois millions nous ont bien aidés.

— Trois millions ?

— Je ne m'attendais pas au bonus.

Louise ouvrit la bouche, la referma.

— Quel bonus ? Rafraîchissez-moi la mémoire, Louise. Quand vous ai-je donné trois millions de dollars ?

— Pas vous. Votre représentant. En février.

— Mon représentant ?

— Une grosse légume du cabinet Montblanc, Cissler et Treacle. Versé en deux fois, le premier demi-million comme convenu, plus deux millions et demi, à condition que j'accepte de prêter mes services à Dochas, le tout nouveau centre pour enfants et femmes battus, dans le Lower East Side. Il paraît, ajouta-t-elle avec un sourire, que *dochas* signifie *espoir* en gaélique.

— Pas possible !

— Eh oui ! Vous avez de la chance d'avoir un homme comme lui, lieutenant. Si jamais vous vous en lassez, je prendrai volontiers le relais.

— J'y songerai.

— C'est vous qui lui avez filé tout ce fric ? interrogea Peabody, sur les talons de Dallas.

— Non, puisque ce n'est pas le mien, mais celui de Connor. Je suis flic, nom de Dieu ! Un flic ne gagne pas de quoi multiplier les œuvres de charité.

— D'accord, mais... ça vous énerve ?

Eve s'immobilisa sur le trottoir et reprit sa respiration.

— Je n'en sais rien.

Elle flanqua un coup de pied dans un lampadaire.

— Il aurait pu m'en parler, non ? S'il me tenait au courant, j'éviterais de me ridiculiser.

Peabody jeta un coup d'œil vers la clinique.

— Moi, je trouve que c'est un geste magnifique.

— Cessez de me contredire, Peabody. N'oubliez pas que je suis une saleté de flic.

— Oui, lieutenant. Apparemment, le message est passé, parce que votre véhicule n'a pas bougé.

— Dommage ! Ça m'aurait permis de me défouler.

De retour au central, Eve s'offrit une barre de chocolat en guise de déjeuner, rumina un moment, effectua une recherche sur les substances chimiques concernant l'affaire Bankhead, rumina de nouveau, puis décida de harceler McNab.

— Je veux l'adresse.

— J'en ai vingt-trois, ça vous va ?

— *Quoi ?*

— Écoutez, je vais dégoter une salle de conférences. Votre bureau est une boîte à chaussures. Alors, poursuivit-il en pianotant sur son clavier. À votre étage... ah ! Pièce 426. Je la prends à votre nom.

— McNab...

— Ce sera plus facile et plus rapide pour moi de vous expliquer tout ça en face à face. Accordez-moi cinq minutes.

Il coupa la communication, et Eve pivota vers Peabody en grognant :

— Salle de conférences 426. Immédiatement !

Elle sortit au pas de charge et se rua dans la pièce 426, la rage au ventre.

Pour son malheur, ce fut Feeney qui surgit le premier.

— Qu'est-ce que c'est que cette division que tu diriges ? Depuis quand est-ce que McNab me donne des ordres ? Depuis quand est-ce qu'il me raccroche au nez ? Depuis quand est-ce qu'il réserve les salles en *mon* nom, de sa propre initiative, tout en refusant de me communiquer les informations que je lui demande ?

— Hé ! Doucement, Dallas ! Je ne suis qu'un pauvre spectateur innocent.

— Dommage, parce que, en général, ce sont eux qui finissent dans un bain de sang.

Avec un petit haussement d'épaules, Feeney agita le sachet de cacahuètes dans sa poche.

— Tout ce que je sais, c'est qu'il m'a prié de vous rejoindre ici pour qu'il puisse nous mettre au courant tous les deux en même temps.

— C'est moi qui suis chargée de ce dossier. J'ai requis l'assistance de la DDE. Je n'ai pas encore désigné mon équipe, et je n'en ai pas reçu l'ordre de mon commandant. D'ici là, McNab n'est qu'un employé parmi d'autres.

Feeney s'immobilisa et inclina la tête.

— Moi aussi, lieutenant ?

— Ton rang m'importe peu quand je dirige une enquête. Si tu n'es pas capable d'apprendre à tes subordonnés comment suivre les procédures, peut-être ne mérites-tu pas ta place.

Il s'avança vers elle jusqu'à ce que les pointes de leurs chaussures se touchent.

— Ne me dis pas ce que j'ai à faire ou ne pas faire. C'est moi qui t'ai formée, et j'ai encore un certain pouvoir, alors ne va pas t'imaginer que tu peux me détruire.

— Dégage.

— Merde, Dallas ! Si tu as quelque chose contre moi, crache le morceau.

Sa tête était sur le point d'exploser. Comment n'avait-elle rien senti venir ? Son cœur s'était serré. Ce fut donc elle qui recula, prudemment.

— Il l'a droguée au Whore et au Rabbit. Il a parsemé le lit de pétales de rose et il l'a sautée jusqu'à ce qu'elle en crève. Ensuite, il l'a balancée nue par-dessus son balcon.

— Aïe ! marmonna-t-il d'une voix empreinte de pitié.

— Je n'arrive pas à l'avaler. Je suis désolée de t'avoir pris comme bouc émissaire.

— N'y pense plus. Parfois, c'est plus fort que soi, on a besoin de se défouler.

— J'ai son visage, j'ai son ADN, j'ai ses communications. Je sais à quelle table de quel bar il lui a offert un cocktail arrosé de Whore – qu'elle a payé avec sa propre carte bleue. Mais lui... Pfffuit !

— Ne t'inquiète pas. Tu l'attraperas.

Il se retourna, tandis que Peabody franchissait le seuil, juste devant McNab. Tous deux avaient les joues rouges.

— McNab, avez-vous demandé l'autorisation à la responsable de l'enquête d'organiser cette réunion ?

McNab cligna des yeux.

— Je... euh...

— Répondez !

— Pas exactement, patron. Lieutenant Dallas, pardonnez-moi. Je pense que les renseignements dont je dispose sont... euh... importants, et qu'il valait mieux vous les transmettre en personne plutôt que par le réseau.

— Nous vous écoutons, McNab.

— Bien, lieutenant.

Difficile de conserver une façade froide et austère quand on porte un pantalon rouge cerise et une chemise jonquille. Mais il y parvint à peu près.

— En remontant la trace de l'adresse frauduleuse, j'ai pu me procurer le nom qui a servi à enregistrer le compte. Une prétendue société appelée La Belle Dame.

—Une prétendue société, répéta Dallas.

—Oui, lieutenant. Il n'existe aucune entreprise ou organisation répondant à ce nom dans l'État de New York. Le siège est domicilié à la gare centrale.

—Et je devrais sauter de joie parce que... ?

—Parce qu'à force de gratter, j'ai fini par trouver les sources des transmissions. L'endroit d'où elles sont parties. Vingt-trois, jusqu'ici. Rien que des cybercafés et des clubs de Manhattan, du Queens et de Brooklyn. Pour l'instant, insista-t-il. Il se déplace, il envoie et reçoit des messages dans des lieux publics. Le seul message issu de l'adresse écran était destiné à Bryna Bankhead.

—Il l'a créée pour elle, murmura Eve.

—Le compte parapluie pourrait comporter d'autres noms, enchaîna McNab. Je n'ai pas encore réussi à décrypter tous les codes. Ce qui est sûr, c'est que c'est un fin connaisseur. Non seulement il est doué, mais en plus, il est extrêmement prudent.

—La meilleure amie de la victime ne l'a pas reconnu. Pour l'heure, aucun des voisins interrogés n'a pu l'identifier, dit Eve en arpentant la pièce. Si Bankhead ne le connaissait pas, s'il n'avait jamais été vu aux alentours de son immeuble avant le soir du meurtre, nous devrons en déduire qu'il l'a ciblée sur le site de « chat ».

—Il savait où elle travaillait, intervint Peabody. Peut-être était-il un client occasionnel. S'il fréquentait régulièrement le rayon lingerie, ou s'il était employé dans le magasin, quelqu'un l'aurait repéré. Un homme qui traîne devant les comptoirs de sous-vêtements, ça se remarque. Par acquit de conscience, je propose qu'on vérifie les fichiers de leur division des ressources humaines.

—Donc, il opère dans les lieux publics, conclut Eve. Soit il aime faire des rencontres, soit il se cache en se montrant. Peut-être les deux. On va faire circuler cette photo dans tous les cybercafés.

— Vous savez combien il y en a à New York, lieutenant ? protesta McNab.

— Non, et je ne veux pas le savoir. Mais vous pouvez vous amuser à les comptabiliser au fur et à mesure de vos visites.

Elle s'adressa à Feeney.

— Je t'embarque dans cette affaire si le commandant m'y autorise ?

— J'ai l'impression que c'est déjà fait.

— McNab, établissez une liste, ordonna Eve. On va travailler par paires. McNab et Feeney sont des experts en ce domaine. Je ne vous poserai la question qu'une seule fois, maintenant : quelqu'un voit-il un quelconque inconvénient à travailler les uns avec les autres ?

McNab fixa le plafond, soudain fasciné, tandis que Peabody contemplait ses ongles.

— Très bien. Peabody, vous êtes avec McNab. Feeney, tu restes avec moi. Commencez par l'ouest, nous irons à l'est.

Elle consulta sa montre, effectua un rapide calcul.

— 21 h 30. Rendez-vous chez moi demain à 8 heures. Feeney, allons voir Whitney.

Feeney lui emboîta le pas nonchalamment.

— Tu aurais pu me mettre avec Peabody.

— C'est vrai, admit-elle en espérant qu'elle n'avait pas commis une erreur. Mais de cette façon, peut-être qu'ils se fâcheront pour de bon et qu'on pourra travailler tranquillement.

— Je mise vingt dollars sur Peabody.

Elle enfonça les mains dans ses poches.

— Merde. Bon, d'accord, mais si je dois miser sur McNab, je joue à trois contre cinq.

— Entendu.

Dans la salle de conférences, Peabody et McNab n'avaient pas bougé.

— Ça ne me dérange pas du tout de faire équipe avec toi, déclara McNab.

— Et inversement.

— Tant mieux.

— Oui, tant mieux.

Ils observèrent tour à tour le plafond, puis le sol, pendant une vingtaine de secondes. Ce fut McNab qui brisa le silence.

— C'est toi qui m'évites.

— Je n'ai pas le choix. Tout est fini entre nous.

— Et alors ? riposta-t-il, furieux de la voir si calme alors qu'elle occupait ses pensées du matin au soir.

— Et alors, tu n'aurais pas l'impression que je t'évite, si toi, de ton côté, tu ne cherchais pas à tout prix à attirer mon attention.

— Figure-toi que je suis un homme très occupé, Belle Plante. Trop occupé pour me morfondre sur le sort d'une fliquette guindée qui passe son temps libre avec un compagnon licencié.

— Ah, non ! Laisse Charles en dehors de cette histoire.

Elle bondit sur ses pieds, blême de rage, le cœur déchiré.

— Moi, je n'ai pas besoin de faire appel à des pros. Les femmes se jettent à mes pieds. Mais le problème n'est pas là, n'est-ce pas ? On a un boulot à faire, point final. Si tu t'en sens capable.

— J'en suis autant capable que toi. Plus, même.

— Parfait. Je dresse la liste, et on s'y met.

4

— Vous n'avez pas son vrai visage.

Eve lança un regard noir à Dickie Berenski, le technicien en chef du laboratoire. Malgré ses sourires doucereux et sa prétention, dans son monde de fibres, de fluides et de follicules, c'était un véritable génie.

— Vous m'avez fait venir jusqu'ici pour m'annoncer ça ?

Dickie fit pivoter son siège vers un autre ordinateur. Ses longs doigts minces dansèrent sur le clavier.

— Vous voyez ça ?

Eve étudia l'image sur l'écran.

— C'est un cheveu.

— Bravo, madame ! Mais quelle sorte de cheveu ? me demanderez-vous, et je vais vous répondre. Ce n'est pas un cheveu du suspect, ce n'est pas un cheveu de la victime, c'est le cheveu d'une perruque. Une perruque de luxe.

— Vous pouvez savoir d'où elle provient ?

— Je travaille dessus.

Il fonça vers une troisième machine.

— Et ça ? Vous savez ce que c'est ?

L'écran affichait diverses formes et formules multicolores. Eve souffla. Elle avait horreur des devinettes, mais avec Dickie, il fallait jouer le jeu.

— Non, Dickie. Si vous me l'expliquiez ?

— C'est du maquillage, Dallas. Crème de base 905/4. On en a relevé des traces sur les draps. Ça ne correspond pas à ce que portait la victime. Mais ce n'est pas tout!... Voyez, ici... c'est un produit dont on se sert pour remodeler le menton ou les pommettes quand on ne veut pas se soumettre au scalpel d'un chirurgien esthétique.

— Et elle n'avait pas utilisé ce truc.

— En effet. Mais le suspect, lui, était perruqué, remodelé, maquillé. Vous n'avez pas son vrai visage.

— Quelle bonne nouvelle, Dickie! Autre chose?

— Quelques poils pubiens. Châtains. Ça me sera utile. J'ai aussi les empreintes relevées sur les verres, la bouteille, le corps, les baies vitrées du balcon, la rampe. Vous verrez, vous allez le coincer vite fait.

— Envoyez-moi votre rapport. Tâchez de découvrir les marques des produits. Je veux le tout sur mon bureau demain matin.

— Hé! lança-t-il tandis qu'elle tournait les talons. Vous pourriez me remercier!

— C'est vrai. Merci.

En rentrant chez elle, Eve tenta de brosser le portrait de son assassin. Il était intelligent – suffisamment pour changer son apparence afin que ni les caméras de sécurité ni Bryna ne puissent l'identifier. Mais il n'était pas sorti avec elle ni ne l'avait ramenée chez elle dans l'intention de la tuer. Eve en avait la certitude.

Son but était de la séduire.

Malheureusement, la situation avait dérapé, et il s'était retrouvé avec une morte sur un lit parsemé de pétales de rose. Panique ou colère, il n'avait rien trouvé de mieux que de la jeter par-dessus le balcon. Panique, décida-t-elle. Son visage, au moment où il émergeait de l'appartement, n'exprimait pas la colère.

Il avait de l'argent. Depuis qu'elle vivait avec Connor, elle savait en reconnaître les signes. La coupe de son costume, la qualité du cuir de ses chaussures.

Pourtant, il avait laissé Bryna payer leurs consommations. D'une pierre, deux coups, songea-t-elle. Pas de trace, et un coup de pouce à son ego.

Il avait de solides connaissances en informatique et en chimie. Ou du moins, il y avait accès.

C'était un pervers sexuel. Peut-être maladroit, voire impuissant dans des circonstances normales. Sûrement célibataire, décida Eve en franchissant le portail du domaine. Probablement incapable d'entretenir une relation à long terme. Il voulait tout contrôler. Le style romantique, c'était pour lui, pas pour elle.

Une illusion. Un fantasme. Pour qu'il puisse s'imaginer dans le rôle de l'amant.

Une fois satisfait, de deux choses l'une : ou bien il se terrerait dans son antre, terrifié et en proie à un sentiment de culpabilité ; ou bien il se remettrait en chasse.

D'après son expérience, les prédateurs se contentaient rarement d'une seule proie.

Le manoir se dressa devant elle, magnifique dans le crépuscule. Les fenêtres, trop nombreuses pour qu'on les compte, étaient toutes éclairées. Arbres et buissons, dont Eve aurait été incapable de citer les noms, fleurissaient un peu partout, parfumant l'air de leurs arômes délicats. Ici, on oubliait complètement qu'on était en ville.

Eve avait appris à aimer cette demeure, ce qui lui aurait paru inimaginable un an auparavant. Elle l'avait trouvée superbe, certes, voire intimidante. Mais au fil du temps, elle s'était laissé envoûter, comme par son mari.

Sachant qu'il n'y était pas, elle faillit faire demi-tour et regagner le central.

Elle se ravisa, la perspective d'une nuit entière dans son bureau lui rappelant ce qu'elle serait devenue si elle n'avait pas rencontré Connor.

Elle se gara devant l'entrée, gravit les marches du perron, poussa l'énorme porte et pénétra dans le hall somptueux.

Comme à l'accoutumée, Summerset, maigre corbeau vêtu de noir, l'attendait. Sa voix était aussi sévère que son visage.

— Lieutenant, vous avez quitté la propriété au beau milieu de la nuit, et négligé de m'informer de votre emploi du temps.

— Aïe ! Aïe ! Aïe ! Vous allez me punir, papa ?

Parce qu'elle savait que cela l'irriterait, et qu'irriter le majordome de Connor était l'un des grands plaisirs de sa vie, elle se débarrassa de sa veste et la jeta sur la rambarde de l'escalier monumental.

— Me tenir au courant de vos allées et venues est une marque de courtoisie élémentaire, ce que vous êtes bien incapable de comprendre.

— Taisez-vous. Nous nous comprenons parfaitement, vous et moi. Et je suis sortie faire la fête. Vous savez ce que c'est, quand le chat n'est pas là, les souris dansent.

Bien qu'elle en eût très envie, elle n'osa pas lui demander s'il savait quand Connor rentrerait.

Il devait le savoir, songea-t-elle en montant. Il savait tout. Évidemment, elle pouvait appeler Connor elle-même pour lui poser la question, mais ce serait idiot. Ne lui avait-elle pas parlé à peine vingt-quatre heures plus tôt ? Ne lui avait-il pas promis de revenir d'ici deux jours ?

Elle pénétra dans sa chambre. Que faire ? Prendre une douche ? Bof… Dîner ? Elle n'avait pas faim. Autant foncer dans son bureau, consulter quelques archives, relire ses notes. Elle posa son arme, s'étira. Et se rendit compte que travailler n'était pas non plus la solution.

Elle avait besoin de réfléchir.

Eve fréquentait très peu le jardin suspendu. Elle souffrait de vertige. Mais à l'intérieur, malgré l'immensité des pièces, elle avait l'impression d'étouffer. Un peu d'air frais lui éclaircirait les idées.

Les premières étoiles scintillaient au-dessus des arbres miniatures et des fleurs cascadant des jardinières. L'eau d'une fontaine ruisselait dans un bassin rempli de poissons exotiques aux couleurs chatoyantes.

Elle marcha tranquillement jusqu'au mur sculpté de fées ailées qui ceignait cette partie du toit.

Ils avaient donné des réceptions ici, à plusieurs reprises. Pour un homme dans la position de Connor, c'était une nécessité. Mais pour des raisons obscures, il semblait y prendre plaisir.

Eve ne se souvenait pas d'être venue ici toute seule. Qui entretenait cette végétation luxuriante ? Qui nourrissait les poissons, polissait les carrelages, nettoyait les sièges, les tables et les statues ?

Hormis Summerset, elle ne croisait pratiquement jamais le moindre domestique, humain ou droïde. Normal... les riches et les puissants avaient le don de commander des armées silencieuses et presque invisibles pour veiller aux détails de la vie quotidienne.

Bien que riche et puissant, Connor n'avait pourtant pas hésité à se rendre en Irlande, dire un dernier adieu à un ami.

Quant à Eve, elle passait ses journées à s'occuper de morts qui lui étaient totalement étrangers.

Elle se concentra sur Bryna Bankhead.

Jeune, enthousiaste, romantique. Organisée. Elle s'était entourée de jolies choses, dans un décor de bon goût. Son armoire était pleine de vêtements de qualité, parfaitement entretenus.

La robe et les escarpins qu'elle portait le soir de sa mort étaient neufs, leurs prix soigneusement consignés dans son cahier de comptes. Elle s'était offert une manucure et un nettoyage de peau, et elle avait mis de superbes boucles d'oreilles, acquises l'après-midi même.

Une femme très féminine. Une femme qui lisait et appréciait la poésie.

Ce qui signifiait que l'assassin ciblait les jeunes romantiques très féminines.

Elle avait deux bouteilles de vin dans sa cuisine, du rouge et du blanc, d'une qualité inférieure à celle retrouvée sur la table basse du salon. Était-ce lui qui l'avait apportée, dans son sac de cuir noir, avec les drogues, les pétales de rose et les bougies ?

Elle conservait des préservatifs dans le tiroir de sa commode, mais il n'en avait pas utilisé. Bryna était beaucoup trop intoxiquée pour l'avoir obligé à se protéger, d'où l'on pouvait déduire que le meurtrier s'en fichait, et se souciait peu de laisser des traces de son ADN.

Parce que, si Bryna avait survécu, elle n'aurait jamais pu le décrire aux autorités. Elle n'aurait pas non plus été capable d'expliquer avec précision ce qui s'était passé. Ils avaient bu un verre dans un lieu public. Selon le serveur, qu'Eve avait interrogé un peu plus tôt, ils semblaient très proches. Mains entrelacées, baisers furtifs, rires complices, échange de regards langoureux. Il les avait pris pour des amoureux.

Les vidéodisques des caméras de sécurité de l'immeuble n'avaient fait que confirmer cette déclaration. Non seulement elle l'avait laissé entrer dans l'appartement, mais elle l'y avait entraîné.

C'était malin de la part de son agresseur. Il avait su patienter, la laisser prendre les devants. Pour la galerie.

Si elle avait survécu, il s'en serait tiré sans le moindre problème.

Eve se demanda si c'était pour lui une première.

Possible, songea-t-elle en arpentant le jardin. Dans le cas contraire, il n'aurait pas fait l'erreur de forcer les doses.

S'immobilisant brusquement, elle sortit de sa poche son miniordinateur et y entra une série de mots clés.

Sites « chat »
Poésie
Drogues rares, coûteuses
Perruque, maquillage

Roses roses
Pinot noir 49
Pervers sexuel
Bonnes connaissances en informatique
Connaissances en chimie

Après avoir relu sa liste, elle rangea l'appareil. Elle pouvait maintenant songer à prendre sa douche, manger un morceau, et se remettre au boulot.

Pivotant sur elle-même, elle découvrit Connor.

Ils avaient beau être ensemble depuis plus d'un an, chaque fois qu'elle le voyait, son cœur faisait un bond.

Il semblait tout droit sorti d'un rêve. Grand, mince, vêtu de noir. Un visage aux traits ciselés et à la bouche sensuelle, encadré de cheveux sombres, souples et soyeux. Son regard, d'un bleu intense, avait encore le pouvoir de la liquéfier.

— Tu es rentré plus tôt que prévu.

— Un peu. Bonsoir, lieutenant.

Au son de sa voix, teintée d'un léger accent irlandais, elle fondit littéralement. Il ébaucha un sourire, et elle fit un pas vers lui. Puis elle se jeta dans ses bras.

Il la souleva de terre et l'étreignit fougueusement. Une exquise chaleur envahit Connor.

— Tu as négligé de m'informer de ton emploi du temps, déclara-t-elle, imitant Summerset. Je vais devoir annuler mon rendez-vous avec les jumeaux strip-teasers.

— Ah, Lars et Sven ! Il paraît qu'ils sont très inventifs.

Il la posa doucement, et ils demeurèrent un moment ainsi, joue contre joue.

— Que faisais-tu ici ?

— Je ne sais pas exactement. J'étais nerveuse, j'avais besoin de prendre l'air.

Elle s'écarta légèrement.

— Ça va ?

— Oui.

Elle inclina la tête, prit son visage entre ses mains.

— Connor... est-ce que ça va ? insista-t-elle.

— J'ai passé un moment pénible. Plus que je ne l'avais imaginé. Je croyais avoir tiré un trait là-dessus.

— C'était ton ami. Quoi qu'il en soit, c'était ton ami.

— Un ami qui est mort pour que je reste vivant... Cette veillée mortuaire à laquelle Brian tenait tant, le fait de revoir tant de gens de mon passé, puis la tombe de Mick... c'était très douloureux.

— J'aurais dû t'accompagner.

Il ne put s'empêcher de sourire.

— La présence d'un flic aurait mis certaines personnes mal à l'aise. Même si c'est le mien. Cela étant, j'ai un message pour toi de la part de Brian : quand tu auras retrouvé ta lucidité et que tu te seras débarrassée de moi, il sera là.

— C'est toujours bon de savoir qu'on a une solution de repli. Tu as dîné ?

— Pas encore.

— Si on inversait les rôles, pour une fois ? Je te prépare un en-cas, j'y glisse un petit tranquillisant, et je te borde dans ton lit.

— Tu as les yeux cernés, remarqua-t-il. Il me semble que c'est plutôt toi qui as besoin d'être dorlotée. Summerset m'a dit que tu t'étais absentée une grande partie de la nuit.

— Summerset est un rapporteur. J'ai été appelée sur le terrain.

Il glissa les doigts dans les cheveux de sa femme.

— Tu veux m'en parler ?

Elle aurait pu répondre non, mais il aurait insisté.

— Plus tard, promit-elle en se blottissant contre lui.

— Tu m'as manqué, Eve. Terriblement.

— Tu peux y remédier, murmura-t-elle en effleurant son menton des lèvres.

— C'est bien mon intention.
— L'intention, c'est une chose. Je préfère l'action. Ici, tout de suite.
Il la poussa doucement vers un siège.
— Et Lars ? Et Sven ?
— On verra plus tard.
Il rit tout bas.
— Tu seras beaucoup trop fatiguée.
— Pas sûr. Je me sens pleine d'énergie, assura-t-elle en se calant sur ses genoux. Toi aussi, apparemment, ajouta-t-elle en haussant les sourcils.
Il attaqua son premier bouton.
— C'est ma chemise, non ?
— Et alors ? riposta-t-elle.
— Et alors… j'aimerais la récupérer.
— Tu parles ! Tu en as au moins cinq cents. Bon, enfin, si tu y tiens vraiment…
— J'y tiens.
Avec bonheur, il savoura le goût de sa peau, sa texture. Ses courbes – longues jambes galbées, taille fine, seins fermes – étaient pour lui une source infinie de plaisir.
Elle se cambra vers lui. La nuit était fraîche, mais leurs corps brûlaient de désir et de passion. Avec un soupir de contentement, elle se laissa aller contre lui.
Elle vit la pluie d'étoiles au-dessus de leur tête, sentit le feu d'artifice exploser en elle. Lorsqu'il se glissa en elle, elle le contempla, frémissante. L'urgence cédait à la tendresse.
Personne, songea-t-elle, personne ne l'avait jamais dévisagée ainsi, comme pour lui dire qu'elle était le centre de son univers.
— Eve, chuchota-t-il.
Elle s'accrocha à lui et le serra de toutes ses forces tandis qu'ensemble ils s'envolaient vers le paradis des sens.

Revêtus des peignoirs de soie noire, ils s'offrirent un festin aux chandelles sur le toit.

— J'avoue que c'est pas mal, lui confia-t-elle entre deux bouchées.

— Quoi ?

— De t'avoir récupéré. Ce n'est pas drôle de dîner seule.

— Tu pourrais inviter Summerset à se joindre à toi.

— Tais-toi, ça me coupe l'appétit.

Il la regarda dévorer son tournedos.

— Ça m'étonnerait. Tu as mangé, aujourd'hui ?

— Un beignet, ne commence pas. Combien coûte une bouteille de pinot noir 49 ?

— Quel cru ?

— Euh...

Elle ferma les yeux pour se remémorer l'étiquette.

— Maison du lac.

— Excellent choix. Cinq cents dollars la bouteille, environ. Il faudrait que je vérifie, mais c'est à peu près ça.

— C'est l'un de tes vignobles ?

— Oui, pourquoi ?

— C'est l'une des armes du crime. Est-ce toi le propriétaire de l'immeuble d'appartements de la 10e Rue ?

— Lequel ?

Elle sifflota, réactiva sa mémoire, puis lui donna l'adresse.

— Je pense que non. Comment ai-je pu le laisser passer ?

— Très drôle. Enfin, c'est agréable de savoir que je peux encore attraper un assassin dans un bâtiment qui ne t'appartient pas.

— Comment un vin de cette qualité peut-il être l'arme d'un crime ? Il était empoisonné ?

— D'une certaine façon.

Elle hésita cinq secondes avant de se lancer.

— Il la courtise par Internet, murmura Connor lorsqu'elle eut terminé. Il lui parle de poésie, puis lui fait avaler deux des drogues illicites les plus redoutables qui existent... Il concocte tout une mise en scène – romantisme, séduction –, et il se sert d'elle. Il l'achève. Tout en se persuadant, selon moi, qu'elle y prenait plaisir. Que ce n'était pas un viol, mais une relation consentie, érotique et satisfaisante.

Eve posa sa fourchette.

— Pourquoi dis-tu cela ?

— Tu m'as expliqué qu'il s'était déguisé. Une fois dans l'appartement, elle était déjà sous influence. Il aurait pu faire ce qu'il voulait d'elle. S'il avait eu envie de lui faire mal, si la violence l'excitait, il lui suffisait de lui sauter dessus. Mais il a allumé des bougies, mis de la musique, répandu des pétales de rose sur le lit. Et il lui a donné une substance destinée à accroître son désir. À créer l'illusion qu'elle était non seulement consentante, mais passionnée. Était-ce pour son ego, ou pour être sûr de se montrer à la hauteur ? Ou les deux ?

Eve opina.

— Oui, tu as raison. Je n'ai pas réfléchi comme un homme. Le déguisement fait partie de la séduction. Les beaux vêtements, la perruque, le maquillage. Il voulait ressembler à...

Elle se tut, fixa Connor.

— Merde ! Il cherchait à te ressembler !

— Pardon ?

— Pas à toi, personnellement, mais à ton archétype. Il a opté pour des cheveux longs et bouclés, et des yeux verts. Ton style. Le fantasme parfait.

— Ma chérie, tu vas me faire rougir.

— Tu parles ! Ce que je veux dire, c'est que c'était aussi son fantasme à lui. Il veut être l'amant idéal, l'irrésistible. Il se façonne une image d'homme riche, puissant, cultivé, sophistiqué, mais désespérément romantique. Certaines femmes y sont particulièrement sensibles.

— Mais pas toi, lieutenant.

— Je t'ai épousé uniquement pour le sexe, rétorqua-t-elle en reprenant sa fourchette. Et la viande rouge, la vraie. Ce qui me conduit à une petite parenthèse : Louise Dimatto habite le même immeuble.

— Vraiment ?

— Elle était sur le trottoir quand Bankhead est tombée.

— Je suis navré de l'apprendre.

— Je suis passée à la clinique aujourd'hui, pour la mettre au courant de l'évolution de l'enquête. Les locaux ont bien changé.

— Mmm…

— Oui, mmm. Pourquoi ne m'as-tu pas dit que tu lui avais donné trois millions de dollars ?

Il but une gorgée de vin.

— Je ne te parle pas de tous les dons que je fais. Mais si tu le souhaites, à l'avenir, je pourrai t'en envoyer copie.

— N'essaie pas de te défiler. Je veux savoir pourquoi tu lui as viré une somme cinq fois supérieure à celle qui était convenue. Et je veux savoir aussi pourquoi tu m'as caché que tu lui avais demandé de s'investir dans un centre pour femmes battues.

— J'appréciais son travail.

— Connor, insista Eve en posant la main sur la sienne. Ce centre, c'est pour moi que tu l'as fondé. Craignais-tu ma réaction ?

— J'ai entamé ce projet il y a plusieurs mois. Pour toi. Pour moi. Nous, nous n'avions nulle part où nous réfugier, n'est-ce pas, Eve ? Et si un tel endroit avait existé, je n'y serais pas allé. J'étais trop endurci, trop en colère. Mais d'autres iront.

Il souleva leurs mains entrelacées et les contempla.

— Toutefois, je suis presque certain que ça ne me serait pas venu à l'idée si tu n'avais pas été là.

— Tu ne m'en as pas parlé, insista-t-elle.

— Le centre n'est pas encore achevé. Il est ouvert, et nous y accueillons ce que nous appelons des visiteurs de passage. Mais il reste des détails à régler, des programmes à mettre en place. Ce devrait être…

Les mots moururent sur ses lèvres.

— Non, je ne t'en ai pas parlé, reprit-il avec un soupir. Je ne savais pas si ça te plairait ou si ça te choquerait.

— Le nom me plaît beaucoup.

— Tant mieux.

— Ce qui me choque, c'est que tu ne m'aies pas confié un projet dont tu ne peux qu'être fier. Moi non plus, je n'y serais jamais allée, enchaîna-t-elle. Parce que j'avais peur. Mais d'autres iront, en effet.

Il effleura ses doigts d'un baiser.

— Oui.

— Regarde-toi, petit voyou de Dublin. Te voilà philanthrope.

— Oui, bon, ça va.

— Un dur au cœur d'artichaut.

— Eve… Attention…

— Tu entends ? Ce sont mes genoux qui s'entrechoquent.

Elle se cala dans son siège, heureuse de constater que la lueur de tristesse dans ses yeux s'était estompée.

— Bien, reprit-elle. Maintenant que tu as satisfait mes besoins essentiels, je vais me remettre au travail.

— Je regrette, mais il me semble que tu m'as promis de me border dans mon lit.

— Tu vas devoir patienter. J'ai des recherches à effectuer. Je veux en savoir plus sur ce compte parapluie dont il se sert. Une société française. La Belle Dame.

— Keats.

— Quoi ?

— Pas quoi, ignorante. Qui. John Keats. Poète classique du XIXe siècle. Le poème s'intitule *La Belle Dame sans merci*.

— Comment sais-tu tout ça ?

— C'est incroyable, non ? s'exclama-t-il en riant. Je vais te chercher le texte, et nous pourrons nous atteler à la tâche.

— Je n'ai pas besoin de…
Il l'interrompit d'un baiser.
— On ne va pas perdre vingt minutes à discuter.
— Bon, d'accord, concéda-t-elle, vaincue.

5

Ils ne connaissaient pas son visage. Chaque fois que la peur revenait le tarauder, il se le répétait en boucle.

Ils ne connaissaient pas son visage. Ils n'avaient aucun moyen de le retrouver.

Il pouvait marcher dans les rues, prendre un taxi, manger dans un restaurant, fréquenter les bars. Personne ne l'interrogerait, personne ne pointerait le doigt sur lui, personne ne courrait le dénoncer aux flics.

Il avait tué, et il n'avait rien à craindre.

Son existence n'avait pas changé. Pourtant, il avait peur.

C'était un accident, bien sûr. Rien de plus qu'une malheureuse erreur de calcul causée par un excès d'enthousiasme parfaitement compréhensible. En fait, à bien y réfléchir, c'était autant sa faute à elle que la sienne à lui.

Voire plus.

Lorsqu'il confia cela à son ami, en se rongeant fébrilement l'ongle du pouce, l'autre soupira.

— Kevin, je commence à en avoir assez de t'entendre radoter. C'est très agaçant.

Kevin Morano, vingt-deux ans, grand et mince, se laissa tomber dans un fauteuil de cuir jaune. Il avait la peau lisse, les yeux bleu pâle, des cheveux châtains, mi-longs.

Son physique était agréable, bien qu'ordinaire, mais il avait une fâcheuse tendance à bouder dès qu'on avait le malheur de le critiquer.

Face à son meilleur ami, il se renfrogna.

— Je pense avoir des raisons de m'inquiéter, Lucias, insista-t-il d'un ton geignard.

— Mais non ! trancha sèchement ce dernier.

Lucias Dunwood avait l'habitude de donner des ordres à Kevin. Il continua de travailler sur ses calculs et ses mesures dans le somptueux laboratoire qu'il avait conçu et équipé pour satisfaire à la fois ses besoins et ses désirs. Comme toujours, il s'activait avec une assurance infaillible.

Dès l'enfance, il avait manifesté un don particulier pour les maths et la science. Ses parents, qui le considéraient comme un petit prodige, l'avaient gâté, dorloté, éduqué et félicité.

Le monstre en lui avait attendu patiemment.

Comme Kevin, il avait grandi dans un milieu d'opulence et de privilèges. Ils se considéraient d'ailleurs comme des frères.

Ils s'étaient reconnus tout de suite. Ils avaient fréquenté les mêmes établissements scolaires, les mêmes cercles mondains. Ils s'étaient nourris l'un l'autre, conscients qu'ils étaient seuls à se comprendre, à savoir qu'ils se situaient au-delà des règles qui gouvernaient la société.

La mère de Kevin l'avait mis au monde, puis confié à des nurses, afin de poursuivre ses propres ambitions. La mère de Lucias l'avait gardé auprès d'elle, car il était sa seule et unique ambition.

Aujourd'hui, ils étaient des hommes, disait souvent Lucias, et ils pouvaient faire ce qu'ils voulaient.

Ils n'avaient pas besoin de gagner leur vie. Dans la maison qu'ils avaient achetée ensemble, ils s'étaient créé un monde à eux et suivaient leurs propres règles.

Règle numéro un : ne jamais, jamais s'ennuyer.

Lucias se tourna vers un écran d'ordinateur et balaya du regard les équations qui y étaient affichées. Oui, songea-t-il, c'était parfait. Satisfait, il se dirigea vers le bar, et remplit un verre.

— Whisky soda, annonça-t-il. Ça devrait te remonter.

D'un geste las, Kevin agita la main.

— Oh, ça va ! s'exclama Lucias. Tu m'énerves, à la fin.

— Excuse-moi. Je suis simplement un peu désemparé parce que j'ai tué quelqu'un.

Gloussant, Lucias vint vers lui avec leurs boissons.

— C'est sans importance. Si ça l'était, je serais furieux contre toi. Après tout, je t'avais clairement indiqué le dosage. Tu ne devais pas mélanger les deux solutions.

— Je sais ! glapit Kevin, l'air sombre. Je me suis laissé emporter. Jamais je n'avais eu une femme à ce point envoûtée. Je ne savais pas que ça pouvait exister.

— C'était le but du jeu, non ?

Avec un sourire, Lucias porta un toast.

— Aux femmes ! Il n'y en a pas une pour rattraper l'autre. Regarde nos mères. La mienne est une chiffe molle, la tienne est impitoyable.

— Au moins, la tienne s'occupe de toi.

— Tu ne sais pas la chance que tu as, riposta Lucias. Cette salope s'accrocherait à mon cou comme un pendentif si je ne l'évitais pas. Rien d'étonnant à ce que mon cher père passe le plus clair de son temps hors de la ville.

Lucias étira ses jambes devant lui.

— Revenons à nos moutons : les femmes. Jusqu'ici, toi comme moi, on a eu droit soit aux intellectuelles assommantes, soit aux croqueuses de diamants. On mérite mieux, Kevin.

— Bien sûr. Tu as raison. Mais quand je me suis rendu compte qu'elle était morte…

— Je sais, je sais ! Raconte-moi tout, coupa Lucias en se penchant en avant.

— Elle était tellement sexy. Belle, exotique, sûre d'elle. Le genre de femme dont j'ai toujours rêvé. Et folle de désir. J'aurais pu la prendre dans le taxi, dans l'ascenseur. J'avais marqué des points bien avant d'entrer chez elle... J'étais obligé de la calmer. Je ne voulais pas que ça se termine trop vite. Je voulais que ce soit romantique, pour elle et pour moi. La séduction par étapes... Ça marchait. Elle se laissait faire. Elle prenait son pied.

— Oui. Et ensuite ?

— Je lui ai dit de patienter, le temps que je prépare la chambre. J'avais tout prévu. Tout était parfait, l'éclairage, la musique, les bougies.

— Et elle a succombé.

— Oui, souffla Kevin en se laissant envahir par le souvenir. Je l'ai portée jusqu'au lit. Je l'ai déshabillée, lentement. Elle tremblait, elle gémissait. Puis, tout à coup, elle est devenue complètement léthargique.

Lucias remua la glace dans son verre.

— Tu lui en avais donné trop.

— Je sais, mais j'étais frustré, tu comprends. Ça m'agaçait de la voir aussi insensible qu'un droïde. Je voulais qu'elle me supplie. Je le méritais bien, après tout ce que j'avais fait.

— Évidemment. Donc, tu lui as fait avaler du Rabbit.

— J'aurais dû le diluer. Mais j'ai fait attention. Je ne lui en ai mis que quelques gouttes sur la langue. Lucias...

Il s'humecta les lèvres.

— ... Elle est devenue comme folle. Elle criait, elle était brûlante de désir. On a copulé comme des bêtes. Je n'avais jamais rien éprouvé de pareil. Quand j'ai joui, j'ai eu l'impression de ressusciter.

Il frémit, sirota son alcool.

— Après ça, j'étais épuisé. Je l'ai embrassée, caressée, pour qu'elle sache combien j'étais comblé. Et je l'ai regardée. Elle me fixait. Au début, je n'ai pas compris... mais ensuite... Elle était morte.

— Tu es né, et elle est morte. L'expérience ultime. Penses-y, Kevin. Au fond, elle est morte comme nous avons été conçus. Suite à une copulation fiévreuse induite par des substances chimiques. Celle-ci ayant, dans notre cas, donné des résultats supérieurs – sans nous vanter.

— Sans nous vanter, approuva Kevin en riant.

— La deuxième, un jeu. Un jeu bien mené, pour un premier round. À présent, c'est mon tour.

— Quoi ?

Kevin bondit sur ses pieds.

— Tu n'es pas sérieux !

— Bien sûr que si. Pourquoi serais-tu le seul à t'amuser ?

— Lucias, pour l'amour du ciel...

— Tu n'aurais pas dû la balancer par-dessus le balcon. C'était stupide. Si tu t'étais contenté de partir en la laissant où elle était, ils auraient mis plus de temps à la trouver. Je ne commettrai pas la même erreur.

— Qu'est-ce que tu veux dire ? Qu'est-ce que tu vas faire ? s'écria Kevin en lui agrippant le bras.

— Kevin, on est ensemble. On planifie, on exécute. Quand on a commencé, on considérait ça plutôt comme une récréation, une sorte d'interlude qui nous permettrait d'élargir notre registre en matière d'expériences sexuelles... Réfléchis : en un sens, c'est fascinant. La boucle est bouclée. De la naissance à la mort. C'est magnifique, non ? Ces drogues grâce auxquelles nous sommes venus au monde, toi et moi, sont celles-là même qui ont servi à mettre un terme à la vie de quelqu'un.

— Oui, mais...

— Ça modifie l'enjeu, mais c'est tellement plus intéressant, insista Lucias en lui serrant vigoureusement la main. Félicitations, Kevin, tu es un meurtrier.

Kevin pâlit, mais il ressentit un sursaut de fierté en voyant la lueur de respect qui dansait dans les prunelles de son ami.

— C'était un accident, rappela-t-il faiblement.

— Tu es un meurtrier. Comment ne puis-je pas l'être à mon tour ?

— Tu veux dire que tu... Délibérément ?

— Regarde-moi. Tu sais que tu ne peux pas me mentir. Jure-moi que tu n'as pas éprouvé une bouffée d'excitation quand tu as compris qu'elle était morte.

Kevin vida son verre d'un trait.

— Bon sang ! C'est vrai. Tu as raison.

— Et tu veux me priver de ce plaisir ?

Posant le bras sur ses épaules, Lucias l'accompagna jusqu'à l'ascenseur.

— Après tout, Kevin, ce ne sont que des femmes.

Elle s'appelait Grace. Un si joli prénom, tellement désuet. Elle était hôtesse dans une bibliothèque de New York. C'était elle qui apportait les disques et les livres précieux aux clients installés dans les salles de lecture.

Elle adorait la poésie.

Elle avait vingt-trois ans. Elle était jolie, blonde, timide et généreuse. Et elle était amoureuse d'un homme qui se faisait appeler Dorian et la courtisait dans le monde sécurisant du cyberespace.

Elle n'avait parlé de lui à personne. Elle préférait garder le secret. C'était beaucoup plus romantique. Pour leur premier rendez-vous, elle s'était acheté une robe de couleur pastel.

En quittant son petit appartement pour prendre le métro, elle se dit qu'elle était très audacieuse, très adulte. Prendre un verre au *Starview* avec celui qui allait sûrement devenir son mari, quelle expérience !

Elle était sûre qu'il était beau. Il l'était forcément. Elle savait qu'il était riche, cultivé, qu'il avait voyagé, et qu'il était aussi passionné qu'elle par la littérature et la poésie.

Ce serait merveilleux.

Elle était trop heureuse pour être nerveuse, trop certaine de l'issue de la soirée pour douter.

Elle serait morte avant minuit.

Elle s'appelait Grace. C'était sa première. Pas seulement sa première victime, sa première femme. Même Kevin ignorait qu'il n'avait jamais pu mener l'acte sexuel à son terme. Avant ce soir.

Dans ce lit étroit, dans son petit appartement minable, il s'était pris pour un dieu. Elle avait crié, supplié, bredouillé des mots d'amour, accepté tout ce qu'il lui demandait. Et son regard vitreux s'était accroché au sien avec admiration, quoi qu'il lui inflige.

Il avait été tellement surpris de découvrir qu'elle était vierge qu'il avait joui presque tout de suite. Mais elle lui avait dit que c'était merveilleux, qu'elle l'avait attendu toute sa vie, qu'elle s'était préservée pour lui.

Le dégoût qu'il avait alors éprouvé n'avait fait qu'accroître son excitation.

Il avait sorti le dernier flacon de son sac, le lui avait montré à la lueur des bougies. Lorsqu'il lui avait ordonné d'ouvrir la bouche, elle avait obéi, tel un oiseau affamé.

S'enfonçant en elle, il avait senti son pouls s'accélérer, puis son cœur avait explosé. Kevin avait raison. C'était comme une renaissance.

Une fois satisfait, il l'avait contemplée tandis que son corps refroidissait sur les draps froissés jonchés de pétales de rose. Il ne regrettait rien. Bien au contraire. Grace représentait toutes celles qui s'étaient refusées à lui, ou qui l'avaient lâché parce qu'il n'était pas parvenu à les combler.

Elle n'était rien.

Il s'habilla, brossa les manches de sa veste, ajusta ses manchettes de chemise. Laissant toutes les bougies allumées, il sortit. Il était impatient de raconter son expérience à Kevin.

Eve était dans une forme éblouissante. Rien de tel que le sexe et le sommeil pour vous remettre d'aplomb, décida-t-elle. Ensuite, il suffisait de commencer la journée par une séance rapide de natation et un litre de café fort pour se sentir invincible.

Les criminels n'avaient qu'à bien se tenir.

— Tu sembles reposée, lieutenant, déclara Connor en s'adossant au chambranle de la porte qui séparait leurs bureaux respectifs.

— Je suis prête à abattre des montagnes... Je suppose que tu as beaucoup de travail à rattraper ?

— J'ai déjà pas mal avancé.

La rejoignant, il se pencha pour caresser le chat vautré sur le vidéocom.

— Tu me gênes, mon vieux Galahad, fit-elle. J'ai du boulot, je suis pressée.

— Tu as encore cinq minutes.

Eve consulta sa montre.

— Tu as raison. Cinq minutes.

Elle glissa les bras autour de sa taille.

— On devrait pouvoir...

À l'instant précis où elle lui mordillait les lèvres, elle perçut un bruit de pas au loin.

— ... Peabody est en avance.

— On va faire comme si on ne l'avait pas entendue, répliqua Connor. Qu'on ne l'ait pas vue... Qu'on ne sache même pas qui elle est.

— C'est un bon plan, sauf que...

Il l'interrompit d'un baiser, et elle fondit.

— File, chuchota-t-elle tandis que Peabody apparaissait sur le seuil.

— Ah ! Euh... Hum...

Connor se retourna, ramassa Galahad et lui gratta les oreilles.

— Bonjour, Peabody.

— Bonjour. Je... je propose d'aller à la cuisine me chercher un café... et... bref...

Comme elle s'éloignait, Connor l'arrêta. Du bout du doigt, il lui releva le menton.

— Vous me paraissez fatiguée.

— J'ai mal dormi... J'ai besoin d'un café.

Elle s'enfuit littéralement.

— Eve.

— Tais-toi, Connor. Je ne veux pas en parler maintenant. Si on avait bien voulu m'écouter quand j'ai dit que sa liaison avec McNab risquait de tout gâcher, on n'en serait pas là. À présent, fiche-moi la paix.

Elle donna un petit coup de pied dans son bureau, avant de s'installer devant l'ordinateur.

— Va-t'en, insista-t-elle.

— Tu te fais du souci pour elle.

— Elle souffre, c'est évident. Tu crois que ça me laisse insensible ?

— Je sais que non.

Elle ouvrit la bouche pour riposter, mais, de nouveau, des pas résonnèrent dans le couloir.

— Laisse tomber, marmonna-t-elle. Peabody ! Feeney est arrivé. Un café léger, très sucré.

— Comment as-tu su que c'était moi ? s'étonna Feeney.

— Tu traînes les pieds.

— Faux !

— Vrai ! Tu traînes les pieds, Peabody martèle le sol, McNab sautille.

— Si j'avais des chaussures aussi belles que les siennes, je sautillerais aussi. Connor ! Je ne savais pas que vous étiez de retour.

— Tout juste. Eve, je vais travailler une heure ou deux, annonça-t-il. Ensuite, je serai à mon bureau en ville. Le livre ne bouge pas d'ici. Si tu en as besoin, scanne-le.

— Quel livre ? s'enquit Feeney.

— Un recueil de poésies. Apparemment, notre suspect a baptisé son compte parapluie d'après un dénommé Keats, qui a écrit des poèmes il y a environ deux cents ans.

— Je parie que ça ne rime pas ! Springsteen, McCartney, Lennon, c'est d'un autre calibre.

— Non seulement ça ne rime pas, mais en plus, c'est bizarre, déprimant et stupide.

— Sur cette analyse d'une finesse remarquable, je vous laisse, décréta Connor. Ah ! Je crois reconnaître le sautillement de McNab.

Malgré ses bottines à air rouge vif, il ne paraissait pas plus réveillé que Peabody. S'efforçant de n'y prêter aucune attention, Eve se percha sur le bord de sa table et les mit au courant de l'évolution de l'affaire.

— Voilà qui explique qu'on soit revenus bredouilles de nos expéditions dans les cybercafés, commenta McNab. Ça m'étonnait, aussi, que personne ne l'ait vu.

— On pourrait essayer de dresser un portrait-robot, proposa Feeney.

— Je dispose déjà de quelques éléments, déclara Eve. Je pense qu'il s'agit d'un célibataire de vingt-cinq à quarante ans. Bons revenus, bonne éducation. Pervers sexuel. Il habite probablement en ville. Feeney, où s'est-il procuré les drogues ?

— Les dealers de Rabbit traitent avec une clientèle restreinte et exclusive. Ils ne sont pas nombreux. Je n'en connais qu'un seul à New York, mais je peux me renseigner auprès de la brigade des produits illicites. En revanche, je ne connais personne qui vende du Whore. Ce n'est pas rentable.

— Pourtant, à une époque, on le prescrivait à des patients souffrant de troubles sexuels, non ?

— En effet. Mais ça s'est révélé trop coûteux, et les effets secondaires étaient trop imprévisibles.

— Très bien. Oublions les cybercafés pour l'instant. McNab, occupez-vous des portraits-robots. Feeney, tu consultes les collègues de la brigade des illicites. Quand Dickie aura identifié les marques des cosmétiques, il faudra suivre cette piste. J'en ai une pour le vin. D'après ma source, trois mille cinq cents bouteilles de ce millésime ont été vendues dans cet arrondissement. Peabody et moi allons faire un premier tri, et tenter de retracer l'origine des roses. Ce type ne regarde pas à la dépense : vin, fleurs, drogues. On va le retrouver.

Dès qu'elles furent dans la voiture, Eve laissa échapper un profond soupir.

— Si vous êtes insomniaque, prenez un cachet pour dormir.

— Et c'est vous qui me donnez ce conseil ?

— Ce n'est pas un conseil, c'est un ordre.

— Bien reçu, lieutenant.

— Ça m'énerve ! s'exclama Eve en démarrant en trombe.

— Si mes problèmes personnels vous irritent, je vous prie de m'en excuser, lieutenant.

— Vous pouvez garder vos sarcasmes pour vous, Peabody.

Eve franchit le portail, freina brutalement.

— Vous voulez prendre un congé ?

— Non, lieutenant. Je ne sais pas ce que j'ai. Je n'aime pas McNab. Il m'agace, c'est un crétin, et il est stupide. Il fait l'amour comme un dieu, et alors ? Bon, d'accord, on a bien ri ensemble, mais quoi… ce n'était pas une relation sérieuse. Ça ne lui donne pas le droit de me lancer des ultimatums ou de m'humilier.

— Vous avez couché avec Charles ?

— Pardon ? s'écria Peabody, rougissante. Non.

— Vous devriez peut-être, histoire de vous défouler.

— Je… Charles et moi sommes amis.

— Oui, mais Charles est un compagnon licencié. À mon avis, il n'hésiterait pas à vous rendre ce service.

— Je devrais sans doute y réfléchir, concéda Peabody.

— Dépêchez-vous. C'est lui que nous allons voir.

Peabody se redressa brusquement.

— Quoi ? Maintenant ?

— À titre officiel, précisa Eve. C'est un expert en matière de sexe, non ? Voyons ce qu'il peut nous révéler sur les drogues désinhibantes.

L'expert en matière de sexe avait sa matinée de libre. Il leur ouvrit, vêtu d'un pantalon de pyjama en soie bleue.

— Lieutenant. Delia. Quel plaisir d'être réveillé par un aussi joli spectacle.

— Désolée de vous déranger, dit Eve. Vous avez une minute ?

— Pour vous, mon cher lieutenant, j'ai des heures, assura-t-il en s'effaçant pour les laisser entrer. Si nous prenions un petit-déjeuner ? J'ai un stock de crêpes dans l'autochef.

— Une autre fois, trancha Eve avant que Peabody ne puisse accepter. Vous êtes seul, ou avec une cliente ?

— Seul. C'est une visite officielle ?

— Nous travaillons sur une affaire, et je pense que vous pourriez nous aider.

— C'est quelqu'un que je connais ?

— Bryna Bankhead.

— Celle qui est tombée par la fenêtre ? Ce n'était pas un suicide ?

— Non. Un homicide, répondit Eve. Les médias l'annonceront ce matin.

— Asseyez-vous, je vous apporte du café.

— Peabody, vous voulez bien vous en occuper ? demanda Eve en s'installant sur un canapé. Charles, tout ceci est strictement confidentiel.

— Entendu.

Il prit place en face d'elle.

— Si je comprends bien, je ne figure pas encore parmi les suspects.

— Je m'adresse à vous en tant que consultant.

— J'en déduis que c'est une histoire de sexe qui a mal tourné.

— Enregistrement, ordonna Eve. Réunion avec Monroe, Charles, compagnon licencié. Initiée par Dallas, lieutenant Eve, en tant que responsable de l'enquête H-78926B. En présence de Peabody, agent Delia. Monsieur Monroe, êtes-vous d'accord pour répondre à mes questions ?

Il parvint à conserver une expression à peu près sérieuse.

— C'est mon devoir de citoyen.

— Que savez-vous sur la substance illicite connue sous le nom de Whore ?

Aussitôt, il devint grave.

— Quelqu'un lui a filé cette saleté ?

— Répondez, Charles.

— Seigneur !

Il se leva, déambula jusqu'à la fenêtre, tandis que Peabody revenait avec les cafés. Merci, ma chérie, murmura-t-il en prenant une tasse. Ce produit était déjà interdit à l'époque où j'ai commencé ma formation. J'ai suivi un séminaire : *À faire et à ne pas faire*. Les drogues, c'est non. On risque la suppression de la licence. Bien évidemment, quelques-uns d'entre nous utilisent parfois certaines… aides. Mais jamais du Whore.

— Pourquoi ?

— Entre autres à cause de sa mauvaise réputation. Nous sommes des professionnels, Dallas.

— Vous n'avez jamais rencontré quelqu'un qui en ait pris ?

— Non, mais je peux me renseigner.

— Soyez prudent. Et le Rabbit ?

Il haussa les épaules avec une certaine élégance.

— Seuls les amateurs et les pervers se servent de Rabbit, pour eux ou pour leur partenaire. Dans mon milieu, c'est ringard et insultant.

— Est-ce que c'est dangereux ?

— Si on est imprudent, certainement. Il ne faut surtout pas le mélanger à de l'alcool ou à un autre stimulant. Et éviter l'overdose, ce qui n'est pas trop difficile vu son coût exorbitant.

— Vous connaissez des dealers qui en vendent ? Des clients qui en consomment ?

Il la dévisagea d'un air peiné.

— Franchement, Dallas…

— Je tairai votre nom.

Il secoua la tête, alla se planter devant la fenêtre, releva le store, inondant la pièce de lumière.

— C'est important, Charles, intervint Peabody en lui effleurant le bras.

— Tu sais très bien ce que je pense des substances illicites, Delia.

— Oui.

— Ce n'est pas à moi de juger les clients.

Eve se pencha pour éteindre sa machine.

— Entre nous, Charles. Je vous donne ma parole qu'aucune plainte ne sera portée contre votre client.

— Je ne vous révélerai pas son nom. Mais je lui parlerai. J'obtiendrai les coordonnées de son dealer, et je vous les transmettrai.

— Merci.

Son communicateur bipa.

— Je m'isole deux minutes dans la cuisine, annonça Eve.

— Merci, Charles, murmura Peabody. Je sais que nous te mettons dans une position délicate.

— C'est ma spécialité, plaisanta-t-il. Tu sembles fatiguée, Delia.

— On me le répète sans arrêt depuis ce matin.

— Veux-tu que nous dînions ensemble un soir de cette semaine ? Je vérifie mon agenda.

— Avec plaisir.

Comme il effleurait ses lèvres d'un baiser, elle ferma les yeux, guettant le frisson. En vain. Charles était comme son frère.

— Qu'est-ce qui te tracasse, mon trésor ?

— Toutes sortes de choses, grommela-t-elle. Des bêtises. J'y travaille.

— Si tu as envie d'en parler, je suis là.

— Je sais.

Eve resurgit et fonça directement vers la porte.

— Peabody, on file ! Contactez-moi dès que vous le pourrez, Charles.

— Dallas ? Qu'est-ce qui se passe ?

— On en a une autre.

6

Il l'avait laissée sur le lit, les jambes écartées, les yeux exorbités. Quelques pétales de rose lui collaient à la peau. La cire des bougies s'était répandue en petites mares figées sur la table, la commode, le parquet et le tapis multicolore.

C'était un minuscule studio, que la jeune Grace Lutz s'était efforcée d'égayer à l'aide de rideaux à froufrous et de petites lithographies modestement encadrées.

À présent, il sentait la mort, le sperme rance et les bougies parfumées.

La bouteille de vin – un cabernet, cette fois – était presque vide. La musique provenait d'un appareil de piètre qualité posé près du canapé-lit.

Ici, pas d'écran d'ambiance, seulement un vidéocom... et des livres soigneusement alignés sur une étagère peinte. Des photos de Grace en compagnie d'un homme et d'une femme, ses parents, sans doute. Un vase en verre rempli de marguerites plus ou moins effeuillées.

La cuisine, dans un recoin, comprenait un appareil de cuisson, un évier et un miniréfrigérateur. Celui-ci ne contenait qu'un carton d'œufs déshydratés, un litre de lait et un pot de confiture à la fraise.

Grace n'était pas dépensière, songea Eve. Elle possédait très peu d'objets, encore moins de vêtements. Bien que travaillant dans une bibliothèque, elle semblait avoir consacré l'essentiel de son budget aux livres.

Ainsi qu'à une robe neuve, abandonnée en tapon sur le sol.

— Cette fois, il savait ce qu'il faisait. Il n'y a aucun signe de panique. C'était parfaitement prémédité.

— Sur le plan physique, elles sont très différentes, fit remarquer Peabody. Cette fille est blanche, menue. Ses ongles sont courts, impeccables, dénués de vernis. Elle n'a rien de sophistiqué.

— En effet, elles sont issues de milieux socio-économiques très différents. Celle-ci était une casanière.

Eve examina les taches de sang séché sur les draps et sur l'intérieur des cuisses de la victime.

— Le médecin légiste nous confirmera qu'elle était vierge, murmura-t-elle. Hématomes sur les cuisses, les hanches, les seins. Il n'a pas été tendre avec elle. Occupez-vous des vidéos de sécurité, Peabody.

— Bien, lieutenant.

Pourquoi l'avait-il aussi violemment agressée ? se demanda Eve. Pourquoi en avait-il éprouvé l'envie ?

S'accroupissant près de la défunte, elle se revit, recroquevillée dans sa cachette, meurtrie.

Parce qu'il en avait le pouvoir.

Chassant cette image de son esprit, elle se redressa. Infliger la douleur pouvait être une forme de séduction. Mais cela n'avait rien de romantique. Pourtant, il avait conservé la mise en scène : pétales de rose, bougies, vin de qualité et musique douce.

Pourquoi, alors, ce sentiment d'une mascarade odieuse ? Ils avaient bu trop de vin, ils en avaient renversé ici et là, la manche de la robe neuve était déchirée.

Eve ressentait une impression de violence, de méchanceté totalement absentes du premier meurtre. Avait-il perdu la tête ? Tuer lui avait-il procuré plus de satisfaction que l'acte sexuel proprement dit ?

Peabody reparut.

— Il n'y a qu'une caméra, dans l'entrée principale. J'ai le vidéodisque d'hier soir.

— Très bien. On va interroger les voisins.

Prévenir les proches n'était jamais une tâche facile. Eve et Peabody se tenaient sur le minuscule porche carré d'une petite maison convertie en deux appartements. L'entrée était flanquée de jardinières remplies de géraniums, et des rideaux de dentelle blanche encadraient la fenêtre.

Le quartier était calme, avec ses arbres feuillus, ses jardins et ses rues étroites parfaitement entretenues.

Eve n'appréciait guère ces zones résidentielles bien ordonnées, aux cours entourées de barrières inutiles. Elle ne comprenait pas que tant de gens rêvent de posséder un jour un pavillon en banlieue.

Tôt ou tard, on finissait tous dans un cercueil, non?

Elle appuya sur le carillon. Quand la porte s'ouvrirait et qu'elle annoncerait ce qu'elle devait annoncer, rien ne serait plus jamais comme avant dans cette maison.

La femme qui apparut devant elle était une jolie blonde. Eve avait vu sa photo sur la commode. La mère, probablement. La ressemblance était frappante.

— Madame Lutz?

— Oui. Que puis-je pour vous? s'enquit-elle avec un sourire machinal, le regard inquisiteur.

Eve lui montra son badge.

— Je suis le lieutenant Dallas, du département de police de New York. Voici mon assistante, l'agent Peabody. Pouvons-nous entrer?

— Qu'y a-t-il?

Elle passa une main tremblante dans ses cheveux.

— C'est au sujet de votre fille, madame. Pouvons-nous entrer?

— Gracie? Elle n'a pas fait de bêtises, j'espère? Ma Gracie est sage comme une image.

— Madame Lutz, je suis navrée de devoir vous annoncer que Grace est décédée.

Elle blêmit.

— Mais non, elle n'est pas morte, répliqua-t-elle avec une pointe d'irritation. Bien sûr que non. Allez-vous-en immédiatement!

Eve saisit la poignée de la porte avant qu'elle ne la lui claque à la figure.

— Madame Lutz, Grace a été tuée cette nuit. Je suis la responsable de l'enquête. Vous devez nous laisser entrer.

— Ma petite Grace ? Mon bébé ?

Sans un mot, Eve glissa le bras autour de la taille de la femme et la soutint jusqu'au canapé du salon.

— Voulez-vous que nous appelions quelqu'un, madame ? Votre mari ?

— Georges. Georges est à l'école. Il est enseignant au lycée. Grace...

Elle parcourut la pièce du regard, comme si elle s'attendait que sa fille surgisse d'un instant à l'autre.

— Peabody, prenez contact avec lui.

— C'est une erreur, n'est-ce pas ? s'écria Mme Lutz en s'agrippant à la main d'Eve. C'est tout. Vous avez commis une erreur. Grace travaille en ville, à la bibliothèque de la Cinquième Avenue. Je vais la joindre tout de suite, et tout ira bien.

— Non, madame. Malheureusement, il ne s'agit pas d'une erreur.

— Mais c'est impossible ! Georges et moi avons dîné avec elle pas plus tard que dimanche. Elle était en pleine forme.

— Je sais. Je suis désolée.

— Qu'est-il arrivé à mon bébé ? Elle a eu un accident ?

— Non. Grace a été assassinée.

— C'est impossible ! répéta Mme Lutz en secouant la tête. Impossible.

Eve la laissa pleurer.

— Il est en route, chuchota Peabody.

— Bien. Allez lui chercher un verre d'eau.

Elle s'assit auprès de la mère en larmes, et examina la salle de séjour. Les étagères étaient remplies de livres, exposés tels des trésors. L'atmosphère reflétait l'ordre et la tranquillité d'une solide existence bourgeoise. Un hologramme encadré de Grace trônait sur une table.

— Qu'est-il arrivé à mon bébé ?

Eve se tourna vers Mme Lutz et la regarda droit dans les yeux.

— Hier soir, Grace est sortie en compagnie d'un homme avec lequel elle correspondait par Internet depuis plusieurs semaines. Nous pensons que celui-ci a versé de la drogue dans ses boissons au cours de la soirée, dans le but de la violer.

— Mon Dieu ! gémit Mme Lutz, les bras croisés, en se balançant d'avant en arrière. *Mon Dieu !*

— Il est allé ensuite chez elle, et a continué à l'intoxiquer, jusqu'à ce qu'elle succombe à une overdose.

— Grace n'aurait jamais accepté de prendre des stupéfiants !

— Nous pensons que cela s'est fait à son insu.

— Il l'a droguée, parce qu'il voulait... Il... il l'a violée, souffla-t-elle.

— Nous le pensons. Je... Madame Lutz, si cela peut vous réconforter, Grace n'a pas dû avoir peur. Elle n'a pas souffert.

— Pourquoi ? Pourquoi elle ?

— Nous ne le savons pas encore. Mais je vous promets que nous allons coincer le coupable. Pour cela, j'ai besoin de votre aide.

Mme Lutz cala sa nuque contre un coussin.

— Que puis-je faire, puisqu'elle n'est plus là ?

— Avait-elle des petits amis ?

— Robbie. Robbie Dwyer. Ils se sont fréquentés au lycée, puis au début de leurs études universitaires. C'est un gentil garçon. Sa mère et moi appartenons à la même bibliothèque tournante. Mais c'était davantage une amitié qu'une histoire d'amour. Grace voulait s'installer en ville, et Robbie a obtenu un poste de professeur ici. Ils ont fini par s'éloigner l'un de l'autre.

— Ils ne se voyaient plus depuis longtemps ?

— Si vous vous imaginez que Robbie est impliqué dans cette affaire, vous vous trompez. Je le connais depuis toujours. D'ailleurs, en ce moment, il a une fiancée.

— Votre fille vous parlait-elle de ses amis, en ville ?

— Non. Pas vraiment. Elle travaillait beaucoup, tout en poursuivant ses études. Elle est timide. Ma Gracie est timide. Elle a du mal à aller vers les gens qu'elle ne connaît pas. C'est pour cela que je l'ai encouragée à...

Elle s'effondra de nouveau.

— ... Georges voulait qu'elle reste ici, mais je l'ai poussée à partir. Je voulais qu'elle apprenne à voler de ses propres ailes. Aujourd'hui, je l'ai perdue pour toujours. Pouvez-vous m'emmener la voir ? Dès que Georges sera là...

— Bien sûr.

Le commandant Whitney était en pleine communication quand il fit signe à Eve d'entrer. Il ne l'invita pas à s'asseoir. Son visage était plissé de rides, son costume couleur café était assorti à son teint.

Un bocal cannelé trônait sur un coin de son bureau. Il était rempli d'une eau bleu turquoise sur fond de pierres chatoyantes. Comme Eve le contemplait, intriguée, elle aperçut un éclair rouge.

— C'est ma femme, expliqua-t-il après avoir raccroché. D'après elle, ça égaie la pièce. C'est censé me relaxer. Qu'est-ce que vous voulez que je fiche d'un poisson ?

— Je ne saurais vous le dire, commandant.

Tous deux l'observèrent en train de tourner en rond. Connaissant la passion de son épouse pour la mode et la décoration, Eve chercha en vain un compliment.

— Il nage vite.

— Cet imbécile n'arrête pas de la journée. Ça m'épuise !

— Il finira par se fatiguer, et d'ici deux semaines, il crèvera.

— Que Dieu vous entende, ma chère ! Où est votre assistante ?

— Je lui ai demandé d'établir des comparaisons entre les deux victimes. Pour l'heure, rien ne permet d'affirmer qu'elles se connaissaient. Toutes deux aimaient la littérature, surtout la poésie. Toutes deux passaient du temps dans les cybercafés. Nous ne savons pas encore si elles fréquentaient les mêmes sites ou les mêmes clubs au même moment.

— Qu'avez-vous jusqu'ici ?

— La voisine de Lutz, Angela Nicko, a trouvé le cadavre ce matin. Elles prenaient leur café ensemble chaque jour. Ne voyant pas Lutz, et celle-ci ne répondant pas lorsqu'elle a frappé à sa porte, Mlle Nicko s'est inquiétée. Elle est entrée dans l'appartement avec le double de la clé. Nicko est une bibliothécaire à la retraite. Elle a plus de quatre-vingt-dix-neuf ans.

Elle avait pleuré, se rappela Eve. Des larmes silencieuses avaient roulé sur ses joues tandis qu'elle témoignait.

— Elle semble être la seule personne de l'immeuble avec laquelle Lutz entretenait une relation régulière. Elle décrit la victime comme une jeune fille calme, polie, plutôt routinière. Elle allait travailler et elle rentrait chez elle. Deux fois par semaine, elle s'arrêtait au marché pour faire ses emplettes. Hormis Nicko, elle n'avait ni amis proches ni amants. Elle était employée à mi-temps, et poursuivait ses études universitaires par correspondance.

— Les caméras de sécurité ?

— Il n'y en a qu'une, dans le hall. Comme dans l'affaire précédente, nous supposons que le suspect était déguisé. J'attends les rapports du labo. Il présentait une apparence radicalement différente de la première fois. Cheveux courts, blonds et raides ; mâchoire carrée, front large, yeux bruns, teint doré.

Eve fixa le poisson rouge. Il lui donnait le tournis, mais elle était incapable d'en détacher les yeux.

— Il ne s'est pas non plus comporté de la même manière. Dans le second cas, la démarche semble avoir été délibérée. Nous nous efforçons de retrouver la trace de la première perruque et des cosmétiques. Nous nous penchons aussi sur l'aspect Internet, en quête de liens éventuels entre les victimes. J'ai demandé une consultation avec le Dr Mira, à qui je transmets tous les fichiers déjà accumulés.

— Les médias n'ont encore rien flairé, mais ça ne saurait tarder.

— Dans le cas présent, leur intervention pourrait nous arranger. Si les femmes sont prévenues du danger potentiel qu'elles courent, la palette du suspect s'en réduira d'autant. Je souhaite communiquer quelques éléments à Nadine Furst, de channel 75.

Il eut une petite moue.

— Soyez prudente, tout de même.

— Oui, commandant. J'ai d'autres sources concernant le chapitre des substances illégales, et j'ai demandé à Feeney d'interroger ses contacts au sein de la division. Les deux drogues utilisées sont rares et coûteuses. Quand j'aurai découvert le fournisseur, il me faudra sans doute négocier.

— Nous aviserons en temps voulu. Mais je vous avertis : la marge sera étroite. D'un point de vue politique, ces produits sont une bombe en puissance. Si nous nous montrons indulgents avec le fournisseur, nous aurons toutes les organisations féministes sur le dos, sans parler des groupes de surveillance morale.

— Et si le fait de négocier avec le fournisseur permet de sauver des vies ?

— Pour la plupart de ces gens-là, ça ne changera rien. Ce qui les intéresse, ce sont les principes, pas les individus. Réfléchissez, lieutenant, vérifiez vos informations, et arrêtez ce fou furieux avant qu'il n'y ait d'autres victimes. Et qu'on vive un cauchemar en matière de relations publiques.

Eve se fichait éperdument des relations publiques. Le secret n'en étant pas un, elle ne fut pas étonnée quand Nadine se montra méfiante.

— Qu'est-ce que vous avez derrière la tête, Dallas ?

Eve avait attendu d'être rentrée chez elle pour joindre la journaliste. C'était pour elle une façon de conférer à l'échange une connotation davantage amicale qu'officielle.

— Je vous rends un service.

Sur le point de prendre l'antenne, Nadine haussa un sourcil impeccablement épilé et arrondit ses lèvres corail.

— Vous, le lieutenant Bouche-cousue, vous voulez, de votre propre initiative et par pure amitié, me communiquer des informations sur une enquête en cours.

— C'est exact.

— Une petite minute.

Le visage de Nadine disparut momentanément de l'écran.

— Me voilà… Je voulais juste interroger le météorologue. Il semble, malgré des indications contraires, que l'enfer ne soit pas encore complètement gelé.

— Excusez-moi si je n'explose pas de rire. Ça vous intéresse, oui ou non ?

— Oui.

— De source policière officielle, on annonce que les affaires Bryna Bankhead et Grace Lutz sont étroitement liées.

— Hein ? Attendez une seconde ! s'écria Nadine, le regard aiguisé. Jusqu'ici nous n'avons eu aucune confirmation quant aux causes du décès de Bankhead : accident, suicide ou homicide.

— C'est un homicide.

— D'après mes renseignements, l'affaire Lutz est un meurtre sexuel. Est-ce le cas de Bankhead ? Les victimes se connaissaient-elles ? Le suspect est-il le même dans les deux cas ?

— Nadine, ce n'est pas une interview que je vous propose. Les deux victimes étaient des jeunes femmes célibataires. Le soir de leur mort, elles avaient rendez-vous avec un individu qu'elles avaient rencontré par le biais d'Internet.

— Sur quel genre de site ? Où se sont-ils vus ?

— Taisez-vous, Nadine. D'après ce que nous savons, toutes deux ont été droguées, probablement à leur insu, pendant la soirée.

— La drogue du viol ?

— Vous êtes une rapide. Votre source n'infirme ni ne confirme ce fait. C'est tout ce que j'ai à vous dire pour l'instant.

— Je serai libre dans quatre-vingt-dix minutes. Je vous retrouve où vous voulez.

— Pas ce soir. Je vous dirai où et quand.

— Attendez ! insista Nadine.

Si elle en avait eu la possibilité, elle aurait traversé l'écran.

— Et le suspect ? Vous avez une description, un nom ?

— Nous poursuivons l'enquête avec toute la rigueur nécessaire et blablabla, conclut Eve.

Elle coupa la communication sur le juron de Nadine, et passa dans la cuisine se commander un café. Puis elle se planta devant la fenêtre et scruta la pénombre.

Il était là, dehors. Quelque part. Avait-il déjà un nouveau rendez-vous en vue ? Demain, après-demain, serait-elle obligée, une fois encore, d'annoncer la terrible nouvelle aux proches ?

Les Lutz ne se remettraient jamais de ce drame. Ils continueraient à vivre jour après jour. Ils réapprendraient à rire, à travailler, à faire leurs courses, à respirer. Mais la douleur serait là en permanence.

La cellule familiale était brisée à jamais. Dans la maison, Eve avait senti combien ils étaient unis. Grace avait conservé sa chambre, et lorsqu'elle l'avait visitée, en quête d'un indice, n'importe lequel, à même de l'aider, elle avait pu suivre toutes les étapes de son existence, d'enfant à jeune fille, puis à jeune femme.

Les poupées sagement alignées sur une étagère. Les livres, les photos, les hologrammes. Les boîtes à trésors en forme de cœur ou de fleur. Le lit orné d'un baldaquin jaune, les murs d'une blancheur virginale.

Eve ne se serait pas imaginée grandir dans cet univers féminin, avec ses rideaux froncés et ses abat-jour semés de marguerites.

La fillette qui avait dormi dans ce lit, lu le soir, à la lueur de la lampe de chevet, était heureuse, sereine, aimée.

Eve n'avait jamais possédé la moindre poupée, elle n'avait jamais eu de rideaux à sa fenêtre. Elle n'avait jamais possédé de ces précieux souvenirs d'enfance que l'on cache dans des boîtes en forme de cœur. Les chambres de son enfance étaient des chambres d'hôtel encombrées et anonymes, aux murs trop minces, plus ou moins infestées de rats. L'air sentait le rance, et il n'y avait nulle part où se cacher lorsqu'il n'était pas assez ivre pour oublier sa présence. La fillette qui avait dormi dans ces lits-là était terrifiée, désespérée et perdue.

Elle sursauta, tandis qu'une main lui effleurait l'épaule. D'instinct, elle agrippa son arme, et pivota sur elle-même.

— Hé, doucement, lieutenant ! s'exclama Connor en lui caressant le bras. Où étais-tu ?

— Je réfléchissais, marmonna-t-elle en s'écartant pour sortir son café de l'autochef. Je ne savais pas que tu étais rentré.

— J'arrive... Tu as eu un flash-back ?

Elle secoua la tête, l'œil rivé sur la fenêtre. Mais elle savait que si elle ne parlait pas, ses démons la rongeraient.

— En ton absence, j'ai fait un cauchemar, commença-t-elle. Il n'était pas mort. Il était couvert de sang, mais il n'était pas mort. Il me parlait. Il me disait que je ne le tuerais jamais, que je ne lui échapperais jamais.

Elle vit le reflet de Connor dans la vitre.

— Il devait me punir. Il se levait. Le sang jaillissait de partout, mais il se levait. Et il se jetait sur moi.

— Il est mort, Eve, murmura Connor en lui prenant la tasse des mains, avant de la tourner vers lui. Il ne peut plus te faire de mal. Sauf dans tes rêves.

— Je lui demandais pourquoi il m'avait fait mal. Il me répondait que c'était parce que je n'étais rien, personne, mais surtout, parce qu'il en avait le pouvoir. Aujourd'hui encore, il détient ce pouvoir.

— Tu vas en parler avec le Dr Mira ?

— Peut-être. Non, rectifia-t-elle. Elle ne m'apprendra rien que je ne sache déjà. Mais il faut que je la consulte sur ces deux affaires.

— Deux ?

— Oui. J'ai du pain sur la planche.

— C'est le même homme ?

Elle ne répondit pas à sa question. Se dirigeant vers son bureau, elle lui exposa les faits.

— Je pourrais peut-être te retrouver celui qui a fourni les drogues.

Elle le contempla, songeuse. Elle ne devait pas oublier l'homme qui se cachait derrière l'élégant costume noir. Celui qui avait autrefois donné dans le trafic de stupéfiants et fréquenté des truands.

Les Industries Connor avaient beau être le groupe le plus puissant du monde, elles étaient nées, comme son propriétaire, dans les allées sombres des quartiers misérables de Dublin.

— Je ne veux pas que tu t'en mêles. Pas encore. Si Charles et Feeney se heurtent à une impasse, je ferai appel à toi. Mais je préfère que tu te tiennes à l'écart de ces milieux.

— Je serais plus rapide.

— C'est moi le flic. Tu connais toutes sortes de femmes…

— Lieutenant, cette portion de mon passé est un chapitre clos.

— Je sais. Mais d'après mon expérience, les hommes ont un penchant pour un genre. Le genre intellectuel, ou soumis, bref…

Il s'approcha d'elle.

— Quel est mon genre, selon toi ?

— Tu n'avais qu'à les ramasser, elles tombaient toutes à tes pieds. Tu n'avais plus qu'à choisir.

— Je ne me rappelle pas t'avoir vue tomber à mes pieds.

— Oui, bon... Mais toi, tu ne comptes pas, parce que tu n'as jamais eu besoin de passer par le Net pour trouver une partenaire.

— On dirait que tu me le reproches.

— Ce que je veux dire, c'est que les gens ont des attentes, un fantasme. Rendez-vous numéro un. Une citadine perspicace, sophistiquée, avec un faible pour le romantisme. Chic, jolie ; un bel appartement, une activité sexuelle régulière. Ouverte aux autres. Elle aime la mode, la poésie et la musique. Elle dépense beaucoup d'argent en vêtements, bons restaurants, salons de beauté. À la recherche ou non du prince charmant, mais ne dédaigne pas un prince charmeur.

— Et, ajouta Connor, elle est suffisamment aventureuse pour auditionner un candidat dans un bar.

— Exactement. Rendez-vous numéro deux. Issue d'un milieu bourgeois. Timide, douce, intellectuelle. Consacre toutes ses économies à l'achat de livres ; habite un studio modeste. Va rarement au restaurant, passe un quart d'heure chaque matin à boire le café avec sa voisine, assez âgée pour être son arrière-grand-mère. Elle est très jeune, toujours vierge. Elle cherche l'âme sœur. L'homme pour lequel elle s'est préservée.

— Et elle est assez naïve pour penser qu'elle l'a trouvé, sans l'avoir jamais rencontré.

— L'une est introvertie, l'autre extravertie. Physiquement, elles ne se ressemblent pas du tout. Dans le premier cas, le meurtre paraît être accidentel, et le tueur a paniqué. Aucune trace de violence sur le corps. Activité sexuelle vaginale uniquement.

Eve s'empara d'un vidéodisque et l'inséra dans son ordinateur.

— Dans le deuxième cas, le meurtre semble avoir été prémédité, le tueur l'a délibérément exécutée. On a relevé des traces de violence, hématomes, morsures. La victime a été violée à plusieurs reprises, et sodomisée. On pourrait supposer qu'il a été... encouragé, excité, intrigué par la première expérience, et qu'il a décidé de la retenter, exprès, et de manière plus agressive.

Connor vint la rejoindre en hochant la tête.

— C'est une hypothèse.

— Écran mural ! ordonna Eve. J'ai préparé un double affichage à partir des enregistrements faits par les caméras dans les halls d'entrée. Bankhead est à droite. Nous savons que le meurtrier porte une perruque et du maquillage. Là, il dit s'appeler Dante. À gauche, Lutz... il se fait appeler Dorian. Les déguisements sont parfaits. Silhouette et taille à peu près identiques. Mais c'est facile à modifier, avec des épaulettes ou des talonnettes dans les chaussures, par exemple.

Elle avait déjà longuement étudié les images.

— Note la façon dont Dante lui tient la main, lui baise les doigts, lui tient la porte. Le cavalier rêvé. Dorian la tient par la taille. Elle le dévisage d'un air fasciné, mais il ne la regarde pas. Il se fiche de savoir qui elle est. Elle est déjà morte.

Elle passa à la suite.

— Ici, c'est Dante qui ressort. On voit qu'il est affolé. Il transpire abondamment. Il se demande comment il en est arrivé là. Comment il va se tirer de ce pétrin. Là, en revanche, observe la façon dont Dorian quitte l'appartement de Grace. Il jette un coup d'œil derrière lui, il a un petit sourire narquois. Il se dit qu'il s'est bien amusé, et qu'il est impatient de recommencer.

— La première proposition tient debout, commenta Connor. Il acquiert une certaine confiance en lui. Deuxième proposition : il a une double personnalité. Mais tu en as une troisième, devina-t-il. Tu penses que tu cours après deux suspects.

— C'est peut-être trop simple. C'est peut-être ce qu'il veut que je croie. Je ne parviens pas à le cerner. J'ai effectué des probabilités sur deux assassins. Le résultat n'est que de 43 %.

— Les ordinateurs n'ont pas d'instinct, déclara Connor en se perchant sur le bord du bureau. Qu'est-ce que tu vois ?

— Deux démarches, deux styles, deux types. Mais ce pourrait être un jeu de rôle. Et s'il était acteur ? Un verre dans un bar chic et romantique, puis retour à l'appartement de la victime. Il ne salit pas son propre nid. Bougies, vin, musique, roses. C'est la même mise en scène. Je n'ai pas les résultats des analyses ADN, mais chez Grace, les techniciens n'ont relevé que les empreintes de la victime et de sa voisine. Il n'y avait rien sur la bouteille ou les verres, pas plus que sur son corps. Il avait mis du Seal-It. Pourquoi, alors qu'il savait qu'on avait pris ses empreintes sur la scène du premier crime ?

— S'ils sont deux – en réalité ou parce qu'il a une double personnalité –, ils se connaissent intimement. Ils sont frères. Ou associés. C'est un jeu.

— Et ils comptent les points, renchérit Eve. Un partout. Il leur faut un tie-break. Je vais m'installer ici pour surveiller les sites de « chat » sur lesquels l'un des noms d'emprunt est déjà apparu.

— Fais-le depuis mon ordinateur, il est plus rapide et plus efficace. De plus, je pourrai te communiquer la liste des fournisseurs de vin.

— Tu peux faire une vérification pour le *Castillo di Vechio*, cabernet 1943 ?

— Sans problème, déclara-t-il en se relevant. À condition que quelqu'un me tienne compagnie... avec un bon verre de vin.

— Un seul, prévint-elle. J'en ai sans doute pour un moment.

Elle s'approcha de la longue console noire de Connor.

— Ordinateur. Accès unité six, Eve, commanda-t-il tout en choisissant une bouteille dans le bar. Il te suffit d'entrer le nom du fichier que tu veux récupérer et d'en demander une copie.

— Je suppose qu'il est inutile de te rappeler que je conserve des documents officiels dans mon ordinateur, et que tu n'es pas autorisé à accéder à ces données ?

— C'est inutile, en effet... Un vin léger... Ah, voilà ! s'exclama-t-il, ravi, en se tournant vers elle. Si nous prenions un petit en-cas, tant qu'à faire ?

— Rappelle-moi de te tirer les oreilles tout à l'heure.

Il déboucha la bouteille.

— J'en prends note.

7

Elle savoura son vin et grignota son caviar en s'efforçant de ne pas culpabiliser. Si quelqu'un au central apprenait ça, elle ne finirait pas d'en entendre parler !

Connor, de son côté, était bien décidé à faire le maximum.

— Quels sont les noms que tu recherches ?

— Dante NYC, annonça-t-elle. Dorian NYC. Feeney s'est concentré sur les terminaisons en NYC, mais...

— On peut élargir le champ. Tu vas te retrouver avec plusieurs millions de propositions, mais avec un peu de chance, tu tomberas sur le bon.

— Et le nom du compte ? Il se peut qu'il navigue sous d'autres identités, ou qu'il élimine les anciennes au fur et à mesure.

— Pousse-toi un peu, murmura Connor en rapprochant son siège pour s'installer à ses côtés. Rechercher en continu toute activité correspondant à La Belle Dame, commanda-t-il.

Recherche en cours...

— Feeney a dit qu'il fallait franchir des codes d'accès pour...

Les mots moururent sur ses lèvres, tandis que Connor se contentait de hausser un sourcil ironique.

— Laisse tomber, conclut-elle.

— ... localiser la source.

Recherche en cours...

— Je ne peux pas croire que ce soit aussi simple.

— En général, non, avoua-t-il en se penchant pour l'embrasser. Heureusement que je suis là pour t'aider, non ? Laisse-moi simplement afficher la liste des consommateurs.

Il se mit à pianoter sur le clavier. Eve poussa un soupir.

— Ç'aurait pu être pire, constata-t-elle. Si c'était un vin de mauvaise qualité, on aurait cent fois plus de noms.

— Plus que ça. On va faire un tri : ventes individuelles et commandes restaurant. Voyons ce que nous avons sur le cabernet.

— C'est aussi un vignoble qui t'appartient ?

— Non. C'est celui d'un concurrent. Mais il existe des moyens. Ça risque de prendre quelques minutes.

Vaguement gênée, en tant qu'officier de police, de rester assise à observer un civil contourner la loi, Eve se leva et alla se planter devant l'écran mural.

— Afficher consommateurs mâles célibataires, écran quatre…

Une liste de deux cents noms apparut.

— Afficher, écran cinq, achats multiples du produit par hommes célibataires… Ah ! C'est déjà mieux, marmonna-t-elle. Connor, où en es-tu ?

— Patience, lieutenant.

Il leva les yeux vers elle, et un frisson la parcourut.

— Quoi ? fit-elle.

— Tu me fascines. Flic des pieds à la tête, avec ton arme dans son étui. J'en ai l'eau à la bouche.

Il rit tout bas. Eve tenta de se concentrer sur sa tâche.

— Ordinateur, recouper et faire correspondre tous achats de consommateurs des deux marques sur la période donnée… Tiens, ils sont moins de trente ! Parfait. On va commencer par là. Recherche de routine. Éliminer les mâles de plus de cinquante ans… Notre suspect, ou nos suspects, sont plus jeunes.

Ensuite, je prendrai en compte d'autres facteurs. Il se peut que ce soit papa qui achète le vin. Ou un oncle, ou un grand frère. Mais je ne le pense pas.

Elle se mit à aller et venir.

— Il faut que je lise le profil établi par Mira, mais ça m'étonnerait beaucoup. Le fait de laisser aux parents le soin d'acheter le vin tue l'aspect romantique, voire sexuel, il me semble. C'est admettre qu'on redevient un enfant… ce qui me paraît incompatible avec le caractère de l'agresseur. Ce qui l'intéresse, c'est le pouvoir qu'il peut avoir sur les femmes. Il planifie, chasse, sélectionne. Il l'a vue, mais elle ne le sait pas. Il n'a pas de temps à perdre avec quelqu'un qu'il sous-estime.

Connor l'écoutait, hypnotisé.

— Que fait-il, alors ?

— Il choisit. Il organise. Il séduit avec des mots, des images. Puis il prépare. Le vin. Un vin qui soit en accord avec ses goûts, son humeur. Les bougies sont là pour satisfaire ses sens. Les substances toxiques, pour être sûr de dominer. Il ne supporterait pas un refus. Il veut être désiré. Désespérément.

— C'est une histoire de sexe ?

Elle secoua la tête, sans quitter la liste des yeux.

— De désir. C'est différent. Il veut être désiré par celle qu'il a ciblée. C'est aussi vital pour lui que de la maîtriser complètement. Il faut qu'elle ait envie de lui. Il se donne un mal fou pour se transformer en un objet de désir, dans le seul but de la contrôler. Il veut être au centre parce que c'est son heure. Son jeu. Sa victoire.

— Son plaisir, renchérit Connor.

— Oui, son plaisir. Mais il doit lui faire croire que c'est le sien aussi. Il se place devant la glace, et il se métamorphose en celui qu'il aimerait être, ce qu'il pense être le rêve des femmes. Fringant, sexy, beau à couper le souffle, mais élégant. Le genre d'homme qui cite les poètes et envoûte avec des roses. Le genre d'homme capable de faire croire à une femme qu'elle est unique. Peut-être en est-il lui-même convaincu. Ou du moins, l'était-il la première fois. Peut-être avait-il l'illusion que c'était de l'amour. Mais là-dessous, il y a du calcul. C'est un prédateur.

— Tous les hommes le sont.

Elle se tourna brièvement vers lui.

— C'est exact. Les êtres humains le sont, mais d'un point de vue sexuel, les hommes sont plus primaires. Pour eux, le sexe est une fonction. Les femmes préfèrent y ajouter des émotions. Ces femmes sont tombées dans le piège, et il en avait conscience. Il a pris le temps de les connaître, de découvrir leurs faiblesses et leurs fantasmes, afin de jouer sur les deux. Après cela, il a pris le dessus. Comme s'il avait affaire à un droïde. Sauf que c'étaient des êtres de chair et de sang. Des femmes bien réelles. Une fois l'acte terminé, elles étaient souillées... Il les avait réduites au rang de putes, il n'en voulait plus. Il va se mettre en quête de la suivante.

— Tu te trompais en affirmant que tu le cernais mal. Je suis frappé que tu puisses être telle que tu es, tout en te mettant aussi froidement à la place des pervers et des cinglés.

— C'est parce que je refuse de perdre. Si je perds, ils gagneront tous. Y compris mon père.

— Je sais, fit-il en la rejoignant pour la serrer contre lui.

Compte La Belle Dame localisé...

Eve s'écarta vivement et pivota sur elle-même.

— Rechercher nom de l'utilisateur et lieu de l'activité.

Nom de l'utilisateur Oberon NYC, lieux de l'activité, Cyber Perks, *carrefour Cinquième Avenue et 58e Rue...*

Elle fonça vers la porte.

— Je prends le volant, décréta Connor.

Elle n'eut pas le courage de discuter. Ses voitures étaient toutes plus rapides que la sienne. Elle saisit au vol son communicateur et dévala l'escalier.

— Central, ici Dallas, lieutenant Eve.

Tout en donnant des ordres, elle attrapa sa veste et se rua dehors.

Six minutes vingt-huit secondes s'écoulèrent entre la notification de l'ordinateur et leur arrivée au *Cyber Perks*. Eve bondit hors du véhicule avant qu'il ne se soit immobilisé.

Elle aperçut la patrouille et les policiers qu'elle avait réclamés.

— Personne ne sort ! lança-t-elle en brandissant son badge.

À l'intérieur, le vacarme était assourdissant. La musique cyberpunk inondait la salle tel un raz-de-marée, noyant les voix des clients.

C'était un univers qu'elle n'avait jamais exploré ; une foule bigarrée se pressait devant les comptoirs, autour des tables, dans les boxes, ou se déplaçait en planche à air d'un moniteur à l'autre. Pourtant, dans cette confusion stupéfiante, elle détecta un certain ordre.

Les excentriques aux cheveux teints, le piercing à la langue, avaient investi le secteur des tables. Les ringards en chemises trop larges préféraient les boxes. Les adolescentes gloussaient sur leurs planches à air en feignant de ne pas voir les groupes de garçons qu'elles tentaient d'aguicher.

Il y avait aussi des étudiants, regroupés vers le bar, qui affichaient des airs supérieurs. À leurs côtés, quelques-uns de ces révolutionnaires urbains, en uniforme noir, qu'ils admiraient tant.

Ici ou là erraient les touristes, les voyageurs, les clients occasionnels venus profiter de l'ambiance.

Dans quelle catégorie devait-elle classer son suspect ?

Eve se dirigea vers la tour en verre marquée *Centre de données*. Trois employés en tenue rouge surveillaient les consoles, leur casque sur la tête.

Eve en avisa un, le visage criblé d'acné, et frappa à la vitre. Il leva les yeux vers elle. Il secoua la tête en affichant un air autoritaire, et lui fit signe d'utiliser le casque posé devant elle.

— Ne touchez pas à la tour, ordonna-t-il. Restez derrière la ligne verte. Vous avez des unités à votre disposition dans le café. Ou, si vous préférez, il reste un box de disponible. Si vous voulez réserver...

— Arrêtez la musique.

— Pardon ? s'écria-t-il, soudain affolé. Restez derrière la ligne verte, sinon j'appelle la sécurité.

— Arrêtez la musique, répéta-t-elle en agitant son badge sous son nez. Immédiatement !

— Mais... je ne peux pas. C'est interdit. Qu'est-ce qu'il y a ? Charlie ?

Il fit pivoter son siège. Et ce fut l'horreur.

Le rugissement qui jaillit de la foule résonna de façon encore plus féroce que la musique électronique. Les gens bondirent de leurs tabourets, se propulsèrent hors des boxes en hurlant, lâchant des torrents d'insultes. Un groupe se rua vers la tour telle une horde de paysans révoltés à l'assaut du château seigneurial.

Alors qu'elle tentait de dégainer son arme, Eve reçut un violent coup de coude dans le menton, qui l'envoya valser contre le kiosque.

Ce qui la mit dans une colère noire.

Elle gratifia le coupable d'un magistral coup de genou dans les parties, lui écrasa le pied, puis tira trois coups de feu en l'air.

Le chaos cessa.

— Police ! glapit-elle en montrant son badge et son pistolet. Arrêtez cette putain de musique ! Tout de suite ! Reculez, retournez à vos places immédiatement.

L'ordre se perdit dans le brouhaha et les menaces. Cependant, les plus citoyens, ou les plus lâches, obéirent.

Une adolescente gisait aux pieds d'Eve, empêtrée dans ses patins à air. Elle saignait du nez et sanglotait.

— Tout va bien, lui dit Eve en la repoussant aussi délicatement que possible du bout de sa chaussure. Vous pouvez vous relever.

Les cris reprenaient le dessus. L'esprit citoyen et la

lâcheté ne tiendraient pas longtemps face à la passion d'une foule en colère.

— Rien ne sera résolu tant que je n'aurai pas obtenu le silence.

— C'est une zone garantie antivirus ! lança quelqu'un. Je veux savoir ce qui s'est passé. Je veux savoir qui est responsable.

Il n'était pas le seul, visiblement.

Connor se fraya un chemin jusqu'à elle.

— Un virus s'est immiscé dans le système, expliqua-t-il tranquillement. Il a corrompu les unités, toutes les unités, semble-t-il, et simultanément. Tu as deux cents personnes folles de rage devant toi.

— Ça, j'avais compris. Sors d'ici. Demande des renforts.

— Je ne te laisserai pas ici, alors inutile d'insister. Laisse-moi leur parler pendant que tu appelles le central.

Sans lui laisser le loisir de protester, il prit la parole. Sans élever la voix. La technique était infaillible, songea Eve en sortant son communicateur de sa poche.

Tout le monde s'était tu pour l'écouter. Elle l'entendait parfaitement, mais ne comprenait rien à son jargon.

— Ici le lieutenant Dallas. J'ai un problème au *Cyber Perks*. Cinquième Avenue. J'ai besoin de renfort.

Tandis qu'elle détaillait la situation, elle observa les gens qui retournaient à leurs tables. Il devait rester une cinquantaine de rebelles débitant une litanie d'âneries sur les conspirations, les cyberguerres et les terroristes de la communication.

Eve décida que le moment était venu de changer de tactique. Elle jeta son dévolu sur un homme. Chemise noire, jean noir, bottes noires, et une touffe hirsute de cheveux dorés.

Elle se carra juste devant lui.

— Vous ne m'avez peut-être pas entendue, mais je vous ai demandé de regagner votre place.

— Nous sommes dans un lieu public. J'ai parfaitement le droit de rester debout et de m'exprimer.

— Et il est de mon autorité de vous refuser ce droit quand vous vous en servez pour provoquer une émeute. Ou pour infliger des dommages corporels ou matériels, ajouta-t-elle en indiquant la jeune fille qui s'était relevée, mais continuait à pleurer. Cette petite a-t-elle le profil d'une terroriste ?

— Ils emploient des pions, puis les éliminent.

— Oui, et des mômes sont blessés parce que vous avez envie de masturber votre ego en public.

— La police de New York n'est rien d'autre qu'un outil souillé, utilisé par les bureaucrates conservateurs et les demi-dieux pour broyer la volonté et la liberté du citoyen lambda.

— Vous vous égarez. S'agit-il de terroristes de la communication et de cyberguerres, ou de demi-dieux et de bureaucrates ? Voici ce que je vous propose : vous allez vous asseoir, et je vais vous envoyer quelqu'un à qui vous pourrez exposer vos fascinantes théories. En attendant, certaines personnes ici présentes ont besoin d'assistance médicale. Vous gênez mon enquête sur ce qui s'est passé ici ce soir.

Il ricana. Grave erreur.

— Vous n'avez qu'à continuer à violer mes droits et m'arrêter.

— Très bien.

Sitôt dit, sitôt fait : elle le menotta.

— Suivant ? railla-t-elle.

Les renforts étaient enfin là. Elle le confia à un agent en uniforme.

— Pas mal, murmura Connor, impressionné.

— Merci. Il faut que je rétablisse un peu l'ordre.

Elle scruta les visages.

— Il n'est plus là.

— En effet, concéda Connor. D'après moi, il s'est enfui dès le début. Tu veux que j'interroge les employés du kiosque ?

— Ça me rendrait service.

De son côté, Eve interrogea, puis relâcha, les blessés d'abord, puis les moins de vingt ans et les plus de cinquante ans. Vinrent ensuite les touristes, puis les femmes. Mais plus elle prenait des notes, plus elle était persuadée que son oiseau s'était envolé.

Restée avec les employés, elle les installa dans le café et s'approcha de Connor, qui avait investi un box. L'écran, comme tous les autres, grouillait de couleurs chatoyantes et de symboles étranges.

— C'est la source ?

— En effet. Je vais devoir...

— Ne touche à rien ! s'exclama-t-elle en l'empoignant. Ne-touche-à-rien, répéta-t-elle en faisant signe à un policier. J'ai besoin d'un kit CS.

— On n'a que des minis.

— Ça suffira. Ensuite, agent Rinsky, ajouta-t-elle en déchiffrant son insigne, vous annoncerez au gérant que son établissement est fermé jusqu'à nouvel ordre.

— Qu'est-ce que je vais m'amuser, grogna Rinsky avant de tourner les talons.

— Je n'avais pas l'intention de toucher à quoi que ce soit, se défendit Connor dès qu'il eut disparu. Figure-toi que ce n'est pas la première fois que je me retrouve sur la scène d'un crime, lieutenant.

— Du calme. C'est mon boulot, pas le tien. Comment sais-tu que c'est la source ?

Il examina ses doigts impeccablement manucurés.

— Pardon, que dis-tu ? Je passe le temps dans l'espoir de pouvoir ramener ma ravissante épouse chez elle dès qu'elle en aura terminé.

— Seigneur ! D'accord, d'accord, pardonne-moi. Je suis un peu à cran. Et maintenant, toi qui es si courageux et si intelligent, aurais-tu l'amabilité de me dire comment tu t'es débrouillé pour remonter à la source ?

— J'aurais préféré que tu me le demandes sans cette petite moue, mais bon... Je suis passé par le système central, et j'ai remonté la trace du virus jusqu'à son origine. Cet appareil a été le premier infecté. Le virus était programmé pour se reproduire et, je suppose, s'immiscer dans le système central, puis se répandre dans les autres unités, afin d'exploser partout en même temps. Très malin.

— Épatant.

Rinsky resurgit.

— Lieutenant, votre kit.

— Merci.

Elle l'ouvrit, s'enduisit les mains de Seal-It, puis passa la bombe à son mari.

— Ne touche à rien encore, précisa-t-elle.

À l'aide d'une minitorche laser, elle examina le gobelet qui trônait sur la table.

— J'ai une empreinte du pouce, et un petit bout d'index. Tu as ton ordinateur de poche sur toi ?

— Comme d'habitude.

— Tu peux accéder à un dossier ? J'ai des comparaisons à effectuer.

Pendant qu'il s'exécutait, Eve promena son faisceau lumineux sur toutes les surfaces. Trop d'empreintes, décida-t-elle. Brouillées, pour la plupart.

— Lieutenant ?

Connor lui tendit une feuille imprimée.

— Une seconde, fit-elle.

À l'aide de la lampe, elle inclina le gobelet, l'appuya sur son doigt protégé, puis versa la boisson dans un sachet, qu'elle scella aussitôt.

— J'ai une question, reprit-elle.

— Je t'écoute.

— Comment a-t-il su que nous venions ? Car il le savait forcément. C'est pourquoi il a téléchargé ce virus. Nous sommes arrivés moins de sept minutes après la notification, pourtant il nous a repérés, il a planté sa mauvaise graine, et il s'est volatilisé. Comment est-ce possible ?

— J'ai une hypothèse, mais j'aimerais d'abord l'explorer.

Elle se balança d'un pied sur l'autre.

— Comment ?

— Il faudrait que je puisse ouvrir cet ordinateur.

Elle hésita. En respectant la procédure, elle pouvait parfaitement appeler Feeney ou McNab sur les lieux. Ou un autre technicien de la DDE.

Mais Connor était sur place.

S'il avait été flic, il serait depuis longtemps à la tête de ladite DDE.

— Considère-toi comme un volontaire désigné, civil.

— Mmm, ça me plaît, murmura-t-il en extirpant un minuscule boîtier de sa poche intérieure.

Se servant d'une perceuse miniature, il ôta le coffrage en quelques instants.

— Dans ce club, il y a trois niveaux de système, annonça-t-il sur le ton de la conversation. Ceci est le niveau le plus élevé, et coûte de un à dix dollars la minute, selon le nombre de fonctions utilisées.

L'estomac d'Eve se noua.

— Cet endroit t'appartient ?

— Tout à fait, confirma-t-il en branchant son ordinateur de poche à l'appareil grâce à un câble de la finesse d'un cheveu. Mais c'est sans importance. À condition que le propriétaire en question passe sous silence ton intervention de ce soir. Ce qui te fera moins de paperasses à remplir.

— Tu connais ces demi-dieux de la bureaucratie, riposta-t-elle. Ils ne se nourrissent que de formulaires.

— Tu as un bleu sur le menton.

— Mouais, maugréa-t-elle en le frottant. Merde.

— Tu souffres ?

— Je me suis mordu la langue. Ça fait encore plus mal. Et toi ?

— Rien de grave. Ce système est corrompu, de fond en comble. Très intelligent, ce garçon. Très, très intelligent. Apparemment, tu as affaire à un technicien hors pair, et qui sait se préparer. Ce n'est pas simple de truquer un ordinateur public pour avertir un utilisateur d'une recherche sur son compte. Il avait sur lui un scanner portable à très haute sensibilité. Très malin.

— Tu vas t'en sortir ?

— Tôt ou tard. Ici, toutes les machines sont conçues pour s'arrêter dès la moindre tentative de contamination. Grâce à un détecteur interne et à un filtre spécial. Malgré cela, il est parvenu à télécharger un virus qui s'est répandu dans tous les autres ordinateurs en à peine quelques minutes, juste après avoir été averti que quelqu'un tentait d'accéder à son compte.

— Et ça semble t'impressionner.

— Oh, oui ! Sacrément. Ce type est un surdoué. Dommage qu'il soit corrompu et minable !

— Oui. Ça me brise le cœur, compatit-elle. Je vais interroger les employés. Cet appareil sera confisqué et expédié à la DDE. Ensuite, je vais examiner les vidéos de sécurité. Je suis curieuse de voir comment il était déguisé ce soir.

Il paraissait content de lui. C'était visible à la façon dont il balayait la foule d'un regard supérieur, méprisant, tout en affichant un sourire inoffensif.

Il se faufilait entre les clients, l'air détaché, sans saluer qui que ce soit. Il se dirigea droit vers un box d'où il avait vue sur toute la salle.

— Il est déjà venu, constata Eve.

Aucun membre du personnel n'avait pu le lui confirmer. Le gérant était dans tous ses états, à cause de l'incident qui avait failli dégénérer en émeute et de l'intervention de la police, mais surtout, parce que tout cela s'était déroulé en présence de Connor, son patron.

Le box avait été réservé au nom de R.W. Emerson. Un pseudonyme, très certainement. En référence à un poète mort depuis longtemps.

Ce soir, il portait une magnifique crinière de cheveux châtains et des lunettes teintées. Sa tenue était à la fois décontractée et très mode : pantalon sombre, bottines, longue chemise de la même couleur que le verre de ses lunettes. Il avait un bracelet en or au poignet droit, et une demi-lune scintillait à son oreille.

Après avoir commandé sa consommation, il avait passé un appel téléphonique. Puis il avait bu tranquillement en observant les gens alentour.

— Il s'assure que l'environnement est stable, dit Eve. Il chasse. Il est à la recherche d'une femme. On peut transmettre un message sur n'importe quel ordinateur du club, n'est-ce pas ? C'est une manière de draguer plus agréable que seul chez soi, sur le Net.

— C'est une autre façon de lier contact, confirma Connor. Excitante parce que anonyme, sinon voyeuriste. On peut envoyer un mail à quelqu'un, surveiller ses réactions, décider ou non de prendre contact en personne. Pour ceux qui ne veulent pas prendre de risques, l'ordinateur est équipé d'un système de protection.

Elle regarda le suspect se connecter, sélectionner le mode manuel, plutôt que vocal.

— Là, murmura Connor en ordonnant un zoom sur l'image. Le scanner.

Eve repéra le mince boîtier en argent. Il en extirpa un câble rétractable, qu'il brancha sur le côté de l'ordinateur.

— De mieux en mieux, commenta Connor. Je n'ai jamais vu un objet de ce genre. Il a dû le fabriquer lui-même.

— Tu réfléchiras à ton potentiel recherche et développement plus tard, trancha Eve. Ça y est ! Il nous a flairés.

Le suspect se raidit, blêmit. De toute évidence, il était en état de choc. Et il avait peur. Derrière les lunettes teintées, ses yeux s'affolaient.

Il ouvrit le scanner et se pencha dessus avec fébrilité.

— Il code le virus, expliqua Connor. Il transpire à grosses gouttes, mais il sait ce qu'il fait. Il est en train de le télécharger.

Il tremblait, se frottait constamment les lèvres. Mais il ne bougeait pas et gardait le regard rivé sur l'écran. Puis tout à coup, il se leva, abandonnant sa consommation à peine entamée, et fonça vers la sortie.

Il courait presque. Eve le vit tourner à droite, juste avant qu'il ne disparaisse.

— Volatilisé en moins de deux minutes. Une bonne minute avant l'arrivée des flics.

— Quatre-vingt-dix-huit secondes chrono, précisa Connor. Il est rapide. Très rapide.

— Il est peut-être rapide, mais il est ébranlé. Il a détalé comme un lapin, vers le nord. Pressé de rentrer chez lui.

8

Il lui fallut plus d'une heure pour se calmer. Une heure, deux whiskies, et le flegme de Lucias.

— Ça n'aurait pas dû être possible.

— Ressaisis-toi, Kevin, riposta Lucias.

Il prit une cigarette qu'il avait assaisonnée d'un zeste de Zoner, l'alluma, croisa les jambes.

— Et réfléchis. Comment est-ce arrivé ?

— Ils ont trouvé le moyen de dégoter le nom de mon compte. Celui qui était protégé.

Lucias tira sur sa cigarette d'un air irrité.

— Tu m'avais dit qu'il leur faudrait des semaines, s'étonna-t-il.

— De toute évidence, je les ai sous-estimés. Quoi qu'il en soit, ils ne pourront pas remonter jusqu'à nous. Mais comment ont-ils fait pour me débusquer, et aussi vite ? La police n'est pas suffisamment équipée en hommes et en matériel pour surveiller tous les cybercafés de la ville. Et puis, il y a ce problème d'accès, le code standard et ceux que j'ai mis en œuvre.

Lucias continuait de fumer, imperturbable.

— Ils ont peut-être eu de la chance ?

— Certainement pas, siffla Kevin. Ils disposent visiblement d'un ordinateur et d'un informaticien hautement performants.

Il secoua la tête, perplexe.

— Comment un type aussi doué peut-il se contenter d'un salaire de flic ? Dans le secteur privé, il gagnerait des fortunes.

— Il faut de tout pour faire un monde, je suppose. En tout cas, c'est plutôt excitant.

— Excitant ? J'aurais pu être pris en flagrant délit. Arrêté. Accusé de meurtre !

Lucias se pencha en avant et tapota le genou de Kevin. Les effets du Zoner commençaient à se faire sentir.

— Mais tu es sain et sauf, lui rappela-t-il. Nous sommes plus malins qu'eux. Tu avais prévu cette possibilité, et tu t'y étais préparé. Tu as infecté toutes les machines. Génial. Tu vas encore faire la une des journaux. Un point de plus pour toi, conclut-il avec un soupir.

— Ils m'auront repéré sur le vidéodisque de sécurité, protesta Kevin. Si je ne m'étais pas trouvé dans un établissement proche d'ici, je n'aurais sans doute pas changé d'apparence.

Lucias se mit à rire.

— Ah, le destin ! s'exclama-t-il. Tout est affaire de destin, n'est-ce pas ? Et il joue en notre faveur. Non, franchement, Kevin, c'est formidable. Tu vas t'occuper du compte ? En créer un nouveau ?

— Oui. Ce n'est pas compliqué. Néanmoins, il me semble que nous devrions prendre un peu de recul.

— Maintenant ? Sûrement pas ! Plus le risque est grand, plus c'est palpitant. Nous savons maintenant que nous nous battons contre un ou des adversaires dignes de nous. Ça devient intéressant.

— Je pourrais conserver le compte, murmura Kevin pensivement. Tendre quelques pièges.

— Excellent ! s'écria Lucias en frappant de la paume le bras de son fauteuil. Je préfère ça. Penses-y. Pense à ton rendez-vous de demain. Tu te rends compte ? Tu vas pouvoir discuter des événements avec ta jolie demoiselle. Elle frissonnera délicatement, accablée par le triste sort de ses consœurs. Sans se douter une seule seconde qu'elle ira bientôt les rejoindre. J'adore !

L'alcool et la drogue l'avaient complètement détendu.

— C'est vrai que ça ajoute du piment à l'histoire, admit Kevin.

— Une chose est sûre : on ne s'ennuie plus.

— Ah, ça, non ! Je sais exactement comment je vais m'habiller, demain. Elle est tellement sexy ! Monica. Même son prénom respire le sexe.

Il hésita un instant, craignant visiblement de décevoir son ami.

— Je ne sais pas si je pourrai aller jusqu'au bout, Lucias. Je ne sais pas si j'aurai la force de la tuer.

— Bien sûr que si. Imagine... pendant que tu la caresseras, que tu t'enfonceras en elle, tu te diras que tu es le dernier à jouir de ce privilège. Que ce sera son ultime souvenir.

Kevin se sentit durcir à cette idée.

— Au moins, elle mourra heureuse.

Le rire de Lucias résonna cruellement dans la pièce.

Ayant décidé, une fois de plus, de perdre du poids Peabody descendit du métro à six blocs de chez E Elle se réjouissait d'avance à la perspective de c réunion : l'autochef de sa supérieure était tou rempli de merveilles.

Raison de plus pour marcher d'un pas vif et aler se dit-elle. Une sorte de punition avant le péché. Pour se consoler. Dieu seul savait quel mal la rongeait en ce moment. Pourquoi elle se sentait aussi triste, nerveuse et insatisfaite. Elle avait réalisé son rêve. Elle était flic et travaillait sous les ordres d'une femme d'exception.

Elle avait appris tant de choses au cours de cette année. Pas seulement la technique et les procédures, mais ce qui faisait la différence entre un bon flic et un excellent flic. Ce qui séparait les fonctionnaires pressés de clore un dossier de ceux qui creusaient la question et s'intéressaient à la victime.

Elle savait qu'elle progressait chaque jour. Elle en était fière. Elle adorait New York, ses habitants, son dynamisme.

Elle était heureuse dans son petit appartement, son espace. Elle avait de bons amis, un métier respectable et passionnant.

Elle fréquentait – enfin, plus ou moins – l'un des hommes les plus beaux, attentionnés et raffinés qu'il lui ait été donné de rencontrer. Il l'emmenait dans les galeries d'art, à l'opéra, au restaurant. Grâce à Charles, elle avait découvert une autre facette de cette ville fascinante.

Pourtant, la nuit, les yeux rivés au plafond, elle ne pouvait s'empêcher de se sentir seule.

Il était grand temps de se ressaisir. Le mot dépression ne figurait pas dans son vocabulaire.

Il lui suffirait peut-être de se trouver un hobby ? La peinture sur porcelaine, ou le jardinage d'intérieur, par exemple. La photographie holographique. Le macramé.

Et merde !

McNab, qui venait de surgir de la bouche de métro, avait failli la percuter.

— Salut !

Il recula d'un pas et glissa les mains dans ses poches.

— Salut.

Il ne manquait plus que ça ! Pourquoi n'avait-elle pas marché un peu plus vite, ou un peu plus lentement ? Pourquoi n'avait-elle pas quitté son appartement cinq minutes plus tôt, deux minutes plus tard ?

Ils se dévisagèrent un instant, sourcils froncés, puis se remirent en marche.

— Alors, marmonna-t-il en rajustant ses lunettes de soleil. Dallas nous a convoqués chez elle.

— En effet.

— Apparemment, il y a eu de l'action, hier soir. Dommage que ce salaud ne soit pas venu au *Cyber Perks* l'autre soir, quand nous y étions. On aurait pu l'arrêter.

— Ça m'étonnerait.

— Essaie donc d'être un peu optimiste, de temps en temps !

— Sois réaliste, face de singe.

— Tu t'es levé du mauvais côté du lit de ton prince charmant ?

Elle s'entendit grincer des dents.

— Charles n'a pas de lit, répliqua-t-elle d'une voix suave. Il a un immense parc rond.

— Ah, oui ?

Imaginer Peabody nue dans les bras d'un autre lui était insupportable.

— Ce genre de repartie te ressemble bien, lâcha-t-elle. Apparemment, tu puises ton inspiration chez toutes les bimbos que tu te fais depuis quelque temps

— La dernière en date avait un doctorat, un corps de déesse et un visage d'ange. Nous n'avons pas passé beaucoup de temps à échanger des mots d'esprit.

— Porc.

— Garce.

Il la saisit par le bras alors qu'elle s'apprêtait à franchir le portail de la demeure d'Eve.

— J'en ai par-dessus la tête de tes coups bas, Peabody. C'est toi qui as voulu rompre.

— J'aurais dû y songer beaucoup plus tôt.

Elle tenta de se dégager, mais il la maintenait fermement.

— Et comme d'habitude, tu te trompes, reprit-elle. C'est toi qui as rompu parce que tu ne pouvais pas avoir le beurre et l'argent du beurre.

— C'est ça. Excuse-moi de m'être opposé au fait que tu quittes mon lit pour celui de ton prostitué de luxe.

Elle lui enfonça le poing dans la poitrine.

— Je t'interdis de l'appeler ainsi. Tu ne sais rien de lui, et si tu avais ne serait-ce qu'un dixième de sa classe, de son charme, et de son dévouement, tu lui arriverais peut-être à la cheville. Comme il n'en est rien, je devrais te remercier d'avoir mis un terme à cette relation grotesque et humiliante. Alors, merci !

— De rien.

Les yeux exorbités, ils haletaient, nez contre nez. Puis ils se mirent à gémir, bouche contre bouche. Ils s'écartèrent d'un bond, affolés.

— Ça ne signifiait rien, bredouilla Peabody.

— Mais non, rien du tout. Recommençons.

Il l'étreignit de nouveau, lui mordilla la lèvre inférieure avec avidité. Elle avait des vertiges, ses oreilles bourdonnaient, elle ne parvenait plus à respirer. Elle n'avait qu'une envie : laisser courir ses mains sur son corps.

Elle se contenta de son arrière-train. Il chercha à glisser les doigts sous la veste de cet uniforme qui cachait un trésor de courbes et de chair soyeuse. Dans son empressement, il la poussa contre les barreaux du portail.

— Aïe !

— Désolé. Je... Seigneur ! souffla-t-il en l'embrassant dans le cou.

— Pardonnez-moi, tonna une voix sortie de nulle part.

— Tu as dit quelque chose ? s'enquit Peabody.

— Non, et toi ?

— Agent Peabody. Inspecteur McNab.

Toujours enlacés, ils jetèrent un coup d'œil vers le tableau de sécurité fixé au pilier. Le visage impassible de Summerset les contemplait depuis l'écran.

— Je crois que le lieutenant vous attend, enchaîna-t-il poliment. Si vous voulez bien vous écarter de la grille, cela vous évitera une chute malencontreuse lorsqu'elle s'ouvrira.

Peabody se sentir rougir comme une pivoine.

— Oh, non ! grommela-t-elle en rajustant sa tenue. C'était stupide.

— Mais tellement agréable, protesta McNab.

— Ce n'est pas parce que nous avons cette... cette réaction chimique, que nous devons y succomber. Ça ne fait que compliquer la situation.

Il la dépassa et pivota pour marcher à reculons devant elle, sa queue-de-cheval se balançant de droite à gauche. Il portait un manteau couleur coquelicot dont les pans lui battaient les cuisses. Malgré elle, elle ébaucha un sourire.

— Espèce de dingue.

— Si on partageait une pizza, ce soir. On verrait où ça nous mènerait.

— On a déjà vu. Nous n'avons pas le temps, McNab, pas même le temps d'y penser.

— Je pense à toi du matin au soir.

Cet aveu la cloua sur place.

— Tu me perturbes.

— C'est le but du jeu. Alors, une pizza ? Je sais que tu en raffoles.

— Je suis au régime.

— Pourquoi ?

— Parce que j'ai un derrière énorme.

Il tourna autour d'elle tandis qu'ils remontaient l'allée.

— Pas du tout ! Tu as un derrière superbe, au contraire. Il est là, il existe... Bon, écoute, on mangera et on discutera. Pas de sexe.

— Je vais réfléchir.

Il se rappela les conseils de Connor quant à la façon de conquérir une femme. Il traversa la pelouse à petites foulées, cueillit une fleur de poirier, rattrapa Peabody au bas du perron et la glissa dans la boutonnière de sa veste.

— Doux Jésus, murmura-t-elle en pénétrant dans la maison.

Elle évita soigneusement le regard de Summerset, qui leur proposait aimablement de rejoindre Eve dans son bureau.

Debout au milieu de la pièce, oscillant sur ses pieds, Eve visionnait une fois de plus le vidéodisque de sécurité. L'homme avait l'air content de lui. Distant, aussi. Il prenait plaisir à scruter la foule du cybercafé. Il se sentait supérieur à tous ces gens : il avait un secret.

Cependant, il s'était habillé de manière à attirer l'attention. À provoquer l'admiration, l'envie. Afin de bien faire comprendre à ceux qui le remarqueraient qu'il valait mieux qu'eux.

Il avait tout prévu. Il se croyait hors d'atteinte. Mais quand la situation avait dégénéré, il avait eu peur.

Elle voyait la sueur emperler son front tandis qu'il fixait l'écran dans son box. Elle n'avait aucun mal à l'imaginer en train de balancer le corps inerte de Bryna Bankhead par-dessus le balcon. « Se débarrasser du problème, songea-t-elle. Éliminer le désagrément, la menace. Ensuite... s'enfuir. »

En revanche, elle ne comprenait pas qu'il ait pu recommencer dès le lendemain avec une autre femme. Délibérément et de sang-froid.

Elle se tourna pour accueillir Peabody et McNab.

— Examinez cette image sous tous les angles, ordonna-t-elle. Concentrez-vous sur la structure, les yeux – la forme, pas la couleur – et la silhouette. Oubliez les cheveux, ce ne sont sans doute pas les siens.

— Vous avez un bleu sur le menton, lieutenant.

— Oui, et vous, une fleur à la boutonnière. Ce qui fait que nous sommes toutes deux ridicules. J'ai obtenu les marques des perruques et des cosmétiques. Peabody, établissez-moi une liste d'acheteurs. Comparez-la avec celle que j'ai préparée sur le vin. Connor est en train de...

— Connor a tout, annonça ce dernier en entrant, un vidéodisque à la main. Bonjour !

Il tendit le disque à Eve qui le remercia.

— Tenez, Peabody, fit-elle. Notre homme a un faible pour la qualité. Chaussures, costumes sur mesure.

— Il les achète probablement dans les boutiques de luxe de New York, précisa Connor.

— Voyons ce que nous pouvons trouver, murmura Eve. À moins de les cultiver lui-même, il doit bien se procurer les roses quelque part. Probablement dans son quartier, et je mettrais ma main à couper qu'il vit dans l'Upper West Side ou l'Upper East Side. On va donc commencer par là.

Elle adressa un regard surpris à Connor, qui lui présentait une tasse de café.

— J'ai rendez-vous avec Mira dans une heure, enchaîna-t-elle. Feeney est au central. Il examine l'ordinateur que nous avons récupéré au *Cyber Perks*. Je veux des réponses, je veux une piste, et je la veux aujourd'hui. Parce qu'il va retenter sa chance ce soir. Forcément. Il a déjà sélectionné sa prochaine cible.

Elle s'avança jusqu'au tableau sur lequel étaient épinglés les photos des victimes et les clichés informatiques du tueur avant et après chacun des meurtres.

— Elle est jeune. Vingt, vingt-cinq ans, pas plus. Célibataire. Jolie, intelligente, passionnée par la poésie. Romantique, sans attaches. Domiciliée et employée en ville. Il l'a déjà vue, observée dans la rue ou à son travail. Elle lui a peut-être même parlé, sans savoir qui il était. Elle pense probablement à ce soir, à ce rendez-vous tant attendu avec l'homme de ses rêves. D'ici quelques heures, se dit-elle, je vais le rencontrer. Et peut-être… peut-être…

Eve fit face à son équipe.

— Débrouillons-nous pour qu'elle reste en vie. Je ne veux pas voir un visage de plus sur ce tableau.

— Peux-tu m'accorder une petite minute, lieutenant ? intervint Connor en l'invitant d'un geste à le suivre dans son propre bureau.

— L'heure tourne.

— Dans ce cas, ne perdons pas de temps, répliqua-t-il en fermant la porte derrière eux. Je peux te sortir ces listes d'acheteurs, et établir les comparaisons nécessaires beaucoup plus vite que Peabody.

— Tu n'as pas de travail ?

— Si, énormément. Mais ce serait plus rapide. Moi non plus, je ne tiens pas à ce qu'on rajoute une photo sur ton tableau.

Il embrassa son menton meurtri.

— Ainsi, tu seras libre d'emmener Peabody avec toi sur le terrain.

L'interphone sonna.

— Oui ?

— Le Dr Dimatto est ici pour le lieutenant Dallas.

— Dites-lui de monter, ordonna Eve. Fais ce que tu veux, Connor, mais, pour l'heure, je ne suis pas au courant de tes manigances.

— Comme tu voudras. Je lance la recherche. Ensuite, j'aimerais saluer Louise.

— À ta guise.

Elle retourna dans l'autre pièce. Louise entra de sa démarche vive, aperçut la tasse dans la main d'Eve et sourit.

— Oui, j'en prendrais volontiers, merci.

— Peabody, un café pour le Dr Dimatto. Vous voulez autre chose ?

Louise fixa la viennoiserie que McNab s'efforçait d'engloutir en une seule bouchée.

— C'est un chausson aux pommes ?

Il opina.

— J'en mangerais volontiers un. Merci encore.

Eve avisa le tailleur rouge de Louise.

— Vous êtes bien élégante.

— J'ai une réunion. Avec un sponsor potentiel. Moins on a l'air d'en avoir besoin, plus ils nous donnent d'argent. C'est à n'y rien comprendre. Bref... merci, Peabody. Je peux m'asseoir ?

Elle croisa les jambes, son assiette en équilibre sur le genou, et savoura une gorgée de café.

— Où vous procurez-vous cette merveille ?

— C'est Connor qui s'en occupe.

— Évidemment.

— Vous n'êtes pas venue uniquement pour votre pause-café, je suppose ? Nous sommes assez débordés, figurez-vous.

— Je n'en doute pas. J'ai interrogé mes voisins sur Bryna Bankhead. Elle connaissait tous les habitants de l'étage, et quelques autres. Elle était très appréciée. Elle vivait là depuis trois ans. Elle avait des petits amis, mais rien de sérieux.

— Je sais déjà tout ça. Vous comptez abandonner la médecine pour la police ?

— Elle vivait là depuis trois ans, répéta Louise d'un ton grave. Moi, j'y habite depuis deux ans. Elle est tombée sur le trottoir à mes pieds. Nous n'avions jamais eu la moindre conversation.

— Culpabiliser n'y changera rien.

— C'est vrai, concéda Louise en grignotant délicatement son chausson aux pommes. Mais ça m'a fait réfléchir. Et ça m'a donné envie de tout faire pour vous aider. Il y a eu un projet de recherches à la clinique J. Forrester. Un petit établissement privé, plutôt luxueux, spécialisé dans les dysfonctionnements sexuels et la stérilité. Il y a environ vingt-cinq ans, J. Forrester s'est associé avec les Pharmaceutiques Allegany pour étudier et développer divers produits chimiques visant à atténuer les dysfonctionnements et à améliorer les performances d'ordre sexuel. Nombre de chercheurs importants ont participé à l'entreprise.

— En se servant de substances contrôlées, telles que le Whore et le Wild Rabbit.

— Entre autres. Ils ont mis au point le Matigol, destiné à combattre l'impuissance, et le Compax, un médicament qui permet aux femmes de concevoir et de mettre au monde des enfants bien au-delà de cinquante ans si elles le désirent. Le taux de réussite dans les deux cas était très élevé, mais ces substances sont extrêmement coûteuses et inaccessibles pour le consommateur moyen. En revanche, pour ceux qui en avaient les moyens, les résultats étaient miraculeux.

— Vous avez des noms ?
— Je n'ai pas terminé.
Elle tourna la tête et afficha un grand sourire tandis que Connor pénétrait dans la pièce.
— Bonjour !
— Louise, murmura-t-il en lui baisant la main. Vous êtes ravissante, comme toujours.
— Oui, oui, blablabla, coupa Eve. Mais encore ?
— Votre épouse est d'une insolence et d'une impatience...
— C'est pour cela que je l'aime. À propos, lieutenant, Charles Monroe est dans l'escalier.
— Qu'est-ce que c'est ? Un séminaire ?
Elle lança un regard noir à McNab, qui le soutint cinq bonnes secondes avant de baisser le nez.
— McNab, renseignez-vous sur J. Forrester et les Pharmaceutiques Allegany.
Elle serra les mâchoires, jeta un coup d'œil à Connor.
— Merde ! lâcha-t-elle.
— J'ai racheté cette société il y a huit, non, je crois que c'est dix mois. Quel est le lien ?
— Je ne le sais pas précisément. Notre toubib joue les saintes-nitouches.
— Jamais de la vie ! se défendit Louise.
Son regard se brouilla comme lorsqu'elle avait goûté le café.
— Ma foi... pas mal, pas mal ! commenta-t-elle alors que Charles entrait.
— Je suppose que vous voulez un café, vous aussi, grogna Eve.
— Ce ne serait pas de refus.
— J'y vais ! proposa Peabody, écarlate, en se réfugiant dans la cuisine.
— Connor. McNab...
Le sourire de Charles s'estompa lorsqu'il prononça le nom de ce dernier, puis se fit plus éclatant à la vue de Louise.
— Je n'ai pas l'honneur de vous connaître.

— Louise. Louise Dimatto.

— Ne me dites pas que vous êtes flic.

— Médecin. Et vous ?

— Compagnon licencié, répondit Charles en ignorant le marmonnement de McNab.

— Comme c'est intéressant !

— Si ça ne vous ennuie pas, on va éviter les mondanités pour l'instant, intervint Eve. Je suis à vous tout de suite, Charles. Louise, finissez.

— Où en étais-je ? Ah, oui. Malgré le succès remporté, le projet et le partenariat ont capoté il y a environ vingt ans. Manque de fonds, manque d'intérêt, effets secondaires malheureux. La décision fut largement influencée par le Dr Theodore McNamara, qui avait piloté les recherches, et à qui l'on attribue la découverte du Compax comme du Matigol. À l'époque, des rumeurs non confirmées ont couru. On a raconté que les expériences étaient menées aussi bien en laboratoire qu'à l'extérieur. On a prétendu aussi que certaines employées avaient été droguées à leur insu et molestées, voire engrossées. Si c'est vrai, personne n'a donné de noms.

— Excellent, approuva Eve. Je vais suivre cette piste. Si vous avez un rendez-vous...

— J'ai encore un peu de temps. Si cela ne vous ennuie pas, je vais finir mon café. Je crois même que je vais m'en servir une seconde tasse.

Elle disparut dans la cuisine.

— Charles, c'est à vous.

Il hocha la tête, adressa un sourire en coin à Peabody quand elle lui tendit sa tasse.

— Ma cliente croit que j'avais besoin de ces informations pour une autre cliente.

— Je protège mes sources, Charles.

— Et moi, mes clientes. Promettez-moi de ne mener aucune action contre elle si ce que je m'apprête à vous révéler la met en mauvaise posture.

— Elle ne m'intéresse pas. Et si elle fait ça uniquement pour stimuler sa libido, je me débrouillerai pour que ça ne vienne jamais aux oreilles des gars de la brigade des produits illicites. Ça vous va ? Le dealer, Charles. Personne n'ira importuner votre cliente.

— Carlo. Pas de nom de famille. Elle l'a rencontré sur un site « chat ».

Eve se percha sur le bord d'une table.

— Quand ?

— Il y a à peu près un an. D'après elle, cela lui a changé la vie.

— Comment les échanges s'effectuent-ils ?

— Au début, elle lui envoyait une commande par mail. Elle le payait par virement électronique, puis elle allait chercher la marchandise à la gare centrale.

— Pas de contact personnel ?

— Jamais. À présent, elle a une sorte d'abonnement et reçoit une provision tous les mois. Le virement se fait automatiquement, de compte à compte. Cinq mille dollars pour quelques grammes.

— Il faut que je lui parle.

— Dallas…

— Voici pourquoi : il me faut les coordonnées de ce Carlo. Et j'aimerais en savoir plus. Elle traite avec lui régulièrement depuis un bon moment, elle doit avoir son idée sur lui. Mais surtout, il faut la mettre en garde. Elle pourrait devenir une cible.

— J'en doute. Ce sont vos victimes ? s'enquit Charles en désignant le tableau. Quel âge ont-elles ? Vingt, vingt-cinq ans ? Cette femme en a plus de cinquante. Elle est jolie, elle prend soin d'elle, mais elle manque de fraîcheur. Selon les médias, les victimes étaient célibataires et vivaient seules. Celle-ci est mariée. Elle habite avec son mari et son fils. En allant l'interroger, vous ne réussirez qu'à l'humilier devant sa famille.

— Et à blesser son amour-propre, ajouta Louise. En ayant recours à la drogue et à un compagnon licencié, elle a dû chercher à compenser un manque sur le plan sexuel. Votre intervention pourrait lui être nuisible d'un point de vue psychologique, voire médical.

— Le risque est de devoir épingler sa photo sur ce tableau, rétorqua Eve.

— Je vais essayer de lui parler de nouveau, dit Charles. Mieux, je vais passer une commande à Carlo, à mes frais. Il lui suffit de procéder à une vérification standard pour authentifier ma licence. Un compagnon licencié, ça n'a rien de suspect.

— Transmettez-moi ses coordonnées d'ici 15 heures, ordonna Eve. Ne faites rien d'autre. Je ne veux pas qu'il enregistre votre nom.

— Vous n'avez pas à vous inquiéter pour moi, lieutenant.

— Les coordonnées, point final, Charles. Allez-y.

— Moi aussi, il faut que je file, déclara Louise. Merci pour le café ! Vous voulez qu'on partage un taxi ? proposa-t-elle à Charles.

— Volontiers.

En passant, il effleura la fleur à la boutonnière de Peabody.

— À plus tard, Delia.

— McNab, la ferme, prévint Eve. Peabody, que diriez-vous de donner un coup de main à Connor ? Quant à moi, conclut-elle en consultant sa montre, j'ai un rendez-vous.

9

Elle s'installa dans la bibliothèque, située dans une autre aile de la maison, parce que c'était un endroit calme, mais surtout, parce qu'elle avait éprouvé le besoin de fuir le trop-plein d'émotions qui semblait avoir envahi son bureau.

Ici, tout était paisible. Elle mit en marche l'un des ordinateurs et y entra les nouvelles données.

— Ordinateur... En prenant en compte ces éléments, calculer les probabilités sur l'individu Carlo, comme pseudonyme du suspect.

Recherche en cours... Probabilité 96,2 %.

— Ça ne m'étonne pas. Calculer les probabilités sur Carlo fabriquant des substances qu'il vend en toute illégalité.

Recherche en cours... Données insuffisantes pour le calcul.

— C'est là que tu te trompes.

Elle quitta son fauteuil pour déambuler sur le tapis semé de roses aux teintes passées.

— Il fabrique la drogue, il la conditionne, il la vend, il l'utilise. La domination. C'est une affaire de domination. Soixante mille dollars par an pour quoi... six grammes de cette merde ? Il surfe sur le Net, accroche une vingtaine de clients fortunés, et l'affaire est dans le sac. Mais ce n'est pas une histoire d'argent.

Elle s'arrêta devant la rangée de fenêtres, tira le rideau, et contempla l'immense parc verdoyant.

Même pour Connor, issu d'un milieu misérable, le fric n'avait été qu'un prétexte, l'important étant de l'amasser, de le *posséder*, de le faire fructifier.

D'avoir du pouvoir.

L'avidité, le besoin n'avaient rien à voir là-dedans.

— Vingt mille dollars le gramme, il en fait avaler un quart à la première victime une fois seul avec elle, nue et sans défense, dans son appartement. Après lui avoir donné du Whore. Ordinateur, afficher le prix de vente du Whore.

Recherche en cours... Hormonibital-six, mieux connu sous le nom de Whore, valeur soixante-cinq mille dollars US le décilitre. Quantité vendue, négligeable. Son dérivé Exotica est plus commun. Valeur Exotica, cinquante dollars US le décilitre. Voulez-vous une liste des autres dérivés ?

— Négatif. Ce type ne se contente pas de dérivés. Les clones, les substituts, ce n'est pas pour lui. La soirée a dû lui revenir à cent cinquante mille dollars. Pour ce prix-là, on peut s'offrir dix compagnes licenciées. Mais l'argent et le sexe ne sont que des éléments du jeu.

— Je me demande bien pourquoi vous faites appel à mes services ! lança Mira du seuil de la pièce.

Eve se tourna vers elle.

— Je réfléchissais à voix haute.

— J'ai entendu.

— Merci d'être venue. Je sais que vous êtes très occupée.

— Vous aussi. J'adore cet endroit, ajouta Mira en admirant les murs couverts de livres. Le luxe civilisé... Vous vous êtes blessée.

— Oh, ce n'est rien ! éluda Eve.

Comme à l'accoutumée, Mira était impeccable. Ses cheveux couleur de sable encadraient son beau visage serein. Elle portait un tailleur d'une élégance discrète. Elle sentait bon l'abricot, et sa peau était douce comme la soie quand elle effleura le menton d'Eve d'une bise.

— C'est plus fort que moi, s'excusa-t-elle devant l'expression renfrognée d'Eve. Rien de tel qu'un baiser pour apaiser un bobo. Si on s'asseyait ?

— Oui, bien sûr, bredouilla Eve.

Elle ne savait jamais quelle attitude adopter lorsque Mira se montrait maternelle à son égard.

— Vous prendrez un thé, sans doute.

— Avec plaisir.

Connaissant les manies de Mira, elle commanda à l'autochef son breuvage aux herbes préféré, et un café pour elle.

— Comment allez-vous, Eve ? fit Mira en prenant place sur le canapé.

— Bien.

— Vous ne dormez pas suffisamment.

— Je tiens le coup.

— Grâce à la caféine. Comment se porte Connor ?

Eve faillit répliquer qu'il était en pleine forme. Mais le Dr Mira ne serait pas dupe.

— Il... Ce qui est arrivé à Mick Connelly lui pèse encore. Il fait face, mais, je ne sais pas... Depuis son retour, je le trouve moins sûr de lui.

— C'est le chagrin. On continue à vivre, on fait ce qu'il faut, mais on a le cœur lourd. Votre présence à ses côtés l'aide certainement à porter ce fardeau.

— Il s'est immiscé dans cette enquête, et je n'ai pas osé l'en dissuader, contrairement aux fois précédentes, avoua Eve en lui apportant sa tasse.

— Vous formez une équipe de choc dans de nombreux domaines, observa Mira. Le fait que vous soyez responsable de ce dossier doit lui causer du souci.

— J'ai déjà traité des homicides sexuels, et j'en traiterai encore. Je sais comment m'y prendre.

— Je suis d'accord. Et si j'en crois vos rapports et ce que vous disiez tout à l'heure, vous avez déjà établi un profil du suspect.

Mira sortit un disque de son sac.

— Voici donc le mien.

— Un seul ?

— Deux. Ils sont deux. Deux individus, ou deux personnalités, cela reste à prouver. Si le syndrome des multiples personnalités est rare, excepté dans les romans policiers, il existe néanmoins.

— Je ne pense pas que ce soit le cas. Je me suis documentée sur le sujet, hier soir, ajouta-t-elle devant l'air surpris de Mira. La méthode de base est la même, la motivation, la mise en scène aussi. Mais les styles et les cibles sont différents. L'agresseur a utilisé un préservatif ou un spermicide et s'était protégé avec du Seal-It pour la deuxième victime, mais il a laissé des traces d'ADN et des empreintes sur la première. Si c'était un cas de dédoublement, la distinction serait plus grande. Une personnalité qui chasse, l'autre qui tue. Une qui chasse et tue, l'autre qui fonctionne normalement. Non, là, ils sont deux ; ils travaillent ensemble et interviennent à tour de rôle.

— Je suis plutôt de votre avis, mais je ne peux pas écarter la thèse de la maladie, déclara Mira en se calant confortablement parmi les coussins. Le premier meurtre semble avoir été accidentel, ou imprévu. Il se pourrait que l'excitation et la peur ressenties alors l'aient incité à commettre le second, de façon délibérée et plus violente. Cependant, vous avez raison sur un point : c'est un jeu. On constate le besoin de dominer les femmes, de les rabaisser, mais avec un certain style et du charme. Romantisme et séduction. L'acte sexuel est totalement égocentrique, mais peut être rationalisé : la satisfaction est mutuelle, puisque la victime, sous l'effet de la drogue, se montre enthousiaste et agressive.

— Il est l'objet de son désir. Le centre de son univers.

— Exactement, confirma Mira. Ce n'est pas un viol dans le sens traditionnel du terme, infligé par la force. Ce qui l'intéresse, c'est qu'elle soit soumise. Il est intelligent et patient. Il prend le temps de les connaître – leurs fantasmes, leurs espoirs, leurs faiblesses. Il leur offre des roses roses. Pas rouges, symbole de la passion. Roses, symbole du romantisme.

— C'est un as de la technologie et de la chimie. Je dispose de nouvelles données. Il est fort possible qu'ils se servent d'un troisième pseudonyme pour vendre des substances illicites haut de gamme. L'un des deux au moins en connaît un rayon sur le sujet, et selon moi, sait comment les fabriquer. Peut-être qu'il prend le risque de les revendre pour gagner sa vie. Mais je crois que ça va plus loin que ça. Il aime prendre des risques, tout simplement.

— Tout à fait, renchérit Mira. Des risques calculés.

— Sur le plan de l'informatique, c'est un surdoué. Même Connor est impressionné, ce qui en dit long. Si ce type souffre d'un dédoublement de la personnalité, est-ce qu'il peut manifester un talent supérieur dans deux domaines complètement différents ?

— Ce n'est pas impossible…

Eve grimaça.

— … je ne peux pas vous répondre par oui ou par non. Je pourrais vous soumettre des études de cas, Eve, mais elles ne tiendraient pas face à votre instinct. Admettons que nous ayons affaire à deux individus. L'un d'entre eux est fantasque, il vit dans son monde. Son idéal féminin : chic, sexy, sophistiqué. Il veut l'envoûter tout autant que la dominer et la conquérir. C'est un homme qui vit à fond le moment présent.

— Il a envoyé une gerbe de roses à Bankhead sur son lieu de travail, fit remarquer Eve. Grace Lutz n'a jamais reçu de bouquet.

— Le second est plus calculateur, plus prévoyant et potentiellement plus violent. Le romantisme, très peu pour lui. Il ne se fait pas d'illusions, il sait qu'il commet un viol. Il l'accepte. Il cherche la jeunesse et l'innocence, parce qu'il veut les posséder et les détruire.

— Il aurait donc un certain ascendant sur son associé ?

— C'est vraisemblable. Cependant, ils entretiennent une relation fusionnelle. Ils ont besoin l'un de l'autre. Ils partagent leurs talents, et encouragent mutuellement leur ego. La complicité d'un homme envers un autre, comme les joueurs de football, qui se jettent les uns sur les autres dès qu'ils ont gagné un point.

— C'est un travail d'équipe. Je te fais une passe, tu prends le relais et, ensemble, on marque un but.

— Oui. Tout ça est un jeu pour eux.

Mira posa sa tasse de thé et toucha distraitement la perle accrochée à sa chaîne en or.

— La compétition leur est indispensable, poursuivit-elle. Ce sont des êtres brillants, mais capricieux, des enfants gâtés. Des manipulateurs-nés. Ils ont sûrement grandi dans un milieu privilégié. Ils ont coutume d'imposer leurs exigences en toute impunité. Ils le *méritent*.

— Ils ont déjà mis en œuvre des projets secrets, intervint Eve, mais pas à ce niveau-là.

— Sans aucun doute. Ils se connaissent depuis des lustres et ont beaucoup de points communs. Leur manque de maturité m'incite à penser qu'ils ont à peu près l'âge de leurs victimes. Vingt-cinq ans tout au plus.

— Ils sont attachés aux signes extérieurs de richesse. Vêtements de qualité, vins fins, bars élégants.

— Oui, approuva Mira. À leurs yeux, le statut, l'exclusivité, c'est vital. Qui plus est, je suis persuadée qu'ils y sont habitués. Se priver de quoi que ce soit, se le voir refuser leur est intolérable. Leur prétendu penchant pour le romantisme cache en fait une peur et une haine des femmes. Leur mère était soit dominatrice et abusive, soit faible et abusée. Ils ont été soit négligés, soit surprotégés. En général, l'image qu'un jeune homme se fait des femmes dépend de celle qu'il s'est faite de la femme qui l'a élevé.

Eve pensa à Connor et à elle-même. Orphelins.

— Et s'il ne la connaît pas ?

— Il se forge une opinion d'une autre manière. Cependant, tout homme qui cherche à exploiter les femmes réagit par rapport à un modèle féminin.

— Si j'en arrête un, j'arrête les deux ?

— Si vous en arrêtez un, l'autre s'autodétruira. Mais il risque de continuer à tuer durant sa chute.

Elle fit ce qu'il fallait faire lorsqu'on est inondé de données et de pistes entrelacées.

Elle se concentra sur la victime.

Se servant de son passe-partout pour décoder les scellés de la police et pénétrer dans l'appartement de Bryna Bankhead, elle s'efforça d'oublier les faits, pour se fier à ses impressions.

L'atmosphère était étouffante. L'air ne sentait plus la cire de bougie ou la rose, mais la poussière laissée par les techniciens.

Pas de musique. Pas de lumières tamisées.

Elle ordonna l'allumage des lampes, vérifia que le store était baissé, puis déambula dans la pièce.

Couleurs vives, œuvres d'art contemporain, touches féminines, elle se trouvait dans le nid douillet d'une femme célibataire au goût sûr, qui avait su profiter de la vie et qui aimait son travail.

Une femme suffisamment jeune pour ne pas être engagée dans une relation sérieuse. Suffisamment assurée pour tenter des expériences. Suffisamment amoureuse pour s'attacher à un homme sans visage, rencontré par la voie d'Internet.

Elle avait vécu seule, dans le confort, mais elle avait réussi à lier connaissance avec ses voisins.

Sa collection de disques était très éclectique, nota Eve en s'attardant devant la chaîne de divertissement. Tombant par hasard sur l'album *Mavis : À pleine voix*, elle esquissa un sourire.

Son amie Mavis Freestone la faisait toujours sourire.

Mais ce soir-là, ils avaient écouté de la musique classique, se rappela-t-elle. Était-ce lui qui avait choisi, ou elle ? Lui, très certainement. C'était lui qui avait décidé de tout.

Ses empreintes sur la bouteille de vin. Il l'avait apportée, débouchée, avait rempli les verres. Ses empreintes, mêlées à celles de Bankhead, sur un verre ; seules sur le second.

Il le lui avait tendu. Le parfait gentleman.

Elle pénétra dans la chambre. Les techniciens avaient ramassé les pétales de rose. Sur le lit, le matelas était à nu. Eve ouvrit la baie vitrée du balcon.

Le vent souleva ses cheveux, lui caressa le visage. Il commençait à pleuvoir, une petite pluie fine, silencieuse.

L'estomac noué, elle s'obligea à avancer jusqu'à la rambarde, à se pencher par-dessus. *Une chute interminable...*

D'où lui était venue l'idée du balcon ? Il ne semblait pas avoir visité l'appartement auparavant.

Elle se remémora la vidéo de sécurité, Bryna et son meurtrier s'approchant de l'immeuble. Il n'avait pas levé les yeux. Les New-Yorkais ne le faisaient jamais.

Pourquoi avait-il pensé au balcon ?

Pourquoi ne s'était-il pas tout simplement enfui, comme au cybercafé ? Car les deux fois, une partie de son cerveau était passée en mode survie. Avait-il pensé que les drogues ne seraient pas détectées ? « Il vit le moment présent », avait dit Mira. Et ce moment l'avait mis en état de choc.

« Elle est morte, avait-il constaté. Je suis dans un sale pétrin. Que faire ? »

Maquiller le crime en suicide. Se débarrasser du corps. Loin des yeux, loin du cœur. Mais pourquoi ne pas avoir éliminé les indices qui l'incriminaient ?

Pour brouiller les pistes. Comme il l'avait fait au cybercafé. Il aurait pu télécharger le virus uniquement sur son ordinateur. Il l'avait programmé pour que tous les autres soient infectés. En sachant pertinemment que l'incident créerait une émeute.

Une femme s'écrase sur le trottoir, les témoins sont abasourdis, paralysés, terrorisés. Ils courent jusqu'à la victime, ou ils détalent comme des lapins, mais ils ne se précipitent pas à l'intérieur du bâtiment en quête d'un tueur – et le tueur en profite pour s'échapper tranquillement.

Mais comment avait-il pensé au balcon ?

La pluie tombait de plus en plus fort. En proie au vertige, Eve scruta la rue, les édifices avoisinants.

— Nom de nom, marmonna-t-elle en découvrant une enseigne : *Le Byte Café*.

L'endroit ne payait pas de mine. Dix tables équipées d'ordinateurs bas de gamme. Six places au comptoir. Mais le café sentait bon, et le sol était rutilant.

Un droïde au style plutôt ringard s'affairait derrière le comptoir. Ses cheveux étaient coiffés en une pointe qui lui tombait sur le front.

Deux des tables étaient occupées par des humains du même genre, et la serveuse, ravissante, était trop pétillante pour ne pas être un automate.

— Bonjour ! Bienvenue au *Byte Café*. Voulez-vous une table ?

Elle avait une coiffure en choucroute, et des lèvres couleur de chewing-gum. Son bustier moulait à la perfection des seins ronds comme des melons.

— J'ai des questions à vous poser. À tous les deux.

La serveuse – Bitsy, d'après son insigne – répondit :

— Tout est détaillé sur la carte, y compris les menus, mais Tad ou moi serons heureux de vous donner des explications supplémentaires si vous le souhaitez.

Bitsy et Tad. Eve secoua la tête. Où allaient-ils chercher des prénoms pareils ?

— Asseyez-vous, Bitsy.

— Je regrette, cela m'est interdit. Voulez-vous que je vous décrive le café spécial du jour ?

— Non, grogna Eve en sortant son badge. Il s'agit d'une enquête policière, et je suis ici pour vous interroger.

— Nous sommes programmés pour coopérer avec la police, la sécurité, les pompiers, les services de santé et de secours, débita Tad en remontant sa mèche.

— Tant mieux.

Elle perçut un mouvement et, se tournant, vit qu'un des clients tentait de quitter discrètement sa table.

— Vous n'avez rien à craindre, lui dit-elle. Je suis là pour poser des questions, c'est tout. Reprenez votre place et détendez-vous. Vous pourrez peut-être m'aider.

— Je n'ai rien fait.

— C'est bien. Continuez comme ça.

Elle pivota vers les droïdes, tout en gardant un œil sur les autres.

— Vous êtes au courant de ce qui s'est passé en face ? La jeune femme qui est morte.

Le visage de Tad s'éclaira.

— Ah, oui ! On l'a balancée par-dessus son balcon.

— En effet. Ça lui arrivait de venir ici ? demanda Eve en posant la photo de Bryna Bankhead sur le comptoir.

— Non, madame.

— Ne m'appelez pas madame.

Il cligna des yeux, perplexe.

— Je suis censé appeler toutes les clientes madame.

— Je suis flic, pas cliente. Sauf que… mmm… c'est du vrai café ?

— Oh, oui, ma…

— Lieutenant.

— Oh, oui, lieutenant ! Nous ne servons que d'authentiques produits à base de soja, avec ou sans additifs caféinés.

— Laissez tomber... L'un d'entre vous reconnaît-il cette femme ? continua-t-elle en montrant la photo aux deux clients.

Celui qui avait cherché à filer changea de position.

— Je suppose que oui. Mais je n'ai rien fait.

— Ça, j'avais compris. Où l'avez-vous vue ?

— Dans les parages. J'habite à deux blocs d'ici. C'est pour ça que je viens : c'est tout près, et peu fréquenté. Je peux travailler tranquillement.

— Vous lui avez parlé ?

— Non. Ce genre de fille ne parle jamais avec des types comme moi. Je l'ai aperçue ici ou là, c'est tout. Dans le quartier. Elle était drôlement jolie. Je n'ai rien fait.

— Comment vous appelez-vous ?

— Milo. Milo Horndecker.

— Milo, à force de me répéter que vous n'avez rien fait, je vais finir par croire le contraire. L'un d'entre vous connaît-il l'un de ces trois hommes ? enchaîna-t-elle en présentant à la ronde les trois visages du tueur.

Bitsy et Tad firent signe que non. Les autres aussi.

— Ils sont trop mignons, commenta Bitsy.

Eve réfléchit un instant.

— Auriez-vous remarqué quelqu'un en particulier, ces dernières semaines. Quelqu'un qui serait venu régulièrement, mais qui aurait disparu après le drame. Il se serait installé devant la vitrine. Il serait venu le matin, mais pas après 10 heures. Ou en soirée, mais pas avant 18 heures. Ou sinon, ajouta-t-elle en se remémorant l'emploi du temps de Bryna Bankhead, sinon, le mardi. Il aurait commandé une boisson élaborée.

— Il est venu deux mardis de suite ! s'exclama Bitsy en sautillant sur la pointe de ses souliers roses. Il s'asseyait toujours devant, et il prenait deux consommations tout en travaillant. Ensuite, il s'en allait.

— Quelle table ?

— La numéro un. C'est celle qui a la meilleure vue sur la rue.

« Et sur l'immeuble de Bryna Bankhead », ajouta Eve à part soi.

Elle alluma son communicateur et contacta Feeney.

— Je suis dans un cybercafé en face de l'immeuble de Bankhead. Je suis devant l'ordinateur dont il s'est servi. Il me faut un mandat de confiscation et un technicien image.

Nécessité faisant loi, Eve s'installa à la table numéro un avec son authentique produit à base de soja, additionné de caféine.

Il lui suffisait d'incliner la tête pour repérer le douzième étage de l'immeuble d'en face. Les fenêtres de l'appartement de Bryna. Les balcons.

— Il est méticuleux, déclara-t-elle à Feeney. C'est un collectionneur de détails. Elle lui a raconté dans ses mails ce qu'elle faisait ses jours de congé. Elle lui a expliqué qu'elle aimait ouvrir ses fenêtres en grand dès le saut du lit, pour voir le temps qu'il faisait.

J'adore cette première bouffée matinale de l'air de New York, avait-elle écrit. *Je sais ce que les gens pensent de la pollution, mais pour moi, l'atmosphère respire l'énergie, l'activité, le romantisme. Tous ces goûts, toutes ces odeurs et ces couleurs... je m'en imprègne lors de mes jours de congé.*

— Il a dû l'observer sur son balcon. Peut-être qu'elle y buvait un café en admirant la vue. Étant d'une nature ordonnée, elle devait ensuite faire un brin de ménage, s'habiller, puis sortir faire quelques courses. Rencontrer une amie. Il la suivait probablement, pour s'assurer que le contenu de ses messages concordait avec ses habitudes. Il voulait être certain qu'elle vivait seule, qu'elle n'avait pas de petit ami. Mais surtout, il voulait étudier son comportement, son physique, sans qu'elle le sache. Après tout, il fallait qu'elle lui inspire un minimum de désir.

Eve regarda Feeney, qui s'activait déjà sur la machine.

— Il a ses manies, lui aussi, reprit-elle. Et ces manies peuvent nous mettre sur la voie. Tu peux le retrouver sur cet appareil ?

— S'il l'a utilisé, on va savoir quand et comment. Il va falloir un moment pour trier toutes les données et débusquer les siennes. Mais c'est possible.

Acquiesçant, elle quitta la table pour rejoindre le technicien image, qui s'affairait avec les droïdes. L'avantage, avec ces derniers, c'était que leurs yeux étaient de véritables caméras.

Déjà, les traits prenaient vie sur l'écran du spécialiste.

Un visage doux, anonyme. Des sourcils arqués, une chevelure en désordre. Un visage banal.

Sauf pour le regard. Intense. Glacial.

Il aurait beau se grimer, le jour où Eve le verrait, elle le reconnaîtrait à son regard.

Il n'existait aucun cybercafé tout près de l'immeuble de Grace Lutz. Il n'y avait pas non plus le moindre restaurant en vue. Il y avait bien une petite épicerie, avec une allée tout en longueur, mais la chance d'Eve s'arrêta là.

Elle avait appelé Peabody, et son assistante entra au moment où elle achetait une barre de chocolat.

— Comme déjeuner, ça laisse à désirer, fit remarquer celle-ci tout en crevant d'envie de s'en offrir une. Cette salade de crudités est fraîche ?

— Vous avez du nouveau ?

— J'ai surtout le ventre vide, répliqua Peabody avant de commander une portion à emporter. Je suis un régime, et je n'ai droit qu'à un blanc d'œuf dur le matin. Ensuite...

— Peabody...

Eve déballa sa friandise et mordit dedans avec délectation.

— Vos régimes ne m'intéressent pas.

— Vous êtes cruelle, protesta Peabody. Et vous êtes de mauvaise humeur, parce que vous dépensez votre apport calorique en sucres rapides et… c'est du caramel ?

— Oui, confirma Eve en se léchant les doigts. Sortons. J'ai besoin de marcher.

— Bon, eh bien, puisque je dois faire de l'exercice, donnez-moi aussi une de ces barres de chocolat.

Dans la rue, elle engloutit une bouchée de salade, tout en s'efforçant de rester à la hauteur d'Eve.

— Quand vous aurez avalé ça, Peabody, j'aimerais entendre votre rapport.

— Il est plutôt encourageant. Nous avons établi une liste de seize possibilités. Connor, inutile de vous le préciser, est vraiment un as de l'informatique. Il est rapide, efficace. Et quand il passe en mode manuel, il… Vous avez remarqué ses mains ?

Eve lui lança un regard noir en guise de réponse.

— Oui, je suppose que oui, marmonna Peabody. Bref, on avait seize noms qui correspondaient aux achats. On en a éliminé deux qui s'étaient mariés au cours des deux dernières semaines. Mai et Juin, la saison des mariages bat son plein. Ensuite, on en a effacé un troisième, qui s'est fait renverser par un maxibus il y a trois jours. Vous avez entendu parler de cette histoire ? Le gars marchait tranquillement en vérifiant ses actions sur son ordinateur de poche. Il a voulu traverser et, boum !

— Peabody.

— Oui, bon. On a réduit la liste à une dizaine. Pour les perruques, c'est plus long, parce qu'il doit cibler le fabricant, et qu'ils sont plus de deux cents à utiliser ce matériel humain de première qualité – ensuite, il faut qu'il tombe sur la bonne marque, et le bon produit.

Elle jeta son carton dans une benne de recyclage, puis déballa son chocolat avec la fébrilité d'une femme déshabillant son amant.

— Il veut qu'on partage une pizza, ce soir.
— Quoi ? Connor veut manger de la pizza ?
— Mais non ! McNab. Il prétend qu'il veut juste discuter, mais ce matin, nous avons déjà enfreint le code de la morale devant votre portail.
— Merde.
Eve pressa les doigts sous son œil, qui tressautait furieusement.
— Ça recommence. Pourquoi me racontez-vous tout ça ? Ça me flanque des spasmes.
— Si on mange une pizza, on fera l'amour. Qu'est-ce que cela signifie ?
— C'est plus qu'un spasme, c'est...
— Je ne veux pas retomber dans la même ornière. Mais je suis complètement paumée.
Eve poussa un profond soupir.
— Peabody, je n'y connais rien. Il m'a fallu plus d'un an pour trouver mon rythme avec Connor, et je continue à faire des erreurs. Il ne faut jamais miser sur un flic.
Elle se détourna, enfonça les mains dans ses poches. La rue était sale, le bruit, assourdissant, la fumée qui s'échappait des glissa-gril, nauséabonde. Un peu plus loin, un dealer traitait avec un client.
— C'est déjà difficile d'avoir une vie en dehors du boulot quand on est seule. Alors, à deux... Nom de nom ! Ça tourne mal, là-bas. Appelez des renforts, puis couvrez-moi.
Eve sortit son badge, dégaina son pistolet, et traversa la rue au pas de course, alors que l'un des hommes, sur le trottoir d'en face, brandissait un couteau.
Aussitôt, l'autre l'imita. Les passants se dispersèrent en hâte.
— Police ! Lâchez vos armes !
Ils l'ignorèrent, mais il était évident que l'un était en manque, et l'autre, drogué. Ce qui les rendait d'autant plus dangereux.
— Les mains en l'air ! aboya-t-elle.

Ils se tournèrent vers elle d'un seul mouvement. Et le client se jeta sur son fournisseur pour récupérer sa marchandise. Un piéton hurla. Tandis que la lame effectuait un grand arc de cercle, Eve visa les genoux de l'agresseur.

Il tomba vers elle. Elle l'immobilisa, puis écrasa de sa botte la main qui tenait le couteau.

Alors qu'il gémissait de douleur, elle s'aperçut que le deuxième en avait profité pour prendre le piéton en otage.

— Lâche-la ! hurla-t-elle.

— C'est mon carrefour, bordel !

— Si tu la touches, tu y mourras, à ton carrefour.

À présent, l'homme à terre sanglotait. Il avait uriné dans son pantalon.

— Barrez-vous, sinon je lui fais le sourire de l'ange, menaça le dealer. Et je boirai son sang.

— Bon, d'accord, concéda-t-elle, tandis que Peabody surgissait derrière lui et lui collait le canon de son pistolet sur la nuque.

Eve bondit en avant, empoigna la main tenant le couteau, la tordit violemment. L'homme s'effondra comme un tas de chiffons.

Cependant, dans un sursaut, il se redressa, visant la gorge d'Eve avec la pointe de sa lame.

— Paralysez-le ! ordonna Eve à Peabody.

Son corps tressaillit, se cabra quand Eve lui planta le genou dans les parties.

— Dallas, ça va ? Il vous a blessée ?

— Oui. L'imbécile ! Rattrapez celui-là ! ajouta-t-elle en voyant le premier qui tentait de s'enfuir à quatre pattes.

Elle retourna le second, le menotta. L'otage aussi était à terre, complètement affolée.

Eve essuya le sang qui lui coulait dans le cou du revers de la main, et jeta un coup d'œil dans sa direction.

— Faites-la taire !

10

Elle avait une entaille peu profonde sous l'oreille droite, juste au-dessus de la jugulaire. « Un poil plus bas, et elle se serait vidée de son sang », avait commenté d'un ton enjoué le médecin que Peabody avait appelé à son insu.

Elle s'en sortait bien. Mais son chemisier était taché.

— Il y a des produits épatants, la rassura Peabody tandis qu'elles gagnaient le nord de la ville en voiture. Ma mère, elle, se contentait de sel et d'eau froide. Ça marche pas mal aussi.

— Autant le jeter à la poubelle.

Mais Summerset se débrouillerait probablement pour le récupérer, et elle le retrouverait dans son armoire, comme neuf.

— Essayez de joindre McNamara. J'aimerais le rencontrer aujourd'hui si possible, afin de savoir ce qu'il pense de l'association du scandale et des drogues sexuelles.

Pendant que Peabody s'exécutait, Eve vérifia ses messages. Ni Feeney ni McNab n'avaient tenté de la joindre.

— Le Dr McNamara est hors planète, lieutenant. Il ne rentrera pas avant deux jours. J'ai laissé un message sur sa boîte vocale et à son secrétariat.

— Très bien. Oublions-le pour l'instant. Dressez-moi un portrait rapide du premier type que nous allons interroger.

— Lawrence Q. Hardley. Trente-deux ans. Célibataire, blanc. La famille a fait fortune à la fin du XXe siècle dans la Silicon Valley. Aucune trace de mariage ou de cohabitation. Casiers judiciaire et militaire vierges.

— Et pas de relevé d'empreintes ?

— Aucun. Domicilié à New York depuis 2049. Employé par la branche new-yorkaise de l'entreprise familiale en tant que directeur du marketing. Revenus déclarés – salaires, investissements, dividendes, frais de fonctionnement –, environ cinq millions deux, par an.

Peabody examina la photo qui accompagnait la fiche.

— Il est pas mal. Peut-être qu'il va tomber amoureux de moi et me supplier de l'épouser, m'offrant ainsi un train de vie auquel je n'aurai aucun mal à m'habituer.

Cruelle déception, Hardley ne prêta aucune attention à Peabody. Il n'en avait que pour son secrétaire. Visiblement mal à l'aise, furieux, il avait exigé la présence de son avocat.

Il fallut vingt minutes pour organiser la consultation, puis vingt de plus pour venir à bout des questions de routine avec l'avocat, *via* holoprojection.

Une heure de perdue, songea Eve en remontant en voiture.

— Pourquoi ne nous a-t-il pas dit tout de suite qu'il était gay ? s'interrogea Peabody. Et qu'il avait un alibi pour les deux soirs ?

— Certaines personnes ont du mal à admettre leur différence. Passons au suivant.

Elles en éliminèrent trois sur dix, avant qu'Eve ne dépose Peabody devant son immeuble.

— Alors ? Vous allez partager une pizza ?

— Je ne sais pas, avoua cette dernière en haussant les épaules. Sans doute pas. Ça ne peut que dégénérer. Il est vraiment odieux, ajouta-t-elle, avec une pointe de mélancolie. Il s'est mis dans tous ses états à cause de Charles.

Eve avait beau essayer, elle ne parvenait pas à éprouver le moindre sentiment de sympathie à l'égard de McNab.

— Ce ne doit pas être facile pour lui de savoir qu'il est en compétition avec quelqu'un comme Charles.

— Nous n'avons jamais envisagé une relation exclusive. Il n'a pas le droit de s'immiscer ainsi dans mon existence. Ce n'est pas à lui de choisir mes amis. Quand bien même j'aurais couché avec Charles – ce qui n'est pas le cas –, ça ne le regarde en rien.

— Vous avez tout à fait raison. Crétin un jour, crétin toujours.

— Qu'il aille au diable, murmura Peabody. Il n'a même pas pris la peine de m'appeler dans la journée pour confirmer notre rendez-vous. Il peut aller se faire cuire un œuf.

— Bien dit. Nous finirons nos interrogatoires demain.

— Hein ? Euh… oui, bien sûr. Demain.

Eve démarra en trombe. Avec un peu de chance, elle serait chez elle dans une trentaine de minutes.

Pendant qu'elle se faufilait dans les embouteillages, Connor buvait une bière.

— Je crois que le coup de la pizza est la meilleure approche, déclara McNab. Elle adore ça. Et c'est décontracté. Amical.

— J'apporterai tout de même une bouteille de vin.

Le visage de McNab s'éclaira.

— Excellente idée ! Mais pas de fleurs.

— Pas cette fois, non. Si vous voulez recommencer comme avant, vous devez la prendre au dépourvu. Entretenir le mystère.

— Oui… Mais cette histoire avec Charles…

— Oubliez ça.

— L'oublier ? Mais…

— N'y pensez plus, du moins pour le moment. Elle l'apprécie, elle tient à lui. Chaque fois que vous le critiquez, vous l'éloignez de vous.

Ils s'étaient installés dans une sorte de salle de loisirs dont McNab n'avait jamais soupçonné l'existence. Il y avait un billard, un bar à l'ancienne, des écrans muraux, des sofas et des fauteuils de cuir bordeaux.

Tous les tableaux représentaient des nus, mais des nus de bon goût, raffinés, élégants.

C'était une pièce très masculine. Elle sentait bon le bois, le cuir et le tabac.

La classe, songea McNab.

Justement, Charles, lui, avait de la classe.

Si c'était ce que recherchait Peabody, il était coulé d'avance.

— On a passé de bons moments, vous savez, fit-il. Pas seulement au lit. Je commençais à me prendre au jeu, à l'emmener dîner, à lui apporter des fleurs. Quand on a rompu… c'était horrible. Je me suis dit que je ne voulais plus jamais entendre parler d'elle. Mais on travaille souvent ensemble… Je devrais peut-être en rester là, avant que la situation ne dérape de nouveau.

— C'est une solution, convint Connor en allumant une cigarette. D'après ce que je sais, vous êtes un bon professionnel, Ian. Vous êtes un homme intéressant et intelligent. Sans quoi, ni Feeney ni Eve n'accepteraient de collaborer avec vous. Cependant, tout professionnel intéressant et intelligent que vous soyez, vous omettez un facteur essentiel.

— Lequel ?

Connor se pencha en avant et tapota le genou de McNab.

— Vous êtes amoureux d'elle.

McNab ouvrit la bouche en grand. Connor rattrapa son demi juste avant qu'il ne se renverse.

— Vous croyez ?

— Je crains que oui.

McNab le dévisagea d'un air accablé, comme si on venait de lui annoncer qu'il souffrait d'une maladie incurable.

— Ben merde, alors.

Cinquante minutes, deux étapes et un long trajet en métro plus tard, McNab frappait à la porte de Peabody. Vêtue d'un jogging miteux et d'un vieux tee-shirt, le visage recouvert d'un masque aux algues destiné à éclaircir le teint, elle ouvrit la porte et le découvrit sur le seuil, une pizza dans une main, une bouteille de vin dans l'autre.

— J'ai pensé que tu devais avoir faim.

Elle le contempla, huma un délicieux parfum d'épices.

— Je crois que oui.

Au bar du *Royal Palace*, où un trio de musiciens en smoking jouait du Bach, Charles leva sa coupe de champagne.

— À l'instant présent.

— Et à celui à venir, répondit Louise.

— Docteur Dimatto, murmura-t-il en laissant courir un doigt sur sa main, quelle agréable coïncidence que nous soyons tous deux libres ce soir.

— N'est-ce pas ? C'est intéressant qu'on se soit rencontrés chez Dallas, ce matin. Vous dites que vous la connaissez depuis plus d'un an ?

— En effet. J'ai fait sa connaissance lors d'une de ses enquêtes. J'avoue qu'elle m'a tout de suite intrigué. Je suis attiré par les femmes volontaires, intelligentes et dévouées. Et vous, Louise, qu'est-ce qui vous attire ?

— Les hommes qui savent qui ils sont et ne feignent pas d'être autre chose. J'ai grandi dans les faux-semblants et les jeux de rôle. Je me suis échappée dès que possible. Je suis médecin parce que c'est ma passion, mais je pratique à ma manière. Ce qui déplaît à ma famille.

— Parlez-moi de votre clinique.

Elle secoua la tête.

— Pas tout de suite. Donnant donnant. Je vous ai expliqué que je suis devenue médecin parce que j'ai le besoin et le talent de guérir. Pourquoi êtes-vous compagnon licencié ?

— Parce que j'ai le besoin et le talent de donner du plaisir. Pas uniquement sur le plan sexuel, précisa-t-il. Cet aspect du métier est souvent le plus élémentaire. Passer du temps avec une personne, découvrir quels sont ses désirs pour mieux les assouvir ensuite. Ainsi, la satisfaction est mutuelle, et va au-delà du physique. Si vous étiez une cliente…

— Je ne le suis pas, l'interrompit-elle avec un sourire chaleureux.

— Si vous l'étiez, je vous aurais sans doute proposé un verre dans un endroit comme celui-ci. Histoire de se détendre, de flirter, d'apprendre à se connaître.

Le serveur remplit leurs coupes, mais ni l'un ni l'autre ne s'en rendit compte.

— Et ensuite ?

— Ensuite, on danserait un peu, pour que vous puissiez vous habituer à ma façon de vous tenir. Et moi, à la façon dont vous aimez être tenue.

— J'aimerais beaucoup danser avec vous.

Elle posa son verre. Charles se leva, lui prit la main et l'entraîna vers la piste. Ils passèrent devant une table un peu à l'écart où un couple s'embrassait avec fougue.

Il se tourna, glissa les bras autour de la taille de Louise, la serra doucement contre lui.

Dans le taxi, ce matin-là, elle lui avait tendu sa carte en lui proposant de l'appeler un jour – quand il ne travaillerait pas.

L'approche était très directe, songea-t-il de nouveau en humant le parfum de ses cheveux. Très claire. Elle était intéressée. Mais pas en tant que cliente.

Lui aussi était intéressé, intrigué.

— Louise ?

— Mmm ?

— Je n'étais pas libre ce soir. J'ai annulé un rendez-vous pour être ici avec vous.

Elle renversa la tête.

— Moi aussi. J'aime bien la manière dont vous me tenez dans vos bras.

— J'ai ressenti quelque chose dès que je vous ai vue, ce matin.

— Je sais… Je n'ai pas de temps à consacrer à une relation sérieuse. C'est trop compliqué. Je suis une égoïste, Charles. Mon travail passe avant tout. Je déteste avoir l'impression d'être envahie… Mais, moi aussi, j'ai senti quelque chose. Je crois bien que j'ai envie de découvrir quoi.

— Jusqu'ici, mes histoires d'amour ont mal tourné. À cause de mon métier.

Un frémissement la parcourut.

— Si j'étais une cliente, que feriez-vous après avoir dansé ?

— Selon vos désirs, nous pourrions aller dans la suite que j'aurais réservée. Je vous déshabillerais.

Il lui caressa le dos.

— Très lentement. Je vous dirais combien vous êtes belle. Je vous dirais que votre peau est douce comme la soie. Je vous montrerais combien je vous désire, et je vous ferais l'amour.

— La prochaine fois, peut-être, chuchota-t-elle en le repoussant légèrement pour le regarder dans les yeux. Tout cela me semble presque parfait, Charles. Mais, si prochaine fois il y a, c'est ensemble que nous nous coucherons. Et nous ferons l'amour ensemble.

Il resserra son étreinte.

— Mon activité ne vous pose aucun problème ?

— Pourquoi m'en poserait-elle ?

Elle se hissa sur la pointe des pieds, effleura ses lèvres d'un baiser.

— Excusez-moi un instant, je vais me rafraîchir.

Elle s'éclipsa. Une fois réfugiée dans les toilettes, elle posa la main sur son ventre. Jamais elle n'avait réagi ainsi avec un homme. Elle avait besoin de quelques minutes pour reprendre ses esprits.

Elle s'installa devant l'une des coiffeuses, sortit son poudrier, puis demeura immobile, face à son reflet dans la glace. Elle avait dit la vérité. Elle n'avait pas de temps à consacrer à une relation sérieuse. Elle avait tant de choses à accomplir.

Sortir de temps en temps, pourquoi pas ? Surtout si elle pouvait en profiter pour solliciter d'éventuels sponsors. Mais avec Charles, ce serait différent.

Elle se remaquilla tout en se recommandant d'agir en adulte. Elle était en train de se recoiffer quand une grande brune en robe moulante entra. Elle chantonnait, une mélodie saccadée comme ses mouvements.

Elle s'assit, remit un peu de rouge sur ses lèvres, s'aspergea de parfum. Puis elle adressa à Louise un sourire étincelant.

— Vous pouvez me féliciter, déclara Monica en se levant et en lissant sa robe. J'ai trouvé mon prince charmant.

— Félicitations, répondit Louise en riant.

Monica regagna la table où l'attendait Byron.

— Prête ?

Elle accepta la main qu'il lui tendait et se pencha vers lui.

— Tu n'imagines pas à quel point, chuchota-t-elle.

Ils étaient suffisamment près pour que Charles les entende. Il les observa distraitement en se demandant si l'homme était un compagnon licencié.

Puis, se détournant, il aperçut Louise qui revenait vers lui, et plus rien d'autre n'exista.

Monica Cline travaillait dur dans un cabinet de juristes. Ses aspirations, ses ambitions étaient orientées sur sa carrière, mais aussi sur sa vie personnelle. Elle rêvait de rencontrer l'homme idéal qui partagerait sa passion pour l'art néoclassique, les îles tropicales et la poésie.

Un homme raffiné, athlétique, romantique et attentionné.

Byron semblait être celui-là.

Il était superbe, avec ses longs cheveux cuivrés, son teint doré. Quand elle l'avait repéré, à la table qu'il lui avait indiquée, son cœur avait fait un bond.

Il avait déjà commandé une bouteille de champagne.

Lorsqu'il avait prononcé son nom, avec un léger accent britannique, elle avait fondu.

La première coupe de champagne lui était montée à la tête. Un frisson d'excitation l'avait parcourue, et elle s'était pratiquement jetée sur lui.

À présent, ils étaient chez elle. Tout se passait à merveille. Musique douce, champagne…

Ses baisers étaient enivrants, ses mains, habiles. Il lui chuchotait des mots délicieux, bien qu'elle eût du mal à le comprendre tant la tête lui tournait.

Soudain, il s'écarta, et elle laissa échapper un gémissement de protestation. Il lui prit les mains, les embrassa.

— Je veux préparer la mise en scène, déclara-t-il. Tu aimes le romantisme, je vais t'en donner. Ne bouge pas, je reviens.

Grisée, elle le vit se lever, ramasser son sac. Elle avait du mal à… réfléchir.

— Je veux… J'ai envie de… de me rafraîchir, bredouilla-t-elle en désignant la salle de bains. Pour toi.

— Bien sûr. Ne tarde pas trop. Je veux t'emmener là où tu n'es jamais allée.

— Oh, Byron ! C'est la perfection.

— Oui, marmonna-t-il en entrant dans la chambre. La perfection.

Il alluma les bougies, prépara le lit, parsema les draps de pétales de rose, retapa les oreillers.

Il était content de son choix. Il appréciait la décoration, les couleurs, les étoffes. Cette femme avait du goût. Il avisa le livre de poèmes sur sa table de chevet. C'était une intellectuelle.

Il aurait peut-être pu l'aimer. Si l'amour avait existé.

Il posa deux coupes de champagne sur la commode, versa trois gouttes d'un petit flacon dans l'une. Cette fois, il allait diluer le produit, histoire de prolonger l'expérience. Lucias lui avait affirmé qu'elle survivrait deux heures, voire plus, avec cette dose.

En deux heures, il pourrait en faire, des choses !

Il pivota vers elle lorsqu'elle franchit le seuil de la chambre. Il lui tendit la main.

— Ravissante Monica. Mon amour. Découvrons-nous l'un l'autre.

C'était encore mieux que la première fois. Lucias avait raison. Il avait toujours raison. Le fait de savoir que pour elle, ce serait la dernière fois, lui semblait incroyablement érotique.

Elle était infatigable. Son cœur battait contre le sien. Et elle le suppliait encore et encore.

Elle lui offrit deux heures de plaisir. Deux heures extraordinaires.

Quand il sentit qu'elle était en train de mourir, il la contempla presque avec tendresse.

— Dis mon nom, chuchota-t-il.

— Byron.

— Non. Kevin. Je veux te l'entendre dire. Kevin. Je veux que tu le cries.

Il plongea en elle. Et quand il l'entendit crier son prénom, il atteignit le paroxysme de l'extase.

Il remonta le drap sur son corps, effleura son front d'un baiser, et sortit.

Il était impatient de rentrer raconter sa soirée à Lucias.

Une heure s'écoula avant qu'elle ne bouge. Ses doigts s'accrochèrent au drap, ses paupières tressautèrent. Elle avait la poitrine engourdie, douloureuse. Une migraine atroce lui taraudait les tempes.

Les larmes coulèrent sur ses joues tandis qu'elle tentait de se hisser sur un bras. Elle gémit, tant l'effort était pénible.

Sa main frôla un verre sur la table de chevet, le renversa. Le bruit du verre qui explosait sur le sol lui parut lointain, étouffé.

Elle parvint à s'emparer de son communicateur. Ruisselante de sueur, elle s'obligea à compter. Enfin, elle réussit à enfoncer la première touche en mémoire du répertoire.

— Quel est votre problème, mademoiselle Cline ?

— Au secours, bredouilla-t-elle. Je vous en supplie. Aidez-moi.

Elle sombra dans l'inconscience.

Eve entrouvrit un œil.

— Qu'est-ce que tu fais ?

— Je te porte jusqu'à ton lit, lieutenant, répondit Connor. Tu as besoin de dormir.

— Je me reposais un peu.

— Tu te reposeras mieux dans ton lit.

Elle aurait pu insister pour qu'il la repose sur le sol. Mais c'était plutôt agréable de se laisser porter.

— Quelle heure est-il ?

— Un peu plus de 1 heure. Tu sais à quoi je pensais ?

Elle se blottit contre lui.

— J'en ai une petite idée.

Il rit.

— Ça aussi, concéda-t-il. Mais quand je t'ai vue, affalée sur ton bureau, toute pâle, je me suis rendu compte tout à coup que dans quelques semaines nous fêterons notre premier anniversaire de mariage. Et que tu me fascines toujours autant.

— On ne s'en sort pas trop mal, n'est-ce pas ?

— On s'en sort même très bien.

Il tira légèrement sur la chaîne qu'elle avait autour du cou pour sortir le diamant qu'elle dissimulait sous son chemisier.

— Quand je t'ai offert ce pendentif, tu étais furieuse contre moi. Pourtant, tu le portes plus souvent que tous les autres, hormis ta bague.

— Ce jour-là, tu m'as dit que tu m'aimais. Ça m'a énervée. Et terrifiée. Si je l'ai toujours sur moi, c'est sans doute que ça ne m'énerve plus. Mais il m'arrive encore d'avoir peur.

Elle se tournait vers lui, quand son communicateur bipa.

— Merde ! grogna-t-elle.

Eve émergea de l'ascenseur et fonça dans le couloir silencieux du service de réanimation. Elle détestait les hôpitaux encore plus que les morgues. Elle posa son badge sur le comptoir des infirmières.

— Prévenez votre responsable. Il faut que je voie Monica Cline.

— Le Dr Michaels est avec elle. Si vous voulez patienter un ins…

— Là ? coupa Eve en désignant une épaisse porte vitrée.

Elle s'y précipita avant que l'infirmière ne puisse protester. Elle savait qui elle cherchait. Le secouriste qui avait aidé au transport de la victime lui en avait fourni une description détaillée.

Elle s'engouffra dans une chambre, jeta un coup d'œil sur le lit. La femme qui y gisait paraissait avoir cent cinquante ans. Elle était branchée à une telle quantité de machines qu'elle ne ressemblait plus à un être humain.

Dans la pièce suivante, elle tomba sur un homme nettement plus jeune, isolé sous une tente transparente.

Monica était dans la troisième, livide, totalement immobile.

Le médecin tourna vers Eve un regard furieux.

— Vous n'avez pas le droit d'entrer ici.

— Lieutenant Dallas, police de New York. Elle est à moi.

— Au contraire, lieutenant. Elle est à moi.

— Est-ce qu'elle va s'en sortir ?

— Je n'en sais encore rien. Nous faisons tout ce qui est en notre pouvoir.

— Épargnez-moi les clichés, docteur. Deux femmes avant elles sont allées directement à la morgue. J'ai appris qu'elle avait eu un incident cardiaque et qu'elle souffrait de complications suite à une overdose. J'ai besoin de savoir si elle va se réveiller pour me dire qui l'a mise dans cet état.

— Et moi, je ne peux pas vous répondre avec certitude. Son cœur est endommagé. Nous n'avons pas encore déterminé si le cerveau est touché. Elle est dans le coma. Son organisme est tellement éprouvé par la drogue que c'est un miracle qu'elle ait réussi à appeler les secours.

— Mais elle y est parvenue, ce qui signifie que c'est une battante. Elle a pris cette drogue à son insu. Vous le savez, n'est-ce pas ?

— Ça n'a pas encore été confirmé, mais j'ai entendu les reportages sur les deux meurtres.

— Il l'a inondée de substances illicites, puis il l'a violée. Faites les prélèvements nécessaires.

— Mon souci, pour l'instant, c'est de la maintenir en vie.

— Et le mien, c'est de coincer le salaud qui lui a fait ça. Vous l'avez examinée ?

— Oui.

— Avez-vous repéré des signes de traumatismes ? Des hématomes, des morsures ?

— Aucun. Et aucun signe d'activité sexuelle forcée.

— Elle a été sodomisée ?

— Non.

Il posa une main protectrice sur la malade.

— À qui avons-nous affaire, lieutenant ?

— À un Don Juan arrogant. Qui va apprendre par les médias qu'il n'est pas allé jusqu'au bout de son expérience. Je la mets sous surveillance vingt-quatre heures sur vingt-quatre. Pas de visites, sous aucun prétexte. Personne n'entre dans cette chambre sauf le personnel autorisé et les flics.

— Sa famille...

— Vous me consulterez d'abord. Personnellement. Tenez-moi au courant de l'évolution de son état. Si elle se réveille, avertissez-moi immédiatement. Il voulait qu'elle meure, et elle n'est pas morte. Il ne va pas s'arrêter là.

— Vous vouliez savoir si elle a une chance de s'en sortir ? Selon moi, moins de 50 %.

— Je mise sur elle.

Eve se pencha sur la jeune femme et lui parla doucement mais fermement.

— Vous m'entendez, Monica ? Je compte sur vous. Si vous abandonnez, c'est lui qui gagnera. Mais vous n'abandonnerez pas. On va coincer ce salaud.

Elle s'écarta du lit, hocha la tête en direction de Michaels.

— Prévenez-moi dès qu'elle reprendra conscience.

11

Il était presque 4 heures du matin quand elle quitta enfin le central. La fatigue lui engourdissait les sens. Se méfiant de ses réflexes, elle programma son véhicule sur la fonction automatique. En priant pour que les gars de la maintenance n'aient pas trafiqué le mécanisme.

Tant pis si elle atterrissait à Hoboken. Elle était trop épuisée pour s'en soucier. Il devait bien y avoir des lits, à Hoboken.

Les éboueurs étaient déjà à l'œuvre, s'affairant dans l'obscurité pour vider bennes et poubelles. Une équipe d'ouvriers en combinaison fluorescente s'acharnait à détruire une partie de la Dixième Avenue. Le bruit assourdissant de leur perceuse hydraulique concurrençait la migraine qui lui fouillait le crâne.

Tandis qu'elle patientait au feu rouge, deux des hommes l'observèrent derrière leurs épaisses lunettes de protection. L'un d'entre eux plaqua la main sur son sexe en se déhanchant. Ses camarades s'esclaffèrent.

Eve comprit qu'elle était au bout du rouleau quand elle s'aperçut qu'elle n'avait même plus la force de descendre l'insulter et l'accuser de harcèlement sexuel.

Calant la nuque sur le repose-tête, elle ferma les yeux. Les capteurs détectèrent le changement de feu, et sa voiture redémarra.

Elle se remémora l'inspection de l'appartement de Monica. Cette fois, ils avaient bu du champagne. Eve avait reconnu l'étiquette – Connor était propriétaire du vignoble – et savait qu'une bouteille se vendait plus de mille dollars. Un vrai gâchis, pour quelques bulles.

Il avait apporté les coupes dans la chambre, mais pour le reste, la mise en scène était rigoureusement la même.

« Ils ont leurs manies, songea-t-elle vaguement. Ils interviennent à tour de rôle. »

Est-ce qu'ils comptaient les points ? La plupart des jeux donnaient lieu à une compétition, non ? Avec Monica, ils avaient raté leur coup. Essaieraient-ils de se rattraper ? Ou se mettraient-ils en retrait ?

Elle changea de position et dressa mentalement la liste de ce qu'elle avait à faire : « Appeler Michaels demain matin. Briefer la sécurité au moment du changement de service. Trueheart, sur lequel on pouvait toujours compter, prendrait le premier quart. Vérifier les données sur Allegany et J. Forrester. Joindre le Dr Theodore McNamara. Harceler Feeney. Jusqu'ici, la piste des roses ne les avait menés nulle part. Creuser ce point. Prendre une dose de Réveil et un antalgique avant que ma tête n'explose. »

Elle avait horreur des médicaments.

En ce moment même, les médicaments circulaient dans le corps de Monica. Pour réguler son cœur, déboucher les canaux de son cerveau et Dieu sait quoi d'autre. Avec un peu de chance, elle sortirait du coma. Et elle se souviendrait.

Elle serait terrorisée, désemparée, désorientée. Elle aurait des trous de mémoire. À Eve de poser les bonnes questions pour combler les blancs.

Elle savait combien l'esprit avait tendance à se protéger de l'horreur.

Se réveiller à l'hôpital, relié à des machines barbares, en proie à la souffrance, entouré de visages inconnus... Que faire, sinon se cacher ?

Comment t'appelles-tu ?

C'était la première chose qu'ils lui avaient demandée. Les flics et les médecins, au pied de la civière sur laquelle elle était allongée.

Comment t'appelles-tu, fillette ?

Sa gorge s'était nouée, elle s'était recroquevillée sur elle-même. Fillette.

Au début, ils avaient cru qu'elle était muette. Mais elle pouvait parler. Simplement, elle ne connaissait pas les réponses.

Le flic ne paraissait pas méchant. Il était arrivé après les médecins et tous les autres en blouse blanche ou verte.

Plus tard, elle avait appris que c'était la police qui l'avait retrouvée dans l'allée où elle s'était réfugiée. Elle ne se le rappelait pas, mais on le lui avait affirmé.

Son premier souvenir était celui d'une lumière aveuglante au-dessus de sa tête. Et d'une douleur atroce dans le bras.

Elle était en nage, maculée de saleté et de sang séché.

Ils lui avaient parlé gentiment, tous ces étrangers, qui l'examinaient sous toutes les coutures. Mais leur sourire n'atteignait pas leur regard. Leur regard n'exprimait que de l'inquiétude, de la pitié ou du dégoût.

Quand ils s'étaient penchés sur son bas-ventre, elle s'était débattue comme un animal sauvage, toutes griffes dehors, en hurlant.

C'est à ce moment-là que l'infirmière s'était mise à pleurer. Une larme avait glissé sur sa joue tandis qu'elle tentait de la maintenir pour lui injecter un calmant.

« Comment t'appelles-tu ? lui avait demandé le flic à son réveil. Où habites-tu ? Qui t'a fait mal ? »

Elle n'en savait rien. Elle ne voulait pas le savoir. Elle avait fermé les yeux dans l'espoir de s'échapper de nouveau.

Parfois, les médicaments l'aidaient. Parfois, ils l'entraînaient dans un abîme où tout était froid, froid, froid, et sanglant. Alors, elle avait encore plus peur.

Ils croyaient qu'elle ne les entendait pas, mais leurs murmures s'immisçaient dans son sommeil.

Battue, violée. Abus physiques et sexuels de longue durée. Souffre de malnutrition, de déshydratation, de traumatismes sévères.

Elle a de la chance d'avoir survécu.

Le salaud qui lui a fait ça mériterait qu'on le découpe en morceaux.

Une victime de plus. Le monde en regorge.

Identité invérifiable. On va l'appeler Eve. Eve Dallas.

Elle se réveilla en sursaut lorsque la voiture s'immobilisa, fixa sans la voir l'immense demeure qui se dressait dans l'obscurité.

Ses mains tremblaient.

C'était la fatigue. Uniquement la fatigue. Si ce qui était arrivé à Monica Cline ressuscitait le passé, c'était tout à fait normal. Un outil de plus pour son enquête.

Elle savait qui elle était, désormais. Elle était devenue Eve Dallas ; ce n'était pas uniquement un nom que lui avait donné l'administration. Mais rien ne pouvait changer ce qui s'était passé avant.

Si la fillette brisée et terrifiée continuait de vivre en elle, c'était très bien.

Toutes deux avaient survécu.

Elle gravit l'escalier en se débarrassant de sa veste et de son holster. Chancelante, elle se déshabilla, puis se laissa tomber sur le lit.

Dans le noir, le bras de Connor vint s'enrouler autour de sa taille. Un frémissement la parcourut. Oui, elle savait qui elle était.

Les larmes qui l'étouffaient la surprirent. D'où sortaient-elles ? Un flot glacial l'envahit, et elle sut qu'elle allait succomber à une crise de spasmes.

Elle se tourna vers lui.

— J'ai besoin de toi, souffla-t-elle en cherchant ses lèvres. Besoin de toi.

Ici, près de lui, il n'y avait plus de questions. Que des réponses. Toutes les réponses. Leurs cœurs battaient à l'unisson.

Il était là pour elle, comme personne ne l'avait été auparavant.

— Dis mon nom.

— Eve.

Il couvrit son visage de baisers.

— Mon Eve.

Si forte, pensa-t-il. Si fatiguée. Quelles que soient les images qui la hantaient et qu'elle cherchait à combattre, il l'aiderait. Ce n'était pas sa tendresse qu'elle sollicitait, mais une sorte de confort brutal. Il fit courir sa main le long de son corps frémissant.

Elle tremblait, mais ce n'était plus le froid. Elle avait mal, mais ce n'était plus la fatigue. Elle s'arqua vers lui, avide de plaisir, haletante.

Elle sombra dans un sommeil profond qui dura trois bonnes heures.

Quand elle se réveilla, elle se sentait nettement plus en forme. Elle décida que sa migraine s'était envolée ; elle voulait tellement y croire qu'elle en fut presque convaincue.

Une ou deux petites siestes au cours de la journée seraient tout aussi efficaces qu'un remède chimique.

Connor était déjà habillé, l'état de ses stocks affiché à l'écran en mode silencieux, un pot de café fumant sur la table.

Avant qu'elle puisse descendre du lit, il fut à ses côtés, un cachet dans une main, un verre rempli d'un liquide suspect dans l'autre.

— Avale, ordonna-t-il.

— Non.

— Ça m'ennuierait de devoir user de la force, mais s'il le faut, je n'hésiterai pas.

— Je n'ai besoin de rien.

D'un mouvement preste, il lui pinça l'oreille. Une torsion du poignet, et sous le choc, elle ouvrit grand la bouche. Connor en profita.

— Première étape, annonça-t-il, satisfait.

Elle tenta de le frapper, mais comme elle s'étouffait, elle visa de travers. L'instant d'après, il l'agrippait par les cheveux et l'obligeait à boire.

— Tu vas me le payer.

— Avec plaisir.

Avec une efficacité redoutable, il la maintint jusqu'à ce qu'elle ait tout bu.

— Deuxième étape.

— Connor, tu es un homme mort, siffla-t-elle en s'essuyant le menton. Tu ne le sais pas encore, mais tu ne respires déjà plus.

— Je n'aurais pas eu à procéder ainsi si tu prenais soin de toi.

— Et quand tu te rendras enfin compte que tu es mort, quand tu tomberas…

— Tu te sens mieux ?

— … Que tu seras là, étalé sur le sol, je piétinerai ton corps refroidi, avant d'aller mettre le feu à ce grand magasin que tu appelles une armoire…

— Ma chérie, je t'en prie. Inutile de t'emporter. Oui, décidément, je pense que tu vas mieux.

— Je te déteste.

— Je sais.

Il l'embrassa sur le bout du nez.

— Moi aussi, je te déteste, répliqua-t-il d'un ton léger. J'ai une envie folle d'œufs brouillés au bacon. Si tu prenais ta douche ? Tu me mettras au courant des derniers événements pendant que nous prendrons le petit-déjeuner, qu'en dis-tu ?

— Je ne t'adresse plus la parole.

Il la gratifia d'un sourire étincelant.

— Ah ! Les clichés, arme préférée des femmes !

Il tourna les talons, s'éloigna d'un pas. Il ne fut pas du tout surpris quand elle lui sauta sur le dos.

— J'aime mieux ça, murmura-t-il tandis qu'elle lui faisait une prise.

— Fais attention à ce que tu dis, camarade.

Elle le lâcha et, nue, fonça vers la salle de bains. Connor rit tout bas.

— Je ne sais vraiment pas ce qui m'a pris.

Elle ne mangea que parce qu'elle trouvait ridicule de gaspiller la nourriture. Elle ne lui raconta ce qui s'était passé que parce que cela lui permettait d'y voir plus clair.

Il l'écouta en caressant distraitement le chat.

— Entre les employés de l'hôpital et les secouristes, je suppose que les médias sont sur le coup. Ça pourrait jouer en ta faveur, constata-t-il.

— Je me dis que ces deux-là ne sont pas du genre à disparaître du jour au lendemain. Ils ne vont pas s'arrêter comme ça, c'est une question d'ego. J'ai beaucoup d'informations sur eux. Peut-être trop, justement. C'est en partie mon problème. Trop d'infos, pas assez de précisions. À force d'ajouter des fils à l'écheveau, ils finissent par s'emmêler.

Elle se leva.

— Il faut que je démêle tout ça.

— Si tu me laissais m'occuper d'Allegany ? Après tout, l'entreprise m'appartient. Les gens se confieront plus facilement à moi qu'à un officiel. Et ce qu'ils ne me diront pas, je peux le découvrir par d'autres moyens. Des moyens sans doute légaux, plus ou moins, puisque je possède désormais la société.

— Ta définition de « plus ou moins » est plus large que la mienne.

Mais cela lui permettrait de gagner un temps précieux.

— Tâche de ne pas trop dépasser les limites, l'avertit-elle.

— Les tiennes, ou les miennes ?

— Trop drôle ! railla-t-elle. J'ai une réunion avec l'équipe au central. Appelle-moi dès que tu auras du nouveau.

— Évidemment.

Galahad dans les bras, il s'approcha d'elle pour l'embrasser.

— Fais attention à toi, lieutenant.

— Pourquoi ? Ça te plaît tellement de le faire à ma place.

Connor contempla le chat en écoutant le cliquetis de ses talons s'estomper dans le couloir.

— Elle n'a pas tort.

Dans la salle de conférences qu'elle avait réservée au central, Eve passa le vidéodisque de sécurité de l'immeuble de Monica.

— C'est davantage le genre Bryna Bankhead. Elle a un physique assez semblable, une allure et un style de vie plus sophistiqués. Quant à lui, il se présente sous un autre déguisement, ce qui m'incite à penser qu'il aime changer de personnage. Cela lui permet sans doute de conserver une certaine fraîcheur. La mise en scène est la même, mais il aborde le rôle sous un angle différent. Feeney ?

Ce dernier enchaîna aussitôt :

— D'après l'examen de l'ordinateur personnel de la victime, il signait ses mails Byron. Il est possible qu'il se soit inspiré du poète, Lord Byron. La correspondance a débuté il y a deux semaines.

— Une fois de plus, il respecte le schéma. Il prend son temps. Il a dû l'observer dans sa vie de tous les jours. L'épier depuis un endroit proche de son domicile ou de son lieu de travail.

La porte s'ouvrit, et Eve tourna la tête. Trueheart, jeune et fringant dans son uniforme impeccable, rougit jusqu'aux oreilles tandis que tous les regards convergeaient sur lui.

— Excusez-moi, lieutenant. Je suis en retard.

— Pas du tout. Vous êtes pile à l'heure. Votre rapport ?

— L'état de santé de Mlle Cline demeure inchangé, lieutenant. Personne n'est entré dans sa chambre sans autorisation. Je n'ai pas quitté mon poste devant sa porte pendant mon service.

— Y a-t-il eu des appels à son sujet ?

— Cinq, lieutenant, à partir de 6 heures, environ, tout de suite après le premier journal. Des journalistes qui posaient des questions d'ordre médical.

— Ça colle : j'en ai à peu près le double sur mon vidéocom professionnel. Parfait, Trueheart. Allez vous reposer. Vous reprendrez votre service à 18 heures. Je me charge des formalités avec votre supérieur.

— Entendu, lieutenant. Lieutenant ? Merci d'avoir pensé à moi.

Eve secoua la tête quand il eut refermé la porte derrière lui.

— Il me remercie alors que je lui inflige la mission la plus ennuyeuse qui soit. Bon... Connor se documente sur Allegany. Je veux tout savoir sur J. Forrester, et ce Theodore McNamara qui s'obstine à ignorer mes messages. On continue sur le dealer en ligne. On se concentre sur les produits. Comment, pourquoi, où ils se fournissent.

— Ma source à la brigade des stupéfiants m'a filé un tuyau, intervint Feeney. Un dealer local connu, un certain Otis Gunn, qui sévissait il y a environ dix ans. Son affaire tournait très bien, jusqu'au jour où il s'est mis à fabriquer et à servir son Rabbit maison dans les soirées.

— Qu'est-ce qu'il devient ?

— Il purge sa neuvième année de prison sur les vingt infligées, répondit Feeney en sortant un sachet de cacahuètes de sa poche. À Rikers.

— Ah, oui ? Ça fait longtemps que je n'y suis pas allée. Je me demande si je leur manque, là-bas, ironisa Eve.

Son communicateur ayant bipé, elle s'éloigna pour répondre.

— Je viens d'autoriser Louise à nous rejoindre, annonça-t-elle quelques secondes plus tard en rangeant son appareil dans sa poche. Elle prétend avoir des infos sur l'affaire de cette nuit.

Eve pivota vers le tableau sur lequel elle avait épinglé la photo de Monica, un peu à part. Lorsqu'elle se retourna, elle sentit que McNab et Peabody venaient d'échanger un regard brûlant.

— Peabody, pourquoi n'ai-je pas de café ?

— Je n'en sais rien, lieutenant, mais j'y remédie sur-le-champ.

Peabody se leva d'un bond et alla programmer l'autochef en chantonnant tout bas. Une lueur pétillante dansait dans ses prunelles lorsqu'elle tendit sa tasse à Eve.

— Elle était bonne, la pizza ?

Peabody s'empourpra.

— Euh… pas mauvaise.

— Vous l'avez engloutie tout entière, n'est-ce pas ?

— En fait, elle était excellente. Je n'en avais pas mangé depuis un bail.

— Interdiction de chantonner pendant le service.

Peabody se redressa fièrement.

— Entendu, lieutenant.

— Et pas d'yeux qui pétillent, ajouta Eve en allant ouvrir la porte pour accueillir Louise.

— Vous aussi, vous avez les yeux qui pétillent quand vous avez mangé une bonne pizza, rétorqua Peabody à mi-voix.

Eve poussa un grognement.

— Dallas !

Louise fonça vers elle, en jean et chemisier ample, la tenue qu'elle portait à la clinique.

— Je suis si contente que vous puissiez me recevoir. Je ne voulais pas vous parler de ça par vidéocom.

En dépit de sa course effrénée dans le labyrinthe de couloirs du central, Louise était pâle. Eve la poussa doucement vers un siège.

— Asseyez-vous. Reprenez votre souffle et dites-moi tout.

— Hier soir. J'avais un rendez-vous. On a bu un verre au *Royal*.

— L'établissement de Connor ? Le *Royal Palace* ?

— Oui. Je les ai vus, Dallas. Ils étaient assis tout près de notre table. J'ai parlé avec elle dans les toilettes.

— Du calme, du calme. Peabody, apportez un verre d'eau.

— Je ne faisais pas attention, reprit Louise. Sinon, j'aurais remarqué... Je me rappelle son visage quand elle s'est plantée devant la glace. Ce n'était pas seulement le champagne. Je suis médecin, nom de nom ! J'aurais dû m'apercevoir qu'elle était droguée.

— On voit toutes sortes de choses après coup. Tenez... Buvez.

— Merci. Je suis désolée... Quand j'ai vu le reportage, ce matin, je l'ai reconnue. Je me suis rendu compte... En chemin, j'ai appelé l'hôpital pour demander de ses nouvelles. Son état est stationnaire. Ses chances diminuent d'heure en heure.

— Hier soir. Parlez-moi d'hier soir. Vous preniez un verre...

Louise reprit sa respiration.

— Oui. Champagne, caviar. C'était très agréable. On bavardait. Je ne m'intéressais qu'à lui. J'ai cependant vaguement remarqué un couple à deux pas de nous. Eux aussi avaient commandé du champagne et du caviar, je crois. Il me semble, non, je suis certaine qu'ils étaient déjà là quand nous sommes arrivés. Ils étaient serrés l'un contre l'autre. Très intimes. Ils formaient un couple séduisant.

— Très bien. Ensuite ?

— On a dansé. Je n'ai plus pensé à eux. Puis j'ai voulu aller aux toilettes me rafraîchir, reprendre un peu mes esprits. Pour un premier rendez-vous, c'était très intense. Pendant que je me recoiffais, elle est venue s'admirer dans la glace. Elle m'a dit de la féliciter, qu'elle avait trouvé son prince charmant. Ça m'a amusée. J'aurais voulu être aussi sûre de moi. Quand je suis retournée dans la salle, ils partaient.

Elle poussa un profond soupir.

— Elle avait les joues trop roses, les yeux vitreux. Je m'en souviens, à présent.

— Et lui ? Comment était-il ?

— Beau, élégant. Ils allaient très bien ensemble. Il paraissait à l'aise dans cet environnement. Je regrette de ne pas l'avoir observé plus attentivement. Charles a peut-être remarqué quelque chose.

L'estomac d'Eve se noua tandis que son assistante tressaillait.

— Charles ?

— Oui. Charles Monroe. J'ai essayé de le joindre ce matin, mais je suis tombée sur son répondeur.

— Très bien. J'aurai peut-être besoin de vous reparler.

— Je suis à la clinique toute la journée. J'aurais voulu vous aider davantage.

— C'est déjà pas mal.

Eve conduisait en silence. Elle n'avait aucune intention d'aborder le sujet. Mais le mutisme de Peabody finit par avoir raison d'elle.

— Ça vous ennuie ?

— J'y réfléchis. Ce n'était pas un boulot.

— Quoi ?

— J'ai senti le courant qui passait entre eux, hier. C'était un rendez-vous, pas un boulot. Ça ne m'ennuie pas, décida-t-elle. Après tout, nous ne sommes qu'amis. Je suis sous le choc, c'est tout.

S'exhortant au calme, elle jeta un coup d'œil vers l'entrée de l'immeuble de Charles, alors qu'Eve se garait.

Il se dirigeait vers l'ascenseur quand elles émergèrent.

— Dallas ! J'allais vous voir. Je viens de...

— Je sais. Entrons.

— Vous savez, mais... Louise. Comment réagit-elle ? Il faut que je la joigne.

Eve haussa les sourcils tandis qu'il tapait fébrilement son code d'accès. Charles l'imperturbable était visiblement très perturbé.

— Plus tard, dit-elle. Elle va bien.

— Je suis sens dessus dessous, avoua-t-il en effleurant affectueusement l'épaule de Peabody. J'ai passé une heure dans le sas de relaxation, ce matin. J'ai branché mon écran il y a quelques minutes à peine, et je suis tombé sur ce flash d'infos. On les a vus, hier soir. Lui et cette femme qu'il a tenté de tuer.

— Racontez-moi.

Son exposé fut presque identique à celui de Louise, excepté l'intermède dans les toilettes. Cependant, l'hypothèse de Charles selon laquelle l'homme était un compagnon licencié éveilla l'intérêt d'Eve.

— Qu'est-ce qui vous a fait penser cela ?

— Il était assez détaché. C'est difficile à expliquer. Il était attentionné, courtois, mais tous ses gestes semblaient calculés. Il la laissait prendre les initiatives, et c'est elle qui a payé. J'avais d'autres préoccupations, confia-t-il, pourtant j'ai remarqué la façon dont il la suivait du regard quand elle est allée se rafraîchir. Là encore, j'ai eu une drôle d'impression, mais très fugace. Certains compagnons licenciés considèrent leurs clientes avec une sorte de suffisance.

— Et les clientes ?

— Pardon ?

— Certaines clientes considèrent les compagnons licenciés avec suffisance, non ?

Il dévisagea Eve, puis hocha la tête.

— En effet. Vous avez raison.

— Interrogez vos collègues, voulez-vous, Charles ? Nous sommes à la recherche de femmes qui aiment la musique classique, les roses et les bougies. Ah ! ajouta-t-elle par-dessus son épaule. La poésie, aussi. Vous avez des fichiers sur les préférences de vos clientes, n'est-ce pas ?

— C'est indispensable. Je vais me renseigner. Delia, tu as deux minutes ?

Eve sortit.

— J'appelle l'ascenseur, lança-t-elle.

— Je sais qu'on avait plus ou moins prévu de dîner ensemble ce soir… commença-t-il.

— Ne t'inquiète pas, l'interrompit Peabody en l'embrassant sur la joue. Les amis, c'est fait pour ça. Je l'aime bien.

— Merci, murmura-t-il en lui pressant le bras. Moi aussi.

12

Les employés étaient toujours sur les nerfs lorsque Connor débarquait à l'improviste dans l'une de ses entreprises. Selon lui, il ne fallait pas leur laisser le moindre répit.

Il les payait bien, et les conditions de travail offertes dans toutes ses sociétés, usines et autres filiales à travers le monde et ses satellites étaient remarquables.

Il savait ce que c'était que d'être pauvre, de vivre dans la misère, la détresse et la saleté. Pour certains – lui, entre autres –, c'était une motivation suffisante pour vouloir aller toujours plus loin. Par n'importe quel moyen. Mais pour la plupart des gens, un salaire ridicule et un bureau minable ne généraient que désespoir et ressentiment. Et la fraude.

Grâce à sa générosité, il pouvait compter sur un personnel efficace et loyal.

Il traversa le hall d'Allegany en prenant note au passage de quelques améliorations à apporter sur le plan de la sécurité et du décor. Quelques instants après avoir demandé à rencontrer le directeur de la division chimie, il fut escorté au trentième étage. Troublée, l'hôtesse lui proposa deux fois du café et s'excusa à trois reprises au moins de l'avoir fait patienter pendant qu'elle tentait de localiser le Dr Stiles.

— Je suis sûr qu'il est très occupé, répondit Connor en parcourant du regard la pièce en désordre.

Les stores étaient baissés. Il faisait si sombre qu'on se serait cru dans une cave.

— Oh, oui, monsieur, certainement. Puis-je vous apporter un café ?

« Et de trois ! » compta Connor, amusé.

— Non, merci. Si le Dr Stiles est dans un des laboratoires, je pourrais peut-être…

Un homme fit irruption dans le bureau, blouse ouverte, la mine renfrognée.

— Je suis au beau milieu d'un projet, grommela-t-il.

— Je m'en doute, répliqua Connor d'un ton calme. Je suis navré de vous interrompre.

— Que faites-vous ici ? aboya Stiles en direction de l'hôtesse. Je vous ai déjà dit que je ne voulais pas qu'on traîne dans mon bureau !

— Oui, mais…

— Allez, ouste ! Dégagez, ordonna-t-il en agitant la main, telle une fermière dispersant ses volailles.

Il claqua la porte derrière elle et se tourna vers Connor.

— Que voulez-vous ?

— Moi aussi, je suis très heureux de vous revoir, Stiles.

— Je n'ai pas de temps à perdre en mondanités. Nous travaillons sur un nouveau sérum régénérant pour le cœur.

— Et ça se passe bien ?

— Ça se passerait mieux si j'étais dans mon labo.

Il se laissa tomber sur un siège. Solide, doté d'une carrure de joueur de rugby, il avait un nez imposant, des petits yeux noirs luisants, et une bouche constamment pincée. Ses cheveux, d'un gris terne, se dressaient sur son crâne comme de la paille de fer.

Il était mal élevé, désagréable, grincheux et sarcastique.

Connor l'appréciait énormément.

— Vous étiez déjà ici, à l'époque où Allegany était associé avec J. Forrester.

— Ha !

Stiles sortit de sa poche une pipe qu'il n'avait pas fumée depuis quinze ans et en mâchouilla l'embout.

— J'étais là alors que vous suciez encore votre pouce.

— Dieu merci, j'ai perdu cette mauvaise habitude. Ce partenariat tournait autour d'un projet particulier.

— Les dysfonctionnements sexuels. Si les gens y pensaient moins, ils auraient moins de problèmes.

— Où serait l'intérêt ?

— Vous êtes marié maintenant, non ? Adieu, le sexe.

Connor pensa à Eve.

— Pas possible !

Stiles poussa une sorte de grognement qui aurait pu passer pour un rire.

— Bref, enchaîna Connor, j'ai besoin de renseignements sur ce dossier.

— Est-ce que j'ai la tête d'une banque de données ?

Connor ignora la question. Mieux, il ignora l'insolence.

— J'ai déjà accumulé un grand nombre d'informations, mais une touche personnelle me serait utile. Theodore McNamara.

— C'est un crétin.

— Sachant que c'est le terme affectueux que vous appliquez à toutes vos relations, pourriez-vous être un peu plus précis ?

— Il était plus intéressé par le profit que par le résultat. Par la gloire que par l'œuvre. Il nous inondait de paperasseries dans le seul but de prouver sa supériorité. Il voulait qu'on le reconnaisse. Il jouait les grands chefs et se mettait à plat ventre devant les médias.

— Si je comprends bien, vous n'alliez pas boire un verre ensemble après une dure journée de labeur.

— Je ne le supportais pas. Certes, c'est un type brillant. Mais il se comporte en diva.

Stiles suça l'embout de sa pipe, réfléchit.

— C'est lui qui sélectionnait les équipes. Il nous a imposé sa fille, un vrai paillasson. Comment s'appelait-elle, déjà... Aucune importance. Elle était intelligente et travaillait comme une damnée, mais elle n'avait pas grand-chose à dire.

— Puis-je en déduire que ce projet était le bébé de McNamara ?

— Il prenait la majorité des décisions, élaborait les plans d'action. C'était lui le meneur. Il y avait beaucoup d'argent en jeu. Des investisseurs privés. Le sexe, c'est vendeur. Nous avons rencontré un certain succès.

— Un succès considérable, vous voulez dire.

Stiles haussa les épaules.

— Promettre à un homme qu'il sera toujours un étalon à cent deux ans, ou à une femme que son horloge biologique continuera de fonctionner après cinquante ans... Le fric et la couverture médiatique ont contribué à nous faire connaître. Nos recherches plus discrètes, sur les traitements contre la stérilité éliminant les risques de naissances multiples, par exemple, sont restées dans l'ombre. Les huiles voulaient davantage, et McNamara nous poussait de plus en plus loin. Nous manipulions des éléments dangereux, instables. Terriblement tentants. Les coûts ont augmenté, les expériences se sont multipliées trop rapidement pour combler la marge. Mauvais produits chimiques. Effets secondaires, utilisation non surveillée. Les procès se sont succédé, et il a fallu tout arrêter.

— Et McNamara ?

— Il s'est débrouillé pour s'en sortir indemne, grommela Stiles avec une moue de dégoût. Il était parfaitement au courant de ce qui se passait. Rien ne lui échappait.

— Et le personnel ? Avez-vous le souvenir de quelqu'un qui aurait eu un faible pour les stupéfiants ?

— J'ai une tête de fouine ? glapit Stiles.

Le visage grave, Connor se pencha en avant.

— L'affaire est sérieuse. Deux femmes ont été assassinées, une troisième est dans le coma. Si ce projet est à l'origine de ces meurtres...

— Quelles femmes ? Quels meurtres ?

Connor faillit soupirer. Comment avait-il pu oublier, ne fût-ce qu'une seconde, à qui il parlait ?

— Stiles, vous devriez sortir de votre labo de temps en temps.

— Pourquoi, il y a du monde, dehors ?

— En ce moment, il y a surtout une personne – voire plusieurs – qui fait ingurgiter à des jeunes femmes les produits que vous et ce laboratoire expérimentaient à l'époque. Elles en meurent.

— C'est impossible. Vous savez combien il faudrait en avaler pour crever ? Vous imaginez le coût ?

— Je sais tout cela, merci. De toute évidence, l'argent n'est pas un obstacle.

— Ça fait une sacrée somme, même s'il fabrique lui-même les produits.

— De quoi aurait-il besoin pour cela ?

Stiles réfléchit un instant.

— Un bon labo, des unités de diagnostic et d'équation, un chimiste haut de gamme. Un sas hermétique pour la procédure de stabilisation. Des fonds privés – marché noir –, si un centre accrédité était dans le coup, je le saurais.

— Renseignez-vous, si vous le pouvez.

Le communicateur de Connor bipa.

— Excusez-moi... Ici Connor.

Eve détestait faire le pied de grue. Surtout dans un endroit où on la considérait davantage comme la femme de Connor que comme un flic. Le *Royal Palace* était l'un de ces lieux.

Elle était à peine calmée quand on l'accompagna dans un bureau afin qu'elle interroge le serveur qui était de service à la table de Monica et de son agresseur.

Elle avait préféré se rendre à la prison de Rikers, où les locaux étaient miséreux, le personnel, hargneux, et les détenus, féroces. Bien que son entretien avec Gunn n'ait rien donné, elle s'était sentie plus à l'aise.

— Je vous amène Jamal dès son arrivée, promit l'hôtesse. Si vous avez besoin de quoi que ce soit, n'hésitez pas. En attendant, puis-je vous offrir quelque chose à boire ?

— Un Mango pétillant ! répondit aussitôt Peabody. J'ai un peu soif, marmonna-t-elle, penaude, à l'intention d'Eve.

— Bien sûr.

L'hôtesse se précipita vers la porte sculptée qui cachait l'autochef.

— Et pour vous, lieutenant ?

— Juste le serveur.

— Il ne va pas tarder, assura la jeune femme en tendant sa consommation à Peabody. Bien, je vous laisse.

Elle s'éclipsa discrètement.

— Mmm, murmura Peabody. Il est excellent. Vous devriez goûter.

— Nous ne sommes pas ici pour siroter des cocktails, maugréa Eve en déambulant dans la pièce. Je veux avoir la déclaration du serveur avant de coincer McNamara. Prenez des nouvelles de Monica Cline.

De son côté, Eve appela Feeney.

— Alors ? fit-elle.

— Tu es déjà allée à Rikers ?

— Oui. Gunn et moi avons échangé quelques banalités courtoises. Il m'a suggéré plusieurs actes sexuels aussi inventifs qu'impossibles d'un point de vue anatomique.

— Sacré Gunn ! Il ne changera jamais.

— Pour le reste, c'est l'impasse. Il était furieux d'apprendre que quelqu'un gagnait de l'argent sur son secteur, et il m'a paru sincère. Alors ? répéta-t-elle.

— Alors, je t'avais prévenu que ce serait long.

— Le temps presse. L'un d'entre eux a peut-être un rendez-vous ce soir.

— Dallas, tu n'imagines pas tout ce que contient cet ordinateur. C'est un appareil de location sorti d'un lieu public. Je ne peux pas simplement plonger la main dans le chapeau et en sortir un lapin.

— Tu as l'ordinateur de Cline. Tu ne peux pas croiser les informations ?

— Je ne suis pas un débutant, protesta-t-il. Pour l'instant, je n'ai rien trouvé sur cette machine. Tu veux que je continue à t'expliquer comment je m'y prends, ou tu préfères que je m'y remette ?

— Remets-toi au boulot.

Elle faillit raccrocher, se ravisa.

— Excuse-moi, grommela-t-elle avant de couper la transmission.

— Pas de changement, annonça Peabody. Elle est toujours dans le coma, et son état est critique.

La porte s'ouvrit. Connor entra, ce qui n'aurait pas dû surprendre Eve.

— Qu'est-ce que tu fabriques ici ? lâcha-t-elle.

— Il me semble que c'est mon bureau.

Il jeta un coup d'œil autour de lui.

— Oui, c'est bien mon bureau. Jamal, voici le lieutenant Dallas et l'agent Peabody. Elles vont vous poser quelques questions, et je vous demande de coopérer.

— Oui, monsieur.

— Détendez-vous, Jamal, le rassura Eve. Vous n'avez rien fait de mal.

— Non. C'est à propos de la dame qui est dans le coma. J'ai vu le journal, et j'ai hésité entre me rendre au commissariat ou au travail.

Il interrogea Connor du regard.

— C'est plus confortable ici, déclara ce dernier.

— C'est le moins qu'on puisse dire, murmura Eve.

— Asseyez-vous, Jamal. Voulez-vous boire quelque chose ? s'enquit Connor.

— Non, monsieur. Merci.

— Ça ne t'ennuie pas que je commence mon entretien ? intervint Eve.

— Pas du tout... Non, ajouta Connor en prenant place, je ne m'en vais pas. Jamal est en droit d'exiger la présence d'un représentant.

— Je veux vous aider, affirma le serveur, le dos droit, les mains sagement croisées sur les genoux. Même si on ne m'en avait pas donné l'ordre, je ferai tout pour vous être utile. C'est mon devoir.

— Voilà qui me comble de joie, Jamal, déclara Eve. Je vais enregistrer notre conversation. Peabody ?

— Prête, lieutenant.

— Interview avec Jamal Jabar, concernant la tentative de meurtre sur la personne de Monica Cline. Dossier H-78932C. Dallas, lieutenant Eve. Sont présents Peabody, agent Delia, et Connor, en tant que représentant de M. Jabar. Jamal, vous êtes employé comme serveur au bar du *Royal Palace Hôtel*. Est-ce exact ?

— Oui. Je travaille ici depuis trois ans.

— Et la nuit dernière, vous avez servi la table cinq de votre secteur.

— J'ai servi quatre couples à cette table au cours de mon service.

Eve lui montra les photos.

— Reconnaissez-vous ces personnes ?

— Oui. Ils étaient table cinq. Ils ont consommé une bouteille de Dom Pérignon 1965 et du caviar. Le jeune homme était là juste avant 21 heures, et il a été très précis quant à ce qu'il souhaitait avoir, et comment.

— Il est donc arrivé le premier.

— Oui. Une trentaine de minutes avant la jeune femme. Mais il m'a prié de lui apporter le champagne tout de suite, et d'ouvrir la bouteille. Il voulait remplir les coupes lui-même. Je ne devais servir le caviar que lorsqu'elle serait là.

— Est-ce qu'il portait un sac à bandoulière de cuir noir ?

— Oui. Il n'a pas voulu le confier au vestiaire. Il l'a gardé près de lui sur la banquette. Il a appelé une fois avec son communicateur. J'ai pensé qu'il tentait de joindre la dame parce qu'elle était en retard. Mais il ne semblait pas impatient, et quand je suis passé lui demander si son invitée avait été retardée, il m'a répondu que non.

— À quel moment a-t-il versé le champagne ?

— Je ne l'ai pas remarqué, mais aux alentours de 21 h 30 les coupes étaient pleines. La dame est arrivée peu après. Je me suis rendu compte, du moins j'ai cru comprendre qu'il était venu plus tôt parce qu'il était nerveux. C'était leur premier rendez-vous.

— Comment l'aviez-vous deviné ?

— Il suffisait de les voir, à la fois excités et gênés, au début. Mais surtout, je l'ai entendue dire combien elle était heureuse de pouvoir enfin mettre un visage sur son nom.

— De quoi ont-ils parlé ?

Jamal pivota vers Connor.

— Nous ne sommes pas autorisés à écouter les conversations des clients.

— Vous avez des oreilles. Entendre n'est pas synonyme d'écouter.

— Non, vous avez raison. Quand je leur ai présenté le caviar, ils discutaient art et littérature, comme deux personnes qui se cherchent des points communs. Il était très attentionné. Un gentleman. Au début, en tout cas.

— Mais son attitude a changé.

— Disons qu'ils sont devenus plutôt... familiers, très rapidement. Ils se touchaient, s'embrassaient... C'est la jeune femme qui a payé. J'ai trouvé ça de mauvais goût, d'autant que c'était lui qui avait commandé, ajouta Jamal avec une grimace. Mais elle m'a donné un généreux pourboire. Ils ont traîné encore un peu. Il m'a semblé qu'elle était de plus en plus entreprenante.

Il changea de position.

— À un moment, je l'ai vue glisser la main sous la table et… et jusque dans son pantalon. Ce genre de comportement est contraire au règlement, et j'ai envisagé d'en avertir mon supérieur. Mais elle s'est levée à cet instant, et a disparu dans les toilettes. À son retour, ils sont partis.

— Les aviez-vous vus avant hier soir ?

— Je ne me souviens pas d'elle, mais vous savez, on voit défiler tellement de gens. Le bar du *Palace Hôtel* est très prisé. Cependant, lui, je l'avais déjà remarqué.

Eve releva légèrement la tête.

— Ah, oui ?

— Il était venu environ une semaine auparavant, peut-être un peu plus. À la même table, mais en compagnie d'un autre homme. Ses cheveux étaient plus clairs et plus longs, mais c'était bien lui. Et puis, son visage était un peu différent.

— Pourtant, vous l'avez reconnu.

— À cause de sa bague. Je l'avais admirée la première fois. Ma femme est dans la joaillerie, je suis sensible aux belles pièces. C'est un anneau assez large, en or jaune et blanc, incrusté d'une pierre carrée. Un rubis sculpté en forme de tête de dragon. Très impressionnant. Son compagnon en avait une aussi, avec un saphir.

— Celui d'hier portait le rubis.

— Oui. J'ai failli lui en parler, mais je me suis dit qu'il n'avait peut-être pas envie d'être reconnu.

Eve se leva et arpenta le bureau de long en large.

— Revenons à leur première visite.

— Je ne me rappelle rien, sinon que c'était il y a une semaine environ. Je ne sais plus quel soir. Ce devait être assez tôt. Aux alentours de 19 heures. Ils ont pris du vin et des hors-d'œuvre. Et ils m'ont laissé un pourboire minable, acheva Jamal avec un petit sourire.

— Comment ont-ils payé ?

— En espèces.

— De quoi ont-ils parlé ?

— Je n'ai pas entendu grand-chose. La discussion paraissait animée, mais c'était presque comme un jeu. Ils étaient de fort bonne humeur. En prenant la commande de la table six, j'ai été amusé de les voir tirer à pile ou face.

— Jamal, j'aimerais qu'on essaie de tracer un portrait-robot.

— J'aurai du mal à le décrire.

— Ne vous souciez pas de cela. J'apprécie votre aide. Un technicien passera vous voir sous peu.

— Bien. J'espère que ce que je vous ai appris vous permettra de l'arrêter avant qu'il ne recommence.

Connor se leva.

— Jamal, je vais parler à votre supérieur. Vous serez payé pour le temps que vous passerez à assister la police. Vos absences n'affecteront en rien votre salaire ni vos primes.

— Merci, monsieur.

— La bague, décréta Eve dès que Jamal eut disparu. Consultez tous les joailliers de New York qui fabriquent des bijoux sur commande. Et trouvez-moi un technicien pour le portrait-robot.

— C'est comme si c'était fait ! répliqua Peabody.

La voix de Connor arrêta Eve alors qu'elle se dirigeait vers la porte.

— Lieutenant ?

— Quoi ?

— Où vas-tu ?

— Au central, visionner les vidéos de sécurité. Au cas où je pourrais distinguer les bagues.

— Tu peux le faire ici. Et beaucoup plus vite. Ordinateur, afficher vidéodisque de sécurité du bar, six juin, 22 h 45.

Recherche en cours...

— Écran mural numéro un.

Le bar apparut, opulent et coloré. Les clients étaient assis autour des tables ou dansaient sur la piste, tandis que les serveurs allaient et venaient discrètement.

Connor commanda manuellement l'accélération du film.

— Il ne devrait pas tarder... Ah!

Il enfonça la touche *arrêt*. Eve s'approcha de l'écran.

— Je ne vois pas la bague. Avance encore un peu.

Elle le vit échanger quelques mots avec l'hôtesse d'accueil, puis se diriger vers la place qu'il avait réservée. Quand Jamal s'en approcha, il avait les mains sous la table.

— Allez! grommela Eve. Gratte-toi le nez, fais quelque chose!

Jamal revint peu après avec la bouteille de champagne et les coupes. Mais lorsqu'il proposa de remplir ces dernières, le client l'envoya promener d'un geste agacé.

— Arrêt sur image! s'écria Eve, mais Connor l'avait devancée.

— Zoom à 50 %.

Quand Connor répéta sa requête, Eve comprit que l'ordinateur était programmé pour répondre uniquement à sa voix. Cependant, devant le gros plan sur le rubis, elle se garda de tout commentaire.

— Il faudrait m'imprimer ça.

— Combien de copies?

— Une douzaine. Et transfère le contenu de ce disque sur mon ordinateur ainsi que sur celui de Peabody.

Peabody ouvrit la bouche, puis la referma aussitôt. Elle n'osa pas demander comment un civil pouvait transférer des données sur un ordinateur officiel, sans les codes secrets et les autorisations électroniques de rigueur.

— Voyons si nous pouvons gagner un peu de temps. Peabody, joignez les joailliers. Montrez-leur la photo de la bague. Tâchons de retrouver la boutique ou l'artisan qui l'a fabriquée. Est-ce qu'elle peut s'installer ici pendant une heure environ ? ajouta Eve à l'adresse de Connor.

— Bien sûr, répondit ce dernier en décrochant son interphone. Ariel, l'agent Peabody a besoin d'un bureau. Elle vous rejoint au rez-de-chaussée... Descendez dans le hall, Peabody. Ariel s'occupe de vous.

— Formidable.

— Voyons la suite, proposa Connor à Eve.

À l'écran, le meurtrier plaça les coupes côte à côte. Il les remplit à moitié, tout en scrutant la salle. Sa main s'immobilisa au-dessus de l'une des deux.

— Arrêt ! Zoom !

Un filet de liquide transparent coulait de sa main dans le verre.

— On reprend au ralenti, même agrandissement. Là ! Regarde ça ! La fiole est dissimulée dans sa paume.

— D'après l'heure, il s'est accordé quelques minutes de répit, au cas où elle arriverait plus tôt que prévu. Il a fini de remplir les verres et, maintenant, il pousse celui de sa victime à sa place.

— Zoom sur son visage. Il a l'air très content de lui. Il sort son communicateur. Il appelle son associé. « Tout est prêt, je suis impatient de rentrer à la maison te raconter ma soirée. »

— La voici qui arrive, nota Connor.

Monica Cline entra dans le bar. Elle hésita, esquissa un sourire.

— Elle l'a repéré, murmura Eve. Il est aussi beau qu'elle l'avait imaginé. Il se lève, en parfait gentleman. Il lui prend la main, la porte délicatement à ses lèvres. C'est la petite touche romantique. Un peu de champagne ? Volontiers ! On porte un toast. Tout se déroule à la perfection. Ce type est un monstre. Dans son esprit, il est déjà en train de la tuer.

Connor s'approcha d'elle et lui massa tendrement les épaules.

— Tu ne cesseras jamais de me surprendre, ma chère Eve.

— Je vais le coincer. *Les* coincer. Ils s'imaginent qu'ils ont tout prévu, mais ils finiront par commettre une erreur. Il se croit en sécurité, il se croit intelligent. Aux yeux des observateurs éventuels, c'est elle qui prend toutes les initiatives. Elle qui se glisse vers lui, qui lui effleure le bras, qui lui caresse les cheveux. Qui pourrait supposer, en voyant cela, qu'il est sur le point de la violer ?

— Ça te fait souffrir. Ne me dis pas le contraire...

— Ça renforce surtout mon désir de l'arrêter. Mon Dieu ! Voilà Charles et Louise.

— C'est pour ça que tu as expédié Peabody ailleurs ?

— Non, je me fiche éperdument de ses histoires avec Charles et avec ce cinglé de McNab. Champagne et caviar, c'est donc le plan de séduction numéro un ?

— Si je me souviens bien, tu as préféré un café et une viande rouge.

— Les œufs de poisson, très peu pour moi, merci... Là ! Il vient de lui en remettre une dose. Elle en a ingurgité deux avant qu'ils n'aillent chez elle. Ça ne colle pas. Le labo a relevé des traces de Whore dans le salon et de Rabbit dans la chambre. Mais les analyses toxicologiques ne révèlent pas une telle quantité de Whore dans son organisme. C'est pour ça qu'elle a survécu.

— Pourtant, elle le boit.

— Et il lui en rajoute une troisième rasade chez elle. Comment fait-elle pour absorber tout ça ? Elle ne l'a pas absorbé. Elle s'est purgée. Elle a tout vomi. Elle est mince, mais pas maigre... Elle ne me fait pas l'effet d'être anorexique. Elle a dû avoir mal au cœur, c'est tout. Dans les toilettes ou dans sa salle de bains, elle a dû en régurgiter une partie... Voilà l'erreur. Il n'avait pas envisagé cette possibilité. Lorsqu'il l'a abandonnée, il a cru qu'elle était morte. J'en déduis qu'il n'a guère de connaissances en médecine. C'est son copain, le spécialiste. Celui-ci, c'est l'informaticien. Repasse-moi le vidéodisque du second meurtre. J'aimerais si possible avoir une image de l'autre bague.

—Kevin, tu commences vraiment à m'énerver.

Un nuage d'air glacé s'éleva tandis que Lucias ouvrait le cryoconservateur pour y sélectionner la solution désirée.

—La première fois, tu frisais l'hystérie parce que la fille était morte. Et maintenant tu te ronges les ongles parce que celle-ci ne l'est pas.

—La première fois, ce n'était pas intentionnel.

—La seconde, si.

À l'aide d'une pince, Lucias déposa soigneusement l'éprouvette sur le plateau. Pour l'instant, mon vieux, tu as quelques points de retard.

—C'est toi le cuisinier, rétorqua Kevin d'une voix qui trahissait à la fois la peur, la suspicion et la colère. Qui me dit que tu ne trafiques pas les produits à ton avantage?

—Je suis fair-play. Tricher réduirait d'autant ma satisfaction à l'emporter. Nous nous sommes mis d'accord sur un code d'honneur.

—Elle finira sans doute par crever. Ne te réjouis pas trop vite.

—Ah! Je préfère ça. Encore une fois, pour le fair-play, je propose qu'on t'accorde cinq points pour son hospitalisation, contre dix pour le décès. Si elle meurt avant mon retour, ce soir, tu auras repris la tête. C'est on ne peut plus juste. Sinon...

Il haussa les épaules avant de glisser le plateau dans un appareil dont il programma la température et la durée d'utilisation.

—... c'est moi qui serai en tête, acheva-t-il. On pourrait ajouter un peu de piment au jeu en doublant les rendez-vous.

—Deux à la fois? s'écria Kevin.

—Pourquoi pas?

— Nous ne sommes pas prêts. Après ce soir, on n'a prévu aucun rendez-vous avant la semaine prochaine.

— Les emplois du temps, c'est bon pour les amateurs et les fonctionnaires.

Lucias leur prépara un petit cocktail : whisky pur avec un zeste de Zoner.

— On va tenter le coup, Kevin. Histoire d'améliorer notre score américain avant de partir pour la France.

— Un pique-nique, murmura Kevin, songeur. Un salon de thé. Oui, ça pourrait être amusant. Et ça nous permettrait de brouiller les pistes. C'est le meilleur moyen de déstabiliser la police.

— Des belles de jour. Qui dit mieux ?

13

— Pour l'instant, la piste des bagues n'a rien donné, annonça Eve à son équipe.

Pour obtenir une salle de conférences, elle avait dû faire valoir sa supériorité hiérarchique, écraser quelques pieds, et soudoyer le responsable des réservations avec une plaque de chocolat suisse.

— Tout ce qu'on sait, c'est que ce ne sont pas des bijoux de famille. D'après les joailliers que Peabody a interrogés, ce ne sont pas non plus des pièces anciennes. Si les pierres sont authentiques, leur valeur est estimée à deux cent cinquante mille dollars l'une.

— Un type qui porte un quart de millions de dollars au doigt est un imbécile, décréta Feeney. Et un frimeur.

— Certes, admit-elle. On va effectuer une recherche globale. Je passe le bébé à la DDE.

— Un technicien travaille sur un portrait-robot avec le serveur, mais c'est long, expliqua Feeney. Nous pouvons accéder aux vidéos de sécurité des deux dernières semaines, mais il va falloir du temps pour les étudier, et beaucoup de chance pour tomber sur nos suspects. Je m'en chargerai personnellement. S'il ne se passe rien de nouveau ce matin, je demanderai au témoin d'accepter un interrogatoire sous hypnose.

— Ils étaient peut-être déguisés lorsqu'ils se sont rencontrés, observa McNab.

Eve opina.

— En effet, mais on va quand même aller jusqu'au bout. Le but, c'est de continuer à bâtir la cage jusqu'à ce qu'ils soient enfermés à l'intérieur. Feeney, où en es-tu avec l'ordinateur ?

— On a fait le tri dans les bavardages. Vous n'imaginez pas ce que les gens peuvent s'envoyer comme âneries. Les sites pornos arrivent en tête de liste. Ensuite viennent les sites de jeux, puis les sites financiers. Enfin, les mails personnels. Le nom d'utilisateur le plus prometteur est Wordsworth. Toutes ses transmissions sont codées. On en décrypte un et, vlan ! il vous renvoie ailleurs. Il a expédié ses courriers d'un cybercafé à Madrid. De Madrid, on s'est retrouvé à Delta Colony. Après ça…

— J'ai compris. Qu'avez-vous découvert ?

Feeney bouda un peu, grignota quelques cacahuètes.

— Pour l'instant, j'ai réussi à décoder une transmission. Il semble qu'il y en ait trois, voire quatre de plus. Celle que j'ai était adressée à Stefanie Finch. Un truc à l'eau de rose.

— Transfère l'eau de rose et l'adresse sur mon ordinateur. Tu es un cybermagicien, Feeney.

Ce compliment le rasséréna.

— Merci, je sais. Je prends deux heures : j'ai rendez-vous chez le médecin pour un problème oculaire. Mon assistant cybermagicien ici présent va prendre le relais.

— Quant à moi, je vais sur le terrain. Peabody, suivez-moi ! ordonna Eve en quittant la pièce. Récupérez-moi une barre énergétique et retrouvez-moi au parking à 10 heures. Il faut que je passe à mon bureau.

— Il y a un distributeur devant la cellule commune.

— Les distributeurs de ce commissariat ont une dent contre moi. Ils me piquent mes crédits et me rient au nez.

— Je parie qu'on vous a une fois de plus confisqué vos droits pour avoir donné un coup de pied dans une machine.

— C'était un coup de poing.

Sur ces mots, Eve s'éloigna au pas de charge en ouvrant son communicateur.

Peabody se contenta de soupirer et se dirigea vers le distributeur le plus proche. Elle était en train d'hésiter devant l'étalage de friandises lorsque McNab surgit derrière elle.

Après la séance de la veille, elle s'attendait qu'il lui pince les fesses. Au lieu de quoi il fourra ses mains dans les poches de son pantalon jaune beurre et se balança d'un pied sur l'autre.

— Ça va ?

— Oui, oui. Je choisis un petit remontant.

— Je me dis que tu dois penser à ce qui s'est passé. Tu as tort. Ça ne signifie rien.

L'estomac de Peabody se noua. Elle repensa à la pizza, à leurs étreintes fébriles, d'abord sur le tapis du salon, puis dans la chambre.

— Qui a dit que ça signifiait quelque chose ?

— C'est simplement que… je ne voudrais pas que tu te sentes gênée, ou humiliée.

Elle se tourna vers lui, impassible.

— J'ai l'air gêné ou humilié selon toi ?

— Écoute, si tu n'as pas envie d'en discuter, je comprends, fit-il.

Une bouffée de colère le submergea. Charles lui avait pratiquement balancé sa nouvelle conquête à la figure, mais elle refusait de le voir tel qu'il était.

— Tout le monde sait que ça ne mène nulle part, reprit-il. On n'a que ce qu'on mérite.

— Merci, trop aimable. Tu peux aller te faire voir.

Le bousculant, elle s'éloigna.

— Comme tu voudras.

McNab se vengea sur le distributeur, puis prit ses jambes à son cou quand l'appareil se mit à sonner. Après tout, elle n'avait qu'à régler son problème.

Le temps d'atteindre le parking, Peabody avait dévoré une barre énergétique et entamé une tablette de chocolat. Eve, déjà dans la voiture, tendit la main. Peabody lui remit sa friandise d'un geste brusque.

— J'aurais dû l'envoyer paître !

— Ah, non ! Ne commencez pas.

— Je ne commence pas. J'ai fini. Ce porc a le culot de me dire que j'ai tort d'être gênée ou humiliée parce que ce qui s'est passé entre nous hier *ne signifie rien* !

« Je ne veux rien savoir. Je ne veux rien savoir. Je ne veux rien savoir », se répéta Eve.

— Finch habite Riverside Street. Seule. Elle est pilote de navette chez Air Inter Commuter.

— C'est lui qui a frappé à ma porte avec sa pizza à la noix et son sourire niais.

— Elle a vingt-quatre ans, enchaîna Eve avec l'énergie du désespoir. Célibataire. Le profil idéal pour le tueur numéro un.

— Et d'abord, c'est qui « tout le monde » ?

— Peabody, si je vous dis que McNab est un porc et que vous devez l'envoyer paître, si je vous promets solennellement de m'en occuper moi-même dès que j'aurai une minute, aurez-vous l'amabilité de vous concentrer sur notre enquête ?

— Oui, lieutenant, renifla Peabody. Mais je vous saurais gré de ne plus jamais prononcer le nom dudit porc en ma présence.

— Entendu. Nous allons chez Finch. Une fois que nous l'aurons jaugée, nous déciderons si elle peut servir d'appât, ou s'il faut la mettre aux abris. Étape suivante : McNamara. On le coince aujourd'hui, où qu'il soit. Si McNab… si le porc, rectifia-t-elle devant la mine renfrognée de son assistante, réussit à décoder d'autres transmissions, nous réagirons immédiatement. Les civils sont notre priorité.

— Compris, lieutenant.

— Appelez l'agent de garde à l'hôpital. Nous avons plus de chances d'avoir des nouvelles de l'état de santé de la victime en passant par lui que par l'équipe médicale.

— Oui, lieutenant. Est-ce que je peux dire une dernière chose au sujet du porc ? La toute dernière.

— Si c'est la toute dernière...

— J'espère que ses parties vont se ratatiner comme des vieilles prunes.

— Bravo pour la métaphore, Peabody. Mes félicitations. Et maintenant, au boulot !

Les pilotes de navette gagnaient fort bien leur vie, nota Eve en se garant devant l'immeuble élégant où résidait Stefanie Finch.

Dans le hall, le centre d'accueil électronique leur demanda de décliner leur nom, leur destination et la raison de leur visite.

— Dallas, lieutenant Eve, et son assistante. Chez Stefanie Finch.

Elle agita son badge devant l'objectif de la caméra, qui émit un petit ronronnement en scannant le document.

Je regrette, lieutenant, Mlle Finch n'est pas chez elle. Vous pouvez lui laisser un message sur sa boîte vocale.

— Quand doit-elle revenir ?

Je regrette, lieutenant, je ne suis pas autorisé à communiquer ce genre d'information sans mandat.

— Je parie que Connor est propriétaire des lieux, murmura Peabody, en admirant le décor chic. C'est tout à fait son style. Si vous disiez que vous êtes sa femme...

— Non ! Je souhaite rencontrer le ou les résidents de l'appartement 3026.

— Les voisins, souffla Peabody. Bonne idée.

Un instant, je vous prie, lieutenant, répondit la voix électronique. *Mme Hargrove est chez elle. Je lui soumets votre requête.*

— C'est ça. Seigneur ! Comment les gens supportent-ils d'être enfermés dans des prisons pareilles ? Comme des fourmis dans une ruche.

— Je crois qu'on dit des abeilles dans une ruche. Les fourmis, c'est…

— La ferme, Peabody.

— Oui, lieutenant.

Mme Hargrove accepte de vous recevoir, lieutenant Dallas, ainsi que votre assistante. Veuillez emprunter l'ascenseur numéro cinq. Je vous souhaite une excellente journée.

Alicanne Hargrove se révéla non seulement accueillante, mais enchantée de cette visite inattendue.

— La police ! s'exclama-t-elle en s'effaçant pour laisser entrer Eve et Peabody. Comme c'est excitant. Il y a eu un cambriolage ?

— Non, madame. J'aimerais vous poser quelques questions au sujet de Stefanie Finch.

— Stef ?

Le sourire d'Alicanne s'estompa.

— Mon Dieu. Il ne lui est rien arrivé, j'espère ? Elle avait un vol ce matin.

— Pour autant que je sache, elle va très bien. Vous êtes une amie de Mlle Finch ?

— Oh, oui ! Euh… venez vous asseoir.

D'un geste, elle les invita à pénétrer dans une salle de séjour aussi moderne que glaciale.

— Merci, nous n'en avons pas pour longtemps. Savez-vous si Mlle Finch a un ami ?

— Un ami ? Elle en a plein ! C'est une très belle fille.

— Un certain Wordsworth, par exemple ?

— Ah, le poète ! Elle correspond avec lui par Internet. Il me semble qu'ils doivent se rencontrer à son retour de Londres. Après-demain. J'ai cru comprendre qu'ils devaient se retrouver au *Top*. Mais avec Stef, vu son succès, je ne suis jamais très sûre.

— Si elle vous appelle, ou si elle rentre plus tôt que prévu, dites-lui de me joindre de toute urgence. Peabody, ma carte.

Peabody s'exécuta.

— Je peux lui expliquer de quoi il s'agit ?

— Dites-lui simplement de m'appeler sans attendre. Merci pour tout.

— Vous voulez peut-être un café, ou...

— Non, merci. Au revoir.

Eve et Peabody sortirent.

— Trouvez-la, Peabody.

Le communicateur d'Eve bipa.

— Dallas.

Le visage franc de Trueheart envahit le minuscule écran.

— Lieutenant, j'ai l'impression qu'il se passe quelque chose. L'équipe médicale vient d'entrer dans la chambre. Le Dr Michaels est arrivé au pas de course.

— Ne bougez pas, Trueheart. J'arrive.

La surveillante s'étant littéralement jetée devant les portes du service de réanimation, Eve lui accorda soixante secondes pour lui amener le Dr Michaels. Ce dernier surgit, la mine courroucée.

— Lieutenant, nous sommes ici dans un hôpital, pas dans un commissariat de police.

— Tant que Monica Cline sera votre patiente, ce sera les deux à la fois. Comment va-t-elle ?

— Elle a repris conscience. Elle est désorientée. Son état s'améliore mais demeure critique. Elle est loin d'être tirée d'affaire.

— Il faut absolument que je l'interroge. Sa vie n'est pas la seule en jeu.

— Sa vie est entre mes mains.

Eve opina.

— Ne croyez-vous pas qu'elle serait tranquillisée d'apprendre que son agresseur est derrière les barreaux ? Je veux lui poser des questions, pas la torturer. Je comprends parfaitement la pathologie de la victime.

— Je reconnais l'importance de votre enquête, lieutenant, mais cette femme n'est pas un outil.

Eve s'efforça de garder son calme.

— Je ne la considère pas comme un outil. En revanche, aux yeux de celui qui l'a mise dans cet état, elle vaut moins que rien. Elle n'est qu'un pion sur un échiquier. Bryna Bankhead et Grace Lutz n'ont pas eu la chance de pouvoir révéler ce qu'elles savaient.

Le Dr Michaels céda, sans doute troublé par l'intensité de son regard.

— Vous pouvez y aller, mais seule. Et je vous accompagne.

— Parfait. Peabody, restez dans les parages.

Une infirmière s'affairait autour des machines en murmurant des paroles réconfortantes. Monica ne réagit pas, pourtant, Eve eut l'impression qu'elle entendait. Elle entrouvrit les yeux. Son regard effleura Eve, puis s'arrêta sur le médecin.

— Je suis si fatiguée, dit-elle dans un souffle.

— Vous devez vous reposer, fit Michaels en posant la main sur la sienne.

Ce geste ranima la confiance d'Eve. Monica n'était pas qu'une patiente. Elle était un être humain.

— Voici le lieutenant Dallas. Elle veut vous poser quelques questions.

— Je ne sais pas…

— Je vais rester près de vous.

— Mademoiselle Cline, commença Eve, qui avait pris place de l'autre côté du lit, je sais que vous êtes épuisée, mais tout ce que vous me direz peut m'aider.

— Je ne me souviens de rien.

— Vous avez correspondu par Internet avec un certain Byron.

— Oui. Nous nous sommes connus sur un site « chat ». Les poètes du XIXe siècle.

— Vous avez accepté de prendre un verre avec lui, hier soir, au bar du *Royal Palace*.

Monica fronça les sourcils.

— Oui. À… à 21 h 30. C'était hier soir ? Nous nous envoyions des mails depuis des semaines et… je l'ai rencontré. Je m'en souviens.

— Quoi d'autre ?

— Je… au début, j'étais assez nerveuse. Notre relation virtuelle avait démarré très fort. Enfin, ce n'était qu'un verre, dans un décor somptueux. Si j'étais déçue, je ne risquais pas grand-chose… Mais tout s'est déroulé à la perfection. Il était exactement comme je l'avais imaginé… J'ai eu un accident ? Je vais mourir ?

— Vous êtes solide comme un roc, la rassura le médecin. Vous allez vous en sortir.

— Vous avez bu un verre avec lui, insista Eve. De quoi avez-vous parlé ?

Le regard de Monica devint vague.

— De quoi on a parlé ?

— Avec Byron. Quand vous vous êtes vus, hier soir.

— Ah ! Ah, oui. De poésie. De voyages. Nous adorons tous deux voyager, et il avait visité beaucoup plus de pays que moi. Nous avons pris du champagne et du caviar. C'était la première fois que je mangeais du caviar. Ça ne m'a pas franchement réussi… J'ai dû faire une intoxication alimentaire.

— Vous vous êtes sentie mal, au *Royal Palace* ?

— Non. Je… Non. Je ne crois pas… J'avais trop bu, probablement. En général, je me limite à un verre. Je me rappelle, maintenant. Oui… Je me sentais bizarre, mais euphorique. Heureuse. Il était beau comme un dieu. Je l'ai embrassé. Encore et encore. J'avais très envie qu'on prenne une chambre. Ça ne me ressemble pas du tout, avoua-t-elle en triturant son drap. Je devais être ivre.

— Vous lui avez proposé de prendre une chambre à l'hôtel ?

— Oui. Il a ri. C'était un rire cruel, mais j'étais tellement saoule que je m'en fichais. Pourquoi ai-je bu autant ? Et lui, il a répondu… Ramène-moi chez toi, et je te ferai tout ce qu'écrivent les poètes.

Elle ferma les yeux.

— Un cliché. Mais sur le moment, je n'y ai pas prêté attention… Il m'a priée de payer la note. Je n'ai été ni offusquée ni surprise. Je ne pensais qu'à une chose : faire l'amour avec cet homme. Nous avons pris un taxi. Là encore, c'est moi qui ai payé. Et dans le taxi…

Ses joues se colorèrent légèrement.

— J'ai dû rêver tout ça. C'était sûrement un rêve. Il m'a chuchoté quelques mots à l'oreille… Je lui ai sauté dessus dans la voiture. Je n'en pouvais plus de désir. C'était un rêve, n'est-ce pas ?

— Non.

— Qu'est-ce qu'il m'a donné ? Qu'est-ce qu'il a mis dans mon verre ?

Sa main s'agita. Eve la prit dans la sienne.

— Je n'étais pas ivre, n'est-ce pas ? J'étais comme sous hypnose.

— Vous n'étiez pas ivre, Monica, et vous n'êtes en rien responsable de ce qui vous est arrivé. Il vous a droguée. Racontez-moi ce qui s'est passé une fois chez vous.

Le Dr Michaels jeta un coup d'œil sur l'un des moniteurs et se tourna vers Eve.

— Il faut qu'elle se repose. Elle a suffisamment parlé pour l'instant. Je vous demande de partir.

— Non, protesta faiblement Monica en agrippant le bras d'Eve. Il m'a droguée, et je ne me maîtrisais plus du tout. Il a failli me tuer…

— En effet, acquiesça Eve. Mais vous êtes beaucoup plus forte qu'il ne l'avait prévu. Aidez-moi à l'attraper. Dites-moi ce qui s'est passé dans l'appartement.

— C'est flou. J'avais le tournis, j'avais mal au cœur. Il a mis de la musique, allumé des bougies. Il en avait dans son sac, ainsi qu'une bouteille de champagne. Je n'en voulais plus, mais il a insisté… Je lui obéissais au doigt et à l'œil. Dès qu'il m'effleurait, j'avais envie qu'il recommence… Il m'a dit qu'il voulait que tout soit parfait. Qu'il voulait préparer la… mise en scène. Je devais l'attendre dans le salon… J'avais la nausée. Je n'osais pas le lui dire, parce que j'avais peur qu'il s'en aille. Quand il est entré dans la chambre, je me suis précipitée dans la salle de bains et j'ai vomi. Après ça, je me suis sentie un peu mieux. Je l'ai rejoint dans la chambre… Il avait posé des coupes remplies de champagne sur la table de nuit, allumé des dizaines de bougies, éparpillé des pétales de rose sur le lit. Des roses roses, comme celles qu'il m'avait envoyées à mon travail, quelques jours auparavant. Jamais on ne m'avait autant gâtée.

Elle se mit à pleurer.

— C'était magnifique, d'un romantisme absolu, presque douloureux. À cet instant, j'ai su que je l'aimais. Follement. Il m'a déshabillée, il m'a dit que j'étais belle. Au début, il était très doux. Un peu plus tard, il m'a tendu la coupe, m'a ordonné de boire. Là, il a changé. Ce n'était plus doux, c'était sauvage. Comme si j'étais devenue un animal. Je ne pouvais pas respirer, encore moins réfléchir. Mon corps était brûlant, mon cœur battait si fort que j'avais l'impression qu'il allait exploser. Il m'observait. Je le revois en train de me contempler. Il voulait que je dise son nom. Mais ce n'était pas son nom.

— Quel était ce nom ?

— Kevin. Il m'a dit qu'il s'appelait Kevin. Ensuite, tout s'est figé. Je ne pouvais plus bouger, je n'entendais rien. J'étais… enterrée vivante. Il m'a enterrée vivante ! conclut-elle en sanglotant.

— Non, répliqua Eve, en se penchant sur elle avant que le Dr Michaels puisse intervenir. Vous êtes ici, vous êtes en sécurité et bien vivante. Il ne vous touchera plus jamais, Monica, je vous le promets.

Monica se cacha le visage dans l'oreiller.

— Je l'ai laissé entrer en moi.

— Faux. Il vous a violée. Il vous a prise de force.

— Non, c'est moi qui l'ai…

— Il vous a violée, répéta Eve. Regardez-moi. Écoutez-moi, Monica. Cet homme est un criminel. Il s'est servi d'une drogue plutôt que d'un poignard ou de ses poings, mais c'est exactement la même chose. Seulement voilà, vous l'avez battu à son propre jeu. Et je vais l'arrêter. Je connais quelqu'un à qui vous pourrez parler de tout cela, qui vous aidera.

— Je ne l'ai pas repoussé. J'avais envie de lui.

— Vous n'êtes pas responsable. Ce n'est pas une histoire de sexe. C'est un problème de domination. Hier soir, vous ne pouviez rien contre lui. Aujourd'hui, vous le pouvez. Ne le laissez pas reprendre le dessus.

— Il m'a violée, et il m'a laissée pour morte. Je veux qu'il paie.

— Comptez sur moi.

Lorsqu'elle quitta la chambre, Eve se sentait nauséeuse. Interroger les victimes d'un viol lui était toujours pénible. Cela la renvoyait à son propre passé. Elle s'appuya contre le mur, le temps de se ressaisir.

— Lieutenant ?

Elle se redressa, pivota vers le Dr Michaels.

— Vous avez bien agi, reprit-il. Je craignais que vous ne la poussiez à bout.

— J'approfondirai la prochaine fois.

— Je ne m'attendais pas qu'elle survive, avoua-t-il avec un petit sourire. D'un point de vue strictement médical, ses chances étaient limitées. Mais c'est ce qu'il y a de merveilleux dans ce métier : les miracles. Elle a encore un long chemin à parcourir, tant physiquement que psychiquement.

— Prenez contact avec le Dr Mira.

— Le Dr Mira ? répéta-t-il, visiblement impressionné.

— Si elle ne peut pas s'occuper personnellement de Monica, elle lui recommandera le meilleur thérapeute disponible. Remettez-la sur pied. De mon côté, je m'occupe de coincer son agresseur.

Poussant les portes battantes, elle fit signe à Peabody de la suivre et fonça au pas de charge vers la sortie.

— Lieutenant… tout va bien ?

— Elle est vivante, elle parle, et elle m'a révélé le prénom de ce salaud. Kevin.

— Fantastique. Mais je parlais de vous. Vous n'avez pas l'air dans votre assiette.

— Je vais très bien. Je déteste les hôpitaux, c'est tout. Maintenez la surveillance et prenez régulièrement de ses nouvelles. Il faudra aussi appeler Mira, pour qu'elle discute avec Michaels d'une éventuelle thérapie.

— Je ne savais pas que le Dr Mira donnait des consultations privées.

— Prenez note, Peabody, c'est tout ce que je vous demande.

Une fois dehors, elle inspira à fond.

— Seigneur ! Comment les gens supportent-ils de travailler là-dedans ? J'ai un coup de fil personnel à passer. Écartez-vous, voulez-vous ? Faites part au commandant de l'évolution de l'état de santé de Monica, et dites-lui qu'il aura mon rapport sous peu.

— Oui, lieutenant. Il y a des bancs, juste là. Vous ne voulez pas vous asseoir ?

Elle aurait volontiers ajouté : « Parce que vous êtes blanche comme un linge », mais se ravisa à temps.

Eve se dirigea vers le petit coin de verdure que les paysagistes avaient baptisé microparc : un trio d'arbres minuscules et quelques fleurs éparpillés sur un îlot étroit, entre deux parkings. Bon, d'accord, c'était l'intention qui comptait.

Tout de même, ils auraient pu choisir des plantes aromatiques.

Elle ne savait pas trop où se trouvait Connor. Elle l'appela d'abord sur son poste personnel, mais tomba sur la boîte vocale. Elle tenta ensuite son bureau du centre-ville, mais elle n'eut que sa secrétaire.

— Il faut absolument que je lui parle.

— Bien sûr, lieutenant. Il est en holocommunication. Si vous voulez bien patienter quelques instants... Comment allez-vous ?

Ah ! songea Eve. La courtoisie, la conversation, deux facteurs qu'elle négligeait trop souvent.

— Très bien, merci, Caro, et vous ?

— En pleine forme. Enchantée que le patron soit de retour. Je le bipe pour le prévenir que vous êtes en attente.

Eve offrit son visage au soleil. Dans les hôpitaux, il faisait toujours froid. Un froid qui vous pénétrait jusqu'aux os.

— Lieutenant !

Elle se concentra sur l'écran où venait d'apparaître le visage de Connor.

— Qu'est-ce qui ne va pas ?

— Rien, fit-elle. J'aurais besoin que tu me rendes un service.

— Eve, que se passe-t-il ?

— Rien, je t'assure. Monica Cline a repris conscience. Je viens de l'interroger. Elle va s'en sortir, mais elle traverse un sale moment.

— Toi aussi.

— Je sais ce qui se passe dans sa tête. Je sais ce qu'elle va ressentir en plein milieu de la nuit. Mais ce n'est pas la raison de mon appel. Tu es en pleine communication, non ?

— Peu importe. Après tout, c'est moi le patron. Que puis-je pour toi ?

— J'ai une question : t'est-il possible de surveiller un compte standard, les mails, et de bloquer le tout ?

— Les civils qui s'amusent à ce petit jeu enfreignent les lois sur la liberté informatique, et risquent une amende et/ou une peine de prison.

— Ce qui signifie que tu le peux.

— Qui veux-tu que je surveille ?

— Stefanie Finch. Une cible potentielle. Pour le moment, elle est quelque part dans les airs entre les États-Unis et l'Angleterre. Quand elle atterrira, je veux pouvoir la mettre au courant de la situation dans l'espoir qu'elle nous aide à coincer nos meurtriers. Mais je ne sais pas du tout comment elle va réagir. Je ne veux pas prendre de risques. Elle pourrait filer le tuyau à son cybercompagnon.

— Tu veux donc que je bloque toutes ses transmissions et cyberactivités ?

— C'est ça. Aucun de ses courriers ne doit passer tant que je ne serai pas assurée de sa coopération.

— Tu sais combien ça m'excite quand tu me demandes de contourner la loi.

— Tu m'expliqueras plus tard pourquoi j'ai épousé un pervers.

— Avec plaisir !

— D'ici combien de temps peux-tu t'atteler à ce travail ?

— J'ai quelques affaires courantes à régler ici. Il vaut mieux que j'opère depuis la maison, ce sera plus discret. Donne-moi deux heures.

14

Ayant enfin réussi à localiser Theodore McNamara, Eve fut accueillie par une petite femme surexcitée qui lui demanda d'être brève, l'emploi du temps de monsieur étant surchargé.

— Il n'a vraiment pas le temps aujourd'hui. Comme vous le savez, le Dr McNamara revient tout juste d'une très importante réunion sur Tarus II.

— Il est sur le point d'en entamer une tout aussi importante sur la planète Terre, riposta Eve.

Juste pour s'amuser, elle allongea le pas, obligeant l'autre à trotter pour rester à sa hauteur tandis qu'elles s'enfonçaient dans le passage reliant le bureau de McNamara au bâtiment principal de la société J. Forrester. Par la baie vitrée, elle vit un hélicoptère virer à gauche pour atterrir sur l'héliport de l'hôpital attenant.

Une dizaine de blouses blanches guettaient l'arrivée de l'appareil. Le bruit devait être assourdissant, mais ici, tout était silencieux, et un vague parfum fleuri flottait dans l'air.

Elles pénétrèrent dans une salle toute blanche. Murs, tapis, consoles, sièges, même les uniformes des fonctionnaires qui s'affairaient devant leur ordinateur étaient d'une blancheur étincelante.

Eve avait un peu l'impression de se retrouver à l'intérieur d'une coquille d'œuf.

Elles franchirent une porte en verre qui s'ouvrit à leur approche et s'engagèrent dans un nouveau couloir au bout duquel se trouvait une double porte blanche.

— Le lieutenant Dallas et son assistante, docteur, annonça solennellement l'hôtesse.

— Oui, oui. Faites en sorte que nous ne soyons pas dérangés. Dix minutes. Entrez, lieutenant. Mon temps est précieux.

Le Dr McNamara était assis derrière une table en verre massive qui rappelait un iceberg. Elle trônait sur une estrade, afin qu'il puisse regarder de haut – au sens propre comme au sens figuré – le commun des mortels.

Ses cheveux étaient blancs, coupés très court. Il avait un long visage émacié et des petits yeux vifs. Son costume noir contrastait de façon saisissante avec le décor.

— Waouh ! murmura Peabody. On se croirait devant le magicien d'Oz.

— Quel est le but de votre visite ? Je suis un homme très occupé.

« Et autoritaire », ajouta Eve en silence. Il ne les invita pas à s'asseoir. Pourtant, même debout, elle était obligée de lever la tête pour croiser son regard.

— Nous ne vous dérangerions pas aujourd'hui si vous aviez eu l'amabilité de répondre à nos messages pendant votre séjour sur Tarus II.

— La réunion était ma priorité, répliqua-t-il. Je ne suis pas consultant médical au département de police de New York, que je sache.

— Ce qui signifie que vous êtes un civil, et me confère le droit de poursuivre cet entretien au central. S'il le faut, je l'exigerai. Bien, voulez-vous continuer à échanger des banalités, ou êtes-vous prêt à coopérer ?

— Vous êtes dans mon bureau. Il me semble que je coopère.

Agacée, Eve gravit les trois marches de l'estrade.

— Peabody. Les photos.

— Oui, lieutenant, dit celle-ci, secrètement ravie de voir son lieutenant remettre à sa place le maître des lieux.

Eve les étala sur la table.

— Reconnaissez-vous l'une de ces femmes ?

— Non.

— Bryna Bankhead, Grace Lutz, Monica Cline. Cela ne vous rappelle rien ?

— Rien du tout.

— C'est curieux. Ces visages font la une des médias depuis plusieurs jours.

Il demeura impassible.

— J'étais en voyage, comme vous le savez.

— Il me semble qu'on reçoit les nouvelles sur Tarus II, non ?

— Je n'ai pas de temps à perdre avec les ragots et les délires des médias. Ni avec les devinettes. À présent, mademoiselle Dallas, si vous voulez bien m'exposer l'objet de votre...

— Lieutenant Dallas, rectifia-t-elle. Vous avez participé à un projet de recherche, en partenariat avec J. Forrester et les Pharmaceutiques Allegany. Il s'agissait d'expérimentations avec certaines substances contrôlées.

— Un projet de recherche sur les dysfonctionnements sexuels et la stérilité. Un succès, précisa-t-il, puisqu'il a permis le développement de deux traitements fort efficaces.

— Ce projet a avorté en raison de dépassements de coûts, procès et comportements répréhensibles de la part de certains membres du personnel.

— Vos informations sont fausses. Rien n'a jamais été prouvé. Nous avons obtenu d'excellents résultats, et le projet a suivi son cours.

— Apparemment, quelqu'un continue l'expérimentation en douce. Deux femmes sont mortes, la troisième est dans un état critique. On leur a fait ingurgiter des doses fatales de produits connus sous les noms de Whore et de Wild Rabbit. Quelqu'un possède une quantité substantielle de ces deux drogues, ou a les moyens de les fabriquer.

— Les produits conçus pour le bénéfice de l'humanité tombent souvent entre de mauvaises mains, rétorqua-t-il avec dédain. Ce n'est pas à moi de surveiller les masses. C'est votre boulot.

— Qui, au sein de l'équipe, pourrait posséder les mauvaises mains en question ?

— Tous les médecins et chercheurs impliqués ont été soigneusement sélectionnés.

— Pourtant, certains d'entre eux se sont servis de ces substances à des fins personnelles. Il ne s'agit pas de ragots, enchaîna-t-elle avant qu'il puisse l'interrompre. Il s'agit d'une enquête sur des meurtres. Le sexe et le pouvoir, voilà deux tentations capables de faire perdre la tête.

— Nous sommes des scientifiques, pas des bêtes de sexe.

— Pourquoi toutes les archives sont-elles scellées ? Pourquoi les dossiers des plaignants sont-ils inaccessibles ?

— Aucune plainte n'a abouti à un procès. Aucune accusation de mauvaise conduite n'a été retenue. Il est donc normal que l'on protège le nom et la réputation des personnes associées au projet. C'est une question de dignité.

Eve poussa les photos vers lui.

— Quelqu'un les a dépouillées de leur nom et de leur dignité.

— Je n'y suis pour rien.

— Les investisseurs et les directeurs de ce projet ont gagné beaucoup d'argent, insista-t-elle, pugnace. Il en faut énormément pour faire joujou avec ce genre de produits. Je suis à la recherche de deux hommes qui ont de quoi s'acheter ou fabriquer ces produits en grande quantité. Des hommes qui s'y connaissent en chimie et en informatique. Des hommes qui considèrent les femmes comme des mouchoirs jetables. Des prédateurs sexuels, docteur

McNamara. Qui ont travaillé avec vous. Qui pourrait correspondre à ce profil ?

— Je ne peux pas vous aider. Votre problème n'a rien à voir avec ce projet ni avec moi. Nous avons conçu des médicaments qui ont changé des existences. Je ne vous laisserai pas salir mon travail ou ma renommée, sous prétexte que vous êtes une incapable.

Il repoussa les photos vers Eve.

— Toute femme qui accepte de rencontrer un homme choisi sur le Net sollicite des avances sexuelles, commenta-t-il.

— Probablement parce qu'elle est née avec des nichons, riposta Eve en rassemblant les clichés. Il semble que vous écoutiez les ragots malgré vous, docteur. Je n'ai absolument pas mentionné la façon dont ces femmes avaient connu leur agresseur.

— Nos dix minutes sont écoulées.

Il appuya sur un bouton sous son bureau, et la porte s'ouvrit.

— Si vous souhaitez me parler de nouveau, poursuivit-il, il faudra d'abord passer par mes avocats. Si jamais mon nom, celui de cette entreprise ou le projet apparaissent dans la presse en lien avec votre enquête, ce sont eux qui vous contacteront.

Eve envisagea un instant de lui flanquer son poing dans la figure, quitte à en assumer les conséquences ensuite. Mais elle ne voulait pas mettre en péril son enquête.

— Je me suis toujours demandé comment les médecins pouvaient avoir si peu de respect pour la vie humaine, lança-t-elle à la place.

Elle descendit de l'estrade, rendit les photos à Peabody.

— Nous nous reverrons, conclut-elle en sortant.

— Quel odieux personnage ! déclara Peabody, sur ses talons. Un misogyne et un demi-dieu.

— Il sait quelque chose, murmura Eve. Pour l'instant, on va jouer son jeu. Prenez rendez-vous avec ses avocats pour un entretien officiel au central. Nous allons faire pression pour accéder aux archives. Retournez au commissariat et attaquez-vous à la paperasserie.

— Il va se défendre.

— Certainement, mais il perdra. Tôt ou tard. Je vais travailler chez moi. Je vous transmettrai les infos au fur et à mesure que je les recevrai.

Connor était déjà là lorsqu'elle arriva à la maison, mais elle laissa la porte entre leurs deux bureaux fermée. S'installant devant son ordinateur, elle entreprit de rédiger une série de rapports. Elle en connaissait suffisamment sur la politique et les demi-dieux pour savoir qu'elle aurait à couvrir ses arrières vis-à-vis de McNamara. Les hommes de son espèce ne se contentaient pas de faire appel à des avocats. Nul doute que les oreilles de son commandant, du maire et même de certains membres du gouvernement sifflaient déjà.

Elle se sentait apte à supporter la chaleur, mais elle ne voulait pas que le feu s'embrase trop vite.

Après avoir envoyé des copies à toutes les parties concernées, elle s'attela à la lourde tâche d'accéder aux dossiers scellés. C'était toujours extrêmement délicat, et en admettant que sa requête soit acceptée, cela pouvait prendre plusieurs jours.

Il existait une solution plus rapide. Elle lança un coup d'œil vers la porte qui la séparait de son mari. Plus rapide, plus efficace, et virtuellement indétectable si elle lui confiait la mission elle-même.

Elle avait déjà franchi les limites, et n'hésiterait pas à recommencer s'il le fallait. Mais pour l'heure, mieux valait suivre la procédure classique.

— Ordinateur.

Elle se frotta distraitement la nuque.

— Afficher sur l'écran mural toutes les données connues sur McNamara, Dr Theodore.

Recherche en cours… affichage…

Elle se leva pour lire les informations, tout en faisant jouer les muscles de ses épaules. L'homme avait quatre-vingt-six ans. Il avait de toute évidence fait appel à la chirurgie esthétique. Ses diplômes et ses succès professionnels étaient impressionnants. Il s'était marié une fois et avait eu une fille.

Eve eut une petite moue.

Elle entendit un bruit derrière elle, et déclara sans se retourner :

— C'est un homme qui méprise l'espèce féminine. En fait, il méprise tout le monde, mais plus particulièrement les femmes. Il m'a appelée « mademoiselle », grommela-t-elle.

— Et il a survécu ?

Connor se plaça derrière elle pour lui masser le haut du dos. L'espace d'un éclair, elle songea qu'il avait le don de tomber pile sur le point douloureux.

— Je l'aurais volontiers tabassé, mais il a presque quatre-vingt-dix ans. Bref… ce type a un enfant, et comme par hasard, cet enfant est une fille. Quelle déception, non ?

— Sans doute, s'il est tel que tu le décris.

— C'est un salaud. Alors pourquoi n'a-t-il pas fait d'autres tentatives, jusqu'à avoir un fils ? Si son épouse avait un problème de fertilité, il aurait pu le contourner. Les traitements existaient déjà, il y a trente ou quarante ans. Se pourrait-il que les petits soldats de ce pauvre chéri n'aient pas été à la hauteur ? railla-t-elle.

— En tant qu'homme, j'avoue que l'idée de ne pas pouvoir concevoir me serait pénible.

Il effleura ses cheveux d'un baiser.

— Et si je désirais un enfant, je ferais tout pour y remédier.

— Les tests de fertilité, fit-elle, songeuse, ce doit être humiliant ? Surtout pour un être aussi imbu de sa personne.

— Tu me demandes mon avis parce que tu me reproches l'énormité de mon ego ?

— Mon vieux, tu pourrais remplir le stade de Madison Square avec ton ego. Simplement, il ne fonctionne pas comme celui de ce crétin. Cela explique peut-être qu'il soit passé des consultations privées à la recherche – la recherche sur les dysfonctionnements sexuels et la stérilité. Voyons un peu ce que l'on va trouver sur sa fille. Ordinateur, vérification de routine sur Dunwood, Sarah, née McNamara.

Recherche en cours...

— Pour te prouver ma bonne foi, je vais ignorer cette insulte et t'annoncer que j'ai rempli ma mission. Toutes les transmissions sont bloquées et seront transférées sur un compte que je viens de créer à ton intention.

— Je ne t'ai pas demandé de les détourner.

— Deux services pour le prix d'un.

Il la fit pivoter vers lui, la plaqua contre lui, avant de l'embrasser avec fougue.

— Là, fit-il en s'écartant. Ça devrait aller mieux, maintenant.

— Cesse de me distraire, rouspéta-t-elle. Mon temps est compté.

Données disponibles. Mode affichage ou mode audio ?

— Affichage ! ordonna Eve, tandis que Connor réclamait l'audio.

Commandes conflictuelles. En attente...

— Tu vas me ficher la paix, oui ! protesta-t-elle, alors qu'il entreprenait de déboutonner son chemisier. Qu'est-ce qui te prend ?

— Rien du tout, apparemment.

Il rit et la relâcha.

— Afficher les données.

Eve les parcourut du regard.

— Cinquante-trois ans. Elle a suivi la voie de papa. Mêmes établissements scolaires, même formation, internat dans le même hôpital. Et elle s'est lancée tout de suite dans la recherche. Un mariage. Un enfant. La copie conforme du père. Sauf qu'elle, elle a eu un fils. Et regarde sa date de naissance ! Un an seulement après le démarrage du projet. Elle était déjà mariée depuis huit ans. Je ne serais pas étonnée qu'elle ait servi de cobaye.

Elle exhala lentement.

— Mais quel est le rapport avec mes meurtres ? reprit-elle. Il y a un lien. J'en suis certaine. Son mari faisait partie de l'équipe, lui aussi. Mais il est trop âgé pour figurer dans ces bases de données. Et le fils, trop jeune. Quel âge a-t-il ? Vingt et un, vingt-deux ans ? Il était tout bébé à l'époque où le projet battait son plein. Néanmoins... Ordinateur, afficher sur l'écran mural toutes les données connues sur Dunwood, Lucias.

Recherche en cours...

Pendant qu'on se penchait sur son cas, à quelques dizaines de mètres de là, Lucias entrait dans le salon de sa maison de ville. Son grand-père lui rendait rarement visite, encore moins à l'improviste.

Si le roi était là, c'était pour une raison précise. Les mains moites, Lucias se demanda quelle pouvait être cette raison. Il s'essuya les paumes sur son pantalon, lissa ses boucles rousses, plaqua un sourire sur son visage.

— Grand-père ! Quelle bonne surprise ! Je ne savais pas que tu étais de retour.

— Je suis rentré hier soir. Où est Kevin ?

— Oh, devant ses ordinateurs, comme d'habitude ! Veux-tu que je te prépare un verre ? J'ai un excellent scotch.

— Je ne suis pas là pour échanger des mondanités, Lucias. Je souhaite parler aussi à Kevin.

— Bien sûr.

Un filet de sueur dégoulina dans son cou. Faussement nonchalant, il interpella le droïde.

— Dis à M. Morano que mon grand-père est ici et qu'il veut le voir.

— Immédiatement, ajouta McNamara.

— Bien sûr. Alors, ce voyage ?

Lucias se dirigea vers le meuble ancien qui servait de bar. Son grand-père n'avait pas soif, mais lui avait besoin d'un remontant.

— Très fructueux. Un mot qui t'est devenu étranger depuis que tu as quitté l'université.

— Avec mention, lui rappela Lucias en versant une généreuse rasade de whisky dans un gobelet de cristal taillé. Je m'accorde une année sabbatique après de longues études, c'est tout. Du reste, je travaille beaucoup dans mon labo. Sur un projet personnel qui me tient à cœur. Tu sais ce que c'est.

McNamara se détourna brièvement. Ce garçon le décevait énormément. Il avait contribué à le façonner, à faire de lui un homme digne de sa fille. Un homme qui lui ressemblait – intelligent, énergique, solide. Ambitieux.

Sa propre incapacité à concevoir l'avait désespéré tout en l'encourageant à lancer son projet. Ce projet, qui avait guidé sa carrière et lui avait permis de créer son petit-fils, avait failli tout gâcher.

Heureusement, il avait réussi à surmonter les obstacles. Son nom n'avait pas été sali. Il ne le serait jamais.

Et puis, il s'était occupé de l'enfant. Il l'avait éduqué, lui avait donné la possibilité d'affiner et de développer les dons incroyables qui étaient les siens.

Mais Lucias était trop gâté. L'œuvre de sa mère, songea McNamara avec amertume. La faiblesse d'une femme. Elle l'avait dorloté, choyé. Détruit.

Aujourd'hui, à cause de lui, sa réputation était en péril.

— Qu'est-ce que tu as fait, Lucias ?

Ce dernier

— Je ne suis pas prêt à parler de mon expérience, bien qu'elle avance à merveille. Comment se porte grand-mère ?

— Comme à l'accoutumée.

Il dévisagea longuement son petit-fils.

— Tu lui manques. Tu n'as même pas pris de ses nouvelles pendant mon absence.

— J'ai été débordé. Je me rattraperai très bientôt, je te le promets. Ah ! Voici Kevin.

Il retourna préparer une boisson pour son ami.

— Docteur McNamara, quelle bonne surprise !

— C'est exactement ce que je viens de dire, remarqua Lucias. C'est un rare privilège que de le recevoir entre nos murs… Merci, tu peux disposer, ajouta-t-il à l'intention du droïde, avant de se laisser tomber dans un fauteuil. Eh bien, de quoi allons-nous parler ?

— Je veux voir votre laboratoire.

— Hélas, c'est impossible. Tu sais comment nous sommes, nous autres chercheurs, quand on entame un projet. Motus et bouche cousue. Top secret. C'est toi qui me l'appris, il me semble.

— Tu as recommencé à prendre des produits illicites.

— Pas du tout. J'ai appris ma leçon. N'est-ce pas, Kevin ? Nous avons tous deux appris notre leçon, quand tu nous as discrètement enfermés dans un centre de désintoxication sur Delta, l'an dernier. Motus et bouche cousue, gloussa-t-il. Top secret.

— Tu n'es qu'un menteur ! explosa McNamara en se ruant sur son petit-fils, lui arrachant son verre de la main. Tu crois que je ne reconnais pas les signes ? Tu te drogues. Vous vous droguez tous les deux. Vous détruisez vos cerveaux, votre avenir, tout ça, pour un plaisir éphémère.

— Ce verre était un objet de famille, grand-père. Tu lui manques de respect.

— Tu me parles de respect ? La police est venue m'interroger, tout à l'heure. Je suis convoqué pour un entretien officiel au central demain matin, et une requête a été lancée pour l'accès aux dossiers scellés.

— Aïe ! s'exclama Lucias, son regard bleu pétillant tel celui d'un gamin pris la main dans le sac. Quel scandale ! Qu'en penses-tu, Kevin ? Tu imagines la débâcle, si tous les secrets, ces grandes passions qui nous ont conçus, sont révélés au public ?

— Ce pourrait être assez gênant, sur certains points.

— En effet, renchérit Lucias. La copulation sous l'œil féroce et exalté du Dr Theodore McNamara. Ni bougies ni musique pour ajouter une touche de romantisme à l'exercice. Surtout pas. Une simple procédure clinique, aidée par des substances fabriquées dans un but unique. Nous !

Il rit aux éclats.

— Et quel succès !

— Le progrès médical, la procréation, intervint McNamara, frémissant de rage. Je pensais – à tort, visiblement – que vous étiez tous deux assez mûrs pour comprendre l'importance de la chose.

— En réalité, nous ne sommes qu'une partie des résultats, répliqua Lucias. Nous n'avons guère eu le choix. La plupart des participants non plus, d'ailleurs. N'est-ce pas ce que nous avons découvert, Kevin, en lisant les archives ?

— Elles sont scellées ! s'écria son grand-père.

— Les codes sont faits pour être décryptés, rétorqua Lucias. Les lois, pour être contournées. Tu en as enfreint un certain nombre, grand-père, au nom de la science. Pourquoi Kevin et moi ne pourrions-nous en faire autant au nom… du divertissement ?

— Qu'avez-vous fait ?

— Rien qui te concerne.

— Cela me concerne dès lors que je suis convoqué au commissariat. Et cela vous concerne, parce qu'on va vous poser des questions, à vous aussi.

— Nous ? s'exclama Kevin en posant son verre. C'est impossible. Comment pourraient-ils savoir…

— Tais-toi ! l'interrompit Lucias en se levant d'un bond. Qu'est-ce qu'ils t'ont dit à notre sujet ? Qu'est-ce que tu leur as raconté ?

— Je ne voulais pas le croire, murmura McNamara, soudain très pâle. Vous avez tué ces jeunes femmes.

— Ne sois pas ridicule ! Des meurtres ? Tu perds la tête. Si tu as des soucis avec la police…

McNamara coupa court à la tirade de Lucias en le giflant.

— Tu me dégoûtes. Tous mes espoirs, mes rêves, et regarde ce que tu es devenu. Vous êtes minables, ton ami et toi. Tout ce talent gaspillé en jeux, en drogues, à la poursuite égoïste du plaisir.

— C'est *toi* qui m'as façonné ! s'emporta Lucias, les yeux brûlants de larmes. Toi qui m'as fait ce que je suis.

— Je t'ai tout offert. *Tout.* Ça ne suffisait jamais.

— Tu me donnais des ordres ! Tu avais des exigences impossibles. Je t'ai toujours détesté. Je vis comme je veux, et tu n'y peux rien.

— Tu as raison, rétorqua McNamara d'un ton glacial. Parfaitement raison. Et je me garderai d'intervenir cette fois-ci. À toi de laver ton linge sale. Je ne miserai pas un *cent* sur ta protection, je ne me sacrifierai pas pour toi. Quand ils te retrouveront – et cela ne saurait tarder –, je ne lèverai pas le petit doigt pour t'aider.

— Tu ne les laisseras pas faire. Tu n'as que moi.

— Dieu nous préserve tous deux !

Changeant de tactique, Lucias agrippa le bras de McNamara.

— Grand-père, murmura-t-il d'un ton suppliant, ne nous disputons pas. Je te demande pardon. J'étais à bout de nerfs. Kevin et moi travaillons énormément.

— Tu appelles cela travailler ? Comment êtes-vous devenus de tels monstres ? Vous aviez tout pour vous.

— Nous sommes des chercheurs, docteur McNamara, intervint Kevin en venant se planter aux côtés de Lucias. Tout ça n'est qu'une malencontreuse erreur. Rien de plus. Il y a eu un accident.

— Oui, un accident, renchérit Lucias en tentant de pousser son grand-père vers le canapé. Nous nous sommes peut-être un peu laissé emporter par notre enthousiasme. Ce sont des choses qui arrivent, tu le sais aussi bien que moi. Ce n'étaient que des femmes. Des cobayes.

— Ne me touche pas, siffla son grand-père. Vous paierez le prix pour vos actions. Et si vous voulez mon aide, vous m'accompagnerez au central demain. Je rassemble une équipe d'avocats, et je demande une étude psychiatrique.

— Mais nous ne sommes pas fous ! s'indigna Lucias. Tu les laisserais m'interner ? Moi, la chair de ta chair ?

Il bondit, renversant une table au passage. Une lampe d'une valeur inestimable tomba sur le sol tandis que McNamara s'effondrait à terre.

— Des années durant, j'ai été aveugle, cria celui-ci. Je vous ai vus comme je voulais que vous soyez.

Il réussit à se redresser sur un genou, s'accrocha au bras d'un fauteuil.

— Ce que nous avons fait ne diffère en rien de ce que tu as fait il y a vingt ans, argua Lucias en s'essuyant la bouche du revers de la main. Tu as drogué des cobayes, certains consentants, d'autres qui ne se doutaient de rien, pour parvenir à tes fins. Tu prétends que c'était pour faire progresser la médecine. Nous, on fait ça pour s'amuser. Avec plus de panache, il faut l'avouer.

— Vous avez commis des *meurtres*.

— Un rat de laboratoire est un rat de laboratoire. C'est un sacrifice acceptable.

McNamara était horrifié.

— Vous vous êtes détruits. Je vais vous dénoncer à la police. Vous n'êtes qu'une expérience qui a mal tourné.

Avec un cri de fureur, Lucias ramassa la lampe et s'en servit comme d'une batte.

— Nous sommes des hommes ! hurla-t-il. *Des hommes !*

Le sang jaillit, tandis que McNamara se débattait.

— Ils vont nous envoyer en prison. En prison ! Espèce de vieux con ! Je refuse de me retrouver dans une cage sous prétexte que tu manques d'imagination !

Haletant, Lucias s'écarta, jeta la lampe de côté.

— Mon Dieu ! souffla Kevin. Il est mort ?

Le vieil homme avait le visage ensanglanté, la bouche grande ouverte. Le souffle court, Lucias s'accroupit près de lui et lui prit le pouls.

— Non, pas encore. Mais ça ne va pas tarder. Nous n'avons pas le choix. Il est prêt à nous dénoncer.

Kevin hocha la tête.

— Il ne dira rien, continua Lucias. Nous allons en finir avec lui, mais pas ici. Nous devons l'emmener, maquiller la scène pour faire croire à un cambriolage.

— Tu... Je n'ai jamais rien vu d'aussi...

— Je viens de nous rendre un fier service, coupa Lucias en tapotant le bras de son ami.

Il s'était ressaisi. Il maîtrisait la situation.

— Il ne nous sert plus à rien, au contraire. Il représente un danger potentiel. Il n'y a rien d'autre à faire que de l'éliminer.

— Je comprends. Mais, nom de nom, je n'ai jamais vu autant de sang !

— Si tu as envie de vomir, grouille-toi.

— Non, non. Tout... tout ce sang. C'est... fascinant. Avec les autres, les femmes, c'était presque doux. Mais là...

Le teint blême, il s'humecta les lèvres.

— Qu'est-ce que tu as ressenti ? risqua-t-il. Quand tu l'as frappé ?

Lucias réfléchit. Ses mains étaient maculées de sang, mais elles ne tremblaient pas.

— Une impression de puissance, lâcha-t-il.

— Je veux essayer, moi aussi.

— On va l'achever ensemble, mais pas ici.

Lucias consulta sa montre.

— Dépêchons-nous. J'ai un rendez-vous, ce soir.

Tout compte fait, ce ne fut pas très long.

Ils garèrent la voiture de McNamara dans le parking souterrain, enveloppèrent le corps dans une bâche en plastique et le déposèrent dans le coffre.

— Il a peut-être dit à quelqu'un qu'il venait ici, s'inquiéta Kevin.

— Ça m'étonnerait.

— Même pas ta grand-mère ?

— Encore moins, assura Lucias en jetant un sac rempli d'objets de valeur sur le cadavre. Il n'aurait pas pris cette peine. Bon, tu as reprogrammé le droïde ?

— Oui. Personne ne saura que nous avons eu de la visite.

— Parfait. Tu vas me suivre avec ta voiture. Tu as pensé aux poids, pour le sac ?

— Il coulera comme un rocher, assura Kevin.

— Mais pas le grand-père. Impeccable. On met le feu à la bagnole, on revient à la maison. Et j'ai tout mon temps pour me préparer avant de sortir.

— J'ai toujours admiré ton calme, Lucias.

— Merci. Ne perdons pas de temps. On va battre un record, camarade : deux crimes parfaits en une seule soirée. Là, je vais devoir réclamer la part du lion en matière de points.

— C'est indiscutable, convint Kevin en le gratifiant d'une tape amicale sur l'épaule.

— Rien à signaler. Il est irréprochable, annonça Eve après avoir étudié son fichier. Jamais le moindre problème à l'école, pas même un P-V. Et il a suivi la tradition familiale.

— Quelle sera la nôtre, je me le demande ? fit Connor, songeur. Le crime, bien sûr, mais de quel côté de la barrière ?

Elle lui lança un regard noir.

— Il est domicilié en ville. Je vais prendre le temps de le rencontrer. Il roule sur l'or, et il s'y connaît en chimie.

— Beau jeune homme, commenta Connor en avisant la photo. Jeune, surtout. Ça ne doit pas faire un an qu'il est sorti de l'université.

— Je vais procéder à une vérification d'usage. Peut-être que ça rendra le grand-père un peu plus bavard.

— Il t'a énervée.

— Affirmatif. Et je vais l'énerver à mon tour quand je lui fourrerai mon mandat sous le nez pour accéder aux dossiers.

— Je peux t'obtenir les codes.

— Je t'ai déjà confié une tâche illégale. Restons-en là pour l'instant.

— Je peux passer par les voies officielles, souligna-t-il. Il me suffit de joindre quelqu'un de chez Allegany qui a travaillé sur le projet. Si tu veux des noms, je vais t'en fournir.

— Sur un simple appel ?

— Tout à fait. Mais je te préviens, ça va te coûter un maximum.

Déchiffrant la lueur qui dansait dans ses prunelles, elle grimaça.

— Laisse tomber ! Le sexe n'est pas ma monnaie d'échange.

— Disons que c'est un travail d'équipe, riposta-t-il en la poussant vers le divan.

Le temps qu'elle règle son dû, ses oreilles bourdonnaient, et elle était liquéfiée.

Elle ne portait que ses bottines et le diamant en pendentif qu'il lui avait offert.

— Si tu n'étais pas flic, tu aurais un avenir certain dans les clips pornos, tu sais. Et quand je dis ça, c'est flatteur. Eve, tu es vraiment magnifique !

— Inutile de songer à un deuxième round, l'avertit-elle À présent, mes infos.

— Ce qui est dû est dû, concéda-t-il en se levant, le sourire aux lèvres. Si tu nous commandais un repas ? Je meurs de faim.

Elle le suivit d'un regard admiratif tandis qu'il traversait la pièce. Si elle n'avait pas été en service, elle aurait piqué un sprint et lui aurait sauté dessus.

Au lieu de quoi, elle se contenterait d'un burger concocté par l'autochef.

Elle se pencha, ramassa ses vêtements.

— Tiens, attrape ! fit-il.

Se redressant, les bras chargés, elle reçut le peignoir en pleine figure.

— Autant se mettre à l'aise, expliqua-t-il. Ah ! Euh… ma chérie, je prendrais volontiers un verre de vin.

15

Connor n'aurait sans doute pas commandé un cheeseburger, surtout avec un sauvignon blanc 1955. Mais il avait confié le choix du menu à Eve.

— Pourquoi ne m'as-tu pas parlé de ce Stiles plus tôt ? lâcha-t-elle.

Il regarda sa femme saupoudrer allégrement ses frites de sel et grimaça.

— Tu as vérifié ta tension artérielle, ces temps-ci ?

— Réponds à ma question.

— Tu avais plusieurs fers sur le feu, je me suis donc chargé de celui-ci. Il me paraissait évident qu'il serait plus bavard avec un homme qu'avec toi. Il a ronchonné par principe, mais il a accepté de réexaminer ses archives et sa mémoire. Tu auras les informations avant que nous ayons terminé ce repas délicieusement adolescent. Encore quelques rondelles d'oignons frits ?

— Tu as confiance en lui ?

— Oui. Stiles joue les durs, mais derrière sa façade de rustre, il cache une âme honnête. Il te plairait.

Eve fut rassurée : l'instinct de Connor était infaillible.

— Je suis à la recherche de membres de l'équipe qui auraient pu être tentés de poursuivre les expériences en solo, précisa-t-elle. Leur famille, leurs amis et associés.

— C'est ce que je lui ai expliqué. Détends-toi, lieutenant, sans quoi, tu vas faire une indigestion...

Encore qu'à te voir engloutir tout ça, c'est à peu près inévitable.

— Tu boudes parce que je n'ai pas commandé un gigot d'agneau ou un autre plat gastronomique, observa-t-elle, narquoise, avant d'enchaîner : Il y a un lien entre les meurtres et le projet, ça ne fait aucun doute. Il faut maintenant déterminer comment les agresseurs se fournissent en produits et quelles sont leurs intentions. On ne trouve pas ces drogues au coin de la rue. On peut à la rigueur se procurer des dérivés, mais pas la marchandise pure.

Elle souleva son verre, admira la couleur dorée du liquide.

— C'est comme ce vin, reprit-elle. Impossible de l'acheter dans le premier supermarché venu. Il faut s'adresser à un spécialiste.

— Ou posséder son propre vignoble.

— Ou posséder son propre vignoble, concéda-t-elle. Il ne se contente pas de sous-marques. Il estime qu'il mérite ce qu'il y a de mieux. Les meilleures drogues, les meilleurs vins, les plus beaux vêtements. Et des femmes qu'il sélectionne sur mesure. Une commodité parmi d'autres.

— Il a les moyens de s'offrir ce qu'il veut, tous les plaisirs, tous les vices.

— Ce qui complique les choses, c'est qu'ils sont deux, poursuivit-elle. Ils travaillent en équipe, ils sont à la fois en concurrence et dépendants l'un de l'autre. Le premier a commis une erreur. Il n'avait pas prévu de tuer sa victime, c'est pourquoi il a paniqué. Mais du coup, il a fait monter les enchères. Le deuxième n'a pas voulu que son ami le dépasse. Il est plus violent, et il en est fier. Ensuite, on revient au premier qui, de nouveau, gâche tout. La fille n'est pas morte. Il est en train de perdre la partie.

— Tu as donc éliminé l'hypothèse d'un dédoublement de personnalité ?

— Ils sont deux, assura-t-elle Deux styles, deux meurtriers. Je me demande si l'un des participants au projet avait deux fils. Ils sont peut-être frères. Ce serait vraisemblable… Ou amis d'enfance… Des mômes qui ont grandi ensemble, c'est un peu comme une fratrie, non ?

Connor pensa à Mick.

— En effet. D'autant que la dynamique familiale, les antagonismes en sont exclus. Entre Mick, Brian et les autres, nous formions une véritable famille, créée de toutes pièces.

— Bien. À présent, dis-moi, si l'on se place du point de vue d'une espèce qui réfléchit le plus souvent avec son pénis…

— Je t'en prie, un peu de respect. Je ne passe pas plus de 25 % de mon temps à réfléchir avec mon pénis.

— À d'autres !

— Quelle est ta question ?

— Les hommes se font n'importe qui, du moment que l'occasion se présente.

— Parfaitement, et nous en sommes fiers.

— Sans rancune. C'est ainsi que fonctionne la machine. Cela ne les empêche cependant pas d'avoir des préférences. Et, le plus souvent, celles-ci ont pour origine un certain modèle féminin. Soit elles en sont la copie conforme, soit elles en sont l'exact opposé.

— Je ne conteste pas ce raisonnement.

— C'est ainsi qu'il les séduit, poursuivit-elle. Il s'adapte à leur fantasme. Mais je parie qu'il cible des femmes à la recherche d'un homme comme lui, du moins en apparence. Il n'a pas grand-chose à changer. Pourquoi le ferait-il ? C'est lui qui mène la danse. Je vais effectuer un calcul de probabilités.

Connor entendit un bip dans son bureau, lui signalant l'affichage des données requises.

— C'est Stiles. Je transfère le document sur ton ordinateur.

— Merci.

Elle consulta sa montre.

— 21 h 15. L'heure du rendez-vous fatidique approche.

Elle s'appelait Melissa Kotter, et elle venait du Nebraska. Une authentique paysanne, qui avait fui les champs pour les lumières scintillantes de la ville. Comme des milliers d'autres avant elle, elle rêvait de devenir actrice. Une actrice sérieuse, bien sûr, qui resterait fidèle à son art et n'accepterait que les rôles classiques endossés par ces idoles qui avaient foulé les planches avant elle.

En attendant d'éblouir les foules de Broadway, elle travaillait comme serveuse, courait d'une audition à l'autre, et acceptait tous les contrats, si modestes fussent-ils. C'était, selon elle, le seul moyen de démarrer sa carrière.

Blonde aux yeux bleus, toute menue, elle avait vingt et un ans, de l'optimisme et de l'innocence à revendre.

Très sociable, Melissa n'avait aucun mal à se faire des amis. Elle était toujours prête à sortir, discuter, découvrir.

Elle adorait New York, et depuis six mois qu'elle y habitait, sa passion n'avait pas diminué d'un iota.

Elle avait raconté à Wanda, sa voisine d'en face, qu'elle avait un rendez-vous ce soir-là, et avait ri lorsque celle-ci s'en était inquiétée. Elle n'éprouvait pas la moindre crainte en dépit de ces meurtres dont tous les médias se faisaient l'écho ces derniers jours. Sebastian n'avait-il pas lui-même évoqué le problème, soulignant qu'il comprendrait très bien qu'elle refuse son invitation ?

Un dangereux criminel n'aurait certainement pas soulevé le sujet de lui-même.

C'était un homme merveilleux, intelligent, érudit, fascinant. Si différent de tous ceux qu'elle avait connus au Nebraska. Il adorait la poésie et le théâtre.

Il avait voyagé dans le monde entier, vu les plus grands sur scène.

Elle avait lu et relu ses mails jusqu'à les savoir par cœur. Un garçon qui écrivait aussi bien ne pouvait être qu'exceptionnel.

Et il lui avait donné rendez-vous chez *Jean-Luc*, l'un des bars les plus sélects de New York.

Elle avait confectionné sa tenue elle-même, en s'inspirant de la robe portée par la comédienne Helena Grey à la soirée de remise des Tony Awards, l'année précédente. Le tissu bleu nuit était synthétique, mais le drapé était somptueux. Elle avait mis les boucles d'oreilles en perles que lui avait offertes sa grand-mère pour ses vingt et un ans. Elles paraissaient presque vraies. Quant à son sac et à ses escarpins, elle les avait trouvés en soldes chez *Macy's*.

Elle tournoya sur elle-même.

— Alors ? De quoi ai-je l'air ?

— Superbe, Melissa ! Mais ça m'ennuie que tu y ailles.

— Tu t'inquiètes inutilement. Il ne peut rien m'arriver.

Wanda se mordit la lèvre.

— Je crois que je vais me faire porter pâle et t'attendre ici jusqu'à ton retour.

— C'est ridicule ! Tu as besoin d'argent. Vas-y ! Va te préparer ! insista Melissa en posant le bras sur les épaules de son amie. Si ça peut te rassurer, je passe chez toi dès mon retour.

— Promis ?

— Parole de scout ! Je crois que je vais boire un martini. J'ai toujours rêvé d'y goûter. Lequel est le plus sophistiqué, d'après toi ? Gin ou Vodka ? Vodka, je crois... Un martini vodka, très sec, avec une rondelle de citron.

— N'oublie pas de venir frapper dès que tu rentres, insista Wanda. Et ne l'invite à monter chez toi sous aucun prétexte.

— Compte sur moi. Souhaite-moi bonne chance.

— Bonne chance. Et sois prudente.

Melissa descendit les trois étages, ses pieds touchant à peine le sol. Elle salua les uns et les autres, prit la pose pour M. Tidings, de l'appartement 102, qui émit un sifflement d'admiration. Lorsqu'elle émergea sur le trottoir, ses joues étaient toutes roses.

Elle faillit prendre un taxi, mais ayant plus de temps que d'argent, se décida pour le métro.

Sur le quai, elle se faufila dans la foule en chantonnant tout bas. Le monde ne l'effrayait pas, au contraire. Si elle n'avait été si concentrée sur la rencontre à venir, elle n'aurait pas hésité à discuter avec ses voisins.

Elle n'était intimidée que lorsqu'elle se retrouvait en tête à tête avec un homme. Mais cette fois, elle en avait la certitude, ce serait différent.

Sebastian et elle étaient faits l'un pour l'autre.

Quand le train freina brutalement et que les lumières s'éteignirent, elle fut projetée contre le grand Noir qui se tenait juste derrière elle.

— Excusez-moi !

— Pas de problème. Vous êtes légère comme une plume.

— Je me demande ce qui se passe, murmura-t-elle en scrutant le wagon à la lueur verdâtre des éclairages de secours.

— Il y a toujours des problèmes sur cette ligne. Je ne sais pas ce qu'ils attendent pour les résoudre... Vous avez un rendez-vous galant ? ajouta-t-il en l'examinant de haut en bas.

— Oui. J'espère que ça ne va pas durer. J'ai horreur d'être en retard.

— Belle comme vous êtes, il patientera.

Soudain, son visage se durcit, et le cœur de Melissa fit un bond.

— Toi, je te conseille de sortir ta patte du sac de la dame, sans quoi, je te la brise en mille morceaux.

Melissa tressaillit, serra son sac contre elle. Du coin de l'œil, elle vit un petit individu en imperméable s'éloigner sans demander son reste.

— Oh, merci ! Parfois, j'oublie de faire attention.
— Ça peut vous jouer de mauvais tours.
— C'est vrai ! Je m'appelle Melissa. Melissa Kotter.
— Bruno Biggs, mais on m'appelle Biggs tout court.

Pendant une dizaine de minutes, elle bavarda avec lui. Elle apprit qu'il travaillait dans le bâtiment, qu'il avait une femme, Ritz, et un bébé, Bruno Junior. Le temps qu'ils atteignent sa station, elle lui avait indiqué le nom du restaurant où elle travaillait et l'avait invité à y venir avec sa famille. Entraînée par la horde des voyageurs pressés de descendre, elle se retourna pour le saluer d'un geste de la main.

Biggs la regarda s'éloigner, son sac en bandoulière volant derrière elle. Il secoua la tête et se fraya un chemin pour sortir juste avant que les portes ne se referment.

Melissa grimpa l'escalier en courant. Elle était en retard. Elle se rua vers le carrefour. Quelque chose la heurta violemment dans le dos, et elle trébucha. La bandoulière de son sac craqua. Crissements de pneus, hurlements, une douleur fulgurante.

— Mademoiselle Kotter ? Melissa...

Bruno était penché sur elle.

— Seigneur Dieu ! J'ai cru que vous aviez été renversée par une voiture. Tenez, j'ai récupéré votre sac.
— Je... j'ai encore oublié de faire attention.
— Bon, bon, du calme. Vous avez besoin d'un médecin ? Vous êtes blessée ?
— Je ne sais pas... mon bras...

Elle s'était cassé le bras. Et avait sauvé sa peau.

— Huit cent quatre-vingt-six noms, marmonna Eve.
— Et c'est compter sans le personnel de maintenance du bâtiment et les employés de bureau, remarqua Connor.
— On va se contenter de ça pour le moment. On va se concentrer sur ceux que ta source a nommés pour

avoir utilisé les produits à des fins personnelles, et ceux dont il se rappelle qu'ils ont été cités lors des procès. Mais il va falloir trier : scientifiques, administratifs, informaticiens, techniciens de laboratoire. On va les diviser par tranches d'âge. Ceux qui ont des familles, et l'âge de leurs enfants. Enfin, il faudra établir une liste de tous ceux qui ont été remerciés au cours du projet.

Elle leva les yeux vers lui. Une lueur dansait dans les prunelles de son mari.

— Si je comprends bien, tu m'embauches ? fit-il.

— C'est toi le plus rapide.

— Certes, mais...

— Oui, je sais, coupa-t-elle, ça risque de me coûter cher. Espèce de pervers...

Elle réfléchit et, soudain, son visage s'éclaira :

— Voici ce que je te propose. Un échange standard. Tu me donnes un coup de main là-dessus, et moi, je te conseillerai sur les affaires que tu traites en ce moment.

Il pâlit.

— Ma chérie, c'est très aimable à toi, mais je ne voudrais surtout pas empiéter sur ton temps si précieux.

— Lâche !

— Oh, oui !

— Allez, accorde-moi au moins une chance, insista-t-elle. Qu'est-ce que tu as sur le feu en ce moment ?

— Plusieurs marmites, répondit-il prudemment, cherchant désespérément quelle négociation il pouvait lui révéler sans prendre trop de risques.

Le vidéocom d'Eve bipa.

— Sauvé par le gong !

— Je n'ai pas dit mon dernier mot, l'avertit-elle.

— J'espère bien que non.

— Dallas.

— Lieutenant Dallas ? Ici Stefanie Finch. Vous avez essayé de me joindre.

— C'est exact. Où êtes-vous ?

— Je viens d'arriver à New York. Que puis-je faire pour vous ?

— Nous devons nous rencontrer, mademoiselle Finch. Je serai chez vous d'ici vingt minutes.

— Écoutez, je viens à peine de passer la porte.

— Vingt minutes, répéta Eve. Restez disponible.

Elle coupa la transmission sur le juron de Stefanie, s'empara de son arme de service.

— Tu ne serais pas propriétaire d'Air Inter Commuter, par hasard ? lança-t-elle à Connor.

— Sûrement pas. Leurs navettes sont trop vieilles, il faudrait dix à quinze cent millions de dollars pour les remplacer et/ou les réparer. Ils sont dans le rouge depuis trois ans. Le service clients est déplorable, et ils se dirigent tout droit vers une restructuration cauchemardesque. D'ici un an, dix-huit mois tout au plus, ils n'existeront plus… Là, je les rachèterai.

— Joli plan, mais du coup, je peux difficilement t'emmener avec moi pour interroger une employée. J'appelle Peabody. L'uniforme, ça impressionne toujours.

— Ce peignoir aussi, observa-t-il. Tu pourrais au moins remettre tes chaussures.

Eve baissa les yeux, fronça les sourcils.

— Merde…

Elle ramassa ses bottines et sortit.

— À tout à l'heure !

Stefanie l'accueillit avec une mine renfrognée.

— Votre badge, glapit-elle.

Eve le lui montra.

— J'ai entendu parler de vous. Le flic qui a réussi à passer la corde au cou de Connor. Félicitations.

— Merci.

Stefanie désigna Peabody.

— En quel honneur, l'uniforme ?

— C'est mon assistante. Vous nous laissez entrer, Stefanie, ou préférez-vous discuter sur le palier ?

Stefanie s'effaça, puis referma la porte derrière elles.

— On vient de me supprimer deux navettes particulièrement lucratives, mon syndicat envisage une grève, ce qui va me mettre dans de sales draps. L'avion qu'on m'a confié était un tombeau volant, et j'ai la nette impression que je vais me retrouver au chômage avant la fin de l'année.

— Il a toujours raison, murmura Eve.

— Pour couronner le tout, j'ai un flic sur le dos. Vous comprendrez donc que je sois de méchante humeur, lieutenant. S'il s'agit de mon crétin d'ex-mari, je n'ai qu'une chose à vous dire : ce n'est pas mon problème.

— Je ne suis pas là pour vous parler de votre crétin d'ex-mari. Vous avez entretenu une correspondance par mail avec un individu qui signe Wordsworth.

— Comment le savez-vous ? Les mails, c'est privé.

— L'individu qui signe Wordsworth est soupçonné de deux meurtres et d'une tentative d'homicide.

— Vous plaisantez ?

— Peabody, est-ce que j'ai l'air de plaisanter ?

— Non, lieutenant.

— Bien. Et maintenant, pouvons-nous nous asseoir ?

Stefanie hocha la tête et les précéda dans le salon.

— J'ai rendez-vous avec lui demain après-midi, avoua-t-elle en croisant les bras comme si elle avait soudain froid. Lorsque j'ai découvert qu'on m'avait supprimé deux vols, j'ai consulté mes messages dans le salon des pilotes de Heathrow. Il me proposait un pique-nique au parc de Greenpeace.

— À quelle heure ?

— 13 heures.

« Il modifie son *modus operandi*, songea Eve. Il fait grimper les enchères. »

— Vous êtes sûre de ce que vous avancez ? reprit Stefanie. Oui, bien sûr, c'est évident. Écoutez, je suis confuse, je me sens complètement idiote.

— Mais vous êtes vivante, répliqua Eve. Décrivez-moi ce Wordsworth.

— Sur le plan physique, je n'en ai aucune idée. Il est marchand d'art. International. Il est passionné par le ballet, l'opéra. Il a de la classe. Mon ex était un veau. Je l'ai entretenu pendant les six mois de notre vie commune. À deux reprises, je l'ai récupéré au commissariat, ivre mort. Ensuite…

Les mots moururent sur ses lèvres.

— Visiblement, je lui en veux encore. Bref, j'étais à la recherche de son contraire. Quelqu'un de raffiné, capable de s'exprimer autrement que par grognements pour réclamer une autre bière.

— Et ce Wordsworth répondait à vos attentes.

— En effet. Si c'est trop beau pour être vrai, c'est que c'est un gros mensonge. Apparemment, j'avais oublié cette devise. Mais un pique-nique dans un parc, en plein jour, ça me semblait plutôt innocent. Je ne suis pas une mauviette. Je fais de la musculation, je suis cinquième dan en judo. Je n'ai rien d'une victime. Il ne peut rien contre moi.

Eve la jaugea d'un rapide coup d'œil.

— Son plan est de vous droguer, de vous faire ingurgiter un produit illicite puissant. Vous le ramènerez ici parce que vous aurez le sentiment de maîtriser la situation. Il allumera des bougies, mettra de la musique et vous fera boire encore un peu de vin frelaté. Il répandra des pétales de rose roses sur votre lit…

— N'importe quoi ! l'interrompit Stefanie, soudain livide.

— Sur le moment, vous ne penserez pas que c'est un viol, continua Eve impitoyablement. Vous lui obéirez au doigt et à l'œil. Quand il vous aura administré la deuxième substance, vous ramperez à ses pieds. Puis votre cœur lâchera. Vous ne vous rendrez compte de rien.

— Si vous essayez de me faire peur, c'est réussi ! s'exclama Stefanie en se levant d'un bond pour arpenter la pièce.

— Précisément. Je cherche à vous faire peur. C'est ce qu'il a prévu, c'est ce qui aurait pu se passer demain après-midi. Mais ça n'arrivera pas, parce que vous allez suivre attentivement mes instructions.

Stefanie se rassit.

— Il ne sait pas où j'habite. Dites-moi qu'il ne sait pas où j'habite.

— Si, probablement. Il a passé un certain temps à vous espionner dans vos activités quotidiennes. Vous avez reçu des fleurs, dernièrement ?

— Mon Dieu, oui ! Un bouquet de roses roses. Ce salaud a expédié une gerbe de roses à mon hôtel, à Londres. Je les ai ramenées avec moi. Elles sont dans ma chambre.

— Voulez-vous que je vous en débarrasse ? proposa poliment Peabody.

— Oui, s'il vous plaît... J'en tremble, marmonna Stefanie. J'ai traversé l'Atlantique à bord d'un coucou, et me voilà chez moi, dans tous mes états. La perspective de cette rencontre m'avait remonté le moral. Je me disais que j'allais entamer une belle relation, satisfaisante à tous points de vue. Mon crétin d'ex n'était peut-être pas si mal que ça, finalement.

— Vous ne parlerez de cela à personne, l'avertit Eve. En ce qui concerne Wordsworth, vous maintenez le rendez-vous de demain. Vous deviez le joindre d'ici là ?

— Uniquement en cas d'annulation.

— Levez-vous un instant.

Stefanie s'exécuta, et Eve tourna autour d'elle, lentement.

— Oui, on peut être deux à jouer au jeu du déguisement, murmura-t-elle. Très bien. De deux choses l'une : soit vous prenez ce dont vous avez besoin et je vous mets à l'abri ce soir ; soit vous restez ici, et j'envoie deux flics pour veiller sur vous. Dans un cas comme dans l'autre, vous dormirez mieux.

— Oh, oui, je sens que je vais dormir comme un bébé…

Eve n'était pas la seule à faire des heures supplémentaires. McNab s'était fixé une mission personnelle. Il s'y était préparé en avalant quelques verres d'alcool maison. Il n'était pas ivre. Il s'était arrêté juste à temps. Parce qu'il voulait être lucide quand il irait flanquer une raclée à Charles Monroe.

Ignorant qu'il était la cible d'un inspecteur jaloux, Charles était en train de mordiller les doigts de Louise. Ils dînaient ensemble dans son appartement.

— C'est gentil d'avoir accepté qu'on se voie si tard, fit-il.

— Nous avons tous deux des horaires bizarres. Le vin est excellent, le repas, exquis, et j'aime beaucoup ton appartement, avoua-t-elle. C'est plus agréable qu'un restaurant.

— J'avais envie de t'avoir pour moi tout seul. J'ai pensé à toi toute la journée.

— Charles, je t'ai déjà expliqué que je n'étais pas douée pour les relations amoureuses.

Elle se leva, déambula jusqu'à la fenêtre.

— Je suis obstinée, acharnée au travail…

— Tout cela pourrait changer, Louise, l'interrompit-il en la rejoignant. Viens t'allonger, proposa-t-il dans un souffle en la faisant pivoter face à lui. Laisse-moi te caresser.

Elle renversa la tête, tandis qu'il effleurait sa gorge de ses lèvres.

— Attends… Attends, Charles. J'ai beaucoup réfléchi. Pratiquement toute la nuit dernière, et toute la journée aujourd'hui. C'est d'ailleurs l'un de mes problèmes : je réfléchis trop.

Elle s'écarta légèrement.

— Je suis tentée. Très tentée. Je n'ai jamais ressenti cela auparavant, mais… je ne coucherai pas avec toi. Je ne peux pas.

Il la contempla, hocha lentement la tête.

— Je comprends. Tu as du mal à accepter ce que je suis.

— Oh, non, ce n'est pas...

— Je sais ce que je suis.

— Pardon ?

— Les compagnons licenciés ne sont guère heureux en amour.

— Je suis désolée. Tu crois que je me refuse à toi à cause de ta profession ? Charles, c'est une insulte à tous deux.

Il retourna à la table, s'empara de son verre de vin.

— Je n'y comprends plus rien.

— Je ne veux pas coucher avec toi maintenant, parce que tout va trop vite. Parce que je crois que ce que j'éprouve pour toit est profond. Je... je voudrais qu'on ralentisse un peu. Qu'on prenne le temps de se connaître. Si ton métier me posait un problème, je ne serais pas ici ce soir. Et si tu t'imagines que je suis à ce point futile et bornée...

— Je pourrais tomber amoureux de toi.

Elle se raidit.

— Je sais. Moi aussi. Et ça me terrorise.

— Tant mieux, dans ce cas, je ne suis pas tout seul.

Il s'approcha d'elle, s'empara de sa main et la couvrit de baisers tendres.

— On va ralentir...

Il lui embrassa le poignet, l'attira contre lui.

— Tu appelles ça ralentir ? s'exclama-t-elle.

— D'accord, on suivra ton rythme. Fais-moi confiance, je suis un professionnel.

Alors qu'elle éclatait de rire, on sonna à la porte.

— Donne-moi dix secondes pour me débarrasser de cet importun, lança-t-il en se dirigeant vers l'entrée. Et calmer mes ardeurs.

Sur le seuil, McNab le bouscula violemment.

— Espèce de salaud ! On va régler cette histoire une bonne fois pour toutes.

— Inspecteur...

— Pour qui vous prenez-vous, à la fin ? De quel droit la traitez-vous ainsi ?

— Inspecteur, je vous interdis de me toucher.

— Ah, oui ? Et ça, ça vous convient mieux ? aboya McNab en brandissant le poing.

Très calme, Louise s'interposa entre eux.

— Inspecteur McNab, de toute évidence, vous êtes très énervé. Vous devriez vous asseoir.

— Dr Dimatto, bredouilla-t-il en baissant le bras. Je ne vous avais pas vue.

— Charles, si tu nous préparais du café ? Ian... vous vous appelez bien Ian, n'est-ce pas ? Venez par ici.

— Excusez-moi, mais je ne veux pas de votre café et je n'ai aucune envie de m'asseoir. Je suis venu lui flanquer la raclée qu'il mérite. Vous êtes une femme charmante, et je regrette que vous vous retrouviez entre nous. Mais j'ai un compte à régler avec cet imbécile.

— Je suppose qu'il s'agit de Delia ? hasarda Louise.

Tandis que Charles s'éloignait, McNab pivota vers lui.

— Et pas qu'un peu ! Sous prétexte que vous l'emmenez dans de bons restaurants et à l'opéra, vous vous imaginez que vous pouvez la jeter comme une vieille chaussette dès qu'un jupon plus affriolant croise votre route ?

— Pas du tout, riposta Charles. Je tiens énormément à Delia.

Dans un élan de rage incontrôlable, McNab bondit et le frappa. Louise s'esquiva, tandis que les deux hommes entamaient un combat sans merci. Lorsqu'elle revint, ils étaient à terre et grognaient à qui mieux mieux. Elle versa sur eux le contenu d'un seau d'eau glacée.

— Ça suffit ! s'écria-t-elle. Vous devriez avoir honte. L'un comme l'autre. Vous battre pour une femme comme s'il s'agissait d'un vulgaire bout de viande. Si vous croyez que Peabody en serait flattée, vous vous trompez. À présent, debout !

— Il n'a pas le droit de lui faire du mal, protesta McNab.

— Pour rien au monde je ne ferais de mal à Delia ! se défendit Charles en repoussant ses cheveux trempés. Je ferai tout ce qui est en mon pouvoir pour qu'elle me pardonne, si elle a quelque chose à me reprocher... Mais pour l'amour du ciel, qu'est-ce que vous attendez pour lui dire que vous l'aimez ?

— Qui vous dit que je l'aime ? rétorqua McNab, interloqué. Je veille sur elle, c'est tout.

— Écoutez, de toute évidence, vous pensez que Delia et moi avons...

Louise lui coupa la parole.

— Ian, je suis navrée si je suis la cause de cette histoire. Ce n'était pas prévu.

— Je ne vous ai rien reproché.

— Je suis autant à blâmer que Charles. Nous... nous voulons tenter notre chance ensemble. Vous voyez ce que je veux dire ?

— Donc, Peabody ne figure plus dans le tableau.

— Je suis désolé, murmura Charles. J'espère qu'elle comprendra. Que nous resterons amis. C'est une femme merveilleuse. Je ne la mérite pas.

— Là-dessus, vous avez raison, grommela McNab en se relevant péniblement. Quoi qu'il en soit, vous avez intérêt à vous expliquer avec elle.

— Vous pouvez compter sur moi. Je vais vous chercher une serviette.

— Je n'ai pas besoin de votre serviette à la noix.

— Dans ce cas, acceptez un petit conseil, riposta Charles. La voie est libre, empruntez-la.

— Ouais, c'est ça.

Sur ces mots, McNab sortit.

— Eh bien, je ne m'attendais pas à ça, commenta Charles.

— Ta lèvre saigne, remarqua Louise qui s'approcha pour la lui tapoter avec un mouchoir en papier.

— Je suis trempé, moi aussi.

— En effet.

— Il m'a défoncé les côtes.

— Viens, je vais t'examiner. Tu vas te déshabiller, et je vais panser tes plaies. Cette fois, c'est moi, la professionnelle.

— J'adore jouer au docteur, Louise… Tu sais, Delia et moi… J'ai une grande affection pour elle, mais nous n'avons jamais été amants.

— Je m'en doutais. Je n'en reviens pas que tu aies failli l'avouer à Ian.

— Nous sommes amis, insista-t-il. Delia est la meilleure amie que j'aie jamais eue.

— Et tu lui as rendu un fier service. Allez, viens avec le Dr Louise, murmura-t-elle en le prenant par la taille. C'est adorable, cette façon qu'il a eue de vouloir la protéger.

— Adorable, répéta Charles, qui voyait encore des étoiles. Il croit que je couche avec elle, et ça l'énerve. Ensuite, il est convaincu que je ne couche plus avec elle, et ça l'énerve encore plus. Du coup, il vient ici me rectifier le portrait. Si tu trouves ça adorable…

— C'est une question de point de vue. Déshabille-toi. La première visite à domicile est gratuite.

16

Sur le trottoir devant l'immeuble de Stefanie Finch, Eve s'accorda quelques instants de répit pour faire le tri dans ses pensées.

— Peabody, vous croyez qu'il va pleuvoir ?

Celle-ci huma l'air.

— Non, lieutenant. Je sens une certaine humidité. Il devrait faire chaud et lourd, demain.

— Je ne voudrais pas qu'un orage vienne tout gâcher.

— Dallas, si on le coince demain sans lui tendre de piège, on ne pourra que l'accuser de possession de drogues illicites. En admettant qu'il en ait sur lui.

— Il en aura, rétorqua Eve. Et nous avons l'appât.

Peabody jeta un coup d'œil vers le bâtiment.

— Vous ne lui avez pas dit de se rendre au rendez-vous.

— Non. Parce que c'est moi qui irai à sa place.

— Vous ? s'exclama Peabody, stupéfaite. S'il n'a pas changé sa façon d'opérer, nous pouvons supposer qu'il sait à quoi elle ressemble. Or, vous n'avez rien de commun avec elle. Vous avez à peu près la même taille, certes, mais vous n'avez ni le même teint ni les mêmes traits. De surcroît, et sans vouloir vous offenser, elle a plus de poitrine que vous.

— À 13 heures demain, je pourrai me faire passer pour elle. J'appelle Mavis.

Le visage de Peabody s'éclaira.

— Ah, ça, c'est une idée géniale !

— Si on veut. Ce n'est pas vous qui allez devoir écouter ses sermons et ceux de Trina sur la manière dont j'épile mes sourcils et autres futilités de ce genre. Et je serai sans doute obligée d'accepter un traitement complet après l'opération. Je sais comment elles fonctionnent.

— Vous êtes formidable, lieutenant ! Vous vous sacrifiez pour la bonne cause.

— Effacez ce sourire de vos lèvres, agent Peabody.

— J'efface, lieutenant.

— Nous disposons de quatorze heures pour tout préparer. Rentrez chez vous, reposez-vous. Vous vous présenterez chez moi à 6 heures précises. En tenue de ville. Entrez en contact avec Feeney et McNab, mettez-les au courant. Je vais essayer de joindre le commandant chez lui. Je parie que c'est sa femme qui décrochera, ajouta-t-elle avec un soupir.

Eve se glissa derrière le volant de sa voiture, enclencha le système de pilotage automatique, attacha sa ceinture. Le moteur vrombit, puis se tut.

Elle fixa le tableau de bord d'un regard furieux.

— Ce n'est pas normal ! s'écria-t-elle. Je suis un gradé. Je mérite un véhicule digne de ce nom. Ordinateur, diagnostiquer le système de pilotage automatique.

L'utilisation non autorisée de ce véhicule est un acte illégal passible de cinq ans de prison et d'une amende de cinq mille dollars. Si vous n'êtes pas autorisé à utiliser ce véhicule, veuillez en descendre immédiatement. Si vous y êtes autorisé, veuillez vous identifier. Tout défaut d'identification entraînera la fermeture automatique des issues et alertera la patrouille la plus proche.

Eve vit rouge.

— Tu veux que je m'identifie ? Je vais m'identifier, espèce d'imbécile. Dallas, lieutenant Eve. Code d'utilisation zéro cinq zéro six un Charlie. Je suis armée et dangereuse, et d'ici cinq secondes, je vais dégainer et t'exploser les circuits.

Toute tentative de vandalisme sur ce véhicule donnera lieu à…

— La ferme, pauvre crétin, vérifie mon identité !

Vérification en cours… Identité et code corrects, Dallas, lieutenant Eve.

— Formidable. Et maintenant, le diagnostic.

Recherche en cours… Le système de pilotage automatique de ce véhicule est défectueux. Voulez-vous prévenir la maintenance ?

— La maintenance, je l'envoie au diable. Et ne me dis pas que cela risque d'entraîner une peine d'emprisonnement et/ou une amende, parce que ça vaudrait vraiment le coup. Mode manuel !

En cours… le système de climatisation est défectueux. Voulez-vous prévenir la maintenance ?

Fulminant, Eve baissa sa vitre et démarra comme une furie. Elle préféra ne pas utiliser le vidéocom de bord, et sortit son communicateur personnel.

Ce fut Mme Whitney qui décrocha, comme prévu.

— Je suis navrée de vous déranger chez vous, madame Whitney, mais il faudrait que je parle au commandant.

— Il est plus de 23 heures, lieutenant. Ça ne peut pas attendre demain ?

— Hélas, non, madame. C'est impossible.

— Un instant.

Eve dut patienter, sur un air mièvre de violons et de flûtes, tout en se faufilant dans les embouteillages.

— Whitney.

— Je suis désolée de vous ennuyer, commandant, mais il y a du nouveau.

— Je suis toujours heureux d'apprendre de bonnes nouvelles.

— Je viens d'interroger Stefanie Finch. Elle a rendez-vous avec son correspondant demain à 13 heures. Au parc de Greenpeace.

— Il opère de jour, à présent ?

— Ça colle avec son profil, commandant. Il fait grimper les enchères. Finch accepte de coopérer. Elle est d'accord pour rester chez elle. J'ai posté deux agents devant son appartement vingt-quatre heures sur vingt-quatre. Si elle n'a pas envoyé de mail au suspect demain à midi, c'est que la rencontre est maintenue. Je vais y aller à la place de Finch.

— Elle vous ressemble ?

— Nous avons à peu près la même taille et la même carrure. Pour le reste, je me débrouillerai. J'ai des dossiers à étudier, mais je pense pouvoir tenir jusqu'à ce qu'il me donne la drogue. Il me la met dans la main, commandant, et on le prend en flagrant délit.

— De quoi avez-vous besoin ?

— Il me faudrait six flics en civil en plus de mon équipe, positionnés en des lieux stratégiques. Je déciderai des emplacements tout à l'heure. Je serai équipée d'un microphone. Feeney et un informaticien de son choix prendront place à bord d'un véhicule de surveillance. Il faudrait aussi prévoir des voitures supplémentaires, ainsi qu'un hélico, au cas où il m'échapperait. Je souhaite sélectionner moi-même les participants à l'opération et les réunir chez moi à 8 heures. Je veux que tout le monde soit en poste à 11 heures.

— Pas de problème. Tenez-moi au courant. Qu'est-ce que c'est que ce bruit infernal ?

— Ma clim' ne marche pas, commandant.

— Prévenez la maintenance.

Elle grinça des dents.

— Oui, commandant.

En arrivant chez elle, elle fonça directement dans le bureau de Connor.

— Tu peux te procurer des explosifs ?

Il leva les yeux de son écran, prit tranquillement le verre de cognac à ses côtés.

— Probablement. Qu'est-ce qui te ferait plaisir ?

— Tout ce qui serait susceptible de réduire en miettes cette abomination garée devant le perron.

— Ah !

Il sirota une gorgée d'alcool.

— Encore un problème de voiture, lieutenant ?

— Tu souris ? Tu as l'audace de sourire ? Parce que si c'est le cas...

Elle remonta les manches de son chemisier.

— Mmm, la violence, ronronna-t-il. Tu sais combien ça m'excite.

— Grrr !

— Eve, ma chérie, pourquoi ne pas la confier à mes mécaniciens ? Ou, mieux, choisir ce qui te plaît dans le garage ?

— Ce serait une façon de baisser les bras, et il n'en est pas question. Ces andouilles de la maintenance ne gagneront pas. Tout cela pour te prévenir que Mavis et Trina ne vont pas tarder à arriver. Leonardo aussi, sans doute. Ils passeront la nuit ici.

— C'est une soirée pyjama ? On pourra faire une bataille de polochons ?

— Décidément, tu es en verve. Tu veux savoir où j'en suis, ou tu préfères fantasmer sur des femmes en nuisette se bagarrant avec des oreillers ?

— Devine.

Elle se laissa tomber sur un siège et lui raconta tout.

Tandis qu'elle parlait, il ramassa le chat et se mit à le caresser. Les yeux rivés sur sa femme, il l'écoutait avec attention. Il savait qu'elle ne se contentait pas de lui exposer son plan. Elle l'affinait, en cherchait les failles éventuelles. Tous deux savaient qu'il suffisait d'une variable infime pour déséquilibrer une opération aussi périlleuse.

— Certains hommes, déclara-t-il lorsqu'elle eut terminé, des hommes moins magnanimes que moi, refuseraient que leur épouse partage un pique-nique dans un parc en compagnie d'un autre homme.

— Je te rapporterai une portion de salade de pommes de terre.

— Je savais bien que je pouvais compter sur toi. Tu dis que Feeney aura quelqu'un avec lui à bord du véhicule de surveillance. Il me semble qu'on devrait le convaincre de choisir un expert civil.

— C'est une initiative de la police de New York, lui rappela-t-elle. Ta présence est inutile. D'ailleurs, tu as ton travail.

— C'est vrai, mais j'aime tellement te voir à l'œuvre.

Il gratta Galahad derrière les oreilles, et ce dernier se mit à ronronner de plaisir.

— Si on laissait Feeney en décider ? suggéra-t-il.

— Je t'interdis de le soudoyer.

Connor haussa les sourcils, ahuri.

— Franchement, lieutenant, tu me vexes. Si je m'offusquais facilement, je me garderais de te dire que j'ai trié, recoupé et indexé tes données.

— Ah oui ? Voyons ça.

Elle se leva pour le rejoindre devant la console. Il enfonça une touche, posa le chat et la prit sur ses genoux.

— Pas de blagues, grommela-t-elle.

Il lui mordilla l'oreille.

— Promis… Tu vois à l'écran trois membres de l'équipe, parents de garçons qui ont aujourd'hui entre vingt et trente-cinq ans. Ce qui donne vingt-huit possibilités. Si on y ajoute les petits-enfants et les cousins dans la même tranche d'âge, ça en fait quinze de plus.

— Donc, quarante-trois possibilités. Avec ça, on peut travailler.

— Cependant…

Il la gratifia d'un baiser dans le cou.

— … en concentrant la recherche sur les membres du personnel sanctionnés, remerciés ou cités lors de procédures civiles, on tombe à dix-huit. J'ai pensé que tu voudrais attaquer par là. Écran quatre.

— Continue comme ça, et le commandant va te proposer un poste, commenta Eve.

— N'essaie pas de me fiche la trouille.

— Élimine ceux qui ont plus de trente ans. Je parie qu'il est plus jeune que ça.

— Restent huit, annonça-t-il.

— Parfait. On y va.

— Ordinateur, afficher toutes les données concernant les individus figurant sur l'écran quatre.

Recherche en cours...

— Ça va prendre une ou deux minutes, prévint Connor en lui caressant la gorge.

— Tu n'es pas autorisé à séduire la responsable de l'enquête pour le moment.

— Je suis très doué pour contourner le règlement, souffla-t-il avant de réclamer ses lèvres.

— Waouh ! s'exclama une voix féminine. Ils ont toujours l'air tellement amoureux !

Mavis Freestone se tenait sur le seuil de la pièce, perchée sur des semelles compensées de dix centimètres. Ses bottes rose bonbon lui remontaient jusqu'à mi-cuisse. Ses cheveux, de la même couleur, semblaient jaillir de son crâne.

Des piercings en diamants aux coins de sa bouche ajoutaient à l'éclat de son sourire.

À ses côtés, Trina, sa chevelure ébène coiffée en un chignon de trente centimètres de haut, gloussa :

— Si ça fait partie des petits plus du métier, je veux un badge.

Eve enfonça les ongles dans le bras de Connor.

— Ne me laisse pas tomber, chuchota-t-elle.

— Sois courageuse, l'exhorta-t-il sur le même ton. Bonsoir, mesdames.

— Leonardo avait des trucs à faire, il passera plus tard, annonça Mavis en s'avançant de sa démarche de gazelle. Summerset nous a proposé un en-cas, et nous a dit de monter directement. On a toutes sortes d'idées pour toi, Dallas.

L'estomac d'Eve se noua.

— Youpi, fit-elle d'une voix morne.

— Où veux-tu qu'on s'installe ? s'enquit Trina tout en l'examinant de son œil de lynx.

— Dans mon bureau. Ceci est une consultation officielle, précisa-t-elle.

— Comme tu voudras, répliqua Trina en faisant claquer son chewing-gum. Montre-moi ce que tu veux, je m'occupe de tout.

Dans son bureau, Eve afficha la photo d'identité officielle de Stefanie Finch à l'écran. Elle retint un cri quand Trina prit son visage entre ses mains. Des mains dotées d'ongles en saphir longs de deux centimètres.

— Hum, fit Trina en fronçant les sourcils. Tu sais, la teinture sur lèvres, ce n'est pas un crime, dans cet État. Tu devrais essayer.

— J'ai été débordée.

— Tu l'es toujours. Tu ne t'es pas servie du gel pour les yeux que je t'avais donné. Tu as bien une minute deux fois par jour à consacrer à tes yeux, non ? Tu veux avoir des poches et des rides ? Tu es mariée avec l'homme le plus beau de la planète, tu tiens à ce qu'il te voie avec des poches et des rides ? Qu'est-ce que tu feras quand il te lâchera pour une femme qui prend soin d'elle ?

— Je le tuerai.

Trina s'esclaffa.

— C'est plus facile de mettre le gel. J'ai besoin d'une photo de toi, à côté de l'autre. Avant qu'on attaque, je vais devoir télécharger un logiciel de morphologie.

— Bien sûr !

Trop contente de ce répit, Eve se précipita vers l'ordinateur.

— Des boulettes de viande ! s'écria Mavis. Trop génial !

Elle en attrapa une, alors que Summerset passait devant elle avec un plateau.

— Summerset, vous êtes une perle !

Il la gratifia d'un sourire radieux.

— Si vous avez besoin de quoi que ce soit d'autre, n'hésitez pas. L'autochef est rempli.

— Vous devriez rester, lança Mavis en engloutissant une deuxième boulette. Nous allons transformer Dallas en quelqu'un d'autre.

Le sourire de Summerset devint amer.

— Ce serait la réponse à mes prières. Bien que très tenté, je préfère cependant vous laisser travailler en paix.

— Quel farceur ! commenta Mavis lorsqu'il eut disparu.

— Il me fait hurler de rire, railla Eve. Tiens, Trina, voilà mon portrait. Je passe à côté vérifier un dossier. Appelle-moi quand tout sera prêt.

Elle rejoignit Connor, qui lui tendit une tasse de café.

— Je suppose que tu aurais préféré quelque chose de plus fort.

— Elle a *trois* mallettes, annonça-t-elle, la mine défaite, après l'avoir remercié. Trois mallettes bourrées d'instruments de torture ! Je devrais demander une prime de risque… Alors ? Qu'est-ce que ça donne ?

Se penchant sur le bureau de son mari, elle étudia les images et les données.

Médecins, avocats, étudiants, ingénieurs… Impressionnant, songea-t-elle. Elle en repéra un, actuellement au chômage, et qui avait un casier judiciaire pour possession de produits illicites.

— Ce n'est pas un fou du boulot, marmonna-t-elle pour elle-même. Ce n'est pas quelqu'un qui supporte des services de huit heures d'affilée. Il a de l'argent, et il a besoin de temps pour exercer son hobby. Peut-être qu'il vit sur ses rentes… Oh ! Stop ! Ordinateur, zoom sur cette photo.

Elle se rapprocha de l'écran. Et fixa le regard de Kevin Morano.

— Celui-là, je connais ces yeux. Oui, c'est bien toi, Kevin. Voyons… Alors… maman a travaillé sur le projet.

Père inconnu. Elle était directrice des relations publiques. Aujourd'hui, elle possède sa propre affaire. Basée à Londres, bureaux à New York, Paris et Milan. Il est fils unique, et il est né treize mois après le démarrage du projet. Intéressant. C'est curieux, une directrice des relations publiques qui dépose une plainte pour harcèlement sexuel, la retire au bout de six semaines, puis accepte que le dossier soit scellé. Et repart avec un môme et de quoi monter son entreprise.

Elle se tourna brièvement vers Connor.

— Pour diriger une société internationale de ce genre, elle doit être plutôt sophistiquée, chic.

— Sans doute.

— Elle met au monde un enfant puis, après un petit scandale sur son lieu de travail, elle fonde son entreprise.

— McNamara & Co ont dû lui verser une coquette somme, supposa Connor.

Eve opina.

— Mais pourquoi mener sa grossesse à terme ? Pourquoi donner naissance au bébé ?

— Elle en avait peut-être envie.

— Pour quoi faire ? Elle l'a mis en pension quand il avait trois ans. Que des écoles privées, huppées. Et je te parie que les trois premières années, il avait une nurse. Elle n'a pas monté son affaire en changeant des couches.

— Certains parents y parviennent.

— Je me demande bien comment. Enfin, si elle avait l'instinct maternel, elle ne l'aurait pas expédié en pension alors qu'il suçait encore son pouce.

— Je suis d'accord avec toi, concéda Connor, bien que notre expérience en ce domaine soit plutôt limitée. Il se pourrait qu'elle ait été payée pour aller jusqu'au bout de sa grossesse, justement.

— Une façon comme une autre de prolonger le projet, marmonna Eve. Les résultats à long terme. Je sens que je vais avoir une discussion passionnante avec le Dr McNamara, demain. Morano a fait des études poussées en ingénierie informatique. C'est lui. C'est notre cybercinglé. Il me faudrait la photo du vidéodisque de sécurité, dossier Monica Cline.

Derrière elle, Connor s'activa sur son clavier.

— Tu as un logiciel morphologique, dans ta machine ?

— Oui. Un instant...

Devinant ses pensées, Connor s'était déjà mis au travail. Il commença par les cheveux, en collant la toison cuivrée du tueur sur le crâne de Kevin. Il modifia la forme du visage, sculpta les pommettes, allongea la mâchoire. Puis il fonça le teint.

— C'est magique ! s'exclama Eve. Malheureusement, ça ne passera pas devant un tribunal. Les avocats n'en voudront pas. Monica aura beau leur dire qu'il s'appelait Kevin, ils rétorqueront qu'elle était droguée et blablabla. Mais c'est lui. Mêmes yeux. Les lentilles ne dissimulent pas tout. Parce qu'il a un regard vide. Ordinateur, copier et sauver fichier. Morano, Kevin, afficher données. Qui es-tu, Kevin ?

Morano, Kevin, né le 4 avril 2037. Cheveux châtains, yeux bleus. Taille, un mètre quatre-vingts. Poids, soixante-quinze kilos. Domiciles à New York et à Londres, Angleterre. Situation professionnelle : programmateur informatique en free-lance. Scolarité : école d'Eastbridge. école de Mansville. Harvard. Diplôme avec mention très honorable, 2058. Pas de fratrie. Situation familiale : célibataire. Pas de casier judiciaire.

— Il a vingt-deux ans, dit Eve. Seulement vingt-deux ans. Comme le petit-fils de McNamara, qui est allé à Mansville, puis à Harvard, en médecine. Diplômé avec mention très honorable en 2058. Pas de fratrie. Mais je parie que, pour lui, Kevin est comme un frère. Je vais consulter son fichier.

Mavis surgit sur le seuil.

— Dallas ? Nous sommes prêtes.

— J'arrive ! répondit Eve, tandis que les informations concernant Lucias apparaissaient sur l'écran.

Tiens, presque la même taille et le même poids. Trouve-moi la photo dans le dossier de Grace Lu…

— Ça y est.

— C'est le plus malin des deux, déclara-t-elle en étudiant les deux clichés côte à côte. Il cache mieux son jeu. Il est plus intelligent, plus sûr de lui. C'est lui qui domine.

Quand Trina surgit à son tour, Mavis lui fit signe de se taire.

— Elle bosse. C'est trop génial de la voir au boulot.

— Je peux retourner Kevin, continua Eve. Oui, je le coince demain, je l'enferme au central, et je le cuisine jusqu'à ce qu'il craque. Il dénoncera son copain.

Elle fit quelques pas, s'immobilisa.

— Je pourrai peut-être obtenir un mandat dès ce soir, les prendre tous deux par surprise. Mais si leur labo n'est pas sur les lieux, s'ils ne travaillent jamais chez eux, ils risquent d'avoir le temps d'éliminer les preuves avant que je les découvre.

— Tu as l'ADN des deux victimes, lui rappela Connor.

— Je ne peux pas les obliger à me soumettre un échantillon de leur ADN à moins de les inculper, et je n'ai pas de quoi les inculper pour l'instant. Si j'obtiens leurs empreintes ou leur ADN sans autorisation, ça me retombera dessus au procès. Non. On attend demain, décida-t-elle.

— Elle est formidable, non ? chuchota Mavis à Trina.

— Oui, et elle ferait mieux de se dépêcher.

Eve leur fit face, vaguement effrayée.

— Vous savez, ce n'est qu'un essai. Et c'est provisoire. Allez-y doucement.

— Entendu. Enlève ce chemisier. On va commencer par la poitrine.

— Mon Dieu, protégez-moi.

Pendant qu'Eve se faisait augmenter les seins, Peabody se détendait en avalant un pot entier de glace. Arrosé de coulis au chocolat, ce n'était pas mauvais du tout.

Elle lava soigneusement sa cuiller, afin qu'elle ne lui rappelle pas, au lever, à quel point elle manquait de volonté. Elle s'apprêtait à éteindre son écran mural, lorsqu'on sonna.

Si c'était un voisin venu se plaindre du bruit dans un autre appartement, elle lui conseillerait d'appeler les flics. Elle n'était pas en service, qu'on lui fiche la paix!

L'œil collé au judas, elle retint un cri. Elle déverrouilla sa porte, l'ouvrit, et fixa McNab, les yeux écarquillés. Il avait la lèvre enflée, un œil au beurre noir. Et il était trempé.

— Qu'est-ce qui t'est arrivé?

— Un incident, grogna-t-il. J'aimerais entrer.

— J'ai essayé de te joindre. Je suis tombé sur ta messagerie.

— J'étais occupé. Et je n'étais pas en service, bon sang!

— D'accord, d'accord, murmura-t-elle en s'effaçant. On a rendez-vous demain à 6 heures précises. Il y a du nouveau. On a prévu une opération. Dallas...

— Je ne veux pas en entendre parler pour l'instant, coupa-t-il. Je le saurai bien assez tôt.

— Comme tu voudras, fit-elle, conciliante. Mais... tu pues! Qu'est-ce que tu as bu?

— Ce dont j'avais envie. Tu vas me lâcher, oui?

— Écoute, c'est toi qui débarques ici, mouillé et empestant l'alcool. J'allais me coucher. Je suis fatiguée.

— Très bien. Va te coucher. D'ailleurs, je me demande bien pourquoi je suis venu.

Il tourna les talons, ouvrit la porte, la referma brutalement.

— Je suis passé chez Monroe, lâcha-t-il. On s'est battus.

— Comment ça, tu… *Quoi ?* Tu t'es battu avec Charles ? Tu es complètement fou ?

— Tu t'imagines peut-être qu'il n'y a rien entre nous, mais tu te trompes. Oui, c'est ça, tu te trompes. Et quand je le vois agiter Dr Blondasse sous ton nez, ça m'énerve. D'après moi, tu ne t'en porteras que mieux, mais je n'ai pas apprécié la manière dont il t'a jetée.

— La manière dont il m'a jetée, répéta Peabody, stupéfaite.

— Quand on rompt avec quelqu'un, on le fait comme il faut. Il va te présenter ses excuses.

— Me présenter ses excuses ?

— À quoi tu joues, à l'écho ?

Elle s'assit.

— C'est Charles qui t'a mis dans cet état ?

— Il a réussi à placer quelques coups, reconnut-il. Cela dit, il n'est pas beaucoup plus présentable que moi.

— Pourquoi es-tu trempé ?

— Dr Blondasse Dimatto était avec lui. Elle nous a versé un seau de flotte sur la tête.

Il fourra les mains dans ses poches et arpenta la pièce de long en large tandis que Delia s'asseyait.

— J'aurais remporté le round si elle n'était pas intervenue, assura-t-il. Il n'aurait pas dû te traiter ainsi.

Peabody faillit lui dire qu'elle n'avait rien à reprocher à Charles, mais elle eut la sagesse de se raviser. Elle n'était pas la fille de sa mère pour rien.

— Ça n'a aucune importance, murmura-t-elle en baissant les yeux, pour cacher sa jubilation.

McNab et Charles se battant pour elle. C'était trop drôle.

— Tu parles ! répliqua-t-il. En tout cas, si ça peut te consoler, il s'en veut énormément.

— C'est un gentil garçon, Ian, je t'assure. Il ne ferait pas de mal à une mouche.

Il s'agenouilla devant elle.

— J'aimerais qu'on se remette ensemble.

— On était ensemble hier soir.

— Pas au lit. Ensemble. Autrement.

Sur ses gardes, elle s'écarta légèrement.

— Comment ça, autrement ?

— On pourrait sortir, aller au théâtre, au restaurant. Je ne veux pas que tu fréquentes quelqu'un d'autre, et réciproquement.

Elle sentit sa gorge se nouer.

— En somme, tu veux une relation sérieuse ?

Il s'empourpra, se releva maladroitement.

— Laisse tomber, j'ai trop bu.

— Oui !

— Oui, quoi ?

— Oui, je tenterais volontiers le coup.

— C'est vrai ? fit-il, sidéré.

— Oui.

— On formerait un vrai couple.

— Oui.

Elle sourit, et il se pencha vers elle pour l'embrasser.

— Aïe ! s'écria-t-il en portant la main à sa lèvre fendue. Tu n'as pas un truc pour soigner ça ?

— Bien sûr que si. Je vais chercher mon kit de premier secours.

Lorsqu'elle revint, un bulletin d'information affiché à l'écran attira son attention.

Le corps nu d'un homme, flottant sur l'East River, a été découvert ce soir par des dockers. La police n'a pas révélé la cause du décès, mais la victime a été identifiée. Il s'agirait du Dr Theodore McNamara.

— Enfer et damnation !

Peabody lâcha sa mallette et se précipita sur son vidéocom.

— J'aimerais qu'on se remette ensemble.

— On était ensemble hier soir.

— Pas au lit. Ensemble. Autrement.

Sur ces paroles, elle s'écarta légèrement.

— Comment ça, autrement ?

— On pourrait sortir, aller au théâtre, au restaurant. Je ne veux pas que tu fréquentes quelqu'un d'autre, et réciproquement.

Elle sentit sa gorge se nouer.

— En somme, tu veux une relation sérieuse ?

Lorsque Eve arriva, le corps avait déjà été transporté à la morgue. [illegible] le secteur était interdit. Baignant dans la lumière aveuglante des projecteurs de la police, les cordons de [illegible] et de barricades [illegible] la rue et la rivière.

Les journalistes se pressaient devant les barricades [illegible] d'une bonne [illegible] à la mode [illegible] était assourdissant, une cacophonie de cris, de questions et de suppositions.

Les policiers en uniforme faisaient office de vigiles. [illegible] pour ignorer les appels, prières et autres propositions malhonnêtes en échange d'une information. Mais Eve savait qu'au moins l'un d'entre eux finirait par craquer.

— Hé ! Dallas ! cria Nadine Furst en lui agrippant le bras. Que se passe-t-il ? Pourquoi vous a-t-on appelée sur les lieux ? Quel est votre lien avec Theodore McNamara ? [illegible]

— Je [illegible]

— Allons, allons, insista Nadine, impeccable comme toujours. On ne vous convoque pas pour chaque homicide commis dans la ville de New York.

Eve la foudroya du regard.

— Reculez, Nadine, vous m'empêchez de passer.

— D'accord, d'accord. Il paraît que ce serait un cambriolage qui aurait mal tourné. C'est votre avis ?

17

Lorsque Eve arriva, le corps avait déjà été transporté à la morgue, et l'accès à tout le secteur était interdit. Baignant dans la lumière aveuglante des projecteurs de la police, les entrepôts de béton et de brique se succédaient le long du quai, entre la rue et la rivière.

Les journalistes se pressaient devant les barricades tels des badauds pleins d'espoir devant une boîte de nuit à la mode. Le bruit était assourdissant, une cacophonie de cris, de questions et de supplications.

Les policiers en uniforme faisaient office de videurs. La plupart étaient assez intelligents pour ignorer les prières, promesses et autres propositions malhonnêtes en échange d'une information. Mais Eve savait que l'un d'entre eux finirait par craquer.

— Hé ! Dallas ! s'écria Nadine Furster en lui agrippant le bras. Que se passe-t-il ? Pourquoi vous a-t-on appelée sur les lieux ? Quel est votre lien avec Theodore McNamara ?

— Je suis flic. Il est mort.

— Allons, Dallas ! insista Nadine, impeccable comme à son habitude. On ne vous convoque pas pour chaque homicide commis dans la ville de New York.

Eve la foudroya du regard.

— Reculez, Nadine, vous m'empêchez de passer.

— D'accord, d'accord. Il paraît que ce serait un cambriolage qui aurait mal tourné. C'est votre avis ?

— Pour l'instant, je n'ai aucun avis. Et maintenant, ma chère, dégagez avant que je vous fasse arrêter pour obstruction.

Nadine s'écarta.

— C'est louche, chuchota-t-elle à son caméraman. Ça sent le scoop. Reste attentif. Je contacte ma source à la morgue. Surveille Dallas, ajouta-t-elle. Si elle est là, c'est que c'est important.

Eve se fraya un chemin entre les reporters et les curieux. La brigade criminelle était déjà à l'œuvre. Elle interpella un agent :

— Qui est chargé de l'enquête ?

— L'inspecteur Renfrew. Le petit aux cheveux châtains, costume marron et cravate, qui regarde l'eau comme si l'assassin allait en surgir.

Eve l'examina de loin.

— Je vois. Mettez-moi au courant.

— Deux dockers ont repéré le cadavre. Apparemment, ils prenaient leur pause syndicale. J'imagine qu'ils étaient en train de pisser dans la rivière. Ils ont appelé à 22 h 30. Celui qui a alerté les secours s'appelle Deke Jones. Le corps n'était pas là depuis longtemps, ou alors, les poissons ont perdu l'appétit. Blessures graves à la tête et au visage. Pas de vêtements, pas de bijoux, rien. On l'a identifié d'après ses empreintes. Il est parti il y a environ un quart d'heure.

— C'est votre secteur de patrouille, agent Lewis ?

— Oui, lieutenant. Mon partenaire et moi avons répondu à l'appel. Nous sommes arrivés sur la scène en moins de trois minutes. Les dockers s'étaient rassemblés comme des mouches, mais personne n'avait touché au corps. Ah, autre chose, lieutenant ! J'en ai parlé à l'inspecteur, mais ça n'a pas semblé l'intéresser. On aurait trouvé une voiture en feu à un kilomètre d'ici. Une berline de luxe, pas de passagers. Vu la force du courant, c'est probablement là-bas qu'on s'est débarrassé du colis.

— Merci, dit Eve. Renfrew ne va pas me faciliter la tâche, n'est-ce pas ?

— Oh, non, lieutenant ! Sûrement pas.

Eve n'était pas d'humeur à se montrer patiente ou diplomate. Malheureusement, elle n'avait guère le choix.

Renfrew pivota vers elle, la toisa, avant d'attaquer bille en tête :

— Personne n'a averti le central !

Elle le dominait d'au moins trois centimètres. Il se haussa légèrement sur la pointe des pieds pour compenser cette infériorité physique. Elle ne s'était pas trompée. Il allait lui donner du fil à retordre.

— Ce n'est pas le central qui m'envoie. Je n'essaie pas d'empiéter sur votre territoire, inspecteur Renfrew. Il se trouve seulement que votre victime est liée à une affaire sur laquelle j'enquête actuellement. Je pense que nous pourrions nous aider mutuellement.

— Je n'ai pas besoin de votre aide, et je n'ai aucune envie d'avoir le central sur le dos.

— Très bien. Dans ce cas, donnez-moi un coup de main.

— Vous êtes sur ma scène de crime, ce qui fait un badge de trop, déclara-t-il d'un ton sans réplique. J'ai du travail.

— Inspecteur, il faudrait que je sache où vous en êtes.

— Vous vous imaginez pouvoir jouer de votre autorité ? glapit-il en pointant le doigt sur elle. Vous débarquez comme une fleur juste pour qu'on vous voie à la télévision ? Détrompez-vous. Ici, c'est moi qui commande.

Eve envisagea un court instant de saisir l'index qu'il agitait sous son nez et de le plier, à l'envers, jusqu'à ce qu'il se brise. Elle parvint cependant à s'exprimer d'un ton calme.

— Mon but n'est pas de vous doubler, Renfrew. Ce que je veux savoir, c'est pourquoi un homme avec qui j'avais rendez-vous demain matin pour un interrogatoire officiel a fini dans la rivière. Tout ce que je vous demande, c'est un minimum de courtoisie et de coopération.

— Au diable la courtoisie et la coopération. Vous avez fait preuve de courtoisie et de coopération, il y a deux mois, quand vous avez littéralement déchiqueté le 128 ? Je ne collabore pas avec les flics qui dénoncent leurs collègues.

— J'ai l'impression que vous n'avez pas bien compris, Renfrew. Le 128 était dans un état lamentable, et un flic s'amusait à tuer ses collègues.

— C'est vous qui le dites, grogna-t-il.

— C'est moi qui le dis, en effet. Et, en ce moment, quelqu'un s'amuse à tuer des jeunes femmes qui s'attendent à passer une soirée agréable en bonne compagnie. Votre affaire est liée à la mienne. De deux choses l'une : soit nous continuons à nous insulter, soit nous partageons nos informations afin d'en terminer au plus vite.

— Vous êtes sur un territoire qui relève de ma juridiction, s'entêta-t-il. C'est moi qui décide qui participe et qui ne participe pas. Je ne veux pas de vous. Allez-vous-en, sans quoi je vous obligerai à partir.

Eve enfonça les mains dans ses poches de crainte de céder à l'envie qui la taraudait de lui flanquer son poing dans la figure.

— Obligez-moi à partir, Renfrew.

Elle sortit son magnétophone de sa poche et l'accrocha au revers de sa veste.

— Obligez-moi, officiellement, à quitter une scène de crime vraisemblablement liée à l'enquête pour homicide en cours dont je suis chargée. Débarrassez-vous de moi, alors que je vous ai proposé tout à fait poliment un échange de renseignements susceptibles de nous aider sur ces deux dossiers.

Elle le fixa, patienta environ cinq secondes. Autour d'eux, les techniciens s'étaient immobilisés pour observer le spectacle.

— Agissez à votre guise, reprit-elle. Par la force si vous le souhaitez, mais réfléchissez aux conséquences. Pensez à tous ces journalistes qui n'attendent que cela, et à la manière dont vous justifierez un tel acte devant vos supérieurs.

— Éteignez cet appareil, siffla-t-il.

— Pas question. Dallas, lieutenant Eve, demande à Renfrew, inspecteur... Matthew, précisa-t-elle en lisant son badge, un rapport sur son enquête concernant le décès de Theodore McNamara, témoin et suspect potentiel dans une série d'homicides sur lesquels j'interviens en tant que chargée d'enquête.

— Vous lirez mon rapport quand il sera rédigé, décréta Renfrew. Pour l'heure, lieutenant Dallas, je n'ai rien à vous dire.

Sur ce, il tourna les talons et s'éloigna au pas de charge. Eve poussa un soupir, et interpella l'un des techniciens.

— Alors ?

— Alors, pas grand-chose. Le cadavre s'est pris dans des fils, sans quoi il aurait poursuivi sa course. Quant à Renfrew, c'est un imbécile. Il aurait dû envoyer une équipe sur le lieu de dépôt du corps, un peu plus haut.

— Heure du décès ?

— 17 h 40.

— Merci.

— La courtoisie et la coopération, j'en connais un rayon.

Apercevant Peabody, Eve la rejoignit.

— Suivez-moi, ordonna-t-elle en l'attirant à l'écart de la foule pour franchir les barricades dans l'autre sens. Renseignez-vous sur une berline de luxe qui a flambé, à un kilomètre en amont. Retrouvez le propriétaire.

— Bien, lieutenant.

Eve sortit son communicateur, puis remarqua McNab.

— Que vous est-il arrivé ?

— Une légère altercation, marmonna-t-il en effleurant son œil au beurre noir, l'air penaud.

— Peabody, c'est vous qui avez cogné McNab ?

— Non, lieutenant.

— Puisque vous êtes là, occupez-vous du véhicule en flammes. Peabody, approchez les premiers agents arrivés sur les lieux, Lewis et son partenaire. Surtout, évitez le chargé d'enquête. C'est l'inspecteur Renfrew, un crétin de première.

— Vous avez frappé le crétin de première, lieutenant ?

— Non, mais il s'en est fallu de peu.

Elle brancha son communicateur. Le médecin légiste lui répondit d'une voix ensommeillée.

— Oh, Morris ! Je vous réveille ?

— Quoi ? Ce n'est pas parce que vous ne dormez jamais que les autres n'y ont pas droit, j'espère ? Quelle heure est-il ?

— L'heure de rendre service à une amie.

Elle grimaça, tandis qu'à l'écran elle le voyait se redresser dans son lit.

— Que puis-je pour vous ?

— Vous avez une victime à la morgue. McNamara, Theodore.

— Le Dr Theodore McNamara ?

— En personne.

Morris siffla.

— Puisque c'est vous que j'ai au bout du fil, dit-il, j'en déduis qu'il n'est pas décédé de mort naturelle.

— On vient de le sortir de l'East River et, à mon humble avis, ce n'est pas lui qui avait décidé de s'offrir un petit bain de minuit.

— Si vous voulez que je vous le fasse passer en priorité, c'est du gaspillage. À grand personnage, grand traitement.

— Ce n'est pas le problème. Je ne suis pas responsable de cette enquête, mais McNamara est lié à mes homicides sexuels. J'ai bavardé avec lui cet après-midi, et il devait se rendre demain matin au central pour un entretien officiel. Il me faut le rapport d'autopsie au plus vite.

— Votre collègue inspecteur ne peut pas vous en fournir une copie ?

— Figurez-vous qu'il ne m'aime pas. Ce qui me blesse profondément, précisa-t-elle, ironique.

— Qui est-ce ?

— Matthew Renfrew.

— Ah ! Un petit chef, mesquin, désagréable et borné.

— C'est ça.

— Bon. Je vais jeter un coup d'œil sur le défunt. Je vous tiens au courant.

— Merci, Morris. Je vous revaudrai ça.

— Je m'en réjouis d'avance.

Elle avait le dos tourné aux journalistes, mais l'oreille aux aguets. N'ayant glané aucune information nouvelle, la plupart d'entre eux commençaient à se disperser.

McNab la rejoignit.

— Éloignons-nous, conseilla-t-elle. Je ne veux surtout pas que ces requins nous entendent. S'ils établissent un lien entre cette affaire et les miennes, nous perdrons le peu d'avance que nous avons.

— C'était la berline de McNamara, expliqua McNab. Carbonisée. Les techniciens ont relevé des traces de RD-52. Une sorte d'acide inflammable qui vous bouffe le métal en moins de deux. Un témoin a assisté à l'explosion et a eu la présence d'esprit de relever le numéro de la plaque. Cinq, dix minutes de plus, et on aurait été bredouilles.

— Malins, mais pas tout à fait assez. Ils auraient dû éliminer l'immatriculation en premier. Les petites erreurs s'accumulent, murmura-t-elle. Un cambriolage, tu parles ! Je parie que McNamara a rendu une petite visite à son assassin juste après notre conversation.

— Je mise avec vous.

— Si Renfrew était moins stupide, on pourrait clore le dossier cette nuit. Dunwood ignore que l'inspecteur chargé de l'enquête est un incompétent. Celui-ci va prévenir les proches, ce qui se réduit à l'épouse. Il n'y a aucune raison pour qu'il aille chez le petit-fils. Ce qui ne m'empêchera pas, moi, de lui rendre visite pour lui présenter mes sincères condoléances. Lucias Dunwood. Dénichez-moi son adresse. On va le bousculer un peu.

— Entendu.

Ils se séparèrent, et Eve appela chez elle.

— Salut ! lança-t-elle en s'efforçant de sourire devant l'image de Connor. Elles sont toujours là, j'imagine ?

Sur fond d'éclats de rire tonitruants et de musique assourdissante, Connor haussa les épaules.

— Je suis désolée de t'avoir abandonné ainsi, reprit-elle. Tu devrais peut-être t'enfermer dans une pièce. Elles ne te retrouveront jamais, c'est si grand.

— J'y songe. Je suppose que tu vas me dire que tu en as encore pour un certain temps ?

— C'est compliqué. Si je ne résous pas l'affaire ce soir, j'aurai besoin de Mavis et de Trina demain. C'est peut-être elles que tu devrais enfermer.

— Ne t'inquiète pas pour elles. Elles ne vont pas tarder à sombrer dans l'inconscience.

— Attends, ne quitte pas…

Elle se tourna vers McNab.

— Quoi ?

— J'ai l'adresse, mais elle est fausse.

— Comment ça, fausse ?

— L'adresse sous laquelle est inscrit Lucias Dunwood est le *Fun House*, à Times Square. Je connais cet endroit, j'y vais souvent. C'est un immense cybercentre récréatif. Il n'y a pas d'appartements.

— Il aime le jeu… Poussez-vous un peu, McNab… Connor…

— Tu veux que je te dégote l'adresse de Dunwood ?

— McNamara devait l'avoir. Malheureusement, je n'aurai pas accès à ses fichiers, parce que le responsable de l'enquête joue les grands méchants loups.

— Je vois.

Connor se déplaçait déjà.

— Je pourrais demander une autorisation spéciale

à Whitney, continua-t-elle, mais c'est risqué. En outre, je passerais pour une rapporteuse.

— Mmm...

— Je pourrais m'adresser à Feeney, qui se débrouillerait pour obtenir le mandat par la DDE, mais j'ai déjà tiré une personne du lit... voire plus, ajouta-t-elle en jetant un coup d'œil à McNab.

— Et moi, je ne suis pas couché, renchérit Connor.

— En effet. D'un point de vue purement technique, je pourrais accéder à certaines données, dans la mesure où McNamara est un suspect. Mais comment savoir si ces données contiennent son répertoire ? De toute manière, je n'aurais pas le feu vert avant demain, et...

— Pourquoi perdre un temps précieux ? l'interrompit Connor. Tu la veux, cette adresse, ou tu préfères te justifier encore un peu ?

Surprise, elle constata qu'il avait profité de son discours pour monter à son bureau.

— L'adresse.

Il la lui dicta.

— Euh... lieutenant ? C'est tout près d'ici ? Peut-être que tu pourras rentrer ensuite, avant que je ne perde la tête ?

— Je ferai de mon mieux.

Elle coupa la transmission, fit signe à McNab.

— Appelez Peabody. On file.

Elle avait presque atteint sa voiture, quand elle vit Nadine qui examinait ses ongles, appuyée au capot.

— Vous êtes adossée à un matériel qui appartient à la ville, lui rappela Eve.

— Tout de même, ils pourraient vous fournir des véhicules un peu moins moches.

— Dès que j'en aurai l'occasion, j'en discuterai avec mon sénateur.

— À en croire les rumeurs, l'inspecteur Renfrew et vous-même avez eu une petite querelle de pouvoir, attaqua Nadine.

— Les rumeurs, c'est votre domaine.

— Dans ce cas, ça ne vous intéresse pas de savoir que, toujours selon les rumeurs, Renfrew est un imbécile et que vous avez été impitoyable avec lui.

Nadine repoussa sa longue chevelure blonde.

— En revanche, poursuivit-elle, vous serez peut-être intéressée par l'une de mes déductions – les déductions étant votre domaine. Je pense que le Dr Theodore McNamara a joué un rôle dans les meurtres sur lesquels vous enquêtez actuellement, qu'il n'a pas du tout été victime d'un cambriolage, que vous savez plus ou moins qui lui a défoncé le crâne en fin d'après-midi. Et que cette personne pourrait avoir le rôle-titre dans vos homicides.

— Ça fait beaucoup de déductions, Nadine.

— Vous confirmez ?

D'un geste discret, Eve l'invita à la suivre à l'écart. Quand le caméraman fit mine de leur emboîter le pas, elle l'arrêta d'un regard glacial.

— Attends-moi, ordonna Nadine. Il fait son boulot, Dallas.

— Comme nous tous. Éteignez votre magnétophone.

— Quel magnétophone ?

— Pas de blagues, Nadine. Sinon, je ne vous dirai rien.

Nadine poussa un soupir de pure forme et coupa son micro.

— Officieusement...

— Vous n'annoncerez rien sur les ondes avant que je vous y autorise, avertit Eve.

— J'aurai droit à un face-à-face ?

— Nadine, je n'ai pas le temps de négocier. Il se peut qu'une quatrième jeune femme soit morte ce soir, mais qu'on ne l'ait pas encore trouvée. Faites part de vos déductions au grand public, et on pourrait en avoir une cinquième sur les bras demain.

— D'accord, acquiesça Nadine. Motus.

— McNamara est impliqué. Je lui ai parlé cet après-midi. Il n'a pas été très aimable. Je crois qu'il connaissait ou suspectait l'identité du meurtrier. Je pense qu'il est allé le trouver après notre rencontre, et que c'est pour cette raison qu'il a fini dans la rivière.

— Ce qui confirme mes déductions.

— Je n'ai pas fini. Je pense que l'origine de ces meurtres remonte au projet entrepris par J. Forrester et les Pharmaceutiques Allegany, il y a vingt-cinq ans. Sexe, scandales, abus de drogues, corruption, dissimulations. Creusez la question, et vous aurez quelques trains d'avance sur les autres médias.

— McNamara était-il directement impliqué dans ces meurtres ?

— Il s'est démené autrefois, dépensant sans compter son temps, son énergie et son argent à couvrir ses activités criminelles. Il a refusé de coopérer en divulguant des informations utiles à l'enquête sur le meurtre de deux femmes et l'agression d'une troisième. Les a-t-il tuées ? Non. Sa responsabilité est-elle engagée ? Cela reste à prouver. La morale, ce n'est pas non plus mon domaine.

Alors qu'Eve se détournait, Nadine lui effleura le bras.

— J'ai un contact à la morgue. McNamara a été frappé à la tête et au visage une heure environ avant le décès. Une blessure au poignet laisse supposer qu'il s'est défendu. Si les lésions initiales proviennent d'un instrument contondant d'environ vingt centimètres de large, c'est une autre arme qui a infligé le coup fatal. Un objet long et mince, en métal, un levier, par exemple, ou un démonte-pneu.

Elle marqua une pause.

— Je crois fermement en la valeur du partage des informations. Courtoisie et coopération.

— Ça va me poursuivre pendant des semaines, maugréa Eve.

Elle grimpa dans sa voiture.

— McNab, montez derrière.

— Pourquoi pas devant ? Je suis plus gradé que Peabody. Et mes jambes sont plus longues…

— Elle est mon assistante, vous êtes un lest… Nous allons rendre une petite visite à Lucias Dunwood.

— Comment avez-vous eu son adresse ?

Elle observa McNab dans le rétroviseur.

— J'ai mes sources. Peabody, vous m'accompagnerez. McNab, vous nous attendrez dans la voiture.

— Mais…

— J'entre avec un agent en uniforme, pas avec un agent en uniforme et un inspecteur. Surtout pas un inspecteur qui semble tout droit sorti d'un combat de rue. Vous brancherez votre communicateur. Si nous avons le moindre problème, vous appellerez des renforts puis, en vous fiant à votre jugement, vous attendrez ou vous interviendrez. Et maintenant, trouvez-moi l'adresse de Kevin Morano.

Bon gré mal gré, McNab sortit son ordinateur de poche et s'affala sur la banquette.

— Tiens, il y a une barre de chocolat collée au dossier du siège passager ! remarqua-t-il.

Tandis que Peabody se tordait le cou pour l'apercevoir, Eve grinça des dents.

— Le premier qui y touche… !

Peabody se redressa aussitôt et observa :

— Vous faites des provisions de friandises ?

— Ce ne sont pas des provisions. C'est une ration d'urgence, que le voleur de bonbons qui dévalise mon bureau n'a pas encore repérée. Et si elle disparaît, je saurai pourquoi… Et ça vous coûtera cher, conclut-elle après un bref silence.

Peabody haussa les épaules.

— De toute façon, je suis au régime.

— C'est ridicule, intervint McNab. Tu es très bien comme tu es.

— McNab ?

— Oui, lieutenant.

— Fermez-la.

— Ne vous inquiétez pas, Dallas. Nous sommes en couple.

— Quoi ? Je rêve ! Non, ne dites rien ! Ne vous adressez pas la parole. Silence !

Peabody ravala un gloussement, puis tenta de régler la climatisation en mode manuel.

— C'est cassé, fit Eve. Taisez-vous.

Sans un mot, Peabody baissa sa vitre. McNab s'agita sur son siège.

— Puis-je prendre la parole, lieutenant ? C'est professionnel.

— Allez-y.

— J'ai l'adresse de Kevin Morano. Le stade des Yankees. Voulez-vous que je joigne Connor afin qu'il… euh…

— Inutile. J'ai une petite idée de l'endroit où il habite.

Quand elle se gara devant la grande maison de brique brune, il était 1 heure du matin. Seule la petite lumière rouge de l'alarme de sécurité brillait dans la nuit.

— Vous êtes armé, McNab ? s'enquit Eve.

— J'ai mon paralyseur.

— Gardez-le à portée de main, et branchez votre communicateur. Ne vous approchez pas du bâtiment tant que je ne vous aurai pas fait signe. Peabody, on y va.

Dès qu'elle posa le pied sur la première marche, le système de protection se mit à siffler. Elle appuya sur la sonnette. Aussitôt, un projecteur l'aveugla, lançant le mode première alerte.

Vous êtes actuellement sous surveillance. Veuillez indiquer votre nom et la raison de votre visite. Si vous tentez de pénétrer dans ces locaux, le système avertira aussitôt la police et le service de sécurité du quartier.

Eve brandit son badge sous l'objectif de la caméra.

— Lieutenant Dallas, police de New York. J'ai besoin de parler à M. Lucias Dunwood.

Un instant, je vous prie. Nous procédons à la vérification de votre identité... Veuillez patienter pendant que nous informons M. Dunwood de votre requête.

— Lieutenant, vous ne croyez pas que c'est un peu...

Eve changea discrètement de position et écrasa le pied de Peabody – hors champ.

— C'est difficile de réveiller M. Dunwood pour lui annoncer le décès de son grand-père. Mais ce n'est jamais le bon moment, alors autant en terminer au plus vite.

— Bien, lieutenant.

Peabody se racla la gorge et afficha un air sombre, consciente tout à coup qu'on pouvait les voir et les entendre.

Plusieurs minutes s'écoulèrent avant que les lumières à l'étage ne s'allument. Quelques secondes plus tard, la porte s'ouvrit sans bruit.

Les cheveux cuivrés de Lucias Dunwood étaient en bataille. Il portait un peignoir blanc négligemment noué à la taille. Il avait tout de l'homme qu'on vient d'arracher à un sommeil profond et qui se demande bien pourquoi.

Il cligna des yeux.

— Excusez-moi... Vous êtes de la police ?

— Oui, confirma Eve en lui montrant son insigne. Vous êtes Lucias Dunwood ?

— Oui. De quoi s'agit-il ? Il y a eu un problème dans le quartier ?

— Pas que je sache. Pouvons-nous entrer, monsieur Dunwood ?

— Oui, bien sûr. Désolé, je suis un peu sonné, marmonna-t-il en s'effaçant.

D'un geste, il les invita à entrer dans un grand vestibule de marbre, éclairé par un chandelier somptueux.

— Je suis au lit depuis deux heures, expliqua-t-il. Je n'ai pas franchement l'habitude que la police sonne à ma porte en pleine nuit.

— Je suis navrée de vous déranger si tard. J'ai une nouvelle pénible à vous annoncer. Je pense que nous ferions mieux de nous asseoir.

— Que se passe-t-il ?

— Monsieur Dunwood, j'ai le regret de vous apprendre que votre grand-père est décédé.

— Mon grand-père ?

Malgré elle, Eve admira la facilité avec laquelle il pâlit, et porta une main tremblante à son visage.

— Mort ? reprit-il. Grand-père est mort ? Il a eu un accident ?

— Non. Il a été assassiné.

— *Assassiné !* Mon Dieu, ce n'est pas possible !

Il se laissa tomber sur le banc métallisé qui courait le long du mur.

— Je n'arrive pas à le croire. Quel cauchemar ! Que s'est-il passé ?

— Votre grand-père a été repêché dans l'East River tout à l'heure. L'enquête est en cours. Je vous présente mes sincères condoléances, monsieur Dunwood. Cependant, je vous saurais gré de bien vouloir répondre à quelques questions.

— Évidemment.

— Vous êtes seul ici ?

— Seul ?

Il la fixa, une lueur de suspicion dans les prunelles.

— Si vous êtes seul, peut-être que mon assistante pourrait appeler un proche pour venir vous soutenir dans cette épreuve.

— Non, non, ce n'est pas la peine, assura-t-il. Ça va aller.

— Quand avez-vous vu votre grand-père pour la dernière fois ?

— Il s'est absenté pour ses affaires hors planète. Ça doit faire plusieurs semaines.

— Vous a-t-il fait part d'une inquiétude quelconque avant son départ ?

— Absolument pas. Je ne comprends pas.

— Il se peut que votre grand-père ait été tué par quelqu'un de son entourage. Une voiture enregistrée à son nom a été incendiée quelques heures avant qu'on ne retrouve son corps. Le véhicule était garé près du chemin de fer à proximité de la 143e Rue Est. Avez-vous une idée de ce qu'il faisait à cet endroit ?

— Aucune. On a mis le feu à sa voiture ? On dirait... on dirait une sorte de règlement de comptes. Pourtant, grand-père était un humaniste. Il a consacré son existence à la médecine et à la recherche. C'est sûrement une erreur.

— Êtes-vous étudiant en médecine ?

— J'ai pris une année sabbatique.

Il appuya les doigts sur ses tempes, cachant ainsi une partie de son visage. Eve examina le saphir sculpté en forme de tête de dragon à son doigt.

— J'éprouvais le besoin de réfléchir, de prendre du recul, avant de décider de mon avenir, poursuivit-il. Mon grand-père...

Les mots moururent sur ses lèvres, il se détourna.

— Ce n'est pas facile de suivre ses traces. Il était mon mentor, mon inspiration.

— J'imagine qu'il était très fier de vous, hasarda Eve. Vous étiez donc proches ?

— Je crois que oui. Il m'impressionnait beaucoup, il avait le culte de l'excellence. J'espère être à la hauteur de ce qu'il attendait de moi. Quelle fin abominable, mon Dieu ! Le dépouiller ainsi de toute sa dignité, c'est horrible. Vous devez retrouver ses meurtriers, lieutenant. Il faut qu'ils paient.

— Nous les retrouverons, et ils paieront, déclara Eve d'une voix ferme. Je suis navrée, mais la procédure de routine m'oblige à vous demander où vous avez passé la soirée, entre 19 heures et minuit.

— Je... Seigneur ! Je n'aurais jamais imaginé que je pourrais... figurer parmi les suspects. J'étais ici jusqu'à 20 h 30, environ. Ensuite, je suis allé boire un verre au club. Je n'ai parlé à personne. J'espérais vaguement… d'accord, je l'avoue, j'avais l'intention de draguer une fille, mais ça n'a pas marché. Je suis rentré tôt. Vers 22 h 30. Mon système de sécurité pourra vous le confirmer.

— Vous étiez donc seul.

— J'ai un droïde domestique, répliqua-t-il en se levant. Vous pouvez l'interroger sur mes allées et venues si vous le souhaitez. Ah ! J'ai aussi un reçu, pour mes consommations. Je suppose qu'il comporte la date et l'heure du règlement. Est-ce que cela vous serait utile ?

— Tout à fait. Une fois cela réglé, nous pourrons poursuivre notre enquête.

— N'hésitez pas à me solliciter. Je ferai tout ce qui est en mon pouvoir pour vous aider. J'appelle le droïde. Pendant que vous le questionnerez, j'irai chercher le reçu. Il doit se trouver dans la poche de ma veste.

— Merci, fit Eve. Ah ! Un petit détail. Votre adresse est erronée, dans l'annuaire.

— Pardon ?

— Votre adresse. Ce n'est pas la bonne. C'est grâce aux fichiers de votre grand-père que j'ai pu vous localiser. Vous voudrez peut-être y remédier quand vous aurez une minute.

— C'est curieux, commenta-t-il, jouant l'incrédulité. Oui, je m'en occuperai. Je reviens dans un instant.

Il ramena le droïde, sachant que Kevin l'avait reprogrammé. Cependant, lorsqu'il fonça dans sa chambre, il avait les poings serrés. Kevin se précipita vers lui.

— Tu avais dit qu'ils seraient incapables d'identifier la voiture.

— Eh bien, c'est raté, riposta Lucias. Mais ça n'a aucune importance. Tout va bien. Au fond, ça tombe à pic que cette idiote ne soit pas venue au rendez-vous chez *Jean-Luc*. Du coup, mon alibi tient la route. Je suis un petit-fils accablé de chagrin.

— Et moi ?

— Ils ignorent tout de toi, et il n'y a aucune raison d'en parler. En ce qui concerne les flics, il n'y a aucun lien entre cet événement et le projet. Et rien ne prouve que je suis mêlé à la mort de mon grand-père. Reste ici, ne bouge pas. Je me charge de tout.

Il redescendit au pas de course.

— Tenez, lieutenant. C'était dans ma poche, comme je le pensais.

— Merci. J'aimerais que mon assistante en fasse une copie pour le dossier.

— Bien sûr !

Il attendit que Peabody eût scanné le document.

— Avez-vous besoin d'autre chose ?

— Pas pour le moment. Nous vous recontacterons.

— Vous me préviendrez si… si vous démasquez le coupable.

— Naturellement, répondit Eve. Vous serez le premier informé.

Elle regagna sa voiture, Peabody sur ses talons.

— Le salaud ! siffla-t-elle. Il buvait du petit-lait.

Une fois installée à l'intérieur, elle résuma leur interrogatoire pour McNab.

— Le droïde a peut-être été reprogrammé, suggéra-t-il. Le système de sécurité aussi.

— Il ne nous a pas révélé grand-chose, se plaignit Peabody.

— Vous croyez ? riposta Eve en pianotant sur le volant. Je n'ai pas prononcé le nom de son grand-père, et il ne m'a pas posé la question. Il en a pourtant deux, tous deux domiciliés à New York. Il ne lui est pas venu à l'esprit de me demander lequel des deux était mort. Et quand il dit qu'on l'a dépouillé de sa dignité… c'est exactement ce qu'il a fait. C'était son intention. Le comble, c'est qu'il n'a pas évoqué son copain Kevin. Il tire la couverture à lui.

— Bon, d'accord, concéda Peabody, je suppose qu'on en a appris plus que je ne le pensais.

— Parfaitement. Les petites erreurs de parcours…

18

Connor les accueillit à l'entrée. Un seul coup d'œil lui suffit pour comprendre qu'Eve était au bout du rouleau. Il aurait volontiers claqué la porte au nez de Peabody et de McNab, avant de prendre sa femme dans ses bras et de monter la coucher.

Déchiffrant ses pensées, Eve poussa ses collègues à l'intérieur.

— C'était plus facile de les ramener ici.

— On peut prendre un taxi, proposa Peabody sans grande conviction.

— Ne dites pas de bêtises, répliqua Connor en caressant les cheveux d'Eve dans un geste de réconfort. Nous avons toute la place qu'il faut. Ian, qui vous a maquillé ?

— Monroe, grommela-t-il. Mais nous sommes quittes.

Eve ôta sa veste.

— Vous dormirez ici. Réunion à 6 heures. Choisissez deux chambres à l'opposé l'une de l'autre.

— Oh, non ! geignit Peabody.

Connor lui tapota le bras en riant.

— Elle ne parle pas sérieusement.

— Bien sûr que si ! rétorqua Eve. Où sont Mavis et Trina ?

— Dans la piscine, avec Leonardo, qui a déboulé il y a environ deux heures. J'ai déclaré forfait quand ils ont décidé d'organiser une course de relais dans le plus simple appareil.

Le visage de McNab s'illumina.

— Ils sont tous nus ? Mouillés et tout nus ? Je me baignerais volontiers, moi aussi... C'était juste une idée, ajouta-t-il, devant la moue de Peabody.

— La récréation est terminée. Au dodo ! ordonna Eve en leur indiquant l'escalier. Une dure journée nous attend, demain, vous devez être en forme. Où logent les sirènes et leur camarade ? fit-elle à l'adresse de Connor.

— Oh, ici et là, répondit-il nonchalamment. Va te coucher. J'installe nos invités.

— Très bien. J'ai encore un peu de travail.

Elle gravit quelques marches, se retourna.

— Et je ne veux pas entendre des petits pas de souris dans les couloirs.

— Qu'elle est dure, soupira Peabody.

— Elle est surtout fatiguée et irritée, rectifia Connor. Prenez donc l'ascenseur. La suite à laquelle je pense devrait vous plaire.

Eve commanda à son ordinateur d'afficher le plan du parc de Greenpeace. Après avoir surligné le site du pique-nique, elle laissa à la machine le soin de sélectionner les positions les plus stratégiques pour ses hommes. Elle affinerait le choix – après quelques heures de sommeil.

Elle dressa la liste de tout ce dont elle avait besoin pour mener à bien l'opération, transmit les ordres et en expédia une copie à Whitney.

Une douche, décida-t-elle. Une bonne douche lui raviverait l'esprit.

Elle se dirigeait vers sa chambre, chancelant presque d'épuisement, lorsque son communicateur bipa.

— Dallas.

À l'écran, Morris bâilla ostensiblement.

— Notre bonhomme a quitté ce monde à 19 h 40. Auparavant, il avait eu droit à une malheureuse altercation avec un objet contondant. Ladite altercation a entraîné son décès une heure plus tard, peut-être un peu moins. Pour employer un terme médical, je dirais qu'on lui a défoncé le crâne.

Eve s'assit sur l'accoudoir du canapé.

— Navrée de vous décevoir, Morris, mais j'avais déjà obtenu ces informations de source médiatique. On parle un peu trop, chez vous.

— Pas possible ! Je suis sous le choc. Un fonctionnaire de la ville qui file un tuyau à un journaliste ? Où allons-nous, je vous le demande ?... Cependant, je ne pense pas que votre source sache tout, car je viens de recevoir le rapport toxicologique.

Elle secoua la tête, alors que Connor entrait dans la pièce.

— Il a été drogué ?

— Entre les premières insultes et le coup de grâce, il a ingurgité un stimulant.

— Ils ont essayé de le ranimer ? s'étonna Eve. Non, ça n'a aucun sens. Ils voulaient juste le maintenir encore un peu en vie.

— Gagné. La substance employée stimule le cœur et s'absorbe très rapidement. Si on l'avait récupéré ne serait-ce que vingt ou trente minutes plus tard, on n'en aurait relevé aucune trace.

— Ils l'ont gardé en vie, pour pouvoir l'emmener et l'achever là où ils voulaient se débarrasser du corps. Il serait mort de toute façon, n'est-ce pas ?

— Sans soins immédiats, oui. Et quand bien même, ses chances étaient minces. Il se serait noyé sans le coup final.

— Ils l'ont frappé alors qu'il était inconscient, murmura-t-elle. Ils l'ont dépouillé de sa dignité.

— Ce sont des monstres, Dallas. J'envoie les résultats à notre cher ami Renfrew. Sa théorie du cambriolage qui a mal tourné ne tient pas debout.

— Merci. C'est gentil d'être intervenu.

— Le service est compris. Et pour l'amour du ciel, reposez-vous ! lui conseilla-t-il. J'ai des clients, ici, qui ont meilleure mine que vous !

— Bonne idée.

Elle coupa la communication et demeura immobile, l'œil rivé sur son appareil. Lorsque Connor détacha son holster, elle sursauta.

— Tu les as mis ensemble, n'est-ce pas ? l'accusa-t-elle.

— Tu as d'autres soucis que l'activité sexuelle de tes subordonnés, il me semble, riposta-t-il.

— Si mes subordonnés débarquent à la réunion complètement hagards sous prétexte qu'ils ont passé ce qu'il reste de la nuit à jouer à touche-pipi, je... Qu'est-ce que tu fabriques ?

— Je t'enlève tes chaussures, expliqua-t-il tranquillement. Au lit !

Elle fixa le sommet de son crâne. Il avait des cheveux magnifiques, noirs, soyeux, nota-t-elle une fois de plus, la tête dodelinante. Ils donnaient envie d'y glisser les mains...

Elle se redressa brusquement.

— Je vais prendre une douche et travailler encore une heure.

— Il n'en est pas question, Eve, décréta-t-il d'une voix tranchante. Tu vas te rendre malade. Couche-toi, sinon je t'assomme et je m'en charge personnellement.

Elle fronça les sourcils. Il était fort rare que Connor se mette en colère.

— J'ai vu son visage. Je l'ai regardé dans les yeux, murmura-t-elle. Je ne peux pas dormir, Connor, parce que son image va me hanter.

Elle pressa les paumes sur ses tempes, se leva.

— Je l'ai observé de près, et si je n'avais pas su qui il était réellement, je ne l'aurais jamais deviné.

Elle s'approcha de l'une des fenêtres, l'ouvrit, aspira une grande bouffée d'air.

— Il est jeune. Il a les cheveux cuivrés, bouclés, comme ceux d'une poupée. Il venait de tuer quelqu'un, un de ses proches, délibérément, avec violence et préméditation. Et il se tenait là, devant moi, larmoyant, accablé de chagrin. Il a joué son rôle à merveille. Je n'aurais rien vu…

Elle fit face à son mari.

— Je guettais les signes, ils étaient invisibles. Il a pris plaisir à commettre ce meurtre, j'en ai l'intime conviction, mais cela ne se voyait pas dans son regard. Il… il s'amusait. Ma présence ne servait qu'à faire monter les enchères, une fois de plus. Même jeu, niveau supérieur… J'avais envie de lui casser la figure. De le buter.

— Au lieu de quoi, tu es repartie.

Ses joues étaient ruisselantes de larmes, mais elle ne s'en était même pas aperçue. Connor la rejoignit.

— Parce que tu vas l'éliminer en l'arrêtant, en le mettant en cage jusqu'à la fin de ses jours. Eve, mon amour, tu es éreintée. Si tu ne dors pas maintenant, qui défendra ces jeunes femmes ?

Elle lui prit les mains.

— Mon cauchemar, le dernier, celui dans lequel mon père me dit que je ne serais jamais débarrassée de lui. Il avait raison. On en élimine un, aussitôt, il y en a un autre qui prend sa place. Je ne peux pas dormir, parce que je ne veux pas les voir.

— Il faut au moins que tu te reposes.

Il la souleva dans ses bras et la déposa doucement sur le canapé.

— Qu'est-ce que tu fais ? demanda-t-elle.

— On va regarder un film.

— Un film ? Connor…

— Tu ne te distrais pas suffisamment. Tu ne t'évades jamais, expliqua-t-il en sélectionnant un DVD. Tiens ! Je t'ai parlé de celui-ci. *Magda Lane*.

Que c'était bon de s'abandonner, blottie contre lui, songea-t-elle tandis que la musique emplissait la chambre.

— Combien de fois l'as-tu visionné ?

— Des dizaines de fois. Chut. Tu vas rater le début.

Elle tendit l'oreille, paupières lourdes. Puis elle s'assoupit.

Lorsqu'elle se réveilla, tout était noir et silencieux. Connor la serrait toujours contre lui. Elle se serait volontiers rendormie, mais elle s'obligea à vérifier l'heure.

5 heures, déjà. Elle allait devoir se contenter de ces trois heures de sommeil. Cependant, quand elle voulut bouger, Connor la retint.

— Accorde-toi encore quelques minutes de répit.

— Impossible. Il va me falloir une demi-heure sous la douche pour m'éclaircir les idées. Je pourrais peut-être la prendre allongée ?

— Ça, ça s'appelle un bain.

— Ce n'est pas pareil.

— Pourquoi chuchotes-tu ?

— Je ne chuchote pas... j'ai la gorge un peu sèche, c'est tout.

— Lumières, intensité 10 % ! commanda-t-il. Tu es blanche comme un linge, constata-t-il en lui tâtant le front. J'ai l'impression que tu as de la fièvre.

— Mais non ! Je ne suis jamais malade.

— À force de te négliger, de ne jamais dormir et de carburer au café, on finit par se détraquer l'organisme. Nom de nom, Eve, tu as saboté ton système immunitaire !

— Ne sois pas ridicule.

Elle tenta de s'asseoir, eut un vertige, se laissa retomber sur les coussins.

— Je reprends mes esprits, se défendit-elle.

— Je devrais t'attacher à ton lit pendant un mois entier. Tu es vraiment insupportable !

Se levant d'un bond, Connor se rua vers l'interphone.

— Je ne comprends pas pourquoi tu te mets dans tous tes états, gémit-elle. Je suis un peu ensuquée, c'est tout.

— Si tu poses le pied par terre, je te traîne chez le médecin.

— Essaie donc, et tu verras lequel de nous deux a besoin de soins !

Cette menace, proférée d'une voix presque inaudible, n'eut guère d'effet. Connor la fusilla du regard.

— Summerset, dit-il dans l'interphone. Eve est souffrante. Venez tout de suite.

— Quoi ? Que... qu'est-ce que tu fais ? bredouilla-t-elle. Il ne me touchera pas ! Je refuse ! Où est mon arme ?

— C'est lui ou le centre médical.

— Ce n'est pas toi le patron.

— Prouve-le-moi. Bats-toi.

Elle se hissa sur les coudes. Il la repoussa sans façon. Elle fit une nouvelle tentative, lui flanqua son poing dans le ventre.

— Je suis soulagé de constater qu'il te reste un peu de forces, persifla-t-il, mais franchement, tu peux faire mieux.

Elle le dévisagea, vexée.

— À la première occasion, je t'arrange le portrait ! le prévint-elle.

— Ce devrait être amusant... Ah, Summerset ! Elle a de la fièvre.

— C'est faux, se défendit-elle. Ne m'approchez pas ! Ne me...

Quand Connor l'enfourcha et lui immobilisa les bras, elle se débattit, débita un torrent d'insultes.

— Que d'enfantillages ! commenta Summerset, outré, en posant la main sur son front. Votre température est légèrement élevée. Tirez la langue.

— Eve, gronda Connor, comme elle pinçait les lèvres.

— Vous avez mal quelque part ? s'enquit le majordome.

— Oui, aux fesses.

— Je vois que votre sens de l'humour demeure inégalable. Ce n'est qu'un virus, expliqua-t-il à l'intention de Connor. Dû, je suppose, au stress, au surmenage, et à des habitudes alimentaires dignes d'une adolescente. Je vais chercher ce dont elle a besoin. Elle ira beaucoup mieux après une ou deux journées au lit.

— Dégage, Connor ! grogna-t-elle, dès que Summerset eut disparu. Plus vite que ça.

— Pas avant qu'on ait réglé ce problème. Tu as froid ?

— Négatif.

Elle était frigorifiée. Elle avait des courbatures partout.

— Alors pourquoi frissonnes-tu ?

Ravalant un juron, il la recouvrit d'un plaid avant qu'elle puisse se défendre.

— Connor ! Il va revenir me triturer dans tous les sens et m'obliger à avaler l'une de ses horribles mixtures. J'ai juste besoin d'une douche bien chaude. Lâche-moi. Un peu de cœur, je t'en prie !

— Le problème, rétorqua-t-il, c'est que j'ai un cœur. Le tien.

— Je me sens déjà mieux, je t'assure. Et quand j'aurai clôturé ce dossier, je m'accorderai une journée de congé, promis. Je dormirai vingt-quatre heures d'affilée. Je ne mangerai que des légumes.

Il ne put s'empêcher de sourire.

— Je t'aime, Eve.

— Dans ce cas, je t'en supplie, ne le laisse pas entrer… Oh, non, le voilà ! Au nom du ciel, protège-moi !

Summerset posa sur la table un plateau sur lequel étaient disposés un verre rempli d'un liquide laiteux, trois comprimés et une seringue.

— Il faut l'asseoir.

La bagarre fut de courte durée. Sans ciller, Summerset se planta devant elle, lui pinça le nez, jeta les pilules dans sa bouche ainsi qu'une partie du contenu du verre.

Pendant qu'elle toussotait et crachotait, il sourit à Connor.

— Enlevez-lui son chemisier. Ce concentré de vitamines fait des miracles.

Pour gagner du temps et de l'énergie, Connor se contenta de déchirer la manche.

— Ça ira ?

— Parfait.

La colère d'Eve avait cédé la place à l'humiliation et aux sanglots. Elle avait mal partout, à la tête, dans tout le corps. Quant à son amour-propre, il était littéralement en miettes. Elle sentit à peine l'aiguille qui s'enfonçait dans sa chair.

— Chut, mon bébé, souffla Connor. Chut... C'est fini, ne pleure pas.

— Va-t'en ! hoqueta-t-elle tout en s'accrochant à lui. Fichez-moi la paix !

— Summerset, laissez-moi seul avec elle.

Il la garda serrée contre lui quelques instants.

— Je serai dans la salle de gym, murmura-t-il avant de la quitter.

Elle se roula en boule. Summerset revint s'installer à ses côtés.

— Ce qu'il ressent pour vous est profond, dit-il après un long silence. Il n'y a jamais eu personne avant vous. Les femmes qui sont passées ici n'étaient que des divertissements. Vous ne voyez donc pas combien il se fait du souci pour vous ?

Elle déplia ses membres engourdis, frotta son visage humide de larmes.

— Il a tort.

— C'est plus fort que lui. Vous avez besoin de repos, lieutenant. De quelques jours sans travail et sans inquiétudes. Lui aussi. Mais il ne le fera pas sans vous.

— Je ne peux pas. Pas maintenant.

— Vous ne le voulez pas.

Elle ferma les yeux.

— Allez dans mon bureau. Jetez un coup d'œil sur les photos des victimes épinglées sur mon tableau. Et revenez me réitérer vos conseils.

— Pour exercer votre métier, vous avez besoin d'avoir l'esprit clair... Finissez ça, ajouta-t-il en lui tendant le verre.

Elle grimaça. Elle ne l'aurait avoué pour rien au monde, mais son remède semblait déjà avoir un certain effet.

— C'est sûrement du poison, maugréa-t-elle.

— Du poison, répéta-t-il pensivement. Comment n'y ai-je pas pensé plus tôt ? La prochaine fois, peut-être.

— Trop drôle... *Beurk !* Vous pourriez au moins trouver le moyen d'en améliorer le goût.

— Certes, mais j'ai droit à quelques menus plaisirs, moi aussi. Puis-je vous suggérer une petite séance d'exercices modérée, à présent ?

Elle disposait de peu de temps, cependant, elle descendit à la salle de gym. Ignorant les machines, comme à son habitude, Connor avait attaqué une séance de musculation en regardant vaguement l'écran mural et en écoutant les rapports économiques du jour.

Elle alla vers lui, s'agenouilla.

— Je te demande pardon.

— Tu te sens mieux ?

— Oui. Connor, je suis désolée. Je me suis comportée comme une idiote. Ne sois pas fâché contre moi. Ce serait trop dur à supporter.

— Je ne t'en veux pas, répondit-il en posant sa barre. Parfois, la situation me dépasse.

— Je ne sais rien faire d'autre.

Il ramassa sa serviette, s'essuya la figure.

— Je ne voudrais pas que tu fasses autre chose. Mais je suis incapable de ne pas réagir quand je te vois dans cet état.

— Si on allait au Mexique ? lâcha-t-elle à brûle-pourpoint.

— Pardon ?

— La villa, au Mexique... Ça fait un bail. On pourrait s'offrir un long week-end là-bas une fois cette affaire résolue, non ?

Il la contempla longuement, drapa la serviette autour de son cou et l'attira vers lui.

— Laissons-nous juste le temps de régler les affaires courantes, reprit-elle. Ensuite, on s'enfuira. On bronzera sur la plage, on s'enivrera, et on fera l'amour comme des bêtes.

— Voilà un programme séduisant.

— Il faut que je me prépare pour ma réunion. Alors ? C'est d'accord ?

— Oh que oui ! répondit-il.

Parvenue sur le seuil, elle se tourna vers lui. Il était toujours assis sur son banc, mince, athlétique, ruisselant de sueur sous son tee-shirt noir.

Ses yeux étaient si bleus, si lumineux, qu'elle se serait volontiers noyée dedans.

— Je voulais juste te dire que… avant toi, il n'y a eu personne. J'étais seule, je m'en suis sortie. Mais si j'avais continué ainsi, un jour, j'aurais sans doute craqué. Quand tu me tiens dans tes bras, tu m'aides à vivre.

Sur ces paroles, elle disparut.

Lorsqu'elle pénétra dans son bureau, à 6 h 06, elle était lasse et pâle, mais lucide. McNab et Peabody avaient déjà bien entamé les réserves de l'autochef. Feeney, qui venait d'arriver, se servait allégrement.

— Qu'est-ce que c'est que ce bazar ?

— Il faut bien qu'on reprenne des forces, se défendit Feeney en choisissant une tranche de bacon grillé. Mmm ! De la viande de porc ! Ça fait des lustres que je n'en ai pas mangé.

Elle la lui arracha littéralement et l'engloutit elle-même.

— Prenez au moins une assiette, remarqua-t-elle. Peabody, je constate que je n'ai pas de tasse de café dans la main. J'en déduis que je me suis trompée d'univers…

Peabody avala une bouchée d'œufs brouillés au jambon.

— Peut-être que dans celui-ci, c'est moi le lieutenant, et vous…

Croisant le regard d'Eve, elle se leva d'un bond.

— Je vous apporte le café tout de suite, lieutenant.

— Excellente initiative. Les autres seront là à 8 heures. J'ai déjà un plan du secteur et une présélection informatisée des positions à prendre. Nous allons les examiner, et les affiner si besoin est. Feeney, je vous propose de prendre McNab avec vous à bord du véhicule de surveillance.

— Je préférerais un poste dans le parc, lieutenant, intervint McNab. Histoire de participer à l'arrestation.

Eve inclina la tête de côté, tandis qu'il subtilisait une tranche de bacon de l'assiette que venait de se préparer Feeney.

— Vous auriez dû y songer avant de vous battre et de vous retrouver défiguré. Tout ce que vous réussirez, c'est à attirer l'attention des enfants qui gambadent sur les pelouses.

— McNab, vous serez avec moi, décréta Feeney.

— Il vous faudra un troisième homme en renfort, reprit Eve. Vous connaissez vos troupes mieux que moi, je vous laisse le choix.

— Tant mieux, parce que je l'ai déjà choisi. Connor, ajouta-t-il en pointant le doigt vers le seuil, que l'intéressé venait de franchir.

— Bonjour ! lança ce dernier. Je suis en retard ?

— Tu te crois malin ?

— Pas du tout, lieutenant. Je sais que je le suis. C'est pourquoi ma participation me paraît essentielle.

— C'est à lui d'en décider, grommela-t-elle en indiquant Feeney. Mais n'oublie pas une chose : c'est moi qui commande cette opération.

— Comment pourrais-je l'oublier ?

À 8 h 30, toute l'équipe était au courant du déroulement prévu. Eve entreprit d'assigner les rôles et les positions à chacun.

— Hé ! protesta l'inspecteur Baxter en agitant la main. Pourquoi est-ce que je serais le clochard ?

— Parce que ça vous sied à merveille, riposta-t-elle. Vous êtes tellement sexy avec une licence de mendiant autour du cou.

— C'est Trueheart qui devrait faire ça, insista Baxter. C'est lui, le débutant.

— Ça ne m'ennuie pas, lieutenant.

Eve jeta un coup d'œil à Trueheart.

— Vous êtes trop jeune, trop frais. Baxter convient mieux. Peabody, Connor et vous formerez le couple qui traverse cette partie, expliqua-t-elle en désignant le lieu à l'aide d'une pointe laser. Trueheart, vous serez un employé de maintenance, et vous patrouillerez ici.

— C'est moi qui ai le meilleur rôle, confia Peabody à McNab.

— Personne n'aborde le suspect, enchaîna Eve. À cette heure-là, par une magnifique journée de printemps, la population sera dense. Il y aura des gens qui déjeunent sur l'herbe, des enfants partout. Le parc accueille les clubs de toutes sortes et les écoles. L'endroit choisi par le suspect est assez tranquille, mais il y aura un peu de passage. Interdiction de dégainer vos armes, sauf en cas d'extrême urgence.

Elle se percha sur le bord de la table.

— Vous guetterez aussi le second suspect. Nous ne savons pas s'ils travaillent en tandem lors de la phase de préparation. Si vous l'apercevez, si vous pensez l'avoir aperçu, vous transmettez l'information à Feeney. Vous ne l'approchez pas. S'il se montre, on se contente de le surveiller.

Elle balaya du regard les visages qui l'entouraient.

— Pour réussir, nous devons attendre que ce salaud drogue la boisson et me l'offre. À ce moment-là, on le coince – ou on les coince. Vite fait, bien fait. Des questions ?

19

La dernière question ayant été posée et éclaircie, les troupes se dispersèrent. La surveillance et le déploiement des hommes dans le parc débuteraient à 11 heures.

— L'opération sera enregistrée du début à la fin. Chacun sera connecté, précisa Eve. Nous aurons tous les angles.

Elle arpentait la pièce de long en large, cherchant une faille éventuelle dans son plan.

— Tu l'auras coincé d'ici quelques heures, la rassura Connor.

— Oui, je l'aurai.

Elle s'immobilisa devant la fenêtre. C'était une superbe journée, tiède et ensoleillée. Le printemps à New York. Tout le monde dehors !

Le parc serait plein. C'était ce qu'il voulait, songea-t-elle. Il aimait la foule.

— Je l'aurai, répéta-t-elle. Mais je veux que ce soit rapide et sans bavure. La possession de drogues, ça ne suffit pas. En verser une dose dans un verre, ça ne suffit pas. Mais une fois qu'il me l'aura tendu, il sera fichu.

Elle pivota vers le tableau, étudia les visages.

— Finch a-t-elle envoyé des mails ? s'enquit-elle.

— Aucun.

— Tant mieux. Elle est assez intelligente pour avoir peur.

Mais les autres avaient-elles eu peur? Avaient-elles éprouvé ne fût-ce qu'un bref sursaut de terreur en comprenant ce qui leur arrivait?

— Tu lui as sauvé la vie, Eve. Si tu n'étais pas intervenue, son portrait serait affiché à côté des autres.

— J'ai beaucoup de questions à poser à Kevin Morano.

— Ça m'étonnerait que tu trouves ses réponses satisfaisantes.

— Je m'en contenterai. Connor, je ne veux pas que tu sois armé.

— Armé, moi? s'exclama-t-il, feignant l'innocence. Voyons, lieutenant, un consultant, civil de surcroît, n'en a pas le droit.

— Tu parles! Tu caches un véritable arsenal, là-haut, dans ton musée. N'y pense même pas.

— Je te donne ma parole que je n'emporterai rien de ma collection enregistrée et légale.

— Connor, je te préviens…

— On dirait que tes autres consultants arrivent, l'interrompit-il en entendant des gloussements. N'oublie pas de leur rappeler tes consignes concernant le port d'armes.

— Tu veux que je te fasse fouiller?

— Uniquement si ça te fait plaisir, ma chérie, fit-il, suave. Je suis si timide.

La riposte d'Eve se perdit dans les rires, tandis que Mavis et compagnie déboulaient dans le bureau.

— Dallas! Tu as manqué une sacrée fête!

— Il paraît, oui.

— On était censées faire un essai, lui rappela Trina.

— Comme tu le sais, j'ai été retenue ailleurs.

Trina vint se planter devant elle.

— Quoi? fit Eve, sur la défensive.

— Tu as une sale mine.

— Merci. Voilà qui me remonte le moral.

— Quand tout sera terminé, tu subiras un traitement complet, y compris une thérapie de relaxation.

— À vrai dire, je dois quitter la ville immédiatement après...

— Tu iras où tu voudras *après* un traitement complet. Comment veux-tu que j'élargisse ma clientèle, alors qu'on dirait que tu viens de passer une semaine dans une grotte ? Tu vas ruiner ma réputation !

— C'est mon but depuis notre première rencontre.

— Trop drôle. On s'y met ?

— Je vous abandonne, fit Connor avant de se diriger vers la porte.

— Où vas-tu ? glapit Eve en lui agrippant le bras.

— J'ai du travail.

— Et maintenant, à moi de jouer ! exulta Trina. Déshabille-toi.

— Leonardo est en train de te confectionner une tenue, lui annonça Mavis un moment plus tard. Selon lui, tu n'as rien dans ton armoire qui convienne.

— De mieux en mieux, marmonna Eve.

— Nous y sommes presque, assura Trina.

Moulée dans une combinaison verte surmontée d'une tunique rose fuchsia, elle lissa la pâte dont elle s'était servie pour redéfinir le menton d'Eve.

— Ça va, tu tiens le coup ? reprit-elle.

— Les seins me paraissent bizarres. Lourds.

— Ça, c'est parce que tu en as, pour une fois. Je connais un type formidable qui peut augmenter ton tour de poitrine pour la vie – moyennant finances, bien sûr.

— Je préfère rester comme je suis, merci.

— À ta guise. Ne bouge plus, le temps que ça durcisse.

— Pourquoi est-ce si long ? J'ai du mal à croire que ces femmes aient passé autant d'heures à se préparer pour leur premier rendez-vous.

— Quand on a l'habitude, ça peut aller assez vite. Pour toi, c'est un peu différent : la transformation est assez radicale.

Trina fit claquer son chewing-gum au kiwi.

— C'est infiniment plus délicat.

— Mais le résultat est spectaculaire, commenta Mavis, en robe bleu et jaune fluo. Ton visage est métamorphosé, Dallas. Tu n'as plus ta fossette au menton, tes pommettes sont moins saillantes. Tu parais plus douce. Tu veux voir ?

— Pas avant que ce soit fini. Il y en a encore pour longtemps ? Il faut que j'y aille.

— Encore un peu de patience, répondit Trina. Une touche de blush...

Avec une moue, elle étudia la photo de Stefanie Finch à l'écran.

— Mavis ? Ton avis ?

— Pas assez rose.

— Tu as raison. Ah, voilà, ça y est ! Tu peux appeler Leonardo, que je sache jusqu'où je dois mettre le fond de teint... Détends-toi, Eve... Tu sais, si tu prenais soin de toi, tu pourrais patienter cinquante, voire soixante ans avant d'envisager la chirurgie esthétique.

À l'autre bout de la pièce, Mavis roucoulait dans l'interphone.

— Combinaison blanche, jupette rouge, déclara-t-elle en les rejoignant. Manches trois quarts, décolleté profond. Il sera là dans cinq minutes.

— Mavis, tu peux attaquer les extrémités, s'il te plaît ?

— Trop génial ! s'écria Mavis. J'adore étaler la mélasse. Eve, je vais devoir t'enlever ton alliance. Je la confierai à Connor.

Instinctivement, Eve recroquevilla les doigts. Mavis poussa un soupir, émue.

— Ne t'inquiète pas. Je me rappelle le jour où il te l'a passée au doigt. Il y a presque un an. C'était bouleversant.

Eve s'efforça de se décontracter. Paupières closes, elle écouta d'une oreille distraite le bavardage incessant de son amie.

Elle sut que Leonardo était arrivé lorsque Mavis se mit à ronronner de bonheur avant de se précipiter vers lui pour l'embrasser.

— Excellent, Trina ! s'exclama-t-il. Je ne l'aurais jamais reconnue. Quelle pâte as-tu utilisée ?

— Du Silitrex. C'est plus souple, et elle ne va pas le garder très longtemps.

Eve entrouvrit un œil en sentant un doigt lui palper la joue.

— Ça y est ?

Leonardo la gratifia d'un sourire étincelant.

— Presque. Tu vas être contente. Et les yeux, Trina ?

— Des lentilles jetables. En outre, elle portera des lunettes teintées... Superbe, la tenue ! J'ai un rouge à lèvres de la même couleur. Vous pouvez vous charger des ongles, Mavis et toi ?

— Inutile de me les vernir ! protesta Eve.

— Une femme qui a un premier rendez-vous avec son prince charmant se vernit les ongles, déclara Trina d'un ton sans réplique. Des mains et des pieds. Encore un petit quart d'heure, et nous te libérons.

Il fallut pratiquement le double, et Eve commençait sérieusement à envisager de s'enfuir. Malheureusement, elle était cernée de toutes parts. Quand Trina fixa la perruque qu'elle avait teinte et coiffée la veille, Eve faillit fondre en larmes de soulagement.

Ses trois bourreaux reculèrent pour l'examiner de haut en bas.

— Je ne dirais qu'une chose : je suis une perle, décréta Trina. Vêtements et accessoires !

Deux heures après le début de la transformation, Eve se contemplait dans la glace que Leonardo lui avait apportée. Après un premier sursaut de surprise, elle s'étudia sous tous les angles.

La jupette, rouge écarlate, était en réalité un drapé d'étoffe ouvert sur le devant, et qui tombait à mi-mollets. Elle ne cachait pas grand-chose de la combinaison qui épousait ses formes.

« Autant se promener toute nue », songea-t-elle, dégoûtée.

Trina lui avait modelé un corps aux courbes plus voluptueuses que les siennes. Elle avait beau savoir que les seins ne lui appartenaient pas, elle se sentait mal à l'aise de les exposer ainsi. Un centimètre de plus, et on l'accuserait d'atteinte aux bonnes mœurs.

Ses cheveux étaient plus clairs, plus longs. D'un blond subtil, et coupés en pointe au niveau du menton. Un menton rond, sans fossette. Ses joues étaient plus pleines, sa bouche, rouge foncé.

Ses yeux étaient noisette, avec une pointe de vert. Mais le regard était bien celui d'Eve.

— Pas mal, reconnut-elle en comparant son reflet avec la photo de Stefanie. Mais on va quand même tester.

Elle alla retrouver Connor dans son bureau.

Il était en communication, son ordinateur crachait un fax laser, et l'holoplan d'un immeuble était étalé devant lui.

— Oui. J'approuve les modifications prévues pour les premiers étages. Absolument. Mais il faudra que je…

Les mots moururent sur ses lèvres.

— Excusez-moi, Jansen, je vous rappelle.

Il raccrocha, enfonça une touche qui fit s'évaporer l'holo-plan.

Il se leva, vint vers elle, tourna autour d'elle.

— Incroyable… Fascinant… Tu es là-dedans ? s'enquit-il en plongeant son regard dans le sien. Ah, oui ! Je te vois.

— Qu'est-ce qui cloche ?

— Trina est une véritable magicienne, mais elle ne peut pas changer ton regard de flic.

Elle fronça les sourcils. Connor lui souleva le menton.

— La sensation est assez naturelle, constata-t-il en le caressant.

— Et les seins ? intervint Trina. C'est la toute dernière tendance. Aussi vrais que nature ! Allez-y, pincez.

— À la minute où j'aurai coincé mon gars, je m'en débarrasse, prévint Eve. Inutile de rêver, Connor. Alors ? Ton verdict ? Tu crois qu'il va marcher ?

— Il ne peut que mordre à l'hameçon. Juste un petit conseil, cependant, tu gagnerais sans doute à alléger ta démarche. À flâner, plutôt que foncer.

— Flâner, plutôt que foncer. C'est noté.

— Et n'oublie pas, il s'agit d'un pique-nique. Essaie de te rappeler ce que c'est.

— Je ne suis jamais allée pique-niquer.

Il laissa courir le doigt le long de son menton, là où manquait la fossette.

— Je remédierai à cela, promit-il. Bientôt.

Eve gagna l'extrémité nord du parc à bord du véhicule de surveillance. Penchée par-dessus l'épaule de Feeney, elle l'observa tandis qu'il procédait aux ultimes vérifications.

— Balayage. Baxter.

Le premier écran affichait une fontaine en forme de dauphin. Elle perçut le gargouillis de l'eau et quelques bribes de conversation, ainsi que les gémissements de Baxter, qui mendiait une petite pièce. L'image tressauta légèrement quand il changea de position.

— Tu fais ton numéro de boiteux, Baxter ? lui demanda Eve.

— Affirmatif.

— Rappelle-toi : tout ce que tu auras récolté ira à la fondation Greenpeace.

Pendant que Feeney passait d'un poste à un autre, elle jaugea la situation. Comme prévu, les promeneurs abondaient. Elle remarqua un trio de professeurs entraînant un groupe scolaire à travers le jardin botanique.

La voix de Peabody résonna dans l'habitacle.

— Aperçu possible. Homme de type caucasien, cheveux noirs aux épaules, pantalon beige et chemise bleu ciel. Il porte un panier à pique-nique et un sac de cuir noir. Il se dirige vers l'est, secteur des espèces en voie de disparition.

— Je le vois, dit Eve.

Le modèle du parfait flâneur. Il marchait tranquillement en balançant son panier. Une bague en or incrustée d'un rubis scintillait à son doigt.

— Zoom sur la bague, ordonna-t-elle.

Feeney s'exécuta. La pierre était sculptée en forme de tête de dragon.

— Identification positive. C'est lui. Ne le perdez pas de vue. Baxter, il va bientôt approcher de votre secteur.

— C'est bon. Je l'ai.

— Peabody et Connor, maintenez-vous à distance. Il a trente minutes d'avance. Il a besoin d'un peu de temps pour tout préparer. Laissons-le-lui.

— Trueheart a un visuel, annonça McNab devant sa console. Le suspect semble avoir bifurqué plein sud, vers l'endroit convenu.

— Ne vous approchez pas trop ! prévint Eve. Trueheart, pivotez légèrement vers la gauche. Parfait. Acte I, scène I.

Morano quitta le sentier pour la pelouse destinée aux déjeuners sur l'herbe. Deux autres couples s'y trouvaient déjà, de même que trois jeunes femmes, de toute évidence peu pressées de retourner travailler. Un homme, couché sur le dos, s'offrait une séance de bronzage. Sur l'ordre d'Eve, il roula sur le côté, et recala l'ordinateur de poche à son coude, lui offrant une nouvelle vue sur Kevin Morano.

Celui-ci s'immobilisa, tourna la tête à droite, puis à gauche, scrutant les alentours. Il opta pour une place à l'ombre.

— Tous les regards sur lui, souffla Eve. Peabody, Connor, pas si près !

— Cet endroit est parfait, déclara Connor d'une voix enjouée. Attends une seconde, ma chérie, j'étale le plaid. Je ne voudrais pas que tu taches cette jolie robe.

— Un plaid ? Il n'a jamais été question d'un plaid ! protesta Eve.

— Quelle bonne surprise ! s'exclama Peabody. Je ne m'attendais pas à un pique-nique.

— La vie est si ennuyeuse sans surprises.

Eve vit le visage de Connor se fendre d'un large sourire tandis qu'il déployait sa couverture. À quelques mètres, Kevin en fit autant.

— C'est vraiment joli, ici, insista Connor.

— Personne ne bouge avant mon signal, gronda Eve.

— Évidemment. Une coupe de champagne, mon trésor ?

— Peabody, si vous en avalez une seule goutte, je vous transfère à la circulation.

Tout en parlant, elle observait Kevin. Il ouvrit le panier, en sortit trois roses, deux verres en cristal. Il déboucha une bouteille de vin blanc, remplit l'un des verres.

— Vas-y, mon salaud, verse ton poison.

Mais il se contenta de se porter un toast et d'avaler une gorgée de vin. Il consulta sa montre. Brancha son communicateur.

— Montez le son, Peabody. On va essayer d'écouter sa conversation.

Elle entendit des oiseaux, des bruits de voix, des gloussements, des cris d'enfants. Feeney s'empressa de filtrer. La voix de Kevin leur parvint clairement.

— On ne peut pas rêver mieux. Une dizaine de personnes aux alentours. Je suppose qu'on croisera des gardiens en repartant, ce qui fera un bonus.

Il se tut un instant, s'esclaffa.

— Ah, oui, qu'elle me saute dessus en plein jour dans un parc public, ça me donnerait une sérieuse avance. Je te tiens au courant.

Il rangea son appareil, savourant visiblement le moment.

— Ce n'est qu'un jeu, murmura Eve. Je suis vraiment impatiente d'éliminer ces deux salauds.

Il poursuivit ses préparatifs. Caviar, toasts, foie gras, homard, fraises...

— Faut avouer qu'il sait y faire.

— La ferme, McNab !

Morano goûta une fraise, puis une autre. Petit à petit, Eve vit son regard changer. Là, nota-t-elle. La froideur, le calcul... Il remplit le deuxième verre de vin. Avec précaution, il ouvrit le sac noir. Il y plongea la main, la ressortit, paume vers le corps. Nonchalamment, il la plaça au-dessus du verre. Grâce à l'objectif de Connor, elle vit couler un filet de liquide transparent.

— Bingo ! À moi de jouer. Mettez-vous en position. Si vous apercevez l'autre cible, donnez l'alerte.

Elle ouvrit la portière arrière.

— J'y vais.

— Bonne chance ! lui lança Feeney, les yeux rivés sur ses écrans.

Elle émergea dans le soleil et la chaleur. Se surprenant à foncer, elle fit un effort pour ralentir le pas. Elle avait à peine franchi l'entrée du parc qu'un coureur l'interpella.

— Salut, ma belle ! On fait un petit tour ensemble ?

— Dégage avant de te retrouver sur le postérieur, répliqua-t-elle.

— Vas-y, Eve ! chuchota Connor dans son oreillette.

Elle repéra Baxter : tignasse brunâtre, tee-shirt déchiré et pantalon informe maculé de ketchup et de substitut d'œuf.

La plupart des promeneurs s'arrangeaient pour l'éviter. En se rapprochant, Eve faillit éternuer tant il empestait la sueur et l'urine.

Il prenait son rôle sacrément au sérieux.

Lorsqu'elle passa devant lui, il émit un sifflement.

Durant les cinq minutes qu'il lui fallut pour atteindre sa destination, elle eut droit à quatre autres propositions.

— Vous auriez peut-être intérêt à effacer cet air de barrez-vous-ou-je-vous-descends, lieutenant, lui conseilla McNab. Ça peut rebuter.

— Pas moi ! intervint Connor. Un peu de caviar ? proposa-t-il à Peabody.

— Euh… pourquoi pas ?

Eve afficha une expression qu'elle espérait avenante tout en songeant à la petite conversation qu'elle aurait avec son personnel, l'expert consultant, civil de surcroît, y compris.

Puis elle fut devant Kevin. Et elle oublia tout le reste.

Lui aussi l'avait vue. Son visage s'éclaira d'un sourire attendrissant. Il se leva, hésita, puis s'avança vers elle.

— Dites-moi que je ne rêve pas, et que vous êtes Stefanie.

— Je suis Stefanie. Et vous êtes…

— Wordsworth.

Il porta sa main à ses lèvres.

— Vous êtes encore plus belle que je ne l'avais imaginé. Que je n'avais osé l'espérer.

— Et réciproquement, fit-elle aimablement. J'espère que je ne suis pas en retard.

— Pas du tout, c'est moi qui étais en avance. Je voulais… je voulais que tout soit parfait, ajouta-t-il en désignant le pique-nique.

— Oh ! C'est magnifique ! s'écria-t-elle en ouvrant de grands yeux. Vous vous êtes donné beaucoup de mal.

— J'attends ce moment depuis si longtemps, avoua-t-il en l'entraînant vers la couverture.

Elle passa à trente centimètres de Connor.

— Du caviar ! Quel luxe !

Elle s'assit, se pencha pour lire l'étiquette de la bouteille. C'était le vin qu'il avait servi à Bryna Bankhead.

— Mmm ! Mon préféré ! À croire que vous lisez dans mes pensées.

— C'est ce que je ressens depuis que nous avons entamé notre correspondance. En vous écrivant, j'avais l'impression de vous connaître. De vous avoir toujours connue. Que le destin nous réunissait enfin !

— Ce type est doué, chuchota McNab dans son oreillette.

— Moi aussi, j'ai senti comme un déclic. Les lettres, les poèmes que nous avons échangés. Toutes ces histoires extraordinaires sur vos voyages. Oui, vraiment, c'est le destin. Que nous réserve-t-il ? Je suis impatiente de le savoir.

« Donne-moi mon vin, espèce de salopard », l'exhorta-t-elle en silence.

Il lui tendit les roses.

— Elles sont superbes.

Eve s'obligea à en respirer le parfum.

— Je savais qu'elles vous plairaient. Des roses roses. Douceur, charme. Romantisme.

Il souleva son propre verre, en tripota le pied.

— Un toast ?

— Pourquoi pas ?

Elle le regarda droit dans les yeux, priant pour qu'il lui tende le verre, qu'il le lui mette dans la main. Histoire de lui faire du charme, elle lui caressa la joue avec les fleurs.

Il s'empara du verre, le glissa dans sa main.

— À des débuts prometteurs ! fit-il.

— Encore mieux, à des fins fatales !

Elle porta le verre à ses lèvres. Il la contempla avec avidité. Puis avec irritation, car elle venait de le reposer.

— Juste une seconde, murmura-t-elle en ouvrant son sac. J'ai une chose à faire avant.

De sa main libre, elle prit la sienne et, en un éclair, le menotta.

— Kevin Morano, je vous arrête…

— Quoi ? Qu'est-ce que c'est que ça ?

Comme il commençait à se débattre, elle eut l'immense plaisir de l'aplatir au sol, avant de le maintenir du genou.

— … pour le meurtre de Bryna Bankhead, la tentative de meurtre sur Monica Cline, et complicité dans le meurtre de Grace Lutz.

— Qu'est-ce que vous racontez ? glapit-il. Qu'est-ce que vous fabriquez ?

Il tenta de se cabrer, et elle pointa son arme sur sa tempe.

— Qu… qui êtes-vous ? balbutia-t-il.

— Je suis le lieutenant Eve Dallas. Rappelez-vous ce nom. Je suis votre destin. Mon nom est Dallas, lieutenant Eve, répéta-t-elle, parce qu'elle sentait la bile lui monter à la gorge. Et je vous ai arrêté.

« Et alors ? susurra la voix de son père dans son oreille. Il y en aura un autre. Il y en a toujours un autre. »

L'espace d'un instant, elle faillit tirer.

Puis elle prit conscience du brouhaha tout autour – commentaires affolés des passants, ordres de ses hommes.

Connor était à ses côtés. Se levant, elle hissa Kevin sur ses pieds.

— Un peu raté, le pique-nique, commenta-t-elle. Vous avez le droit de garder le silence.

Il lui fallut une quarantaine de minutes pour retrouver son aspect normal. Connor avait dû parler à Trina, car celle-ci n'émit pas la moindre plainte en démantelant son chef-d'œuvre, et se garda de la sermonner sur les bienfaits des soins de la peau et du corps.

Pendant qu'Eve se rinçait la figure à l'eau fraîche – un bonheur! –, Trina se balançait d'un pied sur l'autre.

— J'ai participé à un truc important, non? risqua-t-elle enfin.

Ruisselante, Eve tourna la tête vers elle.

— C'est vrai. Sans toi, on n'y serait pas parvenus.

Trina s'empourpra.

— Ça m'excite.

Elle ouvrit la porte, et vit, sidérée, Connor entrer. Elle lui indiqua le panneau fixé sur le battant.

— Tu n'as vraiment rien d'une femme, beau gosse, lança-t-elle.

Elle lui adressa un clin d'œil et sortit.

— Elle a raison, renchérit Eve, tu n'as rien d'une femme. Même au central, on a un certain degré de respect : les hommes n'entrent pas dans les toilettes pour femmes.

— J'ai pensé que tu préférerais un minimum de discrétion, riposta-t-il en brandissant une fiole, des cachets et une seringue.

— Quoi? s'exclama-t-elle en reculant. Fiche-moi la paix, espèce de sadique!

— Eve, c'est important.

— Je vais très bien.

— Regarde-moi et jure-moi que tu n'as pas mal au crâne, que tu n'as aucune courbature. Si tu me mens, tu risques de m'énerver suffisamment pour que j'emploie la force. Nous savons tous deux que j'en suis capable.

Elle mesura la distance qui la séparait de la sortie. C'était perdu d'avance.

— Pas la piqûre, supplia-t-elle.

— Si! Allez! Sois courageuse, et remonte ta manche.

— Je te déteste.

— Je sais. Nous avons ajouté un peu de saveur framboise au remède liquide.

— Pas possible! J'en ai l'eau à la bouche.

20

Elle gagna la salle d'interrogatoire A en roulant la deuxième manche de son chemisier. Apparemment, sa voiture n'était pas la seule à se rebeller. La climatisation de cette partie du bâtiment était en panne. L'atmosphère était étouffante et empestait le mauvais café.

Peabody l'attendait devant la porte, en nage sous son uniforme.

— Il réclame son avocat ? s'enquit Eve.

— Pas encore. Il s'accroche à son histoire d'erreur d'identité.

— Formidable. C'est un idiot.

— Lieutenant, à mon humble avis, c'est lui qui nous prend pour des idiotes.

— De mieux en mieux. Allons-y !

Eve entra. Kevin était assis à la table. Il transpirait abondamment. En voyant Eve, ses lèvres frémirent.

— Dieu soit loué ! J'ai cru qu'on m'avait oublié. Il s'agit d'un terrible malentendu, madame. J'étais en train de pique-niquer avec une jeune femme que j'ai rencontrée par le biais d'Internet. Elle disait s'appeler Stefanie. Tout à coup, elle est devenue complètement folle. Elle a prétendu qu'elle était de la police, et on m'a amené ici. Je ne comprends rien à ce qui s'est passé.

— Vous allez comprendre, dit Eve en se mettant à califourchon sur la deuxième chaise. Mais ce n'est pas en me traitant de folle que vous risquez de m'attendrir, Kevin.

Il la fixa d'un air ahuri.

— Pardon ? Je ne vous connais même pas.

— Voyons, Kevin, comment pouvez-vous affirmer cela, après m'avoir offert ces jolies roses.

Kevin porta son regard de l'une à l'autre.

— Vous ? C'était *vous*, dans le parc ? Je rêve !

— Enregistrement, ordonna Eve. Entretien avec le suspect Kevin Morano, concernant le meurtre de Bryna Bankhead, complicité de meurtre dans l'affaire Grace Lutz, et tentative de meurtre sur les personnes de Monica Cline et de Stefanie Finch. Accusé aussi d'agression sexuelle, viol, possession de drogues, administration de substances illicites à des personnes sans leur consentement. Interview menée par Dallas, lieutenant Eve. En présence de Peabody, agent Delia. Monsieur Morano, vous avez été informé de vos droits. N'est-ce pas, Kevin ?

— Je ne...

— Vous a-t-on lu l'acte Miranda révisé, Kevin ?

— Oui, mais...

— Vous savez donc quels sont vos droits et obligations ?

— Bien sûr, mais...

Elle poussa un grognement d'impatience et agita l'index.

— Ne soyez pas si pressé.

Elle le dévisagea sans mot dire. Il s'humecta les lèvres, et une grosse goutte de sueur roula sur son front.

— Il fait très chaud, ici, reprit-elle d'un ton compatissant. La clim' est en panne. Vous devez être très mal à l'aise sous cette perruque. Vous voulez l'enlever ?

— Je ne sais pas de quoi...

Elle se pencha vers lui et tira sur la perruque, qu'elle lança à Peabody.

— Je parie que vous vous sentez déjà mieux.

— Ce n'est pas un crime de porter une perruque, marmonna-t-il en passant la main dans ses cheveux en brosse.

— Celle que vous portiez le soir où vous avez tué Bryna Bankhead était différente. De même que lorsque vous avez tenté de tuer Monica Cline.

— Je ne connais pas ces femmes.

— Non, en effet, vous ne les connaissiez pas. Elles n'étaient rien pour vous. Des jouets. Cela vous a-t-il amusé de les séduire avec votre poésie, vos fleurs, vos bougies et vos bouteilles de vin ? Cela vous a-t-il procuré une impression de pouvoir ? Peut-être que vous êtes incapable de bander à moins que votre partenaire ne soit droguée et dans l'incapacité de se défendre. Peut-être que vous ne bandez qu'en violant.

— C'est absurde, grommela-t-il. Vous m'insultez.

— J'en suis navrée. Mais quand un homme passe par le viol pour bander, j'en déduis qu'il a des problèmes de ce côté-là.

Il haussa le menton d'un air indigné.

— Je n'ai jamais violé une femme de ma vie.

— Le pire, c'est que vous en êtes convaincu. Elles avaient envie de vous, n'est-ce pas ? Une fois que vous aviez versé le Whore dans leur verre, elles étaient prêtes à ramper. Mais vous n'avez fait ça que pour les décontracter.

Elle se leva, contourna la table.

— Un garçon comme vous n'a pas besoin de violer une femme. Vous êtes jeune, beau, riche, raffiné, cultivé… Mais c'est ennuyeux, lui chuchota-t-elle à l'oreille. Ça manque de piquant. Quant aux femmes, ce sont toutes des putes. Comme votre mère, par exemple.

Il eut un mouvement de recul.

— Qu'est-ce que vous racontez ? Ma mère est une femme d'affaires brillante et respectée.

— Qui s'est fait mettre en cloque dans un laboratoire, répliqua-t-elle brutalement. A-t-elle seulement connu votre père ? Combien l'ont-ils payée pour qu'elle retire sa plainte et aille jusqu'au bout de sa grossesse ? Elle vous l'a dit ?

— Vous n'avez pas à me parler de cette façon, lâcha-t-il d'une voix tremblante.

— Est-ce votre maman que vous recherchiez à travers ces femmes, Kevin ? Vous vouliez vous la faire, la punir, voire les deux ?

— C'est ignoble, murmura-t-il, horrifié.

— Là-dessus, au moins, nous sommes d'accord. Elle s'est vendue, n'est-ce pas ? Entre elle et les autres, il n'y a aucune différence. Après tout, vous n'avez fait que mettre à jour leur nature profonde. Elles surfaient sur le Web. Elles ont eu ce qu'elles méritaient. Et plus encore. C'est ce que vous avez pensé, Lucias et vous ?

Il tressaillit, respira à fond.

— Vous délirez. Je refuse d'en écouter davantage. Je veux voir votre supérieur.

— Qui a eu l'idée de les tuer ? continua-t-elle, impitoyable. C'est lui, n'est-ce pas ? Vous n'êtes pas un homme violent. Bryna, c'était un accident, la malchance. Ça peut jouer en votre faveur, Kevin. Mais vous allez devoir m'aider.

— Je vous le répète, je ne sais pas qui est cette Bryna, s'entêta-t-il.

Elle plissa les yeux.

— Regardez-moi, espèce de salaud. Vous êtes coincé. Toutes ces petites gâteries, dans votre sac noir, la drogue que vous avez versée dans le vin. Vous étiez sous surveillance. On vous a filmé depuis le moment où vous avez posé le pied dans le parc. On vous a entendu parler à votre ami. Vous êtes très photogénique, Kevin. Je parie que le jury en conviendra quand il verra le passage où vous frelatez le vin. Selon moi, il sera tellement impressionné que vous aurez droit à trois sentences à vie dans une prison hors planète. Une jolie cage en béton rien que pour vous.

Il s'était figé, sous le choc.

— Et vous savez ce qui arrive aux violeurs, en prison ? Surtout aux jolis cœurs comme vous. Ils vont tous vous sauter dessus, Kevin. Et plus vous les supplierez de vous laisser tranquille, plus ils deviendront violents.

Elle se redressa, se tourna vers la glace sans tain, revivant son propre cauchemar.

— Avec un peu de chance, un type surnommé Grosse Queue vous prendra sous son aile.

— C'est du harcèlement ! cria-t-il. De l'intimidation !

— C'est la réalité ! rétorqua-t-elle. C'est la fatalité, le destin. Vous alliez à la pêche sur des sites Internet. Des « chats » de poésie. C'est là que vous avez harponné Bryna Bankhead. Vous avez correspondu avec elle en signant vos mails Dante. Et, en accord avec votre camarade Lucias Dunwood, vous avez organisé un rendez-vous.

Elle marqua une pause.

— Vous lui avez envoyé des fleurs à son travail. Des roses roses. Vous avez passé un certain temps à la filer lors de ses jours de congé. Vous vous êtes servi d'un ordinateur du cybercafé en face de chez elle. Ça, vous ne pouvez pas le réfuter. Je vais vous confier un petit secret, Kevin : vous n'êtes pas aussi malin que vous le croyez, lâcha-t-elle à mi-voix. Vous avez laissé des traces, de même qu'au cybercafé de la Cinquième Avenue.

Il la fixait, le menton tremblant, tel un enfant sur le point de fondre en larmes.

— Bref, revenons-en à Bryna Bankhead. Vous l'avez rencontrée au *Rainbow*. Ça vous revient, maintenant ? C'était une jolie femme. Vous avez bu un verre. Vous avez mis du Whore dans le sien. Une fois qu'elle était bien chaude, vous êtes rentré avec elle à son appartement. Vous lui en avez rajouté une dose, au cas où.

Elle posa les paumes à plat sur la table, se pencha vers lui.

— Vous avez mis de la musique, allumé des bougies, répandu des pétales de rose sur le lit. Puis vous l'avez violée. Pour la revigorer, vous lui avez donné du Rabbit. Son organisme ne l'a pas supporté, elle est morte. Là, sous vos yeux. Vous avez eu peur. Ça vous a énervé.

Quelle mouche l'avait piquée de crever comme ça et de bouleverser vos plans ? Vous l'avez balancée par-dessus son balcon, comme un sac d'ordures.

— Non.

— Vous l'avez regardée tomber, Kevin ? Je ne le pense pas. Vous en aviez terminé avec elle. Vous avez couru demander conseil à Lucias.

Elle s'écarta, alla se chercher un verre d'eau à la fontaine.

— C'est lui qui dirige, n'est-ce pas ? Vous êtes trop faible pour vous débrouiller tout seul.

— Personne ne me dirige. Ni Lucias ni vous.

— Donc, c'était votre idée.

— Non, c'était l'... Je n'ai rien à dire. J'exige la présence de mon avocat.

— Très bien, murmura-t-elle en se perchant sur le bord de la table. J'espérais qu'on en arriverait là, car une fois qu'il sera là, je n'aurai plus à tenter de négocier avec vous. Et je vous l'avoue, Kevin, la perspective de négocier avec vous me flanque la nausée. Pourtant j'ai l'estomac solide. N'est-ce pas, Peabody ?

— En acier, lieutenant.

— Enfin, ça va mieux, maintenant que je vous imagine derrière les barreaux, sans vos beaux costumes, dans les bras de Grosse Queue. Quand Lucias sera à votre place, j'aurai de nouveau un malaise. Parce que lui, il n'hésitera pas. Il vous collera tout sur le dos. Quelle est la cote actuelle là-dessus, Peabody ?

— Trois contre cinq sur Dunwood, lieutenant.

— Je ferais bien de miser. Kevin, nous allons appeler votre avocat. L'interrogatoire est ajourné jusqu'à ce que le suspect soit dûment représenté, conclut-elle en coupant le magnétophone.

Elle se tourna vers la sortie.

— Attendez !

Le regard glacial d'Eve croisa celui de Peabody.

— Vous avez quelque chose à ajouter, Kevin ?

— Je me demandais juste… par curiosité, ce que vous entendez par négociation.

— Désolée. Je ne peux pas aborder ce sujet puisque vous avez réclamé un avocat.

— L'avocat peut attendre.

« Gagné ! » se dit Eve.

— On reprend l'enregistrement. Poursuite de l'entretien… Veuillez répéter ce que vous venez de dire, Kevin.

— L'avocat peut attendre. Je veux savoir ce que vous entendez par négociation.

— Je vais devoir prendre un cachet contre les nausées, soupira-t-elle en se rasseyant. Très bien. Vous savez ce que vous devez faire, Kevin ? Parler, tout me raconter, de A à Z. Et vous allez devoir faire preuve de bonne foi et de remords sincères. Si vous coopérez, j'interviendrai pour vous. Je demanderai qu'on vous accorde des conditions d'incarcération convenables, à l'écart.

— Je ne comprends pas ! s'exclama Kevin. Ça ne rime à rien. Vous ne vous imaginez tout de même pas que je vais accepter d'aller en prison ?

— Oh, Kevin ! souffla-t-elle en secouant la tête. C'est inévitable. La suite ne dépendra que de vous.

— Je veux l'immunité.

— Et moi, je veux chanter sur une scène de Broadway. Ni vous ni moi n'avons la moindre chance de réaliser ces rêves. Nous avons votre ADN, imbécile. Vous n'avez pas pris toutes vos précautions. Et vous savez, ce petit échantillon de rien du tout qu'ils vous ont prélevé à l'accueil ? Ils sont en train de l'analyser. La correspondance sera irréfutable, Kevin. Vous le savez aussi bien que moi. La récréation sera finie. Je vous inculperai, et aucun avocat au monde ne pourra vous tirer de là.

— Vous devez m'offrir quelque chose, insista-t-il. Une issue. J'ai de l'argent.

D'un geste preste, elle empoigna le devant de sa chemise.

— Vous me soudoyez, Kevin ? Dois-je ajouter la tentative de corruption à votre liste déjà longue de délits ?

— Non, non... Je... J'ai besoin d'un peu d'aide, marmonna-t-il en s'efforçant de retrouver son calme. Je ne peux pas aller en prison. Ce n'est pas ma place. C'était un jeu. Un concours. Tout ça, c'est venu de Lucias. C'était un accident.

— Un jeu, un concours, l'idée de quelqu'un d'autre, un accident. Cochez la case, ironisa-t-elle.

— On s'ennuyait, c'est tout. On s'ennuyait, on avait envie de s'amuser, de reproduire en quelque sorte l'expérience de son salaud de grand-père. Mais les choses ont dérapé. C'était un accident. Elle ne devait pas mourir.

— Qui ne devait pas mourir, Kevin ?

— La première. Bryna. Je ne l'ai pas tuée. C'est arrivé comme ça.

— Racontez-moi, Kevin.

Une heure plus tard, Eve émergea de la salle d'interrogatoire.

— Quel minable, commenta-t-elle, écœurée. Une pustule sur les fesses de l'humanité.

— En effet, lieutenant, renchérit Peabody. Il est fait comme un rat. Une armée d'avocats ne suffira pas pour démanteler cette confession. Il est fichu.

— Oui. L'autre sera moins facile à manipuler. Je demande un mandat pour Dunwood. Alertez l'équipe, Peabody. Même personnel que pour le parc. Ils méritent de participer à l'acte II.

— Entendu. Dallas ?

— Quoi ?

— C'est vrai que vous rêvez de chanter sur une scène de Broadway ?

— Comme tout le monde, non ?

Alors qu'elle sortait son communicateur, il bipa dans sa main.

— Dallas.

— Dans mon bureau. Tout de suite, ordonna Whitney.

— Oui, commandant. Il est télépathe, ou quoi ? fit-elle après avoir coupé la communication. Rassemblez les hommes, Peabody. Je veux coincer Dunwood avant la fin de l'heure.

L'interrogatoire à l'esprit, elle pénétra dans l'antre de Whitney. Elle s'apprêtait à lui faire son rapport, mais changea d'avis lorsqu'elle vit Renfrew et un autre homme.

Impassible, Whitney demeura assis derrière son bureau.

— Lieutenant, voici le capitaine Hayes. Je crois que vous connaissez déjà l'inspecteur Renfrew.

— En effet, commandant.

— L'inspecteur Renfrew est ici avec son capitaine. Il envisage de porter plainte contre vous, suite à votre comportement dans l'affaire Theodore McNamara, dont il est le chargé d'enquête. Dans l'espoir d'éviter toute action de ce genre, je vous ai demandé de venir afin que nous puissions en discuter.

Les oreilles d'Eve se mirent à bourdonner.

— Laissez-le porter plainte.

— Lieutenant, je ne tiens pas à être noyé sous la paperasserie si je peux l'éviter.

— Je m'en moque ! rétorqua-t-elle en décochant un regard assassin à Renfrew. Portez plainte, Renfrew. J'aurai votre peau.

— Je vous l'avais bien dit ! s'exclama Renfrew d'un air triomphal. Elle n'a aucun respect pour ses collègues. Elle a déboulé sur ma scène de crime, joué de son autorité, nui à mon enquête. Elle a questionné mes hommes, alors que je lui avais demandé de quitter les lieux. Elle a interrogé le médecin légiste derrière mon dos pour obtenir des informations qui ne la concernaient pas.

Whitney leva la main, interrompant la tirade de Renfrew.

— Votre réponse, lieutenant ?

— Vous voulez ma réponse ? gronda-t-elle. Je vais vous la donner !

Elle sortit un vidéodisque de sa poche, le jeta sur la table.

— La voilà, ma réponse. Espèce d'imbécile, ajouta-t-elle à l'intention de Renfrew. J'allais laisser tomber. Erreur. Il ne faut jamais lâcher les flics dans votre genre. Vous croyez que votre badge vous protège ? Vous avez des responsabilités, nom de nom, des devoirs !

Hayes voulut intervenir, mais Whitney lui intima le silence d'un geste discret.

— Ne me parlez pas de devoir, rétorqua Renfrew, les poings sur les hanches. Tout le monde sait que vous en avez après les autres flics, Dallas. Vous êtes dans la poche du bureau des Affaires internes. Une moucharde !

— Je n'ai pas à me justifier devant vous à propos de mon intervention au 128. Vous semblez oublier que vos collègues y tombaient comme des mouches. Si vous voulez des noms, je les connais par cœur. C'est moi qui les avais sur les bras, Renfrew. Pas vous. Vous voulez vous en prendre à moi, très bien, mais pas sur une enquête pour homicide. Pas au détriment des morts que nous sommes censés défendre. Je vous ai simplement demandé de partager avec moi des informations essentielles pour nos deux affaires afin d'avancer plus vite.

— Mon cambriolage homicide n'a aucun rapport avec vos maniaques sexuels, s'insurgea Renfrew. Et vous n'avez pas à vous imposer sur mon territoire sans autorisation.

— Vous n'êtes qu'un égoïste, prétentieux et ignorant ! Ce n'est pas un cambriolage qui a mal tourné. J'ai la moitié de votre duo de meurtriers sous les verrous. J'ai des aveux complets, officiels, y compris celui du meurtre de Theodore McNamara.

Renfrew bondit de son siège.

— Vous m'avez doublé pour interroger mon suspect ?

— *Mon* suspect, interrogé par *mes* soins dans le cadre de *mon* enquête, laquelle, je vous le répète, triple andouille, est liée à la vôtre. Si vous n'aviez pas été aussi occupé à prendre la voie la plus facile, à refuser de coopérer, vous auriez participé à l'opération qui nous a permis de le coincer. Dégagez, et plus vite que ça, ou je vous prends votre badge et je le mange.

— Ça suffit, lieutenant, intervint le commandant.

— Non, ça ne suffit pas ! glapit-elle en pivotant vers Whitney. Je viens d'écouter un type de vingt-deux ans me raconter comment son cinglé de copain et lui ont inventé un jeu sordide pour tromper leur ennui. Un dollar le point à celui qui éliminait le plus de femmes de la manière la plus inventive possible. Ils les ont droguées, violées, tuées, dans le simple but d'être meilleur que l'autre. Et quand McNamara s'est rendu compte de ce que faisaient son petit-fils et son ami, quand il leur a dit qu'il savait, ils lui ont défoncé le crâne. Ils l'ont maintenu en vie grâce à un stimulant, ils l'ont déshabillé, achevé, puis balancé dans la rivière. Trois personnes sont mortes. Une quatrième est entre la vie et la mort à l'hôpital. Et parce qu'un flic décide qu'il en veut à un autre, ç'aurait pu continuer. Non, ça ne suffit pas !

— N'essayez pas de me refiler vos bourdes, s'entêta Renfrew.

— Taisez-vous, inspecteur, intervint Hayes.

— Capitaine…

— J'ai dit : taisez-vous. Nous ne porterons pas plainte. Si le lieutenant Dallas souhaite le faire…

— Certainement pas, coupa Eve.

Hayes inclina la tête.

— Dans ce cas, vous êtes plus magnanime que moi. Commandant, j'aimerais avoir une copie de ce vidéodisque.

— Accordé.

— Je le visionnerai et prendrai les mesures appropriées. Ouvrez la bouche, Renfrew, et c'est moi qui porterai plainte contre vous. Sortez. C'est un ordre.

Renfrew tremblait de rage.

— Bien, capitaine, mais c'est contre mon gré.

— C'est noté.

Hayes attendit que la porte eût claqué derrière l'inspecteur avant de reprendre :

— Je vous prie d'accepter mes excuses, commandant.

— Votre homme manque de discipline, capitaine.

— Il a besoin d'un bon coup de pied aux fesses, et je vous promets qu'il ne perd rien pour attendre. Je vous présente aussi mes excuses, lieutenant.

— C'est inutile.

— Si, si. Renfrew est un enfant à problèmes, mais, pour le moment, c'est le mien. J'assume mes responsabilités, lieutenant. Merci de nous avoir reçus, commandant.

Il se dirigea vers la porte, s'immobilisa, se retourna.

— Lieutenant, le sergent Clooney et moi avons patrouillé ensemble. Je suis allé le voir, après les événements du mois de mai. Il m'a confié que vous aviez été irréprochable. Il était soulagé que ce soit vous qui l'ayez arrêté. Je ne sais pas si ça change quelque chose pour vous, mais pour lui, c'est important.

Il les salua d'un signe de la tête et disparut.

Quand ils furent seuls, Whitney se leva et fonça vers son autochef.

— Un café, lieutenant ?

— Non, merci.

— Asseyez-vous.

— Commandant, je vous prie d'excuser mon comportement, mais je…

— Vous m'avez impressionné, l'interrompit-il. Ne gâchez pas tout.

Il revint à son bureau avec une tasse fumante.

— Puis-je me permettre de vous demander si vous avez dormi la nuit dernière ?

— Je ne…

— Répondez.

— J'ai dormi trois heures.

— Et la nuit précédente ?

— Je ne… je ne sais pas…

— Je vous ai priée de vous asseoir. Dois-je vous en donner l'ordre ?

Elle s'exécuta.

— Je ne vous avais encore jamais vue sermonner un officier. J'avais entendu des rumeurs, bien sûr… À présent, je peux affirmer sans hésiter que vous méritez votre rang. Vous avez parfaitement agi avec Clooney et le 128. Ce qui ne signifie pas que ça ne vous retombera pas dessus.

— Compris, commandant.

Il la dévisagea et comprit qu'elle était à bout de nerfs.

— Ce n'est pas le badge qui fait l'homme, Eve. C'est l'inverse.

Elle cligna des yeux, perturbée qu'il l'ait appelée par son prénom.

— Oui, commandant, je sais.

— Vous êtes une femme remarquable, sur les plans personnel et professionnel. Cela ne peut qu'inspirer de la jalousie à certains. Renfrew est de ceux-là… Ainsi, vous avez les aveux de Kevin Morano.

— Oui, commandant.

Elle voulut se lever, pour lui faire son rapport, mais il l'invita à rester où elle était.

— Je n'ai pas besoin d'un rapport formel. J'ai compris l'essentiel. Avez-vous obtenu le mandat pour Lucias Dunwood ?

— Je l'ai demandé. Je suppose qu'il est sur mon bureau.

— Allez le chercher, lieutenant. Contactez-moi dès que vous l'aurez arrêté. Nous allons devoir organiser une conférence de presse, après quoi vous rentrerez chez vous et vous choisirez la méthode qui vous conviendra pour dormir huit heures d'affilée.

Lorsqu'elle sortit, Whitney ramassa le disque, le retourna dans sa main. Puis il contacta Tibble, son supérieur, pour le mettre au courant.

Eve était très tentée de défoncer la porte et d'envahir la maison avec une horde de flics armés de mitraillettes. Les circonstances et la gravité des accusations à l'encontre du suspect le lui permettaient.

Ce serait spectaculaire.

Et très satisfaisant.

Cependant, Eve chassa ce fantasme de son esprit et gravit les marches du perron, seule avec Peabody.

— Tout le monde est en position ?

— Affirmatif, lui répondit Feeney dans son oreillette. S'il détale, on le ramasse à la sortie.

— Il ne nous échappera pas.

Eve appuya sur le bouton de la sonnette et compta les secondes en se balançant d'un pied sur l'autre. Elle en était à dix lorsqu'un droïde lui ouvrit.

— Vous vous souvenez de moi ? dit-elle. Je voudrais parler à M. Dunwood.

— Oui, lieutenant. Entrez, je vous en prie. Je préviens tout de suite M. Dunwood. Puis-je vous offrir une boisson en attendant ?

— Non, merci.

— Très bien. Mettez-vous à l'aise.

Il s'éloigna, raide et solennel, en uniforme noir.

— Si Connor pouvait se débarrasser de Summerset et le remplacer par un droïde, j'aurais droit à autant d'égards tous les jours.

— Oui, murmura Peabody en souriant. Et ça vous exaspérerait.

Lucias Dunwood apparut.

— Monsieur Dunwood, le salua Eve.

— Lieutenant.

Lui aussi était vêtu de noir. Il s'était poudré le visage pour paraître plus pâle. Le subterfuge avait parfaitement fonctionné, ce matin-là, avec sa mère. Nul doute que les flics y seraient sensibles, eux aussi.

— Vous avez du nouveau concernant mon grand-père ? J'ai passé la matinée avec ma mère, et elle…

Les mots moururent sur ses lèvres, et il feignit de faire un effort pour se ressaisir.

— Nous aimerions comprendre...

— Je pense pouvoir vous aider, répondit Eve. Nous avons déjà arrêté une personne.

Un éclair de surprise traversa les prunelles de Dunwood.

— Vous n'imaginez pas combien c'est important pour nous. Que son meurtrier soit jugé au plus vite.

— Oui, moi aussi, ça me réjouit. En fait, il y a deux responsables. Le premier vient d'être inculpé, le second est sur le point d'être arrêté.

— Deux ? répéta Lucias. Ils se sont mis à deux sur un vieil homme. Je veux qu'ils souffrent. Je veux qu'ils paient.

— Nous sommes sur la même longueur d'ondes. Aussi ne perdons pas une seconde. Lucias Dunwood, vous êtes en état d'arrestation.

Elle dégaina son arme, tandis qu'il reculait vivement.

— Je vous en prie, continuez, reprit-elle. Je n'ai pas eu l'occasion de tirer sur votre copain, Kevin, et ça me rend nerveuse.

— Espèce de garce ! vociféra-t-il. Pauvre idiote !

— Garce, je veux bien, mais lequel d'entre nous va finir en cage ? C'est vous l'idiot. Les mains derrière la tête.

Il obéit, mais lorsqu'elle le tourna face au mur, il réagit.

Peut-être le laissa-t-elle faire. Elle ne passerait pas la nuit à analyser la situation. Quand il se cabra, elle s'écarta, lui laissant toute la place pour frapper. Esquivant son poing, elle le gratifia de deux coups violents dans l'estomac.

Il tomba à genoux en hurlant.

— Résistance aux forces de l'ordre, déclara-t-elle. Un mauvais point de plus.

Elle le fit basculer en avant, lui enfonça la pointe de sa bottine dans la nuque.

— Je vous épargne la voie de fait, puisque vous avez raté votre coup. Menottez-moi ce clown, Peabody, pendant que je lui cite ses droits.

Avant qu'elle ait terminé, il exigeait la présence de son avocat.

— Nous serons donc quittes [illegible]

— Je [illegible] vous [illegible] Vous avez déjà [illegible] une personne.

[illegible] surprise [illegible]

— [illegible] pas [illegible] est [illegible] pour nous [illegible]

— C'est [illegible] Le [illegible] est sur le point [illegible]

— [illegible] Lucas [illegible] deux [illegible] le sens qu'ils [illegible]

— [illegible] Aussi ne [illegible] Lucas Brunard, [illegible] l'arrestation.

Elle [illegible] son [illegible]

— [illegible] occasion de [illegible] votre [illegible] heureuse.

— [illegible]

— [illegible]

[illegible]

Il [illegible]

— [illegible] de l'autre [illegible]

[illegible] dans le [illegible]

— [illegible]

[illegible]

21

Le ciel était encore bleu, d'un bleu profond, crépusculaire, lorsque Eve atteignit sa demeure. Pour la première fois depuis des jours, elle avait l'esprit assez libre pour entendre le gazouillis des oiseaux et humer le parfum des fleurs.

Elle se serait volontiers assise là, sur les marches, pour savourer ces plaisirs simples. Se souvenir, prendre le temps d'apprécier. Le monde avait toutes sortes de merveilles à offrir, autres que la mort, le sang et ceux qui le versaient, l'égoïsme et la cruauté.

Au lieu de quoi, elle cueillit une fleur violette dans une urne et entra.

Summerset l'accueillit en grommelant :

— Lieutenant, les compositions florales dans les urnes ne sont pas destinées aux bouquets.

— Il est là ?

— Dans son bureau. Si vous voulez une gerbe de verbénacées, vous n'avez qu'à la commander à la serre.

— Blablabla ! Et patati et patata ! lança-t-elle en grimpant l'escalier.

Summerset haussa un sourcil. Apparemment, ses remèdes avaient eu l'effet désiré.

Connor était devant la fenêtre, en grande conversation avec son casque. Il était question de revoir le prototype d'un nouveau système de communication, mais c'était beaucoup trop compliqué pour elle. Elle se contenta d'écouter sa voix.

La pointe d'accent irlandais qui apparaissait de temps en temps lui donnait des frissons, évoquait des images de guerriers et de feux de bois. De poésie, aussi. Peut-être l'espèce féminine était-elle conçue pour réagir à ce genre de stimuli.

Peut-être que, d'ici dix ou vingt ans, elle s'y habituerait. À tout ça. À lui.

Le soleil couchant l'inondait de sa lumière dorée. Il avait attaché ses cheveux. Il était d'une beauté à couper le souffle.

Son écran était branché sur les informations. Le vidéocom de son bureau bipa, mais il l'ignora.

Tout, dans cette pièce, respirait l'argent et le pouvoir. Connor était ainsi. Soudain, elle éprouva un élan irrésistible de désir.

Il se tourna vers elle.

Le regardant droit dans les yeux, elle traversa la pièce, le saisit par le col de sa chemise, et captura ses lèvres.

Dans le casque, la voix à l'autre bout du fil continuait de ronronner. Connor la saisit par les hanches et la pressa contre lui.

— Plus tard, marmonna-t-il à l'intention de son interlocuteur.

Il jeta son casque de côté.

— Bienvenue à la maison, lieutenant, et toutes mes félicitations.

Il lui caressa les cheveux.

— J'ai vu ta conférence de presse, sur channel 75.

— Donc, tu sais que c'est fini.

Elle lui offrit la fleur.

— Merci pour ton aide.

— De rien… Je peux faire autre chose pour toi ?

Elle arracha le lien qui retenait sa queue-de-cheval.

— En fait, oui. J'ai une nouvelle mission pour toi.

— Vraiment ? Mon emploi du temps est très chargé, la prévint-il, mais je tiens à remplir mes devoirs de citoyen. De quoi s'agit-il, au juste ? Tâche d'être précise.

— Tu veux que je sois précise ?

— Oui. Très... très précise.

Avec un petit rire, elle bondit et enroula les jambes autour de sa taille.

— Je veux que tu te déshabilles.

— Ah ! Une mission en tenue de camouflage.

La calant contre lui, il se dirigea vers l'ascenseur.

— C'est dangereux ?

— Terriblement. Ni toi ni moi n'en sortirons vivants.

Dans la cabine, il l'adossa au mur.

— Chambre principale, ordonna-t-il, avant de l'embrasser sauvagement. Le danger m'excite. Dis-moi tout.

— C'est une mission très fatigante sur le plan physique. Le rythme, la coordination doivent être parfaits.

Ils pénétrèrent dans la chambre. Étalé sur le lit telle une carpette, Galahad se leva en crachant, le poil hérissé, quand ils atterrirent près de lui sur le matelas. Connor le poussa légèrement, et il sauta à terre.

— Il n'y a pas de place ici pour les civils.

Riant, Eve s'accrocha au cou de son mari, couvrit son visage de petits baisers.

— Déshabille-toi... Je veux te dévorer.

Ils s'arrachèrent mutuellement leurs vêtements. Puis soudain, Connor cloua les bras d'Eve au-dessus de sa tête, et plongea son regard dans le sien.

— Je t'aime, mon Eve chérie.

Cette fois, il l'embrassa avec une tendresse infinie, fit courir ses lèvres sur sa gorge, et elle fondit. Il la connaissait si bien. Il savait qu'elle voulait plus que le feu et la passion. Qu'elle voulait aussi et surtout la douceur et la simplicité.

Il la sentit céder, s'ouvrir à lui. Rien ne l'émouvait davantage que lorsqu'elle s'abandonnait ainsi à lui, sans réserve. Avec délicatesse, il explora son corps, savoura le goût de sa peau.

Elle sentait le savon du central, où elle avait pris une douche avant de rentrer. Il avait envie de la dorloter, d'effacer toute cette dureté à laquelle elle était confrontée jour après jour.

Ses lèvres étaient comme un baume sur sa chair brûlante. Elle flottait sur un nuage de sensations, enveloppée dans un plaisir subtil, vaporeux. Les mots doux que Connor lui murmurait en gaélique sonnaient à ses oreilles comme une musique apaisante et romantique.

— Qu'est-ce que ça signifie ? souffla-t-elle.

— Mon cœur. Tu es mon cœur.

Il prenait tout son temps, et elle retint son souffle. Quand il entra en elle, elle gémit. Une houle de plaisir la secoua. Elle se cambra à sa rencontre, avide, impatiente.

— Encore... encore...

— Mon cœur, chuchota-t-il en l'étreignant avec passion, tandis qu'une larme de bonheur roulait sur sa joue.

Elle était pelotonnée contre lui. La nuit tombait. La longue, longue journée se terminait enfin.

— Connor.

— Mmm ? Tu devrais dormir un peu.

— Je ne sais pas m'exprimer comme toi. Je ne trouve jamais les mots quand c'est important.

— Je sais... Repose-toi, Eve.

— Redis-moi ce truc en irlandais. Je veux te le répéter.

Il sourit, lui prit la main.

— Tu n'y arriveras jamais.

— Si, j'y arriverai.

Sans se départir de son sourire, il s'exécuta. Elle posa la main de Connor sur son cœur et répéta ses paroles, sérieuse et appliquée. L'émotion qu'elle lut sur son visage la bouleversa.

— Eve, je ne sais pas ce que je ferais sans toi.

Comme elle refusait de dormir, il réussit à la convaincre de partager un repas au lit. Assise en tailleur, elle engloutissait un plat de spaghetti à la bolognaise.

Le sexe, la nourriture et une douche bien chaude l'avaient remontée.

— Morano a craqué pendant l'interrogatoire, commença-t-elle.

— D'après moi, c'est toi qui l'as poussé dans ses retranchements. Je t'ai observée, derrière la glace sans tain. Il ne se doutait certainement pas à quel point c'était difficile pour toi.

— Pas tant que ça, finalement, parce que je savais que j'allais le coincer. J'ignorais que tu étais présent.

— Je faisais partie de l'équipe. Et j'aime te regarder travailler.

— Pour eux, c'était une compétition. Ces femmes n'étaient que des pions sur un échiquier. Il me suffisait de piéger Morano, et la partie était finie. Il prétend que tout est la faute de Dunwood, qu'il a simplement essayé de rester à la hauteur. Bankhead, c'était un accident. Cline n'est pas morte. Quant à McNamara, de son point de vue, c'était plutôt de l'autodéfense. Il ne m'a pas paru calculateur ou vicieux. C'est simplement un être vil, lâche, sans caractère.

— En effet, approuva Connor. Dunwood est très différent.

Elle souleva son verre, but une gorgée de vin, se pencha pour goûter les linguini aux moules de Connor.

— Mes spaghetti sont meilleurs, décida-t-elle. Après la séance avec Renfrew, dans le bureau de Whitney...

— Quelle séance ?

— Ah, c'est vrai, je ne t'en ai pas parlé !

Entre deux bouchées, elle lui raconta l'épisode.

— Je n'en reviens pas : j'ai pratiquement intimé à Whitney l'ordre de la fermer. Il aurait dû me gifler.

— C'est un type intelligent, riposta Connor. Un pro. Renfrew est le genre de flic qui m'a grandement facilité la vie... à une époque lointaine et regrettable de mon existence. Plus ambitieux que malin. Étroit d'esprit. Paresseux. Il est l'incarnation de l'espèce telle que je la considérais... avant de te connaître.

— Il m'exaspère, mais son supérieur est carré. Bref...

Elle poussa un profond soupir. Elle n'avait plus faim du tout.

— J'ai emmené toute l'équipe, excepté notre consultant civil, chez Dunwood pour l'arrêter. Il a aussitôt réclamé son avocat et il a gardé le silence. Il n'est ni bête ni faible. Son erreur, c'est de penser que tous les autres le sont. C'est ce qui le perdra.

— Non, c'est toi qui le feras couler.

La confiance absolue de Connor en ses capacités la réconfortait autant que ses mots d'amour.

— Trois avocats ont débarqué avant qu'on ait terminé la procédure d'inculpation. Il prétend qu'il ne sait rien, sinon que son bon ami Kevin se comporte d'une façon fort bizarre depuis quelque temps, qu'il va et vient à n'importe quelle heure, et qu'il se déguise avant de sortir.

— Ah, c'est beau, l'amitié !

— On n'a pas son ADN, et il le sait. Il joue la victime innocente, le citoyen outragé, et il laisse parler ses avocats. Il n'a pas cillé quand on a évoqué son labo et les échantillons qu'on y a prélevés, et n'a pas eu un tressaillement lorsque je lui ai appris que j'avais trouvé dans son armoire la perruque et le costume qu'il portait lors de sa rencontre avec Lutz. Les cosmétiques, les accessoires, selon lui, c'est Kevin qui s'en servait, et qui les a cachés dans ses affaires. Idem pour le compte Carlo. La vente des produits illicites. Il n'est au courant de rien. C'était sûrement Kevin.

— Quelle va être la prochaine étape ?

— Feeney examine tous les appareils que nous avons confisqués dans la maison. Il finira bien par tomber sur quelque chose. Dunwood avait rendez-vous avec quelqu'un, le soir où il a tué son grand-père, mais j'ai l'impression que la personne ne s'est pas présentée. Nous allons la localiser, vérifier la correspondance. Nous allons rechercher des traces de Whore et de Rabbit parmi les échantillons prélevés dans le laboratoire. Ses avocats pourront toujours arguer que rien n'interdit l'expérimentation. Ce sera à nous de prouver l'utilisation et/ou la distribution des produits. On creusera jusqu'à ce qu'on puisse établir le lien entre la vente des drogues et Carlo, grâce à la cliente de Charles Monroe. La brigade criminelle passe la maison au peigne fin. Ils trouveront du sang. Et nous avons la confession de Morano.

Éprouvant soudain le besoin de bouger, elle débarrassa les assiettes.

— Il faudra que Mira le voie, ajouta-t-elle. Mais de toute façon elle aura du mal à gratter la surface. Pour finir, on réunira toutes les preuves – physiques, circonstancielles, scientifiques, profils psychologiques et déclarations –, dans un carton qu'on expédiera aux avocats. Il est cuit.

— Tu penses réussir ?

— Il y a vingt-quatre heures, je t'aurais sans doute répondu non. À moins de mentir. Mais bientôt, j'aurai terminé mon boulot, et je le remettrai à la justice. Et moi, je m'en irai.

— J'ai besoin de temps avec toi, Eve. Seul, et loin d'ici.

— Nous allons au Mexique, non ?

— Pour commencer. Je veux deux semaines.

Elle ouvrit la bouche pour protester, puis se ravisa.

— Quand veux-tu que nous partions ?

— Dès que tu seras disponible.

— Accorde-moi deux jours. En attendant, mon commandant m'a donné un ordre que je me dois de respecter : employer n'importe quel moyen pour dormir huit heures d'affilée.

— Tu as choisi ta méthode, mon Eve adorée ?

— Oui. Elle est infaillible.

Elle se jeta sur lui.

Elle venait de lui arracher son peignoir quand l'interphone bipa.

— Qu'est-ce qu'il veut encore, celui-là ? Il ne sait pas qu'on est occupés ?

Connor posa la main sur l'objectif et répondit :

— Summerset, à moins que la maison ne soit en flammes, ou que nous ne soyons la cible d'une attaque massive, je ne veux plus vous entendre avant demain matin.

— Je suis navré de vous déranger, monsieur, mais le commandant du lieutenant est ici. Dois-je lui dire qu'elle est indisponible ?

— Non ! grommela-t-elle en se levant. J'arrive.

— Installez le commandant Whitney dans le salon, ordonna Connor. Nous le rejoignons.

— Ça sent mauvais, maugréa Eve. *Très* mauvais. Whitney n'est pas du genre à passer à l'improviste pour boire un cocktail. Nom de nom !

Elle attrapa un vieux jean et un tee-shirt informe, enfila ses bottines.

Pendant ce temps, son mari avait revêtu un pantalon noir impeccablement repassé et un tee-shirt noir.

Dans l'immense salon aux boiseries cirées, Whitney et Galahad s'observaient avec un mélange de méfiance et de respect. Quand Eve apparut, Whitney parut soulagé.

— Lieutenant, Connor, je suis confus de vous déranger à une heure pareille.

— Ce n'est pas un problème, commandant, s'empressa de le rassurer Eve. Quelque chose ne va pas ?

— Je voulais vous l'annoncer personnellement. L'avocat de Lucias Dunwood a demandé et obtenu une audience immédiate.

À son expression, Eve devina la suite.

— Ils l'ont relâché, fit-elle. Comment un juge peut-il libérer sous caution un homme accusé de plusieurs meurtres ?

— Un juge qui, en tant qu'ami des familles Dunwood et McNamara, aurait dû céder sa place à un confrère, précisa le commandant. Ils ont affirmé qu'il n'y avait aucune preuve physique contre Dunwood.

— Il y en aura d'ici quelques heures.

— Ils ont déclaré aussi, enchaîna Whitney, que les accusations les plus graves sont issues de la confession de Kevin Morano, qui implique Dunwood. Que Dunwood n'a pas de casier judiciaire, qu'il appartient à une famille respectée, qu'il a appris hier soir la mort tragique de son grand-père.

— Le meurtre, rectifia sèchement Eve. Un meurtre dont il est coupable.

— Sa mère était présente à l'audience. Elle a plaidé elle-même pour sa libération sous caution, afin qu'il puisse assister aux obsèques de son grand-père. La somme a été fixée à cinq millions de dollars. Elle a été payée, et Dunwood est reparti avec sa mère.

Connor posa la main sur l'épaule d'Eve.

— Réfléchis. Est-ce qu'il va s'enfuir ?

Elle s'obligea à maîtriser sa fureur.

— Non. C'est toujours un jeu, simplement, la donne a changé. Il veut gagner. Mais il est excédé, parce que je l'ai obligé à modifier les règles ; il se pourrait qu'il prenne des risques. C'est un enfant gâté et en colère. Il faut accélérer les tests sur les produits chimiques saisis dans la maison.

— C'est déjà fait. J'ai parlé à Dick. Il est en route. Les échantillons correspondent aux produits prélevés sur le corps des victimes. Avec ça, et le fait que le juge connaissait les familles, le procureur exigera une révocation immédiate de sa libération.

— Vous croyez que ça va marcher ?

— Nous le saurons d'ici une heure, tout au plus. À mon grand regret, je vais devoir annuler mon ordre, lieutenant : votre journée n'est pas terminée. Pas plus que la mienne, d'ailleurs. Je retourne au central. Avec un peu de chance, vous récupérerez Dunwood ce soir. J'ai l'intention d'y aller avec vous.

— Avec moi ? répéta Eve, stupéfaite. M... mais... oui, commandant.

— J'ai été sur le terrain, autrefois, lieutenant. Croyez-moi, tout bureaucrate que je sois aujourd'hui, je ne serai pas un poids mort.

— Bien sûr, commandant. Je ne voulais pas vous manquer de respect. Avec votre permission, je vais appeler Feeney. Lui demander de rattraper McNab, et de redoubler d'efforts sur les ordinateurs.

— C'est toujours votre enquête, lui rappela Whitney. Je vous préviens dès que j'en ai terminé avec le procureur.

— Commandant, avez-vous dîné ? s'enquit Connor sans lâcher Eve, qu'il sentait prête à bondir.

— Pas encore. Je mangerai au bureau.

— Euh... Pourquoi ne pas partager notre repas, commandant ? suggéra Eve.

— Je ne veux pas vous déranger.

— Mais vous ne nous dérangez pas, assura Connor. Je vous tiendrai compagnie pendant qu'Eve joint ses hommes. Votre famille va bien, j'espère ? continua-t-il en l'invitant à le suivre dans la salle à manger.

Incrédule, Eve les regarda s'éloigner. Elle ne savait pas ce qui l'étonnait plus : le fait que son commandant dîne chez elle, ou qu'il s'apprête à dîner en compagnie d'un homme qui avait passé la plus grande partie de sa vie à contourner la loi.

— La vie est vraiment bizarre, confia-t-elle à Galahad.

Sur ce, elle regagna son bureau pour se mettre au travail.

22

Parce qu'elle comprenait aisément ce qu'il ressentait – et que son vocabulaire, lorsqu'il était en colère, était encore plus imagé que le sien, Eve laissa Feeney déverser son fiel.

Elle omit par ailleurs de lui signaler qu'il avait décroché son vidéocom en pyjama parsemé de petits cœurs rouges, et qu'en bruit de fond elle entendait la voix langoureuse d'un crooner.

Apparemment, elle n'était pas la seule à avoir espéré passer sa soirée à séduire.

— On va le rattraper, promit-elle lorsque Feeney fut à court de jurons. Je donne l'ordre qu'on surveille sa maison et celle de sa mère. Je doute qu'il s'enfuie, mais je ne veux prendre aucun risque. Trouve-moi quelque chose dans ces ordinateurs, Feeney, histoire d'en rajouter une couche.

— Ce juge mériterait qu'on le traîne dans la rue nu comme un ver avec un panneau « salaud sans cervelle » accroché aux fesses.

— Oui, euh… l'image me réjouit, mais je me contenterai d'une révocation de la libération. Appelle McNab.

— Il est probablement en train de se faire Peabody, aboya Feeney. De vrais lapins, ces deux-là.

— Si c'est le cas, je ne veux pas le savoir, mais préviens Peabody de rester à l'affût. Si tu as la moindre information, elle fera le suivi.

— Tu ne l'emmènes pas avec toi ?

— Non. J'ai un autre partenaire : Whitney.

— Jack ? s'exclama Feeney avec un large sourire. Pas possible ?

— Si, possible. Qu'est-ce que je dois faire, Feeney ? Est-ce à moi de lui donner des ordres ?

— C'est toi qui es chargée de l'enquête.

— Bon, bon, marmonna-t-elle. J'improviserai. Ah… euh… Feeney ? J'adore ton pyj' !

Elle coupa la communication. Bon, d'accord, pour finir, elle avait craqué.

Elle appela le central pour demander qu'on mette les deux demeures sous surveillance, puis se mit à marcher de long en large.

Pourquoi le procureur ne répondait-il pas ? Elle ferait sans doute mieux de descendre, de jouer les maîtresses de maison. Elle avait fait des progrès, en un an. Mais les conversations paisibles et les échanges de mondanités étaient l'apanage de Connor. Elle décida finalement d'aller chercher son arme dans sa chambre.

Dès qu'elle l'eut sur elle, elle eut l'impression de mieux maîtriser la situation.

Lucias éprouvait le même sentiment. Il maîtrisait la situation. La rage le rongeait, mais il était le plus fort.

Il s'était douté que sa mère gémirait, supplierait, sangloterait pour lui. Elle était tellement prévisible. Toutes les femmes l'étaient, d'ailleurs. Elles étaient faibles et soumises. Elles avaient besoin d'une poigne masculine. Son grand-père, puis son père avaient toujours dirigé sa mère.

Il ne faisait que poursuivre la tradition McNamara-Dunwood.

Chez les Dunwood, c'était les hommes qui possédaient le pouvoir. C'était tous des gagnants.

Ils méritaient le respect, la docilité et la loyauté. On ne les traitait pas comme des criminels, on ne les bousculait pas, on ne les incarcérait pas, on ne les *interrogeait* pas.

Mais surtout, on ne les trahissait pas.

Bien évidemment, ils l'avaient relâché. Comme prévu. Il n'irait jamais en prison. Il ne se laisserait jamais enfermer dans une cage comme un animal.

D'une façon ou d'une autre, il s'en sortirait.

Mais cela ne compensait pas l'humiliation qu'il venait de subir.

Il s'occuperait d'Eve Dallas. Après tout, elle n'était qu'une femme. Dieu savait que c'était une erreur de leur confier l'autorité ou le pouvoir. Là-dessus, au moins, il était d'accord avec son défunt grand-père.

Il patienterait. Il planifierait sa vengeance. Il choisirait le lieu et le moment. Quand il serait prêt, il la punirait pour l'avoir poussé dans ses retranchements, pour lui avoir gâché son jeu.

Un lieu tranquille, un interlude privé. Oh, oui, il l'aurait ! Cette fois, ce serait elle qui serait menottée. Quand elle serait imbibée de Whore, quand elle le supplierait de la prendre, il se retiendrait.

Il lui ferait mal. Oui, il lui infligerait une douleur exquise, mais il la priverait du feu d'artifice final.

Elle mourrait désespérée, une chienne en chaleur parmi tant d'autres.

Cette perspective le fit durcir. Preuve qu'il était un homme.

Mais Dallas attendrait. Il devait commencer par le commencement.

Kevin.

Leur longue amitié ne pouvait souffrir une telle trahison. Kevin devait payer.

Lucias s'était préparé avec un soin tout particulier. Cheveux roux, teint blême. Il s'appelait Terrance Blackburn, comme le confirmerait sa carte d'identité. Et il était l'avocat de Kevin Morano.

Le déguisement n'était pas parfait. Lucias en avait conscience, mais il était trop pressé pour s'attarder sur les détails.

De toute façon, les gens voyaient ce qu'ils avaient envie de voir. Il ressemblait étonnamment à Blackburn dans son costume sombre. Il avait une mallette de cuir à la main, et arborait une expression froide et réservée.

Il passa sans le moindre problème les divers niveaux de sécurité du central. En exigeant de rencontrer son client, il suscita chez le flic en face de lui davantage d'irritation que d'intérêt.

Il se soumit sans protester à la fouille, accepta que l'on passe deux fois de suite sa mallette aux rayons X. Une fois dans la salle, il s'assit, croisa les mains, et guetta l'arrivée de son client.

Quand Kevin apparut, vêtu de la combinaison orange des détenus, un frisson de colère le secoua. Son ami avait les traits tirés, mais une lueur d'espoir brilla dans ses yeux lorsqu'il le vit.

— Monsieur Blackburn, je ne pensais pas que vous reviendriez ce soir. Vous m'aviez dit que je subirais des tests demain, afin de démontrer ma dépendance psychologique. Il y a du nouveau ?

— Nous allons en discuter.

Kevin prit place, et Lucias invita d'un geste le gardien à sortir. D'un air distrait, il ouvrit sa mallette.

— Comment vous sentez-vous ?

— Très mal, avoua Kevin en se triturant les doigts. Je suis seul dans ma cellule. Sur ce point, le lieutenant Dallas a respecté sa parole. Mais il fait sombre, et… ça sent mauvais. Et je n'ai aucune intimité. Franchement, je ne supporterai pas d'aller en prison, monsieur Blackburn. C'est impossible. Il doit y avoir un moyen pour que les résultats des tests penchent en ma faveur. Je pourrais faire un séjour dans un centre de désintoxication privé, ou…

— Nous tâcherons de vous éviter un tel désagrément.

— Vraiment ?

Soulagé, Kevin se pencha en avant.

— Mais tout à l'heure, vous disiez que… Ça n'a aucune importance. Merci.

— Je vais avoir besoin de plus d'argent.

— Tout ce que vous voudrez.

Kevin se cacha le visage dans ses mains.

— Je ne peux pas rester ici, gémit-il. Je ne sais pas si je passerai la nuit.

— Garder votre calme, lui conseilla Lucias. Je vais vous donner un verre d'eau.

Il se leva, se dirigea vers la fontaine dans un coin. En remplissant le gobelet en plastique, il y ajouta le contenu de la fiole qu'il portait attachée à une chaîne autour de son cou.

— Dans votre confession, vous stipulez très clairement que Lucias Dunwood est le coupable, reprit-il. C'est lui qui avait imaginé le jeu, lui qui gagnait.

— Je m'en veux terriblement. Mais que pouvais-je faire ? se plaignit Kevin entre deux gorgées. Ce n'est pas ma faute. N'importe qui le comprendra. Je ne serais jamais allé aussi loin si Lucias ne m'y avait pas poussé.

— Il est plus intelligent que vous, et plus fort.

— Non, non. Pas du tout. Il... c'est Lucias. Il aime la compétition. Il est inventif. Je n'y peux rien si ça nous est retombé dessus. D'ailleurs, ajouta-t-il avec un demi-sourire, pour l'instant, c'est moi qui gagne la partie.

— Vous croyez ? Vous vous trompez.

— Je ne sais pas ce que vous... Oh ! Je me sens mal.

— Tu vas d'abord sombrer dans l'inconscience, murmura Lucias. Tu seras mort avant qu'ils ne te transportent à l'infirmerie. Tu as manqué de loyauté, Kevin.

— Lucias ?

Affolé, il tenta de se mettre debout, mais ses jambes se dérobèrent sous lui.

— Au secours ! À l'aide !

— Il est trop tard.

Lucias l'avait rejoint et lui glissait la chaîne avec la fiole autour du cou.

— Tu n'es pas sérieux, Lucias... Tu ne veux pas me tuer.

— Je t'ai tué. Mais sans douleur, Kev... en souvenir des bons moments que nous avons passés ensemble. Au début, ils penseront au suicide. Ils mettront un certain temps avant de découvrir que ton visiteur n'était pas Blackburn. Et comme je suis chez maman, ce ne peut être moi. Console-toi, mon vieux. Tu n'iras pas en prison.

Il ferma sa mallette, brossa les manches de sa veste.

— La partie est terminée. Je l'ai remportée.

Il appuya sur la sonnette d'alarme, puis s'accroupit pour tapoter la joue de Kevin.

— Il s'est évanoui, annonça-t-il au gardien. Il a besoin de soins médicaux.

Et tandis qu'on emmenait son ami agonisant à l'infirmerie, Lucias Dunwood quitta le central au pas de charge.

Whitney et Connor buvaient du café en fumant un cigare lorsque Eve entra. En entendant Whitney rire aux éclats, elle s'immobilisa.

Il souriait encore quand elle parvint à décoller les pieds du sol pour s'avancer vers eux.

— Je ne sais pas comment vous gardez la ligne avec un tel choix de menus.

Connor haussa un sourcil ironique.

— Nous faisons beaucoup de sport. N'est-ce pas, ma chérie ?

— Oui, l'exercice, c'est la santé. Je suis heureuse que vous ayez apprécié ce repas, commandant. Feeney travaille sur les ordinateurs. J'ai organisé une surveillance autour des demeures de Dunwood et de sa mère. Peabody est prête à vérifier toute nouvelle information. La brigade criminelle a retrouvé des traces de sang qui correspond à celui de McNamara sur le tapis du salon. O négatif. Dunwood est O négatif, lui aussi, mais le technicien du labo a bien voulu analyser l'ADN. Il semble que ce soit bien le sang de McNamara. Nous en aurons confirmation avant demain matin.

Whitney tira sur son cigare, un petit luxe que son épouse lui interdisait formellement.

— Vous ne vous arrêtez donc jamais, Dallas ?

Comme elle le dévisageait d'un air ahuri, il secoua la tête.

— Asseyez-vous. Prenez un café. Tout ce qui pouvait être fait l'a été. Nous ne pouvons plus bouger avant d'avoir reçu le rapport du procureur.

— Si c'est un ordre, elle ne le contestera pas, intervint Connor.

— Ça m'ennuie, confessa Whitney. Après tout, elle est chez elle. Je vous en prie, Dallas. Connor me dit que vous allez passer une quinzaine de jours au Mexique ? Vous avez posé votre congé ?

— Non, commandant. Je verrai ça demain matin.

— C'est acquis. Vous êtes un flic remarquable, lieutenant. Les flics remarquables se fatiguent plus que les flics médiocres. Un bon mariage est un atout. Je peux en témoigner. Quant aux enfants…

Il s'esclaffa devant son expression horrifiée.

— … ça peut attendre. L'amitié. La famille. En d'autres termes, la vie. En dehors du boulot. Sans quoi, on finit par oublier pourquoi on exerce ce métier.

— Oui, commandant.

— Appelez-moi donc Jack.

Elle réfléchit trois secondes.

— Non, commandant. Je regrette, je ne peux pas.

Il souffla un nuage de fumée, parfaitement détendu.

— Dommage…

Son communicateur bipa. Aussitôt, il se ressaisit.

— Whitney.

— La libération sous caution est révoquée, annonça le procureur. Lucias Dunwood doit être incarcéré. Je vous transmets le mandat.

Whitney attendit que son appareil crache le papier.

— Parfait, commenta-t-il d'un air satisfait. Lieutenant, on y va.

Comme Connor se levait en même temps qu'eux, Whitney expliqua :

— Le consultant civil a demandé la permission de nous accompagner, et j'ai accepté. Cela vous pose-t-il un problème, lieutenant ? En tant que responsable…

Elle ravala un juron tandis que Connor la gratifiait de son plus charmant sourire.

— M'y opposer ne servirait strictement à rien, commandant.

Sarah Dunwood habitait un duplex dans un immeuble paisible, à quelques centaines de mètres de la maison de son fils. La sécurité leur fit barrage avec ses habituels « ne reçoit pas de visiteurs », jusqu'à ce qu'Eve brandisse son badge, le mandat, et un torrent de menaces.

— Impressionnant, commenta Whitney tandis qu'ils s'engouffraient dans l'ascenseur.

— Dunwood va sans doute résister, les prévint Eve. Ça ne va pas lui plaire d'être ainsi harcelé, et son instinct risque de le pousser à attaquer. Commandant, j'aimerais que notre consultant soit armé. Pour sa protection.

— C'est à vous d'en décider, lieutenant.

Elle se pencha pour attraper le pistolet paralyseur de secours qu'elle portait autour de la cheville.

— Interdiction de t'en servir, sauf en cas d'extrême urgence, rappela-t-elle à son mari en le lui tendant. Compris ?

— Compris, lieutenant.

Connor le glissa dans sa poche, et ils pénétrèrent dans le couloir.

— On va agir rapidement. On entre, on le localise, on le menotte. Écartez les civils.

Elle sonna, et dès que la porte s'ouvrit, fonça à l'intérieur.

— Police ! cria-t-elle. La libération sous caution de Lucias Dunwood est révoquée. Il doit se rendre aux autorités sur-le-champ.

— Vous ne pouvez pas entrer ainsi ! hurla la bonne, hystérique. Mademoiselle Sarah ! Mademoiselle Sarah !

Connor l'éloigna, libérant le passage pour Eve.

Balayant les portes du regard, celle-ci se rua dans la salle de séjour. Une femme dévala l'escalier.

— Que se passe-t-il ? Qui êtes-vous ?

Minuscule, mince comme un fil, ses boucles rousses en désordre, elle arborait un œil au beurre noir et un hématome au menton.

— Madame Dunwood ?

— Oui. Vous êtes de la police. C'est vous qui avez arrêté mon fils.

— Je suis le lieutenant Dallas, police de New York. La libération sous caution de Lucias Dunwood est révoquée. Je suis venue le chercher.

— Vous n'en avez pas le droit ! J'ai payé. Le juge…

— J'ai l'ordre de révocation et un mandat d'arrêt, madame. Votre fils est à l'étage ?

— Il n'est pas ici. Vous ne l'aurez pas.

— C'est lui qui vous a défigurée ?

— Je suis tombée, répliqua-t-elle d'une voix empreinte de terreur. Pourquoi ne le laissez-vous pas tranquille ? C'est un enfant.

— Cet enfant a tué votre père.

— C'est faux ! glapit-elle. C'est impossible.

Puis soudain, elle éclata en sanglots.

— Commandant ?

— Allez-y, lieutenant. Madame Dunwood, venez vous asseoir.

Laissant aux hommes le soin de calmer les hystériques, Eve, la main plaquée sur son arme, entama sa recherche. Elle commença par l'étage. Si Lucias était en bas, les autres s'en chargeraient. Elle inspecta chacune des pièces. L'une des portes étant fermée à clé, elle sortit son passe-partout.

C'était la chambre d'un enfant gâté, remplie de gadgets. Dans la pièce attenante, Lucias avait installé un laboratoire. Tous les stores étaient baissés, les issues, verrouillées. C'était son univers secret.

Elle fouilla d'abord les armoires, où elle trouva une collection de perruques dans des boîtes transparentes, ainsi qu'une panoplie de costumes.

Dans la salle de bains, elle tomba sur des cosmétiques.

Non, il n'était pas là, comprit-elle. Il était sorti en endossant une autre identité.

Elle s'approcha de l'ordinateur.

— Afficher dernier fichier ouvert.

Accès interdit sans mot de passe...

— On va voir ça, marmonna-t-elle. Connor ! Tu peux venir une minute ?

Elle retourna dans le laboratoire et s'empara d'une bombe de Seal-It.

— La bonne prétend que Dunwood et sa mère se sont disputés, lui expliqua Connor lorsqu'il l'eut rejointe. Ou plutôt, que Dunwood s'est énervé après elle. Elle a entendu sa patronne pleurer. Il l'a frappée. C'est à ce moment-là qu'elle s'est précipitée dans la cuisine. Ensuite, il est sorti en claquant la porte. Quand elle l'a trouvée, Mme Dunwood gisait par terre. Ce n'est pas la première fois qu'il la bat. Comme son grand-père et son père avant lui. Le père est à Seattle, en voyage d'affaires. Il passe très peu de temps ici.

— Vive la vie de famille, railla Eve. Je veux que tu jettes un coup d'œil sur cette machine. Il faut un code d'accès. Si tu touches à quoi que ce soit, mets du Seal-It. Je reviens dans un instant.

Elle descendit.

— Il n'est pas ici, annonça-t-elle au commandant. Madame Dunwood, où est votre fils ?

— Il est allé faire un tour. Il a des soucis.

« C'est le moins qu'on puisse dire », songea Eve en s'accroupissant devant Mme Dunwood.

— Vous ne lui rendez pas service, vous savez. Vous ne nous aidez pas non plus. Plus nous mettrons de temps à le retrouver, plus il en paiera les conséquences. Dites-moi où il est.

— Je n'en sais rien. Il était furieux.

— Comment était-il habillé ?

— Que voulez-vous dire ?

— Il était déguisé, n'est-ce pas ? Et vous avez compris, en le voyant, qu'il avait commis toutes les horreurs dont on l'accuse.

— Pas du tout, se défendit Mme Dunwood. Je n'en crois rien.

Eve se détourna pour décrocher son communicateur, qui venait de biper.

— Kevin Morano est mort, annonça-t-elle quelques secondes plus tard.

Mme Dunwood se décomposa.

— Kevin ? Non !

— Il a été empoisonné. Il a reçu une visite, ce soir. Vous savez à quoi ressemblait ledit visiteur, n'est-ce pas, madame Dunwood ? Votre fils est allé le voir, et il l'a tué. Ensuite, il a disparu.

— Comment diable a-t-il réussi à franchir la sécurité ? tonna Whitney.

— En se présentant ainsi, intervint Connor, une photo à la main. Voici le dernier fichier sur lequel il a travaillé.

— Blackburn, grommela Eve. L'avocat de Morano. Il est très connu. Ils ne se seront pas méfiés.

— Ce n'est pas tout, ajouta Connor. Voici les règles du jeu.

Séduire et conquérir, lut Eve, *un concours d'exploits romantiques et sexuels entre Lucias Dunwood et Kevin Morano*.

Elle parcourut rapidement la suite. Tout était là, méticuleusement organisé et détaillé. La mise en scène, le règlement, le système de points.

L'estomac noué, elle pivota vers Sarah Dunwood.

— Regardez ça. Voilà ce qu'il a fait. Voilà ce qu'il est, aboya-t-elle en lui agitant la feuille sous le nez.

— Vous voulez me détruire complètement ? hoqueta la mère de Lucias, les joues ruisselantes de larmes. Je l'ai porté. Après des mois de tests, de traitements, d'espoirs et de déceptions, je l'ai conçu. Vous voulez donc me dépouiller de tout ?

— Ce n'est pas moi, c'est lui, rétorqua Eve.

Elle alla ordonner à deux agents de prendre position dans l'appartement.

— Il va chercher un endroit où se débarrasser de son déguisement, dit-elle tandis que tous trois quittaient l'appartement. Il finira par revenir ici, mais il n'y a pas toutes ses affaires.

Elle essaya de se mettre dans sa peau.

— D'abord, se débarrasser du déguisement, répéta-t-elle. Il sait que nous allons l'accuser du meurtre de Morano. Il ne peut pas prendre le risque de laisser la moindre trace. Mais il est convaincu que nous sommes lents et stupides. Lui est tellement plus intelligent. Il va se dépêcher, mais pas trop. Il va aller chez lui, se démaquiller, se laver, éliminer tous les éléments susceptibles de l'incriminer.

— Vous avez posté des hommes chez lui, lui rappela Whitney. Ils le verront.

— Peut-être, peut-être pas. Il s'attend vraisemblablement qu'ils soient là. Voulez-vous prendre le volant, commandant ? J'aimerais que le civil me fasse un dessin.

Whitney roula vite, sans sirène. Il haussa les sourcils, mais se garda de tout commentaire, quand Eve demanda à Connor de lui sortir les plans de la maison sur son ordinateur de poche.

— Tu as un logiciel d'hologrammes, dans ce machin ?

— Bien sûr. Afficher données holographiques.

Eve étudia l'écran. Et réfléchit.

— On va déplacer l'équipe de surveillance vers l'arrière. Un homme dedans, un autre dehors. D'autres entreront par ici, et par là. Nous, on utilisera la porte principale. Connor, tu iras à gauche, et tu monteras. Le commandant prendra à droite pour inspecter le rez-de-chaussée. Moi, je descendrai. La maison est équipée d'un système de sécurité hypersophistiqué. S'il se méfie – et il se méfie –, il nous verra venir. Faites attention à vous parce que, au fond, c'est un lâche.

Tout en mémorisant l'hologramme, elle appela du renfort.

À peine garés derrière le véhicule de surveillance, elle jaillit de la voiture. Elle détailla la situation et distribua ses ordres.

— Il n'a pas violé les scellés, fit remarquer Whitney.

— Normal, il n'est pas passé par là. Il y a trois autres entrées, et douze fenêtres au rez-de-chaussée…

Elle contourna le bâtiment.

— Une vitre brisée ! annonça-t-elle. Il est là.

Whitney et Eve sortirent aussitôt leur passe-partout.

— Je vous prie de m'excuser, commandant.

— Non, non, pas du tout. Allez-y.

— À trois…

La porte s'ouvrit. Ils se dispersèrent comme des flèches, torche au poing. Un droïde accueillit Eve au sous-sol.

— Je suis programmé pour détecter, arrêter ou éloigner tous les intrus. Si vous tentez de vous approcher, je serai contraint d'employer la force.

— Dégagez ! Nous sommes de la police, et nous avons toutes les autorisations nécessaires.

— Je suis programmé pour détecter, ar…

— Et merde ! maugréa Eve en lui tirant dessus.

Tandis qu'il s'effondrait dans une gerbe d'étincelles, elle le repoussa d'un coup de pied.

— Lumières ! ordonna-t-elle.

Elle ne prit pas la peine de jurer quand il ne se passa rien. Elle s'aventura dans l'obscurité, l'arme au poing.

Percevant un bruit de pas derrière elle, elle se retourna brusquement.

— Connor, nom de nom !

— Tu as deux hommes au rez-de-chaussée. Les renforts arrivent. Nous irons plus vite à deux. Parce qu'il est ici, au sous-sol.

— Le laboratoire est au fond. Il s'y est enfermé, mais il nous guette.

La porte était fermée à clé.

— Je vais l'ouvrir, chuchota-t-elle en éteignant sa torche. Il s'attend qu'on se jette sur lui. Ne bouge pas tant que je ne t'aurai pas donné le signal.

Elle déverrouilla la porte, flanqua un violent coup de pied dedans, puis se plaqua contre le mur.

Cette initiative la sauva. Quelque chose s'effondra dans le noir, au bout de ses bottines. Elle vit de la fumée, perçut une sorte de sifflement et dut s'esquiver avant que l'acide n'atteigne le cuir.

Un éclair troua l'obscurité. Une douleur fulgurante lui déchiqueta l'épaule.

— Merde !

— Tu es touchée ?

Connor plongea devant elle, tandis qu'une série de coups de feu résonnait dans le silence.

— Il m'a juste effleurée. Sors mon communicateur de ma poche. Ma main gauche est inutilisable.

Il s'exécuta.

— Sous-sol, côté est. Dunwood est armé. Le lieutenant est touché, débita-t-il.

— Rien de grave ! trancha-t-elle. Je ne suis pas à terre. Je répète, je ne suis pas à terre... Débrouille-toi pour que les lumières s'allument, Connor. Dunwood ? C'est terminé. La maison est cernée. Vous n'avez nulle part où aller. Jetez votre arme et venez vers moi, les mains en l'air.

— C'est *moi* qui décide quand c'est terminé, cracha-t-il. Je n'ai pas fini !

Il tira de nouveau.

— Vous croyez que je vais perdre devant une *femme* ? ajouta-t-il d'un ton méprisant.

La pièce s'éclaira, et Eve découvrit le trou noir à quelques centimètres à peine de ses chaussures.

— « Séduire et conquérir », lança-t-elle. Nous savons tout, Lucias. Ce n'est pas malin d'avoir tout décrit noir sur blanc. Nous savons que vous avez éliminé Kevin. Vous êtes moins doué pour le droit que pour la chimie. Les aveux de Kevin sont irréfutables. Et vous avez été assez stupide pour laisser des traces de cosmétiques dans votre salle de bains. Vous perdez des points.

Un fracas de verre brisé.

— C'est *mon* jeu, espèce de garce ! Ce sont *mes* règles.

Elle brandit son pistolet tout en faisant signe aux hommes qui dévalaient l'escalier de rester en arrière.

— Nouveau jeu, nouvelles règles, vous ne me battrez jamais, Lucias, enchaîna-t-elle. Je suis meilleure que vous. Jetez votre arme et sortez de votre cachette.

— Vous ne gagnerez pas !

Il pleurait, à présent, tel un petit garçon frustré.

— Personne ne peut me battre ! Je suis invincible. Je suis un Dunwood.

— Couvrez-moi, ordonna-t-elle.

Elle aspira un grand coup, se recroquevilla et roula dans la pièce. Les coups sifflèrent par-dessus sa tête, ripèrent sur le sol, le long de ses hanches.

— Pas malin, Lucias ! le nargua-t-elle en se plaquant contre une armoire. Non, pas malin du tout. Vous m'avez encore ratée. Vous tirez au petit bonheur la chance. Je parie que vous avez acheté votre arme dans la rue, et qu'ils vous ont dit que le magasin était chargé à bloc. Ils mentent toujours. À mon avis, vous avez déjà épuisé la moitié de vos balles. Moi, je les ai encore toutes. Et je ne rate jamais ma cible. C'est moi qui ai gagné. Et ma récompense, ce sera de vous mettre en cage jusqu'à la fin de vos jours. C'est une femme qui va vous enfermer, Lucias.

Elle changea de position, fit signe à Connor de tirer à sa droite. Au coup de feu, elle se leva d'un bond. Elle poussa un juron, tira. Mais il était déjà trop tard.

La fiole glissa de ses mains tandis que Dunwood s'écroulait.

— Appelez une ambulance ! hurla-t-elle.

Elle repoussa l'arme d'un coup de pied et s'accroupit près de lui.

— Qu'est-ce que vous avez avalé ?

— Ce que j'ai donné à Kevin, répondit-il avec un sourire glacial. Double dose, pour que ce soit plus rapide. Je ne laisserai pas une femme m'enfermer. C'est moi qui gagne. Toujours. Vous avez perdu, sale garce.

Elle le regarda mourir sans ciller.

— Non, conclut-elle. C'est gagnant gagnant.

ÉPILOGUE

Elle était dehors, son bras gauche, encore engourdi, en appui sur sa main droite.

Sarah Dunwood enterrerait à la fois son père et son fils. Fille et mère, prise au piège d'amours et de loyautés qui n'avaient aucun sens.

— Vous avez besoin de soins, lieutenant ?

Elle tourna la tête vers Whitney.

— Non, commandant. Les sensations reviennent déjà.

— Vous avez fait de votre mieux.

Ensemble, ils suivirent des yeux les brancardiers qui emportaient le corps de Lucias Dunwood, vingt-deux ans, enfant prodige, fils adoré et prédateur.

— Vous ne pouviez pas deviner qu'il allait se suicider, reprit Whitney.

Elle y avait pensé. Au fond, elle avait su exactement ce qu'elle faisait. Elle était allée jusqu'au bout. Elle l'avait poussé à ce geste. Froidement.

Elle ferma les yeux. Elle était flic avant tout.

— J'étais consciente de prendre un risque, commandant. Je me doutais qu'il préférerait mettre lui-même un terme à ses jours, plutôt que de perdre la partie. J'aurais pu ordonner une descente en force. À l'heure qu'il est, il serait en route pour la prison, et non pour la morgue.

— Il était armé, dangereux, et il avait déjà tiré sur vous. Nous aurions pu perdre des hommes. Vous avez agi au mieux. Rédigez votre rapport et allez dormir.

— Oui, commandant. Merci.

Remuant son épaule engourdie, elle traversa la rue pour rejoindre Connor.

— Il faut que j'aille rédiger mon rapport.

— Comment va ton bras ?

— J'ai l'impression qu'on y a enfoncé six mille aiguilles.

Elle remua les doigts.

— Ça devrait aller mieux d'ici deux heures, autrement dit le temps qu'il me faudra pour remplir la paperasserie.

Devinant ses pensées, il murmura :

— Le monde est débarrassé d'un monstre, Eve.

— C'est possible, mais ce n'était pas à moi d'en décider.

— Tu n'y es pour rien. Il lui suffisait d'abandonner la partie. Tu l'aurais inculpé et tu en aurais tiré satisfaction.

— Oui. J'envoie un psychologue à sa mère. Je ne veux pas lui apprendre la nouvelle moi-même. Il faut que ce soit quelqu'un qui saura choisir ses mots.

— Plus tard, quand elle se sera remise de son chagrin, nous devrions lui présenter un membre du centre pour femmes battues, suggéra-t-il.

Il la prit par la main.

— Tourne la page, Eve.

Elle opina.

— Si on partait dès ce soir ? proposa-t-elle à brûle-pourpoint tandis qu'ils rejoignaient la voiture.

— Partir ?

— Oui. Au Mexique. Dès que le dossier sera clos, filons d'ici.

Il couvrit ses doigts de baisers avant de lui ouvrir la portière.

— Je m'occupe de tout.

7575

Composition Chesteroc Ltd
Achevé d'imprimer en France (La Flèche)
par Brodard et Taupin le 30 mars 2005. 29173
Dépôt légal mars 2005. ISBN 2-290-33612-2
1er dépôt légal dans la collection : février 2005

Éditions J'ai lu
84, rue de Grenelle, 75007 Paris
Diffusion France et étranger : Flammarion